KODAISEKI
by Morino Takumi & Matsushiro Morihiro
Copyright ⓒ 1998 by Morino Takumi & Matsushiro Morihiro
All rights reserved

Korean Translation Copyright ⓒ 2001
by Dulnyouk Publishing Co.

Original Japanese edition published by Shinkigensha
Korean Translation rights arranged with Shinkigensha
through Best Agency, Seoul

이 책의 한국어판 저작권은 Best Agency를 통한 저작권자와의 독점계약에 의하여 도서출판 들녘에 있습니다. 신저작권법에 의해 한국내에서 보호를 받는 저작물이므로 무단전재와 무단복제를 금합니다.

—————————— 고대유적 ⓒ 들녘 2001 ——————————

지은이·모리노 다쿠미·마쓰시로 모리히노/옮긴이·이만옥/펴낸이·이정원/펴낸곳·도서출판 들녘/초판 1쇄 발행일·2001년 4월 25일/중판 3쇄 발행일·2007년 6월 4일/등록일자·1987년 12월 12일/등록번호·10-156/주소·경기도 파주시 교하읍 문발리 파주출판단지 513-9/ 전화·(영업) 031-955-7374, (편집) 031-955-7381/ 팩시밀리·031-955-7393/ 홈페이지·ddd21.co.kr/값은 뒤표지에 있습니다. 잘못된 책은 구입하신 곳에서 바꿔드립니다.

═══════════ ISBN 89-7527-187-0 (04830) ═══════════

Fantasy Library XVI

고대유적

고대유적

모리노 다쿠미 · 마쓰시로 모리히노 지음

이만옥 옮김

들녘

들어가는 말

　최근 지구상에 존재하는 고대 유적에 대한 보호를 강화해야 한다는 목소리가 점점 높아지고 있다. 심각한 환경 파괴와 무분별한 관광객의 증가, 전쟁으로 인한 피해, 유적 자체의 내구 연한 감소 등 여러 가지 이유로 인해 고대의 유적은 조금씩 붕괴되어 가고 있다.
　국제연합(UN) 산하 기구인 유네스코(UNESCO)의 주도로 '세계 문화유산'에 대한 보호 운동이 다각도로 전개되고 있지만, 대부분의 사람들은 세계 어느 곳에 어떤 유적이 있으며, 누가 만들었는지조차 모르고 있는 실정이다. 설사 유적을 소개하고 있는 책이 있다고 해도 대부분 어려운 역사 용어나 전문 용어로 기록되어 있어서 고대 유적에 흥미를 느끼고 있는 보통 사람들이 쉽게 접근하기 힘들었던 게 사실이다.
　이 책은 역사에 대해 별다른 지식이 없는 초보자나 전문적인 내용에 익숙지 않은 사람들도 쉽고 재미있게 읽을 수 있는 책을 만들자는 의도에서 기획한 것이다. 따라서 고대 유적에 대해 흥미를 가진 사람이라면 누구나 가벼운 마음으로 읽을 수 있을 것으로 생각한다.

　이 책에서 다루고 있는 유적은 주로 석기 시대부터 청동기 시대, 철기 시대 초기의 유적, 유럽에서는 로마 제국 시대 초기까지를 다루고 있다. 돌로 만든 고대 유적, 즉 '돌의 유적'이 중심이다.

　그리고 이 책에는 '세계 7대 불가사의'도 수록했다. 헬레니즘 시대(B.C. 334~B.C. 30년)에 활약했던 비잔틴 출신의 수학자 필론이 B.C. 150년경에 쓴 「7대 불가사의에 대하여」라는 제목의 논문은 지금은 사라져버린 고대 세계의 건축물에 대해 알 수 있는 중요한 지표가 되었다.

필론이 선정한 7대 불가사의는 다음과 같다.

1. 바빌론의 공중정원
2. 이집트 기자의 피라미드
3. 올림피아의 제우스 상
4. 로도스의 청동 거상
5. 바빌론의 성벽
6. 아르테미스의 신전
7. 마우소로스의 영묘

현재는 바빌론의 성벽 대신 '알렉산드리아의 대등대'를 넣어서 '고대 세계의 7대 불가사의'라고 부르고 있다. 이집트 기자에 있는 피라미드를 제외하면 현재 그 모습이 남아 있는 7대 불가사의는 없지만, 최근 알렉산드리아의 대등대의 일부로 추정되는 유물이 발견되는 등 고대 유적에 대한 관심이 새롭게 높아지고 있다.

각 항목 앞에 나오는 자료에 대한 설명은 다음과 같다.

- 건 립 문 명 : 유적을 만든 문명의 명칭
- 건 립 연 대 : 유적이 만들어진 시대
- 건   립   자 : 유적을 설계하거나 건설을 명령한 인물, 혹은 민족명
- 발   굴   자 : 유적을 최초로 발굴조사한 인물, 혹은 조직명
- 현재 소재지 : 유적이 존재하는 장소를 현재 국명(지명)으로 표기

Fantasy Library Contents

들어가는 말 · 4

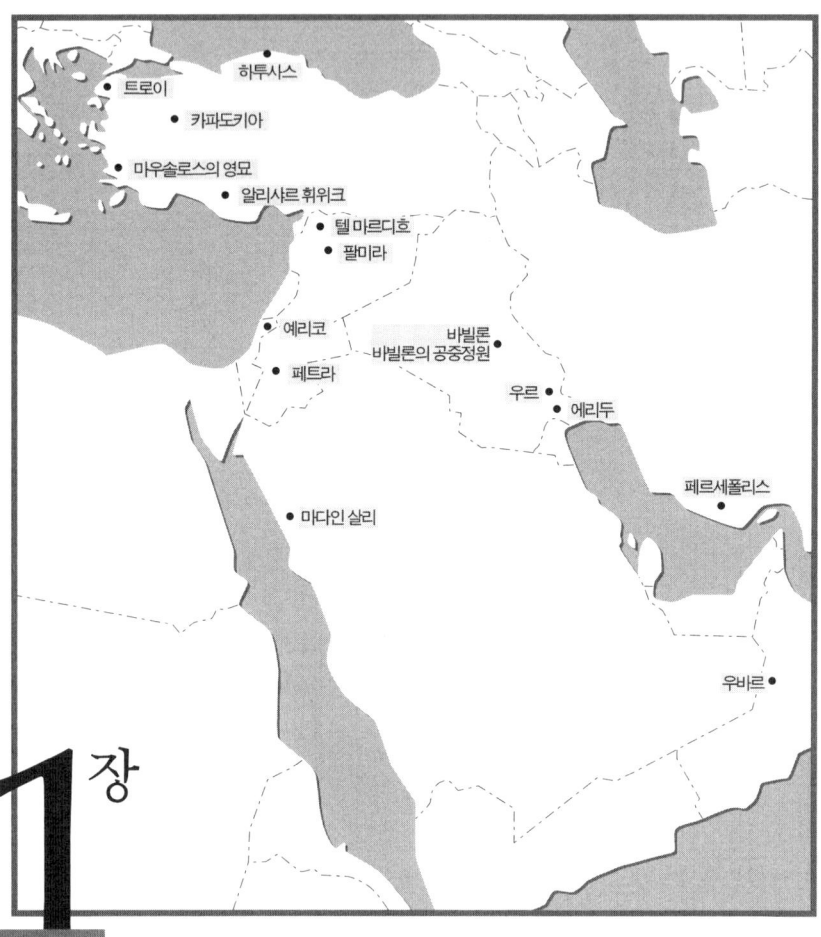

1장 중근동

우르 · 14
에리두 · 19
바빌론 · 22
바빌론의 공중정원 · 30
우바르 · 38
페트라 · 43
마다인 살리 · 47
페르세폴리스 · 49
예리코 · 55

텔 마르디흐 · 58
팔미라 · 61
알리샤르 휘위크 · 69
카파도키아 · 73
하투사스 · 79
트로이 · 84
마우솔로스의 영묘 · 89

크노소스 궁전 · 100
미케네 · 106
파르테논 신전 · 113
타르시엔 신전 · 119
폼페이 · 123
델포이 성역 · 130
에페소스의 아르테미스 신전 · 136
올림피아의 제우스 상 · 144

로도스의 거상 · 151
할슈타트 · 161
스톤헨지 · 165
스카라브레 촌락 유적 · 171
카르나크 열석 · 174
라스코 동굴 · 180
비스쿠핀 촌락 유적 · 184

2장 지중해 유럽

북아프리카/중앙·남아프리카

3장

- 렙티스 매그나 · 188
- 알렉산드리아 · 191
- 알렉산드리아 대등대 · 196
- 기자의 3대 피라미드 · 205
- 스핑크스 · 213
- 카르나크 신전 · 217
- 왕들의 계곡 · 221
- 아부심벨 신전 · 227
- 사카라 · 231
- 타실리나제르 · 234
- 그레이트 짐바브웨 · 238
- 메로에 · 243

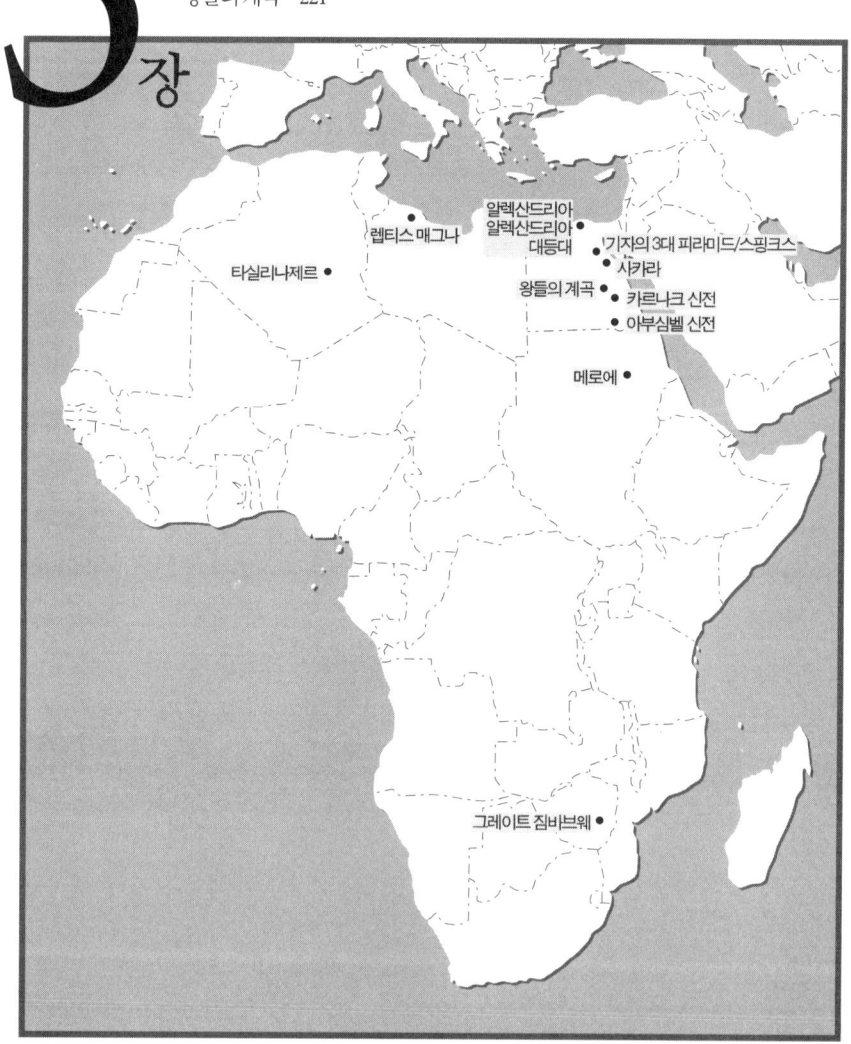

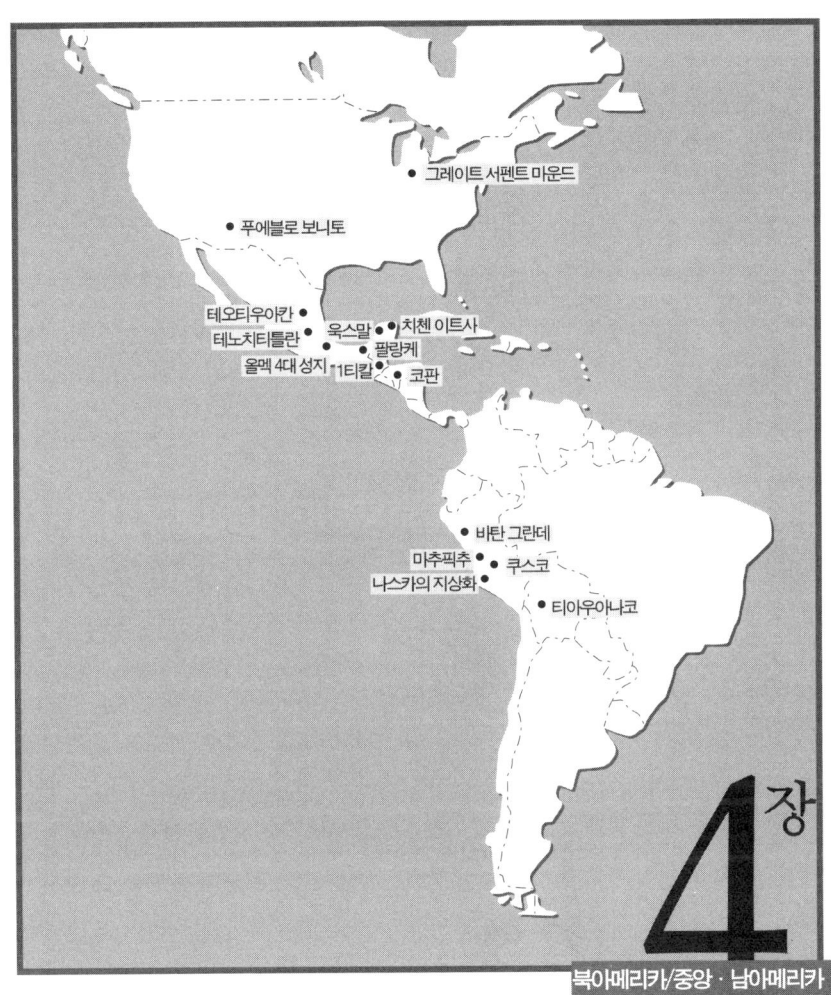

그레이트 서펜트 마운드 · 248
푸에블로 보니토 · 252
코판 · 256
티칼 · 260
치첸이트사 · 264
테노치티틀란 · 269
테오티우아칸 · 272
욱스말 · 278
팔렝케 · 281

올멕 4대 성지(산로렌소/라벤타/트레스사포테스/라과나 데 로스 세로스) · 284
바탄 그란데 · 289
마추픽추 · 295
쿠스코 · 299
티아우아나코 · 304
나스카의 지상화 · 308

5장

환태평양/중앙 · 동남아시아/인도 대륙

난마돌 · 316
모아이 · 323
앙코르와트 · 330
앙코르톰 · 335
보로부두르 · 338
만리장성 · 344
은허 · 348

누란 · 351
삼성추 · 355
차파란 유적 · 359
바미안 불교 유적 · 365
엘로라 석굴사원 · 369
모헨조다로 · 372
하라파 · 377

후기 · 382
참고문헌 · 383
찾아보기 · 389

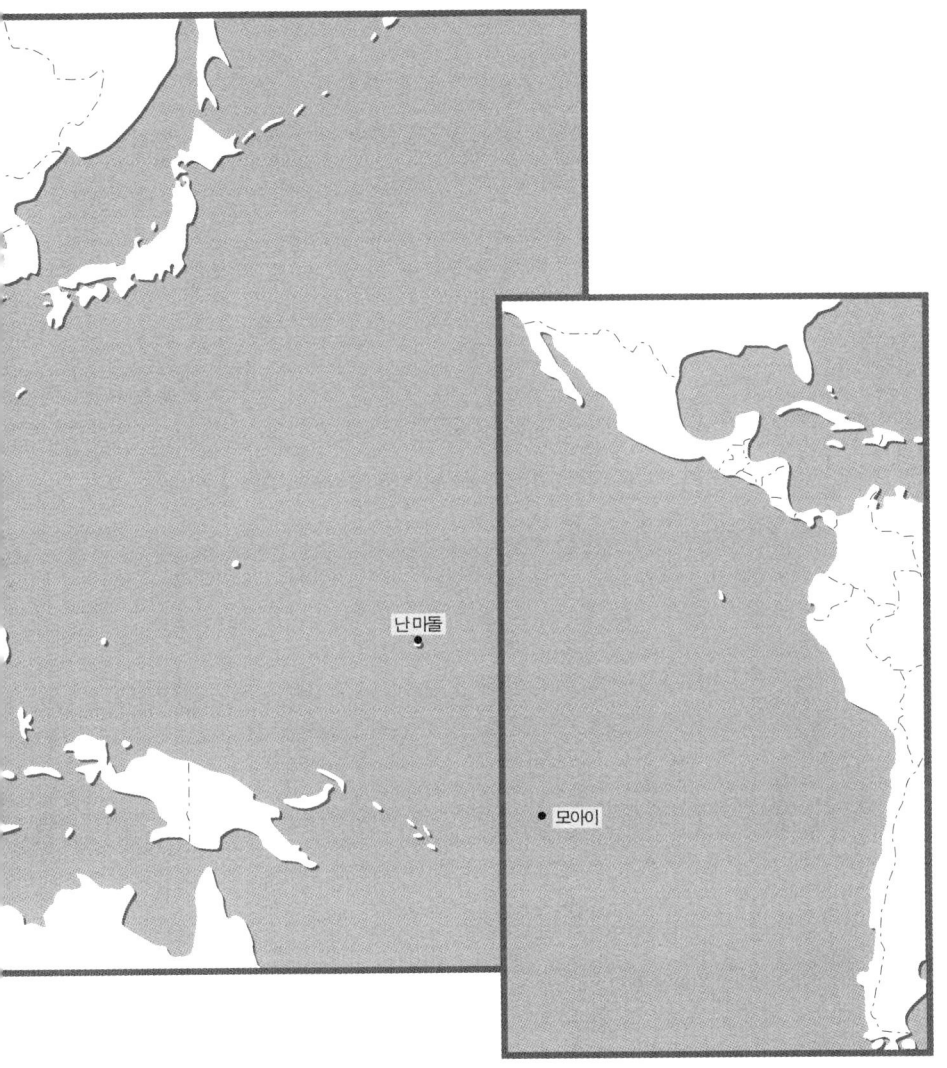

- 바벨탑이 실제로 존재했을까? 28
- 우주고고학 41
- 오리엔트 문명의 흐름 67
- 꿈을 발굴한 남자 111
- 아틀란티스 128
- 지중해 문명의 흐름 159
- 거석기념물의 종류 178
- 유물이나 유적의 연대는 어떻게 알 수 있을까? 203
- 투탕카멘의 저주 225
- 아메리카 대륙의 발견자 251
- 오파츠 276
- 중남미 문명의 흐름 293
- 수중고고학 314
- 무 대륙 321
- 롱고롱고의 수수께끼 329
- 엘도라도 342
- 샴발라 363
- 레무리아 대륙 380

중근동

흔히 서아시아로 불리는 중근동 지역에는 인류 최고(最古) 문명의 발상지와 유적들이 다수 존재한다. 사실 이 지역의 역사와 유적을 아는 것은 곧 인류의 역사를 아는 것과 마찬가지라고 할 만큼 중요하다.

중근동 지역에는 지금도 발굴을 기다리고 있는 미지의 유적들이 다수 존재하고 있다. 하지만 정치적인 문제나 사막이라는 특수한 환경적인 문제로 인해 조사를 하기 힘든 경우도 많다. 또 전쟁을 비롯한 여러 가지 이유로 유적이 파괴될 가능성도 있다. 따라서 아직 발견되지 않은 미지의 유적에 대한 발굴과 보호가 절실히 요구되고 있는 실정이다.

1장

이라크

우르 *ur*

- 건 립 문 명 : 메소포타미아 문명
- 건 립 연 대 : B.C. 3000년경
- 건 립 자 : 수메르인
- 발 굴 자 : 찰스 R. 울리
- 현재 소재지 : 이라크의 수도 바그다드 남동쪽 350킬로미터, 유프라테스 강 하류

강이 만들어낸 메소포타미아 문명

페르시아 만으로 흘러들어가는 티그리스 강과 유프라테스 강은 비옥한 평원을 만들어냈을 뿐만 아니라 인류 4대 문명 중 하나인 메소포타미아 문명을 탄생시켰다.

메소포타미아 평원은 문명의 발상지였음에도 불구하고 철과 동, 주석 같은 금속 자원이 존재하지 않았고, 돌과 나무조차도 부족한 곳이었다. 메소포타미아 평원에 존재하는 것은 오로지 진흙과 지하수뿐이었다. 이런 척박한 땅에 정착해 살았던 사람들은 진흙과 물로 벽돌을 만들어 주거지를 건설했다.

메소포타미아라는 말은 '강 사이에 있는 좁은 땅'이라는 뜻이지만, 강 하류에 형성된 토지는 상당히 비옥했기 때문에 농사를 짓는 데 아주 적합했다. 그러나 이 지역은 강의 잦은 범람으로 피해를 입는 일이 많았다. 특히 티그리스 강은 '자주 범람하는 강'이라는 이름이 붙을 만큼 빈번하게 홍수가 일어났으며, 때로는 메소포타미아 전역을 물바다로 만들기도 했다.

그래서 B.C. 5000년경 메소포타미아 각지에서는 하천의 범람을 막기 위한 관개 사업이 활발하게 벌어졌다. 이로 인해 강력한 권력을 가진 지도자가 탄생하게 되었고, 농경 생활을 영위하던 주민들의 거주지는 서서히 규모가 커

져 도시로 발전하기 시작했다.

　B.C. 4000년경에 메소포타미아 전역에 커다란 홍수가 일어났다. 그럼에도 주민들은 이 지역에 뿌리를 내리고 도시를 재건하면서 다시 세력을 확대해나갔다.

　B.C. 3500년경에는 수메르인들이 세운 우루크를 비롯한 여러 도시국가들이 생겨나면서 본격적인 문명이 탄생했다.

　하지만 인류 최초의 문명을 건설했던 수메르인들이 어떤 사람들이었는지는 아직까지도 불분명하며, 언어 계통이나 인종 역시 확실치 않은 종족으로 역사에 기록되어 있다.

　B.C. 3000년경에는 우르가 건설되면서 수메르인들은 전성기를 맞게 된다. 우르는 수메르인들의 종교적 중심지였을 뿐만 아니라 문화와 정치의 중심지이기도 했다.

고도로 발달한 문화, 국제 교역으로 번영을 누린 우르

　고대 도시 우르의 유적은 현재 시리아 텔엘무카이야르(Tall al-Muqayyar) 지역에 존재한다. 1854년 영국의 부영사(副領事) J. E. 테이라가 발견한 설형문자가 쓰여진 다섯 개의 문서를 조사한 결과, 텔알무카이야르 지역이 성서에도 등장하는 칼데아의 우르[1]라는 사실이 밝혀졌다. 그러나 당시에는 본격적인 발굴을 할 수 있는 상황이 아니었다.

　1922년, 미국의 펜실베이니아 대학과 대영박물관의 합동 조사를 통해 고대 도시 우르의 모습이 드러났다. 영국의 고고학자 찰스 R. 울리의 주도로 1925년부터 1931년까지 약 6년에 걸친 조사 끝에 마침내 당시 왕의 무덤을 발견할

---

[1] 칼데아의 우르 : 이스라엘 민족의 선조인 아브라함의 고향.

수 있었다. 이 무덤에서 금과 은, 옥을 사용해 만든 도검과 악기 등이 출토되었는데, 이는 당시 수메르인들이 수준 높은 문화와 예술을 가지고 있었다는 사실을 보여주는 증거라 하겠다. 그리고 함께 매장되어 있던 점토판을 해독한 결과, 우르가 주변 국가들은 물론 세계 각지와 폭넓은 교역을 했다는 사실도 밝혀졌다.

점토판에는 딜문, 마간, 메르하라 불리는 세 나라의 이름이 등장한다. 딜문은 현재 페르시아 만에 있는 바레인 섬이라는 것이 정설이지만, 다른 두 나라가 어느 곳을 지칭하는지는 현재까지 불분명하다. 마간은 이집트 혹은 아라비아 반도에 있는 오만을, 메르하는 인더스 강 하구 주변 혹은 에티오피아라는 설이 있지만 아직까지 확실한 증거는 없는 상태다.

달의 신 난나에게 바친 성스러운 탑-지구라트

우르는 긴 쪽의 지름이 1,700미터, 짧은 쪽 지름이 700미터인 타원형 외벽으로 둘러싸여 있었다. 그리고 도시 주위에는 유프라테스 강에서 물을 끌어들여 해자(垓字: 성 주위로 물길을 내서 두른 물웅덩이를 의미한다. 주로 외적의 침입을 막기 위한 용도로 건설했다-옮긴이)를 만들었다. 해자는 외적의 침입을 방어하기 위한 목적도 있었지만 주변 국가와의 교역로로 사용되기도 했다.

현재 유적은 유프라테스 강에서 남쪽으로 약 16킬로미터 떨어진 곳에 있지만, 원래 우르가 건설될 당시에는 유프라테스 강에 인접해 있었다. 또한, 우르를 거점으로 멀리 인도와 이집트까지 교역을 했다는 사실이 후대에 발굴된 유물을 통해 확인되었다.

우르 남무 왕(B.C. 2112?~B.C. 2096년 재위)의 시대가 되면서 우르는 최전성기를 맞았다. 메소포타미아의 거의 모든 지역을 지배했던 우르 남무 왕은 세로 63미터, 가로 43미터의 부지 위에 30미터 높이의 지구라트라는 신전을 건설했다. 지구라트는 '신전의 탑'이라는 뜻으로, 수메르의 달의 신인 난나를 제사 지내는 신전이었다.

모두 3층으로 이루어진 이 탑의 가장 높은 곳에는 수호신을 모시는 신전이 별도로 있었으며, 정면 중앙과 좌우에는 계단을 배치해 전체적인 형상이 산과 같은 모습이었다고 한다. 그리고 지구라트 주변에는 사제들의 거주지를 건설해서 다른 지역과 구분되는 성역을 만들었던 것으로 밝혀졌다.

후에 우르를 정복한 신바빌로니아 왕국[2]의 네부카드네자르 2세와 페르시아 아케메네스 왕조[3]의 키루스 2세는 자신들의 권위를 상징하기 위해 지구라트를 재건·보수한 후 탑에 이름을 새겨넣기도 했다.

메소포타미아 각지에 도시를 건설하고, 지구라트로 대표되는 건축물을 남겼던 수메르인들은 B.C. 2350년경 사르곤 왕이 이끄는 셈족 계열의 아카드인들에게 멸망당하고 말았다. 인류 최초의 문명을 건설했던 수메르인들은 지금도 풀리지 않는 많은 수수께끼를 간직한 종족으로 알려져 있다.

---

[2] 신(新)바빌로니아 왕국 : 칼데아의 나보폴라사르가 B.C. 625년에 세운 왕국. 제2대 왕 네부카드네자르 2세 재위 기간 중에 이집트를 정벌하고, 예루살렘을 정복해서 주민들을 왕국의 수도 바빌로니아로 이주시키는 등 최전성기를 누렸다. B.C. 538년 페르시아에 멸망당했다.

[3] 아케메네스 왕조 : 페르시아의 족장 키루스 2세가 B.C. 6세기 중반 무렵에 창건한 왕조. 이후 12대 230년간 계속되었지만, B.C. 330년 다리우스 3세가 알렉산드로스 대왕과의 전투에서 패함으로써 멸망했다.

이라크

eridu
에리두

- 건 립 문 명 : 메소포타미아 문명
- 건 립 연 대 : B.C. 5000년경
- 건 립 자 : 수메르인
- 발 굴 자 : 이라크 박물관
- 현재 소재지 : 이라크의 수도 바그다드 남동쪽 약 315킬로미터

인류 최고(最古)의 도시

　인류 최고의 문명이라고 할 수 있는 메소포타미아 문명은 그 역사가 어디까지 거슬러 올라갈까? 그 대답은 수메르인들이 건설했던 에리두를 통해 찾을 수 있다.

　현재 이라크의 아부 샤라인 지역, 즉 유프라테스 강에서 남쪽으로 35킬로미터 떨어진 지점에 수메르 최고의 도시 유적 에리두가 자리잡고 있다. 1946~1948년에 걸쳐 이라크 박물관의 고고학자들에 의해 발굴된 에리두 유적은 수메르 유적 중에서도 가장 오래 된 유적으로, 그 기원은 고고학 분류상 에리두기(期) 혹은 우바이드 1기로 불리는 시대인 B.C. 5000년까지 거슬러 올라간다.

　에리두 주변에서는 당시 농경 생활을 했던 부락의 흔적이 발견되었으며, 유적 가장 아래층에서는 제단과 화덕으로 추정되는 신전 유적도 발견되었다. 신전 유적은 가장 아래층에서 위로 올라갈수록 유적의 규모가 커지는 양상을 띠고 있었는데, 이는 종교적인 제사의 연속성과 에리두의 규모가 작은 촌락에서 점차 커다란 도시로 발전해갔다는 사실을 보여주는 것이라 할 수 있다.

　에리두의 신전에서는 물과 지혜의 신인 엔키(아카드어로는 에아)를 숭배했다. 엔키 신은 안(= 아누. 천공의 신), 엔릴(= 벨. 최고신)과 더불어 수메르의 3대

신 중 하나다. 또 엔키 신은 늪과 연못, 압수(지상 밑을 흐르는 담수를 뜻한다—옮긴이)에 살며, 기술과 예술, 운명과 지혜를 관장했다.

티그리스와 유프라테스 강 사이에 있는 메소포타미아에서 물은 중요한 자원인 동시에 홍수를 일으키는 무서운 존재였다. 이런 환경에서는 물의 신을 위해 신전을 짓고, 제사를 지내며 숭배하는 일은 어쩌면 당연한 일이었을 것이다.

에리두는 엔키 신 신앙의 중심지로서 또 수메르인들의 문화의 중심지로서 번영을 누렸지만 우르가 건설되면서 서서히 쇠퇴하기 시작했다.

에리두가 과연 성서에 등장하는 에덴 동산이었을까?

기독교의 경전인 성서에는 고대에 일어났던 사건들이 많이 소개되어 있고, 이집트나 메소포타미아, 페르시아 같은 주변 국가의 이름도 자주 등장한다. 이러한 이야기들은 모두 지어낸 것이라고 생각할 수도 있지만 실제로 일어난 사건을 모델로 한 것도 적지 않다. 유명한 노아의 홍수설도 메소포타미아 지방에서 빈번하게 일어났던 홍수를 모델로 했다는 것이 현재 고고학계의 정설이다.

수메르의 도시들도 예외가 아니다. 예를 들면, 우르는 성서 속에서 '칼데아의 우르'('우르' 편 참조)로 등장한다. 에리두 역시 성서 속에서 중요한 역할을 했다는 설이 있다. 즉, 에리두가 아담과 이브가 추방된 에덴 낙원이 아니냐는 것이다.

에덴에 관한 언급은 성서 속에서도 「창세기」와 「에제키엘서」에 극히 일부분만 소개되어 있다. 그러나 그 내용은 상당히 구체적이다. 그런 내용 중에 특히 주목해야 할 부분은 에덴 동산에서 흘러나온 강이 티그리스와 유프라테스, 기혼, 피숀 등 네 개의 강으로 갈라진다는 것이다.

티그리스와 유프라테스는 현재에도 존재하지만 기혼과 피숀은 현재 어디에 존재하는 강인지 불분명하다. 하지만 피숀은 하피라 지방을, 기혼은 쿠슈 지방을 흐른다고 기술되어 있어 어느 특정한 지역을 지칭하는 것으로 볼 수 있다. 현재 하피라 지방은 중앙 아라비아 북부, 쿠슈 지방은 이란 남부로 추정된다. 이렇게 볼 때 네 강의 발원지인 에덴은 메소포타미아의 어느 한 곳일 가능성이 매우 높다고 볼 수 있다.

그리고 에덴이라는 말은 아카드어 에디누, 수메르어 에딘이 변화한 것이라는 설도 있다. 에디누과 에딘은 '평원'이라는 뜻이다. 그렇다면 에덴은 결국 메소포타미아에 있는 바빌로니아 평원을 지칭하는 게 아니었을까? 이렇게 어느 한 지역을 에덴이라고 한다면, 에리두와 오베이드, 우르 이 세 도시가 후보로 거론될 수 있다. 그 중 우르는 성서에서 이미 다른 곳으로 기술되었기 때문에 제외하면 나머지 두 곳이 남는다. 그리고 오베이드는 에리두에 비해 규모가 작은 곳으로 낙원이라고 할 수 있을 만큼 살기 좋은 땅이 아니다. 그렇다면 마지막으로 남은 에리두가 가장 유력한 후보라고 할 수 있다.

실제로 에덴 동산이 존재했던 것일까? 확실한 것은 알 수 없지만, 한 가지 분명한 사실은 에덴 동산에 대한 성서 속의 기록이 수메르인들의 신화에서 비롯되었다는 사실이다. 이는 대부분의 고고학자들이 동의하고 있는 부분이기도 하다.

이라크

babylon
바빌론

- 건 립 문 명 : 메소포타미아 문명
- 건 립 연 대 : 구(舊)바빌로니아 B.C. 2000년경
  신(新)바빌로니아 B.C. 626년~
- 건 립 자 : 구(舊)바빌로니아 셈족계 아모리인
  신(新)바빌로니아 나보폴라사르 1세, 네부카드네자르 2세
- 발 굴 자 : 로베르트 콜데바이
- 현재 소재지 : 이라크의 수도 바그다드에서 남쪽 90킬로미터

고대 오리엔트 세계의 중심, 바빌론

고대 도시 바빌론은 전설과 역사의 보고라고 할 수 있다. 공중정원, 바벨탑, 바빌론 유수(幽囚)[4] 등 성서와 그리스의 역사서를 비롯한 고대 문헌에는 바빌론에 관련된 이야기가 많이 등장한다. 사실 이 도시를 빼놓고 고대 오리엔트의 역사를 이야기하는 것은 불가능하다.

바빌론이라는 이름이 역사에 처음 등장한 것은 B.C. 3000년경부터지만, 당시에는 촌락 수준의 작은 도시에 불과했다. 그들이 역사의 전면에 화려하게 등장한 것은 B.C. 2000년경 시리아에서 아모리인들이 들어오면서부터였다.

셈족 계열의 아모리인들은 바빌론을 근거지로 삼고 B.C. 1894년에 바빌로니아 왕국을 건국하게 된다. 그후 B.C. 1792년에 즉위한 제6대 함무라비 왕은 강력한 힘을 바탕으로 주변 국가들을 제압하고, 메소포타미아 전 지역을 자신의 지배하에 두게 된다.

---

[4] 바빌론 유수 : 신바빌로니아 왕국의 네부카드네자르 2세는 유대 왕국의 수도 예루살렘을 세 차례(B.C. 597년, B.C. 586년, B.C. 582년)에 걸쳐 침공해 예속국으로 만들었다. 이때 4만 5천 명 이상의 주민들을 포로로 잡아 바빌로니아로 강제로 데리고 왔다.

함무라비 왕은 분리된 도시국가들의 연합을 유도하고 과학과 학문을 발전시켰으며, 유명한 '함무라비 법전'[5]을 공포해서 구바빌로니아 시대를 번영으로 이끈 인물로 유명하다.

함무라비 왕은 종교적인 측면에서도 대단히 중요한 인물이었다. 마르두크 신을 주신으로 모시는 종교 체계를 확립하고, 피정복민들이 믿었던 신들을 마르두크 신 밑에 편입시키는 종교적인 통합을 시도했다. 즉, 종교를 하나로 통일함으로써 왕국의 결속을 다졌던 것이다.

함무라비 왕 시대에 번영을 자랑했던 바빌론 제1왕조, 즉 구바빌로니아 왕국은 함무라비 왕 사후 서서히 힘이 약해지기 시작했다. 그 결과 바빌론은 주변 이민족들과 많은 전란을 겪게 되었다.

B.C. 1595년 히타이트('하투사스' 편 참조)의 침략자 무르실 1세는 바빌로니아 왕 삼수디타나를 쫓아내고 바빌로니아 동쪽 산악지역의 카시트족 출신의 왕을 옹립해 왕조를 세우도록 했다.

카시트족이 통치했던 400년 동안 바빌로니아에서는 종교와 문학이 꽃을 피웠다. 그러나 이 시기에 아시리아가 바빌로니아의 지배에서 떨어져나가 독립된 제국을 건설해 바빌로니아의 카시트 왕조를 위협했고, 때로는 일시적으로 지배하기도 했다.

그후 1170년경에 고대 이란 고원의 엘람 지방을 중심으로 세력을 떨쳤던 엘람인들이 들어와 카시트 왕조를 무너뜨리고 바빌로니아의 전역을 장악했다. 그러나 엘람인들의 지배도 오래가지 못하고, B.C. 730년경에 다시 아시리아[6]의 지배하에 들어가게 되었다.

---

[5] 함무라비 법전 : 함무라비 왕이 제정한 법률로 형법과 민법, 상법 등을 포괄하고 있다. 모두 282조로 구성되어 있으며, 신분에 따라 형벌을 차등 적용했다. 하지만 국민들의 복지를 규정한 항목도 있을 만큼 뛰어난 법전으로 평가받고 있다. '눈에는 눈, 이에는 이'라는 말이 유명하다.

B.C. 626년에는 아시리아의 나보폴라사르 장군이 왕조에 반기를 들고 바빌론에서 즉위 선언을 하는 일이 발생했다. 그후 나보폴라사르는 주변 국가들과 연합해서 아시리아를 멸망시키고 새로운 왕국인 신바빌로니아 왕국을 탄생시켰다.

거듭된 전쟁과 침략으로 피폐해진 바빌론은 나보폴라사르와 그의 아들인 네부카드네자르 2세의 재위 기간 중에 재건되었다. 네부카드네자르 2세는 아버지와 함께 바빌론을 부흥시켜 경이적인 건축물인 '공중정원'을 건설하고, 마르두크 신전과 지구라트도 재건했다.

B.C. 539년 아케메네스 왕조 키루스 왕 치하의 페르시아 제국은 네부카드네자르의 마지막 후계자 나보니두스의 재위 중에 바빌로니아를 점령했다. 이후 바빌로니아는 B.C. 331년 페르시아와의 전투에서 승리한 알렉산드로스 대왕의 수중에 들어갔다. 제국의 수도를 바빌론에 정하고자 했던 알렉산드로스 대왕이 죽자 바빌로니아 지역은 다시 시리아의 셀레우코스 왕조의 지배하에 들어가게 되었다. 하지만 이 새로운 지배자들은 오래지 않아 바빌론을 버리고 말았다. 셀레우코스 왕조 이후 바빌로니아 왕국의 수도 바빌론은 역사 속으로 사라지는 운명을 맞게 되었다.

영화를 자랑했던 신전 도시

바빌론에 대한 본격적인 발굴조사는 건축가 출신의 고고학자 로베르트 콜데바이에 의해 이루어졌다. 콜데바이는 독일 동양학회를 이끌고 1899년부터 1917년까지 고대 도시 바빌론을 발굴조사했다. 바빌론 유적은 이라크 고대 유

---

6) 아시리아 : 메소포타미아 북부 지방에서 일어나 고대 오리엔트 최초의 세계제국을 세운 셈족계 국가. B.C. 2000년경부터 서서히 세력을 확장해나가면서 몇 차례 흥망성쇠를 거듭했으나 B.C. 7세기 무렵 사르곤 2세 때 전 오리엔트 지역을 통일했다.

물국이 현재도 조사를 벌이고 있지만 아직 전체 유적의 규모가 확연하게 드러나지 않은 거대한 유적이다.

콜데바이는 바빌론의 시가도를 작성해서 옛 도시를 어느 정도 되살려냈지만, 실제로 발굴된 유적은 나보폴라사르 1세와 네부카드네자르 2세가 재건했던 신바빌로니아 시대의 유적이 대부분이다. 도시 주위에는 해자를 파놓았으며, 그 뒤로 튼튼한 2중 성벽을 쌓아서 외적의 침입에 대비했다. 사람들이 성벽을 지나 도시로 들어가기 위해서는 모두 아홉 개의 문을 통과해야 했다. 현재 이 아홉 개의 문 가운데 당시 모습대로 재건된 것은 전쟁의 신이었던 이슈타르 신에게 바쳐졌던 이슈타르 문뿐이다. 12미터 높이의 이 문은 유약을 입힌 벽돌로 만든 용과 어린 황소의 부조로 장식되어 있다.

도시 안쪽으로는 개선도로라 불리는 길이 900미터, 폭 20미터의 포장도로를 따라 수많은 건물들이 배치되어 있었다. 왕궁과 성역, 세계 7대 불가사의 중 하나였던 공중정원 등이 줄지어 서 있는 크고 화려한 도시였다.

그리고 북에서 남으로 흐르는 유프라테스 강이 바빌론을 관통해 흐르며 도시를 두 구역으로 나누었다. 그 중 강을 따라 형성된 '신시(新市)' 지역은 아직까지 발굴이 끝나지 않아서 그 전모가 확연하게 드러나지 않고 있다.

도시 중심부에는 흔히 '바벨탑'으로 불리는 에테메난키라는 지구라트[7]가 우뚝 솟아 있었으며, 그 남쪽에는 바빌로니아의 수호신인 마르두크를 모시는 에사길라 신전이 있었다.

바빌론의 전성기에는 도시 곳곳에 수많은 신전과 성역이 존재했다. 우선 신들을 모신 신전만 해도 52개, 마르두크 신의 예배소 55개, 대지의 신들을 모신 예배소 300개, 하늘의 신들을 모신 예배소 600개, 신들의 제단 400개 등 도시

---

7) 지구라트 : '신전의 탑'이라는 의미('우르' 편 참조).

어디에나 신전과 예배소가 있었다.

　사실 바빌론이라는 말은 '신의 문'이라는 뜻을 가지고 있다. 말 그대로 바빌론은 수없이 많은 신전들이 존재했던 역사상 보기 드문 신전 도시였던 것이다.

바벨탑이 실제로 존재했을까?

오랜 옛날, 사람들은 하늘까지 닿는 탑을 세워 신에게 가까이 다가가려고 했다. 그러나 이런 모습을 본 신은 탑의 건설을 막기 위해 인간들의 언어가 서로 통하지 않도록 만들었다. 그리고 사람들을 각지로 이주시켜 탑을 건설하지 못하도록 했다고 한다.

구약성서 「창세기」 제11장에 나오는 이 탑은 흔히 바벨탑으로 불리며, 신을 경배하지 않는 인간들의 교만함을 상징하는 것으로 유명하다.

많은 고고학자들은 이 이야기가 바빌론에 존재했던 에테메난키라는 이름의 지구라트에서 비롯된 것으로 보고 있다. 에테메난키는 신이 내려오는 장소로, 하늘의 신과 지상의 인간이 서로 교류하는 데 중요한 연결고리 역할을 했다고 한다.

그리스의 역사가 헤로도토스가 쓴 『역사』에 따르면, 지구라트의 평면부는 한 변이 약 177.7미터에 이르는 장방형 구조로 모두 8층 규모로 건설되었다고 한다. 계단 모양의 탑 바깥쪽으로는 나선형의 계단이 있었으며, 계단 중간에는 휴게용 무도장도 있었다고 한다. 가장 높은 곳에는 신전이 있었으며, 밤에는 특별하게 선발된 한 여성이 하늘에서 탑으로 내려온 신과 하룻밤을 보냈다고 한다.

바빌론 중심부에 있는 에테메난키는 거의 정방형 구조로, 한 변이 약 400미터에 이르는 벽으로 둘러싸여 있었다. 벽 안쪽에 있었던 지구라트는 현재 기초 부분밖에 남아 있지 않다.

에테메난키는 원래 구바빌로니아 시대에 건설된 것으로 누가 만들었는지는 확실히 알려져 있지 않다.

지구라트는 이후 신바빌로니아 시대에 나보폴라사르 1세(B.C. 626~B.C. 606년 재위)와 네부카드네자르 2세(B.C. 605~B.C. 562년 재위)에 의해 재건되었다. 실제로 발굴된 지구라트는 한 변이 90미터로, 탑 내부는 햇빛에 말린 벽돌로, 외부는 불에 구운 벽돌로 장식되어 있었다. 현재 남아 있는 부분은 학자들의 조사를 통해 신바빌로니아 시대에 건설된 것으로 밝혀졌다.

지구라트가 화려하게 장식되어 있었다는 설도 있다. 채색 벽돌을 사용해 층별로 색을 달리 했다는 것이다. 화려한 색깔로 치장된 탑은 그 크기와 함께 보는 이들에게 경외감을 불러일으키지 않았을까. 하지만 유감스럽게도 바벨탑에 대한 더 이상의 자세한 기록은 남아 있지 않다.

이라크

The hanging garden of babylon
바빌론의 공중정원

- 건 립 문 명 : 메소포타미아 문명(바빌로니아 문명)
- 건 립 연 대 : B.C. 605~B.C. 562년
- 건 립 자 : 네부카드네자르 2세
- 발 굴 자 : 로베르트 콜데바이
- 현재 소재지 : 이라크의 수도 바그다드 남쪽 90킬로미터

바빌론의 대표적인 건축물

바빌론은 메소포타미아 문명뿐만 아니라 오리엔트 세계의 중심 도시였다. 바빌로니아 왕국, 아시리아, 신바빌로니아 왕국, 페르시아 제국, 마케도니아 왕국(알렉산드로스 대왕) 등 여러 고대 국가의 지배를 받으면서도 바빌론은 멸망하지 않고 그대로 생명력을 이어나갔다.

그 오랜 세월 동안 바빌론을 지배했던 역대 왕들은 도시의 규모를 서서히 키워나가면서 수많은 건축물들을 건설했다.

그런 건축물 중에는 전설적인 바벨탑을 비롯해 신전과 성역, 성벽이 존재했으며, 현재 재건되어 형체가 남아 있는 이슈타르의 문도 있었다.

그러나 바빌론에는 그런 모든 건축물들을 압도할 만한 뛰어난 건축물이 존재했다. 그 건축물은 중세 유럽에서 '하늘과 땅 사이에 떠 있는 정원이 있다'는 전설이 생겨날 만큼 유명했던 '바빌론의 공중정원' 이다.

바빌론의 공중정원은 신바빌로니아 왕국의 네부카드네자르 2세의 재위기간(B.C. 605~B.C. 562년) 중에 건설되었다.

'공중정원' 이라는 명칭은 계단식 발코니 위에 식물을 심어놓은 모습이 마치 공중에 매달려 있는 것처럼 보였기 때문에 그런 이름이 붙여졌다고 한다.

공중정원의 각 테라스에는 엄청난 양의 흙을 쏟아부어 만든 정원이 있었고, 여기에는 다양한 식물들이 심어져 있었다. 그리고 식물들을 관리하기 위해 도시를 관통하는 유프라테스 강에서 물을 끌어왔다. 아마도 역대 왕들은 바빌로니아 대지로 내리쬐는 뜨거운 햇볕을 피해 공중정원 안으로 들어가 느긋하게 휴식을 취하지 않았을까?

당시 바빌론에는 지구라트나 이슈타르의 문 같은, 미관이나 규모 면에서 공중정원 못지않은 우수한 건축물들이 존재했다. 하지만 식물들이 뿜어내는 푸른색을 보기 힘든 바빌론에서 인공적인 정원을 만들어낸 뛰어난 기술력이 바로 세계 7대 불가사의에 꼽히게 된 이유일 것이다.

신바빌로니아의 황금시대 – 네부카드네자르 2세 시대

공중정원을 만든 네부카드네자르 2세는 신바빌로니아 왕국을 강력한 국가로 만든 왕이었다. 그는 외국과의 교역을 적극 장려했는데, 주로 대추야자와 밀, 양모 등을 주변 국가로 수출해서 왕국을 부강하게 만들었다. 또 도량형을 통일하고 왕국 내의 교역 활동을 촉진시켰으며, 은행제도와 금융업을 발전시켰다.

당시 중동에서는 대부를 통한 이자로 돈을 버는 것은 좋지 않은 일이라고 생각했지만 바빌론에서는 적극 장려되었다. 따라서 바빌론에서는 금융업이 발달할 수 있었다. 그래서 주변 지역에서는 일부러 바빌론까지 돈을 빌러오는 사람들이 끊이지 않았고, 은행가들 중에는 이자로 큰돈을 벌어 왕족처럼 사는 사람도 있었다고 한다.

네부카드네자르 2세는 이러한 국내의 번영으로 얻은 부를 바빌론 재건에 투입해서 도시를 확장했다. 그와 그의 아버지인 나보폴라사르는 구바빌로니아 왕국, 즉 바빌론 제1왕조 시대의 바빌론을 재현하려는 의도하에 계속해서 화려하고 거대한 건축물들을 건설했던 것이다.

그리고 네부카드네자르 2세는 대외적으로 악명 높은 '바빌론 유수'를 단행했다. 그는 B.C. 597년, B.C. 586년, B.C. 582년 모두 세 차례에 걸쳐 유대 왕국[8]을 침공해 귀족과 군인, 직인 등 약 4만 5천 명에 달하는 유대인들을 바빌론으로 압송해왔다. B.C. 538년에 신바빌로니아 왕국이 멸망한 후 포로가 되었던 유대인들은 해방되었지만, 대부분은 고국으로 돌아가지 못하고 각지로 뿔뿔이 흩어졌다.

이 '바빌론 유수' 사건은 후에 성서에도 기록되어 바빌론의 나쁜 이미지가 후세에까지 전해지게 되었다.

사랑하는 왕비에게 준 선물?

공중정원은 메디아[9] 왕국에서 바빌론으로 시집온 사랑하는 왕비 아미티스를 위해 네부카드네자르 2세가 만든 것이라고 한다.

바빌로니아와 연합해서 아시리아를 멸망시켰던 메디아는 바빌로니아의 동맹국으로, 두 나라는 서로를 신뢰한다는 증표로 왕족끼리 혼인 관계를 맺었다.

메디아 왕국은 산과 나무가 많아 자연 환경이 좋은 나라였지만 바빌론은 평탄한데다 비도 잘 오지 않는, 자연의 혜택과는 거리가 먼 나라였다. 그래서

---

8) 유대 왕국 : B.C. 922년경 이스라엘 왕국의 분열로 성립된 왕국. 솔로몬 왕의 아들인 르호보암을 초대 왕으로 해서 예루살렘을 수도로 정하고 가나안 남부의 유대 지방을 지배했다.

9) 메디아 : 이란 고원의 엑바타나(현재 지명 하마단)를 중심으로 세력을 떨쳤던 국가. 이란계 메디아인이 B.C. 8세기 말에 건국했다. 제3대 왕인 키악사레스(B.C. 625~B.C. 585) 시대에 주변 종족들을 하나의 왕국으로 통일했으며, B.C. 612년에는 니네베를 침공해 아시리아 제국을 멸망시켰다. 그러나 B.C. 550년에 페르시아 제국에 정복당했다.

네부카드네자르 2세는 고향의 산과 푸른 나무를 그리워하는 아미티스의 마음을 달래주기 위해 공중정원을 만들기로 결심했다는 것이다.

하지만 실제로 공중정원이 어떤 목적으로 만들어졌는지는 확실치 않다. 왜냐하면 확실한 증거가 없기 때문이다. 사실 바빌론에서 출토된 점토판에는 공중정원에 관한 언급이 거의 없다. 그나마 공중정원에 대한 기록이 있는 점토판에는 정원에 심어져 있던 식물의 리스트 정도만 기록되어 있을 뿐이다. 그리고 리스트에 올라 있는 거의 대부분의 식물이 식용이나 약용이어서 일부 학자들은 공중정원이 식물원으로 사용되었을 것으로 추정하기도 한다.

그러나 바빌론에서 출토된 점토판이 아직까지 모두 해독되지 않았기 때문에 그 용도에 대해서는 정확하게 파악하기 힘든 상태다.

공중정원은 어떤 모습이었을까?

공중정원은 과연 어떤 모습으로 존재했을까? 아직까지는 전승에 의존할 수밖에 없다.

로베르트 콜데바이가 처음 바빌론을 발굴할 때는 왕궁 남쪽 부근에 있었을 것으로 생각했다. 왜냐하면 이슈타르의 문 바로 옆에서 발견된 14개의 작은 지하실이 정원을 떠받치고 있었을 것으로 보았기 때문이었다. 즉, 지하실 위에 테라스가 건설되어 정원을 이루었을 것으로 생각했던 것이다. 그래서 로베르트 콜데바이는 바로 이곳이야말로 '공중정원'이 있었던 곳이라고 주장했다. 하지만 몇 가지 문제가 있었다. 그 중 가장 커다란 문제는 이 장소가 물을 끌어오는 유프라테스 강에서 멀리 떨어져 있다는 것이었다. 후에 콜데바이는 스스로 조사를 해보지 않으면 확실한 것을 알 수 없다고 한 발 물러섰다.

실제로 공중정원은 남쪽 왕궁 부근에 있지 않았다. 나중에 이곳에서는 기름 분배에 관한 내용이 쓰여진 점토판이 발견됨으로써 기름 보관 창고였던 것으로 판명되었으며, 아치형 천장은 도로를 지탱하기 위한 보강 기둥이었던 것으로 밝혀졌다.

현재 공중정원이 있었던 곳은 남쪽 왕궁보다 한 구획 남쪽으로, 도시 중심을 가로지르는 유프라테스 강과 좀더 가까운 곳에 있었을 것으로 추정되고 있다. 그러나 유감스럽게도 이 지역은 아직 발굴조사가 끝나지 않았기 때문에 앞으로의 조사가 크게 기대되고 있다.

소재가 불분명한 이상, 공중정원의 모습을 파악하기 위해서는 고대 저술가들의 기록에 의존하는 수밖에 없다. 최초로 7대 불가사의를 선정한 비잔틴의 필론의 기록은 다음과 같다.

> 공중정원은 석재 기둥으로 떠받쳐져 있으며, 정원 밑 공간은 완전히 밀폐되어 있다. 그리고 대들보는 모두 종려나무를 사용했는데, 대들보 사이를 상당히 촘촘하게 만들었다. 일부러 종려나무를 사용한 이유는 쉽게 썩지 않는 목재인 데다 물이 스며들어 압력을 받으면 활처럼 휘고 간격도 좁아지기 때문이다. 그래서 그 간격 사이로 식물들이 뿌리를 내릴 수 있게 되고, 물도 흘러내려가는 것이다.
>
> 대들보 위에는 대량의 흙을 쏟아부어 여러 식물들을 심었는데, 사람들이 걸어다녀도 꿈쩍도 하지 않을 만큼 튼튼해서 보통 지면과 전혀 다를 바가 없다. 그리고 정원에 심어놓은 식물들을 지속적으로 관리하기 위해 유프라테스 강에서 수도관을 통해 물을 끌어왔다. 정원 위로 물을 운반하는 데는 바퀴가 달린 대형 수차(水車)가 사용되었다. 이렇게 퍼올린 물은 각 층에 설치되어 있는 수로를 타고 운반되었다.

이상과 같은 필론의 기록이 실제로 얼마만큼 정확한지는 유적이 발견되지 않은 이상 확인해볼 수는 없다. 그러나 필론의 기록을 통해 대략의 모습을 추정해보는 것은 충분히 가능하다.

또 하나의 불가사의 '바빌론의 성벽'

원래 필론이 선정한 세계 7대 불가사의에는 바빌론을 둘러싸고 있는 성벽이 들어 있는 반면 알렉산드리아의 대등대는 빠져 있다. 당시 필론은 알렉산드리아에 살고 있었기 때문에 매일처럼 대등대를 볼 수 있어서 7대 불가사의에 넣지 않았던 것이다.

필론에 따르면, 바빌론의 성벽은 둘레가 66킬로미터에다 높이는 24미터가 넘었으며, 여러 개의 감시탑이 있었다고 한다. 그리고 성벽 꼭대기는 4두 전차 네 대가 나란히 달릴 수 있을 만큼 폭이 넓었다고 한다.

그리스의 역사가 헤로도토스가 쓴 『역사』에 따르면 바빌론의 성벽은 다음과 같이 건설되었다고 한다.

우선 도시 둘레에 해자를 만들면서 파낸 흙으로 벽돌을 만들었다. 그리고 이 벽돌로 성벽을 쌓으면서 벽돌 사이에 천연 아스팔트(천연 아스팔트는 오래전부터 방수 처리를 위해 사용되었다. 현재 남아 있는 대표적인 유적은 B.C. 3000년경에 건설된 '모헨조다로' 다-옮긴이)를 칠해 물이 스며들지 않도록 했다. 그리고 해자를 둘러싼 벽을 쌓은 것과 같은 공정으로 성벽을 건설했다.

실제로 발굴된 성벽의 둘레는 22킬로미터, 벽의 두께는 30미터였다. 그리고 발굴될 당시 성벽이 무너져 있는 상태였기 때문에 정확한 높이는 알 수 없었다. 2중 구조의 외벽 바깥쪽에는 불에 구운 벽돌을, 안쪽에는 다소 질이 떨어지는 햇빛에 말린 벽돌을 사용했는데, 두 벽 사이에는 자갈을 채워넣었다.

필론은 아시리아의 여왕 세미라미스가 바빌론의 성벽을 건설했다고 밝혔지만, 세미라미스 여왕은 B.C. 809년부터 B.C. 806년까지 불과 4년간 섭정을 했기 때문에 성벽의 건설을 명령할 만큼 힘을 가지고 있지는 못했을 것으로 추정된다. 학자들은 실제로 건설을 명령했던 인물은 네부카드네자르 2세였을 것으로 보고 있다.

오만

우바르 ubar

- 건 립 문 명 : 불명
- 건 립 연 대 : B.C. 2800년경?
- 건 립 자 : 불명
- 발 굴 자 : 니콜라스 크라프, 미 항공우주국(NASA)
- 현재 소재지 : 오만의 룹알할리 사막

우주에서 발견한 환상 속의 도시

아랍의 민화 속에 등장하는 전설들 중에 신의 노여움을 사서 멸망당한 도시가 있다는 이야기가 있다.

『아라비안나이트』와 『코란』에도 나오는 이 전설 속의 도시는 우바르라 불리며, 때로는 와바르(Wabar), 퀴단(Qidan), 이람(Iram)라는 이름으로 불리기도 한다. 전설에 따르면, 우바르에 살았던 선주민들이 교만에 빠지자 이슬람의 신 알라가 도시를 파괴하고 폭풍을 일으켜 모래 깊숙이 파묻어버렸다는 것이다.

우바르의 존재는 일반인에게는 전설로 알려졌지만 일부 고고학자와 탐험가들은 전설의 근거가 되었던 도시가 어딘가에 반드시 존재했을 것으로 생각했다.

예를 들면, 영화 〈아라비아의 로렌스〉에 등장하는 T. E. 로렌스[10]는 우바르를 '사막의 아틀란티스'라고 불렀으며, 죽기 직전까지 탐험대를 파견할 계획

---

10) T. E. 로렌스(Thomas Edward Lawrence : 1888~1935년) : 영국의 탐험가이자 고고학자. 영화 〈아라비아의 로렌스〉의 실재 모델로 유명하다. 제1차 세계대전 때 정보장교로 아랍권의 독립을 위해 반 터키 게릴라 부대를 지휘했다. 영국 정부의 전후 처리에 불만을 품고 퇴역한 후에는 가명으로 공군과 전차부대에서 근무했다. 1935년 교통사고로 사망했다.

을 세웠을 만큼 관심이 많았다고 한다.

많은 사람들이 우바르의 소재에 대해 궁금하게 생각했지만, 이 전설 속의 고대도시가 있을 것으로 추정되는 룹알할리 사막이 워낙 넓은 곳이어서 실제로 조사에 나서는 사람은 많지 않았다. 어떤 확증도 없이 사막에 있는 유적을 찾아 헤맨다는 것은 사실 자살 행위나 다름이 없기 때문이었다.

하지만 역사에서 사라졌던 고대도시 우바르도 마침내 한 개인의 집요한 노력과 현대 과학 기술의 결합으로 그 모습을 드러내기에 이르렀다.

영화제작자이자 아마추어 고고학자였던 니콜라스 크라프는 미국 캘리포니아 대학 도서관에서 독자적으로 우바르에 대한 연구를 했다. 그는 2세기 무렵 알렉산드리아의 지리학자 프톨레미가 남겨놓은 아라비아 지도를 보고 우바르가 존재했을 것으로 추정되는 지역을 찾아냈다. 하지만 조사 범위가 워낙 넓어서 혼자 힘으로 유적을 찾는 것은 거의 불가능했다.

하지만 크라프는 레이더로 고대 마야 유적을 발견한 적이 있다는 소식을 우연히 접하고, 미 NASA(미 항공우주국)에 우주선을 이용해 우바르 유적을 조사해보는 것이 어떻겠느냐는 제안을 하기에 이르렀다. 이러한 크라프의 제안에 대해 NASA에서는 그 가능 여부를 타진하기 위해 지질학자인 론 브롬과 각 분야의 전문가들을 불러모았다. 그리고 어느 정도 가능할 것 같다는 결론을 내리고 본격적인 우바르 탐사에 나섰다.

우선 NASA는 인공위성과 우주선에 붙어 있는 센서로 지표를 조사해서 우바르가 있다고 추정되는 지역을 찾아냈다. 그리고 위성에서 촬영한 화상을 컴퓨터로 정밀하게 분석한 결과 마침내 고대 대상(隊商)의 교역로를 찾아내는 데 성공했다.

크라프와 NASA는 대상들이 다녔던 여러 교역로가 교차하는 곳에 도시가 있을 가능성이 높다고 판단했다. 그래서 NASA는 1991년과 1992년 두 차례에 걸쳐 조사단을 파견했다. 물론 조사단에는 니콜라스 크라프도 끼어 있었다. 조사단은 앗슈 시슈르라는 작은 오아시스 부근이 가장 가능성이 높다는 결론을 내리고 발굴을 시작했다.

발굴이 시작된 지 얼마 지나지 않아 조사단은 모래 밑에서 팔각형 건축물을 비롯한 수많은 유적들을 발견할 수 있었다. 마침내 전설의 도시 우바르를 발견한 것이다.

지반침하로 멸망한 우바르

우바르는 B.C. 2800년경부터 번영을 누렸던 것으로 추정되고 있다. 가까운 카라 산맥에서 채취한 유향(감람과의 상록 교목. 같은 나무의 줄기에 상처를 내서 뽑아낸 수액도 유향이라고 한다―옮긴이)을 수출해서 도시는 재정적으로 윤택한 생활을 누렸다. 당시 유향은 의약품과 시체 방부처리에 사용되는 방향제로 쓰였기 때문에 각국에서 중요하게 취급되는 상품이었다.

우바르의 유향은 페트라와 알렉산드리아, 예루살렘, 다마스쿠스, 멀리 지중해 서쪽 지방까지 수출되었으며, 교역 상대국이었던 중국, 인도, 메소포타미아에서 들여온 유물도 다수 발견되었다. 그리고 우바르 유적에서는 게임용 도구와 돌로 만든 펜던트 등이 발견됨으로써 당시 주민들이 상당히 부유한 생활을 했던 것으로 밝혀졌다.

전설에 따르면, 우바르는 알라 신의 노여움을 사서 멸망한 것으로 알려져 있다. 그러나 실제로는 지반침하로 인해 도시가 붕괴된 것으로 추정되고 있다. 어떻게 해서 그런 추정이 나오게 되었을까? 조사 결과, 도시 밑에서 거대한 석회암 동굴이 발견되었던 것이다. 학자들은 이 동굴이 무너지면서 그 위에 있던 도시가 지반침하를 일으켜 붕괴한 것으로 보고 있다. 이런 사실이 각색이 되어 '신에 노여움을 사 멸망한 도시' 라는 전설이 생겨났던 것 같다.

우주고고학

20세기 후반에 인공위성이나 우주선을 쏘아올리게 됨으로써 새로운 고고학 분야가 탄생하게 되었다. 바로 우주고고학이다. 인공위성을 이용해서 유적을 조사하는 학문으로, 위성고고학이라고 부르기도 한다.
1994년 11월 말에 유네스코와 일본 나라(奈良) 실크로드학 연구 센터 등이 주최한 '우주고고학 국제 세미나'가 나라 시에서 개최되어 미국과 영국, 프랑스, 터키, 튀니지, 알제리, 중국 등 세계 각국에서 온 스무 명이 넘는 연구자들이 모여 활발한 토론을 벌였다. 일본은 화상 처리 기술이 우수하다는 점에서, 또 도카이(東海) 대학 같은 연구 기관이 적극적으로 연구에 매진하고 있다는 점에서 우주고고학 분야에서는 다른 국가들보다 한 걸음 앞서 있다고 할 수 있다.
우주고고학은 지구 관측 위성에서 보내온 화상(畵像)과 항행용 인공위성의 전파를 받아 위경도를 측정하는 GPS(Global Positioning System)이라는 기계를 사용해 지형이나 구조물을 비교하는 것에서부터 시작된다.
위성 화상은 과거에는 사물에 80미터 정도까지만 다가갈 수 있어서 정밀한 탐사가 불가능했지만 지금은 10미터 이하의 사물도 식별할 수 있을 만큼 성능이 개선되었다. 그 때문에 유적으로 보이는 인공 유물도 판별할 수 있게 되었으며, 현지에 가지 않아도 상공에서 유적을 조사할 수 있는 획기적인 수단으로 고고학계의 기대를 모으게 되었다.
이제까지 우주에서 이루어졌던 많은 조사는 차곡차곡 성과를 쌓아가고 있다. 1990년에는 사막 속에 묻혀 있던 전설의 도시 우르를 발견했으며, 1998년에는 앙코르와트 유적 북서쪽에서 카피라프라라는 유적을 발견하기도 했다.
와세다(早稻田) 대학 고대 오리엔트 조사실과 도카이 대학 정보 기술

센터의 합동조사단은 1996년 이집트에서 신왕국 시대의 대형 신전 고분을 발견했다. 그리고 기존의 유적 부근을 재조사하는 과정에서 당시의 교역로와 생활상을 새롭게 파악할 수 있는 유적을 발견하기도 했다. 우주고고학을 이용해 유적 조사를 벌인 또 하나의 구체적인 사례로는 팔미라 유적을 들 수 있다. 팔미라 주변 지역을 위성을 통해 조사함으로써 지금까지는 알려져 있지 않았던 오아시스와 대상(隊商)들의 교역로를 새롭게 찾아낼 수 있었다.

기술 혁신이 매일처럼 일어나고 있는 현재, 우주고고학은 앞으로도 비약적인 발전을 이룰 것으로 전망된다. 특히 실크로드나 남미, 아프리카처럼 조사하기 힘든 넓은 지역에서도 충분히 제몫을 해낼 것으로 학자들은 기대하고 있다.

요르단

petra
페트라

- 건 립 문 명 : 나바테아 문명
- 건 립 연 대 : B.C. 6세기
- 건 립 자 : 아랍계 유목민 나바테아인
- 발 굴 자 : 요한 루드비히 부르크하르트
- 현재 소재지 : 요르단의 수도 암만 남쪽 190킬로미터

깎아지른 듯한 절벽 속에 건설된 도시

요르단 수도 암만에서 남쪽으로 190킬로미터 정도 가면 사람이 살지 않는 황량한 사막지대에 산들이 높이 솟아 있는 모습을 볼 수 있다. 표고 950미터의 산 속에서 바싹 말라버린 강을 따라 앞으로 나가면 갑자기 눈앞에 환상적인 광경이 펼쳐진다. 붉은빛을 띤 바위 표면에 건설되어 있는 고대 도시 페트라가 시야에 들어오기 때문이다.

페트라라는 이름은 그리스어 '바위'에서 유래한 것이다. 남요르단의 보석이라고 불리는 페트라를 만든 사람들은 아랍계 유목민인 나바테아인이었다. 페트라는 교통의 요지였던 관계로 언제나 외부의 침입이 끊이지 않았다. 그래서 주민들은 외적들의 공격을 효과적으로 막을 수 있는 거대한 암반 속에 주거지를 건설했던 것이다.

나바테아인들은 와디 무사(모세의 강)라 불리는, 우기에만 물이 흐르는 건조한 강을 따라 시가지와 무덤, 신전 등을 건설했다. 그들은 수준 높은 건축 기술로 명성이 높았는데, 수로와 돌을 쌓아서 만든 저수조 등에서 그런 사실을 확인할 수 있다.

유적 중에서 로마식 파사드[11]로 지어진 카즈네 신전(흔히 '파라오의 보물창

고'라고 불리기도 한다)은 영화 〈인디아나 존스―최후의 성전〉에도 등장했을 만큼 환상적인 건축미를 자랑한다.

파라오의 보물창고라는 이름은 인근 유목민들의 전승에서 유래한 것이다. 유목민들은 누가 페트라를 만들었는지 몰랐기 때문에 단지 추측만으로 이집트의 왕 파라오가 만들었을 것으로 생각했다. 지금도 카즈네 신전을 누가 만들었는지 확실하게 밝혀지지 않았기 때문에 '파라오의 보물창고'라는 명칭이 그대로 사용되고 있다.

카즈네 신전을 비롯한 페트라의 건축물들은 헬레니즘과 로마 문명의 토대 위에, 이집트와 아시리아, 그리스의 영향을 받은 것으로 밝혀졌다. 이러한 사실은 페트라가 국제적인 무역 도시로서 커다란 번영을 누렸다는 것을 상징적으로 보여준다.

페트라 주변의 암반은 기본적으로 붉은 빛을 띠고 있지만 일조량과 태양의 방향에 따라 색깔이 시시각각 변한다고 한다. 이러한 특성이 페트라에 아름다움과 신비감을 더해주었을 것으로 학자들을 평가하고 있다. 맑은 날 오전 10시 무렵에 가장 아름답다고 하는데, 신전 전체가 햇빛을 받아 환상적으로 빛났다고 한다.

페트라의 영광과 몰락

비록 거친 황무지지만 페트라에는 오랜 옛날부터 사람들이 정착해 살았다. B.C. 7000년경에 인간이 집단적으로 거주한 흔적이 페트라 지역에서 발견되었다. 이는 페트라에서 발견된 유적 중에서 가장 오래된 것이다.

---

11) 파사드 : 서구 건축물의 정면이나 전면을 지칭하는 용어. 일반적으로 도로와 광장 쪽으로 나 있으며, 건물의 얼굴이라고 할 수 있다.

B.C. 6세기에 서쪽에서 나바테아인들이 들어와서 페트라를 거점으로 정착해 살기 시작했다. 실크로드를 왕래하는 대상들에게 통행세를 거두면서 점차 세력이 커져 멀리 다마스쿠스 주변까지 세력을 넓히게 되었다. 이후 페트라는 국제적인 통상의 거점으로서 번영을 누렸다.

그러나 B.C. 63년, 로마의 폼페이우스 장군이 나바테아 왕국의 영토를 침략하면서부터 점차 세력이 약화되기 시작했다. 마침내 106년, 로마의 트라야누스 황제에 의해 페트라는 식민지로 전락하고 말았다.

비록 식민지가 되었지만 페트라는 교역도시로서 계속 살아남았다. 하지만 다시는 역사의 전면에 등장하는 일은 없었다. 7세기에는 이슬람 교도의 지배를 받았고, 12세기에는 십자군에게 점령되는 등 잠깐씩 그 모습을 드러냈지만 점차 사람들의 기억 속에서 잊혀져갔다.

시대가 흘러 19세기에 이르러 페트라는 다시 사람들에게 알려지기 시작했다.

1812년 여름, 스위스의 이슬람 학자 요한 루드비히 부르크하르트가 우연한 계기로 페트라를 발견했다. 시리아에서 이집트로 가는 도중에 한 유목민으로부터 주변에 고대 도시의 폐허가 있다는 소문을 듣고 곧바로 페트라로 달려가 유적의 존재를 확인했던 것이다.

그후 부르크하르트의 발견 소식을 전해들은 유럽의 고고학자들이 페트라를 조사하기 위해 요르단으로 몰려들었다. 그러나 아직까지 페트라에 대한 조사는 전체의 1퍼센트밖에 이루어지지 않은 상태다.

사우디아라비아

madian saleh
마다인 살리

- 건 립 문 명 : 나바테아 문명
- 건 립 연 대 : B.C. 1세기~1세기
- 건 립 자 : 아랍계 유목민 나바테아인
- 발 굴 자 : 요한 루드비히 부르크하르트
- 현재 소재지 : 사우디아라비아의 헤자즈 지방. 홍해에서 내륙 쪽으로 약 100킬로미터

사막의 거암에 건설한 도시

요르단의 페트라를 건설했던 나바테아인들은 아라비아 반도 곳곳에 대상(隊商)들의 보급기지를 건설했다. 마다인 살리도 그런 도시 중에 하나로, 남아라비아와 시리아, 팔레스타인을 연결하는 대상 루트의 중요 거점이었다.

마다인 살리라는 이름은 '사리의 마을'이라는 뜻으로, 오래 전부터 '헤그라'라고 불려왔다. 나바테아인들은 사막의 한쪽 끝에 우뚝 솟아 있는 거대한 바위를 뚫고 들어가 주거 공간을 건설했다. 바위에 거주지를 만들었다는 측면에서 페트라와 유사하지만, 계단 모양의 장식을 건물에 새겨놓았다는 점에서는 약간 차이가 있다.

사막에서 사라진 민족이 남겨놓은 아라비아 문자

마다인 살리는 페트라를 발견한 요한 루드비히 부르크하르트가 1812년에 발견했다. 그리고 1877년에는 영국의 시인이자 탐험가였던 다우티가 현지를 방문해 묘비에 새겨져 있는 나바테아 문자를 그대로 옮겨적어 본국의 학회에 보냄으로써 이들의 문자가 유럽 학계에 알려지게 되었다.

현재 마다인 살리에 남아 있는 나바테아 문자는 남아라비아 문자와 나바테

아 문자 두 종류다. 나바테아 문자는 페니키아에서 알파벳으로 사용했던 문자로, 연구 결과 현대 아라비아 문자의 선조 언어였다는 것이 판명되었다. 그러나 남아라비아 문자에 대해서는 확실하게 밝혀진 것이 없다. 언제부터 그 문자를 사용했는지, 초기 페니키아 문자와 어떤 연관성이 있는지 여전히 불확실하다. 또 나바테아인 이전에 이 지역에 정착해 살았던 유목민들이 사용했던 것인지, 나바테아인 문자와 어떤 연관성이 있는지 그 어느 것도 확실하게 밝혀지지 않은 의혹이 많은 문자다.

이란

페르세폴리스
persepolis

- 건 립 문 명 : 페르시아 문명(아케메네스 왕조)
- 건 립 연 대 : B.C. 522년경~B.C. 460년경
- 건 립 자 : 다리우스 1세, 크세르크세스 1세, 아르타크세르크세스 1세
- 발 굴 자 : 에른스트 헤르츠페르트
- 현재 소재지 : 이란 남부 파르스 주 시라즈 북동쪽 51킬로미터

고대 오리엔트를 통일한 페르시아 제국의 수도

오리엔트 지역은 수메르인들('우르' 편 참조, '에리두' 편 참조)이 최초로 문명을 건설했지만, 이후 여러 민족들이 왕국을 세우고 세력 다툼을 벌이는 힘의 각축장이 되었다.

그 중 B.C. 6세기에 이 지역에 등장한 페르시아 제국은 불과 수십 년만에 오리엔트의 거의 전지역을 장악하고, 인도와 지중해 지역까지 원정을 할 정도로 급격하게 세력을 확장한, 이제까지 볼 수 없었던 전혀 새로운 국가였다.

이란의 고원 지방에서 시작된 페르시아의 아케메네스 왕조는 다리우스 1세 시대에 가장 넓은 영토를 가진 대제국으로 성장했다. 북으로는 중앙아시아의 아랄 해와 카스피 해 주변, 남으로는 에티오피아, 동으로는 인더스 강 유역, 서로는 아나톨리아[12]에 이르기까지 그 세력을 넓혔다.

페르시아 제국에는 많은 도시들이 존재했다. 초대 왕 키루스 2세가 세웠던

---

12) 아나톨리아 : 소(小)아시아라고도 한다. 아시아 서부에 있으며, 흑해, 에게 해, 지중해에 둘러싸여 있는 반도를 지칭한다. 현재 터키 대부분의 지역을 차지한다. 아시아 대륙과 유럽 대륙이 만나는 지점이라는 입지 조건 때문에 문명 초기부터 양쪽 대륙에서 이주해가거나 정복 전쟁을 하러가는 수많은 민족들이 지나는 교차로였다.

최초의 도시 파사르가다에, 페르시아의 전신이었던 메디아 왕국의 수도 엑바타나, 신바빌로니아 왕국의 수도 바빌론, 페르시아 만에 인접해 있던 페르시아 제국의 수도 '수사' 등 지배했던 지역이 넓었던 만큼 곳곳에 많은 도시들이 존재했다.

페르시아는 세력을 확장하면서 어떤 때는 도시를 건설하고 어떤 때는 이제까지 존재해왔던 도시를 약탈해서 자신들의 도시로 탈바꿈시키기도 했다.

제3대 왕 다리우스 1세는 파사르가다에에서 남서쪽으로 40킬로미터 떨어진 곳에 새로운 도시 페르세폴리스를 건설했다. 페르세폴리스라는 말은 '페르시아의 도시' 라는 의미를 가진 그리스어로, 페르시아인들은 '파르사' 라고 불렀다. 그리고 현대 이란어로는 '타하트 이 잠시드('왕의 옥좌' 라는 뜻)' 라고 부른다.

제국 번영의 상징, 페르세폴리스

페르세폴리스 건설은 다리우스 1세의 즉위 직후인 B.C. 522년경부터 시작되어 2대 후인 아르타크세르크세스 1세 재위 기간 중에 완성되었다. 60년 이상 걸린 대공사였다.

처음 도시를 건설할 때는 주변 산악지대에서 채취한 석회암을 잘라서 사용했다. 잘라낸 석회암으로 먼저 동서 300미터, 남북 455미터, 높이 12미터의 기단 부분을 만든 다음, 그 위에 왕궁의 문과 아파다나(알현실), 창고, 역대 왕들의 궁전 등을 건설했다. 그리고 아르타크세르크세스 1세 사후에는 무덤도 함께 만들었다.

페르세폴리스의 건축물에는 그리스와 이집트, 메디아 양식이 뒤섞여 있다는 특징이 있다. 부조의 구도는 이집트 수법이, 부조에 표현되어 있는 인물의 복식은 그리스 조각 수법이, 많은 기둥들이 줄지어 서 있는 궁전에서는 메디아 양식이 발견된다.

페르세폴리스 유적 중에서 현존하고 있는 것은 기단과 그 위에 초라하게 서 있는 기둥 부분 정도다. 그나마 남아 있는 이런 유물들을 통해 당시 페르시아 제국의 번영이 어느 정도였는지를 짐작해볼 수 있다. 아파다나의 기단에 새겨져 있는 부조에는 왕에게 공물을 바치기 위해 각지에서 몰려온 사람들의 모습이 사실적으로 묘사되어 있다. 그들은 멀리 인도의 박트리아[3]에서부터 간다라[14], 스키타이[15], 이오니아[16] 등지에서 온 사람들이었다.

페르세폴리스는 왜 만들었나

페르세폴리스는 페르시아의 번영을 상징하는 도시였지만, 무슨 이유로 건설했는지는 아직 확실하게 알려져 있지 않다.

막대한 비용과 노력을 투입해 완성한 페르세폴리스에는 도시를 지키기 위한 병사들의 숙소와 예배소 등은 있었지만, 시장이나 일반 시민들의 주거지는 존재하지 않았다. 당시 페르시아 제국 행정의 중심은 페르세폴리스에서 약 480킬로미터 떨어진 '수사'였다. 그리고 왕의 즉위식이나 각종 행사는 파사르가다에에서 이루어졌다. 그래서 페르세폴리스는 다른 페르시아 도시에 비해 그리 알려진 도시가 아니었다. 수많은 역사서를 썼던 그리스인이나 페르시아를 정복한 알렉산드로스 대왕도 처음에는 페르세폴리스의 존재를 알

---

13) 박트리아 : 파미르 고원 남쪽에 있는 힌두쿠시 산맥과 중앙아시아의 아무다리야 강 사이에 있는 지역.

14) 간다라 : 현재 파키스탄 북서부 페샤와르 지역. 고대 인도 문화와 지중해 문화의 교류가 있던 유서 깊은 곳이다.

15) 스키타이 : 흑해 북안을 중심으로 하는 러시아 남부 초원지대.

16) 이오니아 : 현재 터키의 일부로 소아시아 서안의 한 지역.

지 못했다. 그 때문에 이 도시에 관한 기록도 그다지 많이 남아 있지 않다.

매년 3월마다 페르세폴리스에서는 '신년 대제'라 불리는 의식이 벌어졌다. '신년 대제'란 신년을 축하하는 행사로, 이 시기에는 제국 각지에서 온 신하들이 모여 아파다나에서 왕을 알현하고 인사를 드렸다. 아울러 신하들은 왕에게 공물을 바쳤으며, 각지에서 벌어지는 일들을 보고했다.

문제는 왜 수사에서 멀리 떨어진 페르세폴리스에서 대제를 치렀느냐는 점이다. 꼭 그럴 필요가 있었을까?

1년에 한 번, 그것도 몇 주밖에 사용하지 않는 도시를 건설할 만큼 제국의 힘이 막강했다고 볼 수도 있지만 단지 그런 이유라고만 생각하기는 어렵다. 페르세폴리스의 존재를 언급한 문헌이 극히 적다는 사실과, '신년 대제'가 열리는 3월에는 페르세폴리스의 기후가 쾌적했다는 것, 이 두 가지 사실을 통해 유추해볼 수 있는 것은 페르세폴리스가 뭔가 특별한 용도로 건설되었다는 것이다. 즉, 페르시아 왕의 비공개적인 안식처나 휴양지 같은 곳이었을지 모른다는 것이다.

페르세폴리스의 몰락

B.C. 331년, 대제국을 건설하고 오리엔트 지역을 지배했던 페르시아 제국은 한 사람의 영웅에게 무릎을 꿇고 말았다. 알렉산드로스 대왕이 이끄는 마케도니아 군에게 페르세폴리스는 순순히 성문을 열어줄 수밖에 없었다. 말 그대로 무혈입성이었다. 왕궁의 창고에 잠들어 있던 보물들은 약탈당했고, 도시는 불탔다. 결국 페르시아 제국의 상징이었던 페르세폴리스는 화염에 휩싸인 채 한줌의 잿더미로 변하고 말았다.

페르세폴리스가 고대 페르시아 제국의 도시였다는 사실은 오래 전부터 알려져 있었다. 16세기에 페르세폴리스를 방문했던 유럽의 여행자들은 적지 않은 기록을 남겨놓았다. 당시 페르세폴리스는 황량한 들판에 초라한 기단과 무너진 원형 석주만이 남아 있을 뿐 화려했던 과거의 모습은 어디에서도 찾아볼 수 없다고 기록되어 있다.

페르세폴리스 유적은 1931년 고고학자 에른스트 헤르츠페르트가 주도하는 시카고 대학 동양연구소에 의해 발굴되었다. 그후 시카고 대학의 에리히 슈미트가 헤르츠페르트의 뒤를 이어 계속 조사를 벌였고, 제2차 세계대전 후에는 이란 정부가 발굴을 담당하고 있다.

이스라엘

jericho
예리코

- 건 립 문 명 : 불명
- 건 립 연 대 : B.C. 9000~B.C. 2000년경
- 건 립 자 : 불명
- 발 굴 자 : 불명
- 현재 소재지 : 이스라엘 수도 예루살렘 북동쪽 약 24킬로미터

구약성서에 등장하는 세계 최고(最古)의 집단 유적

'세계 최고의 도시'로 알려져 있는 예리코 유적은 사해(死海)에서 북서쪽 11킬로미터, 예루살렘에서 북동쪽으로 24킬로미터 떨어진 탈앗술탄이라 불리는 곳에 있다. 탈앗술탄은 주변 평야 위에 인공적으로 조성한 높이 21.5미터의 작은 언덕이다.

예리코는 구약성서에서 유대 민족이 나팔소리와 큰 고함소리만으로 성벽을 무너뜨린 도시로 유명하다. 실제로 예리코에는 석벽의 흔적이 지금도 남아 있다. 그리고 예리코는 '세계 최고의 도시'로도 유명한데, 도시의 기원은 B.C. 8000년대까지 거슬러 올라간다.

부근에 있는 '술탄의 샘'이라 불리는 오아시스 덕분에 예리코에는 일찍부터 사람들이 정착해 살았던 것으로 보인다. 그리고 샘 옆에서는 돌을 쌓아서 만든 원시적인 제단과 뼈로 만든 용기가 발견되었는데, 탄소연대 측정법을 통해 이들의 제작 연대를 조사한 결과 B.C. 1만 년 전인 것으로 밝혀졌다.

B.C. 8000년 무렵에 이 지역에 살았던 사람들은 햇빛에 말린 벽돌을 사용해서 직경 5미터 정도의 묘혈식 주거지를 만들어 촌락 집단을 이루었다. 당시 예리코의 인구는 유적의 규모로 볼 때 약 2천 명 정도로 추정되고 있다. 그들

은 외적의 침입에 대비하기 위해 너비 2미터, 높이 4미터 규모의 성벽을 쌓았으며, 그 위로는 계단이 붙어 있는 높이 8.5미터, 직경 10미터의 탑을 세웠다. 예리코에 남아 있는 성벽과 탑은 당시 그 정도의 건축물을 건설할 수 있을 만큼 발전된 사회 조직이 존재했다는 사실을 보여준다.

B.C. 7300년경에는 시리아 방면에서 사람들이 들어와 정착하기 시작했다. 하지만 탑과 성벽을 쌓았던 이전의 주인들이 어떻게 되었는지는 알려져 있지 않다. 그리고 B.C. 6000년경에는 사람들이 갑자기 도시를 버리고 다른 곳으로 떠났다.

그후 B.C. 4500년경에는 전혀 다른 종족이 들어와 살기 시작했지만 그들 역시 무슨 이유 때문인지 B.C. 4500년경에 예리코를 버리고 어디론가로 이주해 버렸다.

사람들로부터 버림을 받았던 예리코 땅에 다시 사람들이 들어와 살기 시작한 것은 B.C. 3300년이었다. 이 새로운 이주자들은 바위를 파서 지하실을 만든 다음 죽은 자들을 매장하는 독특한 관습을 가지고 있었다. 이들은 예리코를 거점으로 번영을 누렸지만 B.C. 2300년경 유목민족인 아모리인들의 습격을 받아 멸망하고 말았다. 이때 도시도 심하게 파괴되었다.

B.C. 1900년경, 시리아 연안의 가나안[17]인들에 의해 도시가 재건되었다. 17미터 높이의 거대한 성벽이 건설되면서 예리코는 전성기를 맞았다. 그러나 B.C. 1560년경, 이집트에서 힉소스인[18]이 침입해 예리코는 다시 파괴되었다. B.C. 14세기 초에 소규모로 재건이 이루어졌지만, 14세기 후반에는 완전히 폐

---

17) 가나안 : 팔레스타인의 옛 이름. B.C. 4000년경 셈족 계열의 가나안이 정착했으며, B.C. 13세기 중반에는 이스라엘인이 정복했다. 구약성서에서는 신이 아브라함과 그 자손들에게 내려준 약속의 땅이다.

18) 힉소스인 : B.C. 18세기 말에 이집트에 침입한 이민족. 힉소스는 '외국의 왕'이라는 뜻이

허가 되어버리고 말았다. 이후로 예리코는 아무도 살지 않는 버려진 땅이 되었다.

구약성서의 전설-예리코의 몰락

구약성서에 따르면 예리코는 이스라엘 민족에게 멸망당한 것으로 기록되어 있다. 모세의 뒤를 이어 지도자가 된 여호수아는 유대 민족을 이끌고 신이 내려준 축복의 땅 가나안을 향해 가고 있었다. 그런데 그 앞에 예리코라는 장애물이 나타났다.

굳건한 성벽으로 둘러싸여 있는 예리코를 무너뜨리기 위해 여호수아는 신의 뜻에 따라 예리코 성벽 주위에 병사들을 배치해서 일제히 큰 소리를 지르도록 했다. 그러자 뜻밖에도 예리코 성벽이 무너져내려 쉽게 도시를 점령했다고 한다.

이 성서 속의 이야기는 B.C. 1560년경 힉소스인들의 침입에서 유래된 이야기라는 설이 학계의 정설이다. 즉, 실제 사건이 아니라 다른 역사적인 사건을 유대 민족의 역사 속에 슬쩍 끼워넣었다는 것이다.

다. 이집트에 말과 전차를 전해주었다. B.C. 1580년경 이집트 제18왕조의 힘에 굴복해 이집트에서 밀려났다.

시리아

tell mardikh
텔 마르디흐

- 건 립 문 명 : 에블라 문명
- 건 립 연 대 : B.C. 2900년경
- 건 립 자 : 셈족계 에블라인
- 발 굴 자 : 파올로 마티에
- 현재 소재지 : 시리아 서북부 알레포 남서쪽 53킬로미터

오리엔트 역사를 새롭게 쓰게 한 에블라 왕국

이집트와 메소포타미아 문명 사이에 끼어 있는 시리아는 일찍부터 교통의 요지로 번영을 누렸지만, 확실한 문명의 존재는 1960년대까지 확인되지 않고 있었다. 그러나 고대 시리아의 마리 왕국[19]과 아카드 왕국[20]의 고문헌에 에블라 왕국이라는 고대국가의 명칭이 빈번하게 등장해서 학자들은 시리아 영토 어딘가에 아직 발견되지 않은 고대 문명이 존재하고 있을 것으로 생각했다.

1964년, 이탈리아의 고고학자 파올로 마티에가 이끄는 로마 대학 시리아 고고학 조사단은 고대 시리아 문명을 찾기 위해 텔 마르디흐라 불리는 유구(遺丘)[21]를 우선적인 발굴 대상으로 정했다. 고대 시리아 문명의 실마리가 될 수 있을 것으로 기대하고 시작한 발굴은 예상을 뛰어넘는 놀라운 성과를 얻었

---

[19] 마리 왕국 : 시리아 동부에 존재했던 메소포타미아 주변 국가 중 하나. 대표적인 유물로는 짐릴림 궁전이 있다. 이 궁전에서 수많은 벽화와 유물이 발굴되었으며, 특히 여러 기록실에서 수천 장의 고대 문서가 나온 것으로 유명하다.

[20] 아카드 왕국 : 지금의 이라크 중부에 위치했던 고대 왕국. 고대 바빌로니아 북부(혹은 북서부)지방을 차지하고 있었다. 아카드라는 이름은 B.C. 2300년경 셈족의 정복자 사르곤 1세가 건설했던 아가데 시에서 따온 것이다.

다. 텔 마르디흐에는 B.C. 2500~B.C. 2400년경의 대도시가 잠들어 있었던 것이다.

같은 시기에 메소포타미아에서는 수메르인('우르' 편, '에리두' 편 참조)이 도시국가를 건설했으며, 이집트에서는 고왕국 시대를 맞아 기자에 3대 피라미드('기자의 3대 피라미드' 편 참조)를 완성할 무렵이었다. 이집트나 메소포타미아에 필적할 만한 세력을 가지고 있었던 것으로 보이는 에블라 왕국의 발견으로 오리엔트의 역사는 새롭게 쓰여지게 되었다.

100년이 걸려도 다 발굴하지 못할 대도시

텔 마르디흐 유적의 발굴은 1964년부터 시작되어 현재까지 발굴이 계속되고 있다. 유적의 규모는 상당히 커서 약 56헥타르(1헥타르는 1만 평방미터)이며, 전체 유적을 발굴하기까지는 앞으로 100년 이상 걸릴 것으로 예상되고 있다.

광대한 에블라 왕국의 도시 텔 마르디흐는 한 변이 약 1,000미터에 이르는 마름모꼴 형태의 외벽으로 둘러싸여 있었으며, 사람들은 네 개의 문을 통해 드나들었다.

유적 중심부에는 지름 170미터의 원형 아크로폴리스[22]가 있었으며, 아크로폴리스와 외벽 사이에는 주거지로 추정되는 지역이 있었다. 그리고 유적에서는 고대 시리아의 특징인 안경을 쓴 듯한 모습의 지모신상(地母神像) 테라코타[23]가 다수 출토되었다. 또 고대 도서관으로 추정되는 건물 속에서는 설

---

21) 유구 : 遺丘. 유적 위에 토사가 쌓여 언덕처럼 된 것.

22) 아크로폴리스 : 도시의 종교적·정치적 중심이 되는 건물의 집합체를 지칭한다.

23) 테라코타 : 이탈리아어로 '구운 흙' 이라는 뜻이다. 불에 구우면 흐린 황토색 또는 붉은색을 띠며 매우 거칠고 구멍이 많은 점토로 만들어 유약을 칠해 구운 제품(예를 들면 그릇, 조

형문자로 기록한 점토판이 1만 5천 매나 발견되기도 했다. 점토판은 비록 불에 탄 모습으로 발견되었지만 상태는 아주 양호했다.

발굴조사와 점토판을 통해 신석기 시대 말기부터 텔 마르디흐에 사람들이 정착해 살면서 촌락을 이루었으며, B.C. 2900년경 무렵에는 촌락 주변에 외벽을 건설해서 도시국가 체제를 갖추었던 것으로 밝혀졌다. 학자들은 이 무렵에 에블라 왕국이 성립된 것으로 보고 있다.

그러나 에블라 왕국은 B.C. 2550년경에 아카드 왕국의 공격을 받아 그 지배하에 들어가게 되었다. 그후 아카드의 몰락으로 B.C. 2000년경에 왕국을 재건하고, B.C. 1600년경까지 전성기를 맞게 된다. 에블라 왕국은 레바논 삼나무(배와 집, 다리, 가구, 밧줄, 장식용 조각품 등을 만드는 데 사용되었다-옮긴이)를 주변 국가에 팔아서 얻은 이익으로 번영을 누렸다는 사실이 당시 문헌을 통해 밝혀졌다. 그러나 문헌의 내용과 달리 현재 레바논 삼나무는 같은 지역에서 발견되지 않고 있다. 그 이유는 과도한 벌채에 있다는 것이 학자들의 주장이다. 즉, 교역을 위해 레바논 삼나무를 지나치게 벌채했기 때문에 주변 지역이 지금처럼 사막이 되었다는 것이다.

그후 에블라 왕국은 B.C. 1600년경에 히타이트('하투사스' 편 참조)의 공격을 받아 멸망하고 말았다. 고대 시리아에서 패권을 장악했던 에블라 왕국은 이렇게 해서 400년간의 영화를 뒤로하고 역사의 어둠 속으로 사라져 갔다.

상, 구조물 등) 및 그 기법을 뜻한다. 테라코타는 용도가 다양하고 내구성이 강해서 실용품이나 건축 장식으로 많이 사용되었다.

시리아

palmyra 팔미라

- 건 립 문 명 : 오리엔트 문명
- 건 립 연 대 : 1~2세기
- 건 립 자 : 아람인
- 발 굴 자 : -
- 현재 소재지 : 시리아(시리아 사막 중앙)

사막 속의 오아시스 도시

중국과 유럽을 연결하는 실크로드의 교역도시로 번영을 누렸던 팔미라는, 서쪽의 로마 제국과 동쪽의 페르시아 제국 사이에서 태어난 완충국가였다. 현재는 폐허로 남아 있는 팔미라는 시리아 사막 중앙에 위치해 있으며, 시리아 수도 다마스쿠스에서 북동쪽으로 약 230킬로미터 떨어진 곳에 있다. 그리고 유프라테스 강의 서쪽으로 200킬로미터 가량 떨어져 있다.

오래 전부터 이 지역에는 지하수가 솟아나는 오아시스가 있어서 구석기 시대부터 사람들이 정착해 살았던 것으로 보인다. B.C. 2000년경에는 이미 도시가 건설되어 바빌로니아의 고문헌에는 타드모르라는 지명으로 등장한다. 이후 타드모르는 대추야자를 뜻하는 '타말'로 변했고, 그리스어로 번역될 때는 '팜(대추야자)의 마을' 즉, 팔미라가 되었다.

B.C. 1세기경, 팔미라는 교역의 중심지로 번영을 누렸지만, 그들의 부를 탐낸 로마 제국에 흡수되고 말았다. 그러나 통치 자체는 그다지 강압적이지 않았다. 129년에는 로마 시민으로서의 법적 자격을 얻었으며, 212년에는 식민도시의 자격을 부여받아 로마 시민과 동등한 권리를 획득했다.

106년, 교역 도시 페트라가 로마에 흡수됨으로써 교역의 기능을 상실하자 팔미라는 중동 지역 유일의 교역 거점이 되어 더욱 번영을 누리게 되었다.

팔미라의 건축물에는 로마의 영향이 강하게 남아 있다. 아고라(시장), 공동 목욕탕, 극장, 무덤 같은 공공 시설물은 로마와 같은 양식으로 건설되었다.

팔미라 유적 중에서 가장 눈길을 끄는 것은 도시 남동부에 있는 벨 신전이다. 이곳에서는 바빌로니아인들이 섬겼던 벨(=마르두크) 신에게 제사를 드렸다. 신전 경내에는 동서 210미터, 남북 205미터에 이르는 넓은 공간이 있으며, 그 서쪽에 있는 폭 35미터의 계단을 통해 안쪽으로 올라갈 수 있었다. 계단 앞에는 여덟 개의 석주가 떠받치고 있는 문이 있으며, 기둥들이 줄지어 서 있다. 신전의 본전은 중앙 정원의 한가운데 있는데, 포도나무 문양으로 장식된 현관문을 지나야 들어갈 수 있었다. 본전에서는 벨 신 외에도 태양신 야르히볼, 달의 신 아글리볼 등 여러 신들에게 제사를 드렸다.

팔미라는 교역 도시였기 때문에 아랍 계열의 신과 시리아의 토착신, 페니키아의 신 등 여러 지역에서 들어온 신들을 숭배했다. 당시 팔미라의 종교관은 아직까지 명확하게 밝혀져 있지 않지만, 다종교 사회였던 것만큼은 확실하다.

아름다운 여왕과 함께 몰락한 팔미라

팔미라가 독립국가로서 존속한 것은 260년부터 272년까지 고작 13년에 불과했다. 그 13년 동안 과연 무슨 일이 일어나서 팔미라는 멸망해버린 것일까?

260년, 팔미라의 군인이자 정치가였던 오다이나투스는 로마 군과 힘을 합해 페르시아 사산 왕조를 격퇴했다. 당시 로마는 최대의 적인 페르시아와 몇 차례 전투를 벌여 패배한 경험이 있었다. 그 페르시아 군을 물리친 공적으로 팔미라는 독립국가로 인정받게 되었다.

오다이나투스는 북시리아 일대를 지배하며 팔미라의 세력을 확장시켰다. 그러나 그로부터 얼마 지나지 않은 286년에 오다이나투스 왕과 그의 가족이

누군가에게 암살되는 일이 발생했다.

오다이나투스가 죽은 후에 팔미라를 통치한 것은 왕의 후처였던 제노비아였다. 제노비아는 어린 아들 와발라트를 왕위에 즉위시켰지만 사실상의 실권은 자신이 장악했다. 그녀는 스스로를 '팔미라의 여왕'이라고 불렀으며, 와발라트로 하여금 아버지의 칭호인 '왕 중의 왕'과 '온 동방의 통치자'를 사용토록 했다. 그후 제노비아는 팔미라에 번영을 불러왔지만, 결국에는 멸망으로 이끈 비운의 여왕이 되고 말았다.

제노비아는 유목민의 우두머리였던 자파이와 미모의 그리스 출신 여성 사이에서 태어났다. 전승에 따르면, 제노비아는 이목구비가 수려하고 학문에도 조예가 깊었으며, 여성으로서는 드물게 낙타도 잘 몰았다고 한다. 또 남자 못지않은 대범한 성격으로 무슨 일이든 거리끼지 않는 여성이었다고 한다.

당시 팔미라는 독립국가로 승인받고 있었지만 언제나 로마 제국의 영향을 받지 않을 수 없었다. 그 무렵 로마 제국은 내우외환에 시달리고 있었다. 외부적으로는 게르만 민족의 침입과 페르시아 사산 왕조와의 전쟁을 겪고 있었고, 내부적으로는 군대 내부의 권력 다툼으로 자주 황제가 바뀌는 상황이었다(군인황제 시대).

로마와 아시아의 교역로를 독점하고 있는데다, 로마로부터 완전한 독립을 쟁취해서 세력을 확대하고자 했던 제노비아 여왕은 이때를 놓치지 않고 일을 벌였다. 270년, 알렉산드리아('알렉산드리아' 편 참조)에 원정군을 보내는 군사적 모험을 감행해 성공을 거두었다. 이렇게 되자 로마는 이집트의 곡창지대와 인도등을 연결되는 해로를 잃게 되었다.

272년, 로마의 군인황제 아우렐리아누스는 자신이 직접 군대를 이끌고 팔미라로 쳐들어갔다. 이에 군인으로서도 뛰어난 능력을 발휘했던 제노비아 여왕은 사력을 다해 맞서 싸워지만 잘 정비된 로마 군대를 꺾을 수는 없었다. 아우렐리아누스는 이집트를 탈환하고, 시리아 각지에서 팔미라 군대를 격파한 다음 팔미라를 로마의 식민지로 병합시켜버렸다. 이렇게 해서 독립국가였던 팔미라는 불과 13년 만에 소멸되고 말았다.

그렇다면 싸움에서 패한 제노비아 여왕은 어떻게 되었을까? 여기에 대해서는 여러 가지 설이 있다. 우선 팔미라가 함락될 때 붙잡혀서 로마로 압송되었다는 설에서부터 팔미라 함락을 슬퍼하며 단식하다가 죽었다는 설도 있다.

그후 팔미라는 페르시아에 맞서기 위한 로마의 위성도시로 존속되었지만, 634년 이슬람 군에 점령되었다. 이때 이슬람 군대는 팔미라의 건축물들을 해체해서 성을 쌓는 건축 자재로 사용했다. 이후 팔미라는 몇 차례 지진의 습격을 받아 폐허로 변하고 말았다.

새롭게 발굴된 유적

현재 팔미라 유적에는 일본 조사단이 파견되어 발굴 작업을 벌이고 있다. 나라(奈良) 현과 시리아 정부의 합동조사단은 하이테크 기술을 도입해서 성과를 올리고 있다.

조사 대상은 팔미라 유적 동남부에 있는 지하 무덤으로, 땅 속을 탐지할 수 있는 레이더를 이용해 발굴 작업을 벌였다. 레이더가 지면에 전자파를 쏘면 그 반사에 의해 땅 속에 매장되어 있는 유적의 모습이 드러나는 것이다.

1990년 10월과 11월에는 지하 궁전이라고 부를 수 있을 만큼 아름다운 다섯 기의 무덤이 발굴되었으며 각종 부장품도 함께 출토되었다. 부장품 중에는 여신 니케[24]의 조각상과 사티로스[25]의 얼굴이 새겨진 비문도 끼어 있었다.

---

24) 니케 : Nike. 그리스 신화 속에 등장하는 '승리의 여신'. 지혜의 여신 아테나와 주신 제우스의 속성이 있었기 때문에 미술 작품에서 이 신들이 손에 들고 있는 조그만 상으로 나온다. 아테나의 니케는 항상 날개가 없는 반면 니케 혼자일 때는 날개가 있다.

발굴은 현재도 계속되고 있지만, 팔미라의 전모를 파악하려면 앞으로도 많은 시간이 필요할 것으로 보인다.

---

25) 사티로스 : Satyros. 그리스 신화에 나오는 반인반수(半人半獸)의 괴물. 고대에는 디오니소스 신과 밀접한 관계를 가지고 있었다.

오리엔트 문명의 흐름

'오리엔트'라는 말은 '해가 떠오른다'는 라틴어 oriens에서 유래한 것이다. 역사학과 고고학에서는 현재 중근동 지역과 이집트를 포괄해서 '오리엔트'라고 부르는 경우가 많다. 그리고 북서쪽으로는 보스포라스 해협, 남동쪽으로는 인더스 강 유역, 북동쪽으로는 아무다리야 강, 남서쪽으로는 네비아에 이르는 대건조지대를 오리엔트라고 부르는 경우도 있다.

오리엔트 사회의 특징은 경제적인 삶의 방식에 따라 크게 두 가지로 나눌 수 있다.

하나는 메소포타미아의 '정착 농경 사회'이며, 다른 또 하나는 아나톨리아, 아르메니아, 이란 고원지대와 시리아, 아라비아의 사막지대에 광범위하게 분포되어 있던 '유목 상업 사회'이다.

B.C. 7000년경, 오리엔트 전역에는 그때까지의 수렵 생활에서 벗어나 농경과 목축으로 식량을 조달하는 새로운 삶의 방식이 도입되었다. 이는 사람들이 유목민적인 생활에서 탈피해 특정한 지역에 정착해서 살아가기 시작했다는 것을 의미한다.

B.C. 3000년경에는 메소포타미아와 유프라테스 강 유역에서 인류 최고(最古)의 문명이 성립되었다. 티그리스와 유프라테스 강 부근 이라크 남부에서 수메르인들이 도시국가를 건설하기 시작했고, 그에 호응이라도 하듯 메소포타미아에서는 아카드, 시리아에서는 에블라 왕국이 들어서서 오리엔트 각지에서 여러 국가가 난립하기 시작했다.

B.C. 2000년경~B.C. 1600년경에는 바빌로니아가 전성기를 맞게 되지만 아나톨리아 쪽에서 쳐들어온 히타이트에 멸망당하고 만다. 그러나 히타이트도 B.C. 1200년경에는 멸망하고, B.C. 689년까지는 아시리아가 오리엔트 전역을 통일하게 된다.

그후 B.C. 612년 이후의 신바빌로니아, B.C. 529년 이후의 페르시아 제국의 성립을 거쳐 도시 문명을 중심으로 하는 교역권과 문명권이 확대되어 점차 하나의 세계를 형성하는 데까지 이르게 된다. 하지만 B.C. 4세기 말 대제국 페르시아의 멸망으로 고대 오리엔트의 역사는 결말을 맞게 된다.

이러한 역사를 가진 오리엔트 땅에서는 인류 역사에 커다란 영향을 끼친 수많은 사건이 일어났으며, 인간 생활을 근본적으로 변화시킨 놀라운 발명도 뒤따랐다.

관개 기술(수메르), 세계 제국(아카드, 아시리아, 페르시아), 성문법전(수메르, 바빌로니아), 알파벳(페니키아), 말과 전차(히타이트), 철기의 사용(히타이트) 등 문명의 주요한 요소 대부분이 이 시대에 탄생되었다. 오리엔트는 명실공히 '문명의 실험장'이었던 것이다.

터키

알리샤르 휘위크
Alişar hüyük

- 건 립 문 명 : 불명
- 건 립 연 대 : B.C. 7200~B.C. 5700년경
- 건 립 자 : 불명
- 발 굴 자 : 제임스 멜라트
- 현재 소재지 : 터키 중남부 코니아 고원 안탈리아

인류 최고의 도시

코니아 고원을 흐르는 차르삼바 강이 만들어낸 비옥한 농지는 이 지역에 대규모 '도시'를 탄생시켰다. 그것도 B.C. 7200년이라는 오랜 옛날에.

B.C. 7000년대 전반이라고 하면 아직 메소포타미아 문명이나 이집트 문명도 성립되지 않았던 때였다. 그러나 이 지역에서는 문명이라고 할 수 있을 만한 규모는 아니지만 하나의 도시가 확실하게 존재했다.

'도시'가 어떤 것이냐는 정의를 내리기는 힘들지만, 대략 다음과 같은 조건이 필요하다고 할 수 있다. 계급화된 사회구조, 조직적인 종교의 확립, 분업화된 직업 제도, 다수의 인구. 이런 조건을 알리샤르 휘위크는 갖추고 있었다. 이 도시에는 당시 약 6,000명 이상의 사람들이 거주했던 것으로 추정되고 있다.

출입구가 없는 불가사의한 건물

1961년에 처음 발굴을 시작한 고고학자 제임스 멜라트는 도시 전구역의 지층을 한 층씩 조심스럽게 걷어내는 방식으로 유적을 발굴했다. 이러한 발굴 방식은 시간이 많이 걸리는 단점이 있지만 유적에는 손상을 주지 않다는 장점이 있다. 이러한 방식으로 유적을 발굴한 결과 이제까지 알지 못했던 많은

사실들이 밝혀졌다.

알리샤르 휘위크의 가옥들은 대개 벽돌과 나무를 사용해서 만들어졌다. 그러나 어찌된 셈인지 가옥의 벽에는 출입구와 창이 전혀 없었다. 조사 결과 이곳에 살았던 주민들은 사다리를 타고 지붕으로 나 있는 구멍 같은 출입구를 통해 드나들었던 것으로 밝혀졌다. 즉, 문이 벽에 있었던 것이 아니라 천장에 있었던 것이다.

가옥은 한 채마다 독립되어 있는 것이 아니라 마치 벌집 같은 형태의 집합주택에 가까웠다. 가옥이 가깝게 붙어 있었기 때문에 도로가 존재하지 않았

으며, 주민은 가옥의 지붕을 건너다니며 이동했다.

　가옥 내부는 비교적 좁았지만 여러 가지 장치들을 고안해서 사용했던 것으로 보인다. 실내에는 제단과 작업대, 침대, 유해 안치소 등이 있었으며, 실내 장식을 위해 수소의 뿔이나 맹수의 뿔을 사용했다.

　이런 기묘한 집합주택을 건설했던 사람들은 왜 벽에 출입구를 만들지 않았을까? 고고학자들은 외적의 침입에 대비하기 위한 것으로 보고 있다.

　통상적이라면 도시를 지키기 위해 외벽을 쌓았겠지만 알리샤르 휘위크에서는 문을 만들지 않고 벽 그 자체를 방벽으로 사용했던 것이다. 침입자가 쳐들어오면 외부로 연결되는 사다리를 타고 올라가 지붕으로 나 있는 출입구를 닫아버렸던 것이다.

흑요석과 동(銅)으로 번영을 구가했던 도시

　알리샤르 휘위크의 주인은 어떤 종족이었을까?

　그들은 문자를 가지고 있지 않았을 뿐만 아니라 유적에 대한 발굴도 아직 끝나지 않았기 때문에 자세한 것은 알 수 없는 상태다. 하지만 유적에 남아 있는 벽화나 유물 등을 통해볼 때 아나톨리아 남부 지방에서 들어온 것으로 추측되고 있다.

　알리샤르 휘위크의 주민들은 흑요석과 동으로 만든 상품을 주변 지역에 팔아서 부를 축적했다. 유적 인근의 하산 산과 카라카 산에서 흑요석을 채취해서 가공한 흔적이 발견되었기 때문이다. 흑요석은 가공 정도에 따라 칼이나 거울을 만들 수 있는 귀중한 자원이었으며, 장식품을 만드는 데도 사용했다. 그리고 동(銅)을 녹여서 가공하는 기술도 가지고 있었기 때문에 바늘 같은 도구와 각종 장식품 등의 유물도 발견되었다.

　주민들은 이러한 가공품들을 수출해서 얻은 이익으로 필요한 물자를 조달했다. 이들의 교역 범위는 상당히 넓었던 것으로 밝혀졌는데, 실제로 멀리 시리아에서 만든 토기가 발굴되기도 했다.

이렇게 번영을 누렸던 알리샤르 휘위크가 그후 어떻게 되었는지는 여전히 수수께끼로 남아 있다. 유적에서는 재난을 겪은 흔적이나 이민족의 습격 혹은 전쟁을 치른 흔적이 조금도 발견되지 않았다. 이들이 어떤 역사의 궤적을 그렸는지는 앞으로의 조사를 통해 조금씩 밝혀지게 될 것이다.

터키

카파도키아
cappadocia

- 건 립 문 명 : 비잔틴(로마) 문명
- 건 립 연 대 : 9세기 후반~13세기
- 건 립 자 : 기독교도
- 발 굴 자 : -
- 현재 소재지 : 터키 수도 앙카라 남동쪽 약 220킬로미터

환상적인 황야에 살았던 사람들

아나톨리아 고원 중앙부 화산지대에 자리잡고 있는 카파도키아 지역은 환상적인 풍광으로 널리 알려져 있다. 인근 에르제스 산과 하산 산의 분화로 쌓인 화산재를 빗물과 용수가 오랜 세월에 걸쳐 침식해서 마치 버섯이나 첨탑 같은 모습의 기괴한 바위들을 만들어냈기 때문이다.

카파도키아 땅은 푸른색을 찾아보기 힘들 만큼 생명의 기운이 느껴지지 않는 황량한 땅이어서 사람들의 생존을 거부하는 땅으로 느껴지기도 한다. 그러나 이 땅에도 B.C. 1900년 이전부터 터키 공화국이 성립된 1923년까지 몇 차례의 공백기를 제외하고는 수많은 사람들이 정착해 살았다.

이 지역에 정착했던 사람들은 동굴 속에 지하도시를 건설해서 넓은 생활공간을 만들었다. 그리고 이곳에 살았던 기독교 수도자들은 암굴 속에 다양한 벽화들을 남겨놓았다.

비록 불모지대처럼 보이기는 해도 실제로 카파도키아에서 사람이 살아가는 데는 큰 문제가 없었던 것 같다. 주변 대지는 농경에 적합했으며, 인근에는 괴레메 계곡과 강의 수원(水原)이 있어서 생존에 필요한 조건을 어느 정도 갖추고 있었다.

현재도 카파도키아 주변에는 농사를 생업으로 살아가는 사람들이 있다. 오래 전 이곳에서 살았던 기독교도들은 주변의 농민들과 교류를 하며 생활했던 것으로 추정된다.

카파도키아를 수놓았던 많은 성당들

카파도키아 유적 중에서 가장 눈길을 끄는 것은 기독교도들이 남겨놓은 유적이다. 그들은 괴레메 계곡을 중심으로 바위산 곳곳에 동굴을 뚫어서 수도원과 성당을 건설했으며, 그 내부에 수많은 벽화를 그려놓기도 했다. 현재 남아 있는 종교 벽화의 대부분은 비잔틴 제국(9세기 후반~13세기)[26] 시대에 그려진 것이다.

괴레메 계곡 입구 바로 앞에는 카파도키아 최대 규모의 성당인 토칼르 키르셰히르(바르크 성당)가 있다. 입구 가까운 쪽에 있는 것이 구(舊)성당, 안쪽에 있는 것이 신(新)성당이며, 신성당은 세 개의 예배실로 나눠져 있다. 구성당과 신성당의 벽면에는 그리스도의 일생과 성인들을 소재로 한 벽화가 그려져 있다. 구성당의 벽화는 10세기 전반 무렵에, 신성당의 벽화는 10세기 후반에 그려진 것이다.

'링고의 성당'이라 불리는 엘마르 키르셰히르에는 구약성서 속에 등장하는 장면을 묘사한 벽화가, 둥근 천장에는 '전능한 그리스도'의 모습이 그려져 있다. 이러한 벽화들은 먼저 적색 안료를 사용해서 바위 표면에 기하학적인 문양이나 십자가를 그린 다음, 그 위에 도료를 덧칠하고, 다시 그 위에 그림을 그렸던 것으로 밝혀졌다. 현재 엘마르 키르셰히르의 벽화는 파손 정도가 심

---

26) 비잔틴 제국 : 동로마 제국의 별칭. 비잔틴이라는 이름은 콘스탄티노플의 옛이름인 비잔티움에서 유래한 것이다. 395년 로마 황제 테오도시우스 황제가 죽을 때 제국을 양분해서 동로마를 큰아들 아르카디우스로 하여금 통치하게 한 것이 비잔틴 제국의 기원이 되었다.

해서 수리와 복원이 시급하게 요청되고 있다.

엘마르 키르셰히르 바로 뒤에는 '성녀 바르바라의 성당'이라 불리는 바르바라 키르셰히르가 있다. 성당 내부에는 16세에 순교한 성녀 바르바라 상이 있으며, 벽면에는 성 게오르기우스와 성 테오도로스가 용과 싸우는 모습을 형상화한 벽화가 그려져 있다.

이 외에도 밖에서 빛이 새들어오지 않도록 설계한 '암흑의 성당' 카란르크 키르셰히르를 비롯해 메리에 마나 키르셰히르라 불리는 '성모 마리아 성당' 등 각기 특징 있는 성당이 다수 존재한다.

기독교와 함께 번영을 누렸던 카파도키아

최초로 카파도키아 지역에 정착했던 사람들은 아시리아 상인들이었다. 그들은 B.C. 1900년경 교역을 위해 식민지 퀼테페를 건설했다.

그후 B.C. 1600~B.C. 1100년에는 히타이트('하투사스' 편 참조)가 아시리아의 뒤를 이어 노예와 광산물을 사고 파는 교역도시로 발전시켰다. 하지만 히타이트의 멸망과 함께 카파도키아는 쇠퇴했다.

1세기 전반, 로마 제국 황제 티베리우스(14~37년 재위)는 카파도키아 지역을 수중에 넣고 페르시아와의 국경선으로 정했다.

2세기 후반에는 기독교도들이 포교를 위해 이곳에 들어오기 시작했다. 당시 로마는 기독교를 인정하지 않았을 뿐만 아니라 황제 숭배를 거부하는 위험한 종교로 생각해서 신자들을 혹독하게 탄압했다. 신비적인 카파도키아의 광경이 사람들의 마음을 흔들었기 때문인지 이후 4세기 초까지 로마의 탄압을 피해 찾아온 기독교도들이 계속 이 지역에 숨어살면서 자신들의 신앙을 지켜나갔다.

이후 콘스탄티누스 황제(307~337년 재위)가 기독교를 국교로 인정하자 카파도키아는 기독교도들의 수행장이 되어 보다 많은 신도들이 몰려들었다.

7세기 후반에 이슬람 교도들이 아나톨리아를 침공하자 기독교도들을 중심으로 많은 피난민들이 카파도키아로 이주해서 당시 인구가 6만 명을 헤아렸다고 한다. 이렇게 몰려온 사람들은 주거용 공간을 확보하기 위해 바위산을 뚫어 지하도시를 건설했다. 지하도시에는 미로 같은 통로를 따라 환기용 배기구와 저수조, 식량 저장고 등 인간이 장기간 생존할 수 있는 각종 시설이 갖추어지게 되었다.

8~9세기 전반에는 비잔틴 제국에서 일어난 우상파괴 운동[27]으로 인해 수많은 초기 벽화들이 파괴되었다. 그러나 우상파괴 운동에도 불구하고 10세기 무렵에는 동굴 속에 건설된 성당과 수도원의 수가 360개를 넘었으며, 11세기에는 인구가 7만에 육박했다고 한다.

11세기 후반에는 아나톨리아 일대가 터키 셀주크 왕조[28]의 지배하에 들어가게 되면서 카파도키아도 이슬람교의 영향을 받게 되었다. 그러나 다행스럽게도 이 지역에서는 이슬람 교도와 기독교도들이 서로 평화적으로 공존했다. 이슬람 교도들의 모스크가 건설되는 과정에서 기독교의 건축물이 파괴되는 일은 일어나지 않았던 것이다.

1453년, 비잔틴 제국이 오스만 투르크에 의해 멸망되었지만 기독교도들은

---

[27] 우상파괴 운동 : 726년 비잔틴 제국의 황제 레오 3세가 내린 '우상파괴령'으로 촉발된 종교 운동. 730년 레오 3세는 우상파괴를 제국의 공식 정책으로 선언하고, 교회와 수도원에서 성상을 없애거나 부수라고 지시했다. 787년에 열린 니케아 공의회에서는 성화(聖畵)와 동상 숭배를 인정했지만, 814년 황제 레오 5세는 다시 파괴령을 내렸다. 이후 콘스탄티노플 공의회에서 다시 숭배를 인정하는 것으로 결론이 났지만, 우상파괴 운동으로 수많은 건축물과 미술품이 파괴되었다.

[28] 셀주크 왕조 : 터키계 유목민족의 한 분파가 세운 이슬람 왕조. 1037년, 셀주크 베그가 왕조를 창건했다. 1157년, 이슬람계 호레즘 왕국에 멸망될 때까지 존속되었다.

이 지역을 떠나지 않았던 것 같다. 비록 이슬람 세력권이 되었지만 기독교도들은 근근히 신앙을 이어나갔다.

현재 카파도키아는 괴레메 계곡을 중심으로 국립공원으로 지정되어 있으며, 그곳에서 살고 있는 귀중한 동식물도 보호 대상이 되고 있다.

터키

hattushash
하투사스

- 건 립 문 명 : 히타이트 문명
- 건 립 연 대 : B.C. 1680년
- 건 립 자 : 나바르나스 1세
- 발 굴 자 : 휴고 빙클러
- 현재 소재지 : 터키 수도 앙카라 동쪽 약 150킬로미터 보아즈쾨이

철기 문화를 가졌던 히타이트 제국

흑해와 에게 해, 지중해에 둘러싸여 있는 소아시아 반도 아나톨리아 지방에는 일찍부터 강력한 제국이 존재했다. 이집트, 바빌로니아와 어깨를 나란히 했던 강대국으로, 고대 오리엔트의 역사를 화려하게 수놓았던 철의 제국 히타이트다.

남러시아 평원에 기원을 둔 히타이트인들은 흑해 주변을 거쳐 B.C. 2000년경에 아나톨리아 고원지대에 정착했다.

B.C. 1700년경에는 쿠사라라는 곳에 수도(이 유적은 아직 발견되지 않았다)를 정하고 주변 국가들과 전쟁을 되풀이하며 세력을 확장해나갔다. 그후 히타이트는 현재의 보아즈쾨이, 즉 하투사스로 수도를 옮기고 마침내 아나톨리아 일대를 지배하는 대제국으로 성장했다.

원래 하투사스는 아시리아인들이 건설한 도시로, B.C. 18세기 초에 히타이트의 아니타스 왕에 의해 파괴되었다.

B.C. 1600년경에는 주변 왕국들을 통일한 나바르나스 1세가 하투사스를 재건하고, B.C. 1650년경에는 하투실리스 1세가 이 지역을 히타이트의 수도로 정했다.

중근동

히타이트가 아나톨리아 지역을 평정하고 대제국을 건설할 수 있었던 비밀은 제철 기술이었다. 당시 히타이트 이외의 지역에서도 철을 만들 수는 있었지만 히타이트에 비해 제련 기술이 떨어져 상당히 조악했다. 하지만 우수한 제철 기술을 보유하고 있었던 히타이트인들은 자신들이 직접 만들어낸 철제 무기와 전차를 끄는 마차를 이용해 주변 여러 나라들을 지배할 수 있었다.

견고했던 성채 도시

하투사스는 동서 약 1.3킬로미터, 남북 약 2.3킬로미터의 지역에 너비 8미터, 최대 높이 6미터 규모의 2중 성벽이 둘러싸고 있는 성채 도시였다.

도시 중심부에서 동쪽으로는 다수의 점토판이 발견된 뷔위칼레(거대한 성)이라 불리는 왕궁과 성채 유적이 있으며, 그 남서쪽에는 사르칼레(황색의 성)과 이에니제칼레(새로운 성)이라 불리는 성채 유적이 존재한다. 그리고 도시 남쪽에는 네 개의 신전과 성벽 유구(유적 위에 토사가 쌓여 언덕처럼 된 것)가 남아 있다. 신전에서는 천후신(天候神. 기후의 신)인 테슈프와 태양여신 헤파트를 중심으로 많은 신들이 숭배를 받았다.

성벽 동쪽에는 왕의 문, 서쪽에는 사자의 문, 남쪽에는 스핑크스의 문이 서 있는데, 각 문의 이름은 문 옆에 있는 석상의 모습에서 유래한 것이다.

성벽 밖으로 약 2킬로미터 북동쪽에는 바위로 만든 신전이 있다. 1834년 프랑스의 고고학자 샤를 텍시에르가 발견한 이 신전은 야질리카야와('문자가 새겨져 있는 바위'라는 뜻)라는 이름이 붙여졌다. 야질리카야와는 바위 사이의 빈 공간을 이용해 만든 크고 작은 두 개의 회랑과 그 바위 앞에 있는 제사용 건물로 이루어져 있다. 회랑의 바위 표면에는 신들의 형상을 표현한 66개의 부조가 새겨져 있는데, 히타이트만의 독자적인 양식을 보여주는 귀중한 자료로 평가받고 있다.

아르자와어의 발견

히타이트 제국의 발견은 요한 루드비히 부르크하르트('페트라' 편 참조)가 쓴 『시리아와 팔레스타인 여행 Travels in Syria and the Holy Land』이라는 책이 계기가 되었다. 1822년에 출판된 이 책 속에서 부르크하르트는 시리아 서부 마하트라는 도시에서 이제까지 보지 못했던 문자가 새겨진 현무암을 발견했다고 기록해놓았다.

이 책의 내용이 실마리가 되어 현무암에 새겨진 언어가 유럽 학회에 정식으로 알려지게 되었다. 그러나 누구도 이 문자를 해독하지 못했다. 그러다 1887년에 의외의 장소인 텔엘아마르나라는 곳에서 같은 문자로 기록된 문서가 발견되었다. 이집트 중부에 있는 유적에서 발견된 다량의 점토판에 수수께끼의 문자로 쓰여 문서가 발견되었던 것이다.

학자들이 온갖 노력 끝에 가까스로 밝혀낸 사실은 이 문서가 '아르자와의 왕'이라 불리는 사람에게 보낸 편지의 사본이라는 것이었다. 이렇게 해서 수수께끼의 문자는 아르자와어라는 호칭으로 불리게 되었지만 완전한 해독까지는 이루어지지 않았다.

그러나 1905년이 되면서 연구는 새로운 방향으로 전개되었다. 아르자와어로 기록된 다량의 점토판이 터키 보아즈쾨이에서 유적과 함께 발견되었던 것이다. 마침내 전설 속의 히타이트 제국이 화려한 조명을 받으며 모습을 드러내는 순간이었다.

그 다음해에는 독일의 아카드[29] 학자 휴고 빙클러와 독일·오스트리아 학회가 발굴조사를 벌였고, 1933년에는 독일의 고고학자 쿠르트 비텔이 다시 조사를 했다. 그 결과, 약 2만 점에 달하는 점토판 문서가 출토됨으로써 고대 오리엔트의 역사를 밝힐 수 있는 귀중한 자료가 되었다.

설형문자로 쓰여진 히타이트어 문서 중에는 당시의 교역 장부, 편지, 종교 문서, 계약서 등 다양한 형태의 문서가 들어 있었다. 그 중에서 특히 이집트와 맺은 평화조약은 당시 히타이트가 이집트와 대적할 만큼 강력한 국가였다는 사실을 보여주는 중요한 문서이다.

---

[29] 아카드 : 현재 이라크 중부에 위치했던 고대 지방으로, 고대 바빌로니아 북부(혹은 북서부) 지역을 가르키는 호칭.

카데시 전투의 진실

히타이트와 이집트는 시리아 지역을 서로 차지하기 위해 자주 충돌을 일으켰다. 당초에는 이집트가 우세했다. 하지만 B.C. 1275년, 카데시에서 이집트의 람세스 2세와 히타이트의 무와탈리스 왕이 이끄는 두 나라 군대가 격렬하게 전투를 벌인 결과 평화조약이 체결되었다. 어느 한쪽이 다른 한쪽을 쉽사리 제압할 수 없을 만큼 힘의 균형을 이루었던 것이다.

그럼에도 이집트 쪽의 자료에는 히타이트를 물리쳤다고 되어 있는데, B.C. 1269년경에 평화조약을 맺었다는 사실을 놓고 보면 반드시 그렇지만은 않았던 것 같다. 실제로 이집트의 람세스 2세('아부심벨 신전' 편 참조)는 무와탈리스 왕의 동생으로 히타이트의 왕권을 계승한 하투실리스 3세와도 계속해서 평화조약을 맺었으며, 그의 맏딸을 아내로 받아들이기도 했다. 카데시 전투 결과, 두 나라는 서로의 힘을 인정할 수밖에 없다는 결론을 내렸던 것으로 보인다.

강력한 이집트와 대등한 힘을 가졌던 히타이트 왕국은 B.C. 1200년경에 멸망했다. 카데시 전투가 일어난 지 약 100년 후였다. 히타이트 멸망의 원인은 아직까지 확실하지 않지만 '해상민족'의 침입 때문이라는 설이 유력하다. B.C. 1200년경에 출현한 '해상민족'은 미케네('미케네' 편 참조)를 비롯한 여러 왕국을 멸망시킨 수수께끼의 이민족이다.

히타이트 멸망은 오리엔트 지역의 군사적 균형을 무너뜨리는 결과를 가져왔다. 즉, 철기 문화가 주변 국가로 흘러들어감으로써 새로운 힘을 가진 국가들이 탄생했던 것이다. 이로써 오리엔트 지역은 다시 군웅할거 시대로 접어들게 되었다.

터키

troy
트로이

- 건 립 문 명 : 미케네 문명
- 건 립 연 대 : B.C. 3300년 등
- 건 립 자 : 미케네인 등
- 발 굴 자 : 하인리히 슐리만
- 현재 소재지 : 터키의 헬레스폰트 해협 남쪽 트로아스 평야 히사를리크 언덕

트로이 전쟁 전설

　어느 날 그리스의 여신인 헤라와 아테나, 아프로디테가 서로 아름다움을 다투는 일이 있었다. 심판을 맡았던 트로이의 왕자 파리스는 아프로디테의 손을 들어주고, 그 대가로 그리스 제일의 미녀 헬레네를 차지하게 되었다.
　헬레네의 남편이었던 메넬라오스는 아내를 되찾기 위해 미케네의 왕 아가멤논을 총사령관으로 하는 대규모 원정군을 이끌고 트로이로 쳐들어갔다. 하지만 이들과 맞서는 트로이도 만만치 않았다. 위기 때마다 수많은 영웅들이 나타나 그리스 군대를 물리쳤다.
　이후 10년 동안 양측의 싸움으로 수많은 영웅들이 피를 흘리며 쓰러져갔다. 그러나 선물로 가장한 거대한 목마 속에 몰래 숨어서 트로이 내부로 들어간 그리스 군대가 트로이를 함락시켰다는 유명한 '트로이의 목마' 작전이 성공을 거두어 마침내 길고도 지루했던 전쟁은 끝을 맺게 되었다.
　그렇다면 헬레네는 어떻게 되었을까? 파리스가 죽은 뒤 그의 동생인 데이포보스와 결혼했으나 트로이가 함락되자 그를 배신하고 메넬라오스에게 돌아가 죽을 때까지 행복하게 살았다고 한다.
　일설에 따르면, 과부가 된 헬레네는 의붓아들들에게 쫓겨나 로도스로 도망

갔는데, 그곳의 여왕 폴릭소가 트로이 전쟁 중에 죽은 남편 틀레폴레모스의 원수를 갚기 위해 그녀를 교수형에 처했다고 한다.

이것이 흔히 세상에서 이야기하는 '트로이 전쟁'의 대강의 줄거리다. 호메로스[30]의 대서사시 「일리아스」[31]와 「오디세이아」[32]에도 등장하는 트로이 전쟁은 실제 유적이 발굴되기 전까지만 해도 신화 속의 이야기라고 생각되었다. 하지만 이 이야기가 무언가 사실에 기초한 것이라고 생각하고, 마침내 땅 속에 묻혀 있던 전설 속의 트로이를 발견한 남자가 있었다. 그 남자의 이름은 하인리히 슐리만. 고고학 역사상 가장 위대한 발굴을 한 남자로 널리 알려져 있으며, 후에 미케네도 발견함으로써 고고학 역사에 커다란 발자취를 남겼다.

트로이는 어디에?

아나톨리아 지방 북서부, 스카만데르 강 북쪽과 헬레스폰트 해협의 남쪽 어귀로부터 약 6.4킬로미터 떨어진 트로아스 평야 히사를리크 언덕에 트로이라는 곳이 있다.

1870년 4월, 이 지역에서 처음 발굴을 시작한 슐리만은 1873년 6월 드디어

---

30) 호메로스 : B.C. 9세기경에 활약했던 그리스의 시인. 대서사시 「일리아스」와 「오디세이아」의 저자로 추정된다. 그리스인들이 이 두 편의 서사시에 호메로스라는 이름을 결부시켰다는 사실 외에 그에 대해서 알려진 것은 거의 없다.

31) 일리아스 : 호메로스가 지은 장편 서사시로서, 그리스 최고·최대의 작품. 이 시는 첫부분에 선언되어 있듯이, 그리스 군대의 총사령관 아가멤논에게 모욕을 당한 가장 위대한 전사 아킬레우스의 분노에 대한 이야기이다. 10년간 계속된 트로이 전쟁 전반을 농축적으로 보여줄 뿐만 아니라, 온갖 형태의 모순, 무모하고 탐욕스러운 자만심 등 인간적인 면모를 지닌 영웅의 전형을 그린 작품이다.

32) 오디세이아 : 호메로스가 지은 장편 서사시. 트로이에서 승리를 거두고 그리스로 돌아가는 영웅 오디세우스가 수많은 모험 끝에 고향에서 기다리는 아내와 재회한다는 이야기다.

트로이의 유적을 발견했다. 황금잔과 왕관, 목걸이 등의 유물이 발견됨으로써 이 도시가 전설 속의 트로이라는 사실이 밝혀졌다. 그는 이 유물들을 「일리아스」속에 등장하는 트로이 왕의 이름을 붙여 '프리아모스의 보물'이라고 불렀다. 이 프리아모스의 보물은 후에 베를린으로 옮겨졌지만, 불행하게도 제2차 세계대전 도중 소련군의 침공 과정에서 소실되고 말았다.

슐리만은 처음부터 이 지역을 트로이라고 생각하지는 않았다. 당시 고고학계에서는 트로이가 있을 것으로 추정되는 장소는 보다 내륙 쪽인 부나르바시 근교라는 설이 주류를 이루고 있었다. 슐리만도 최초에는 이 부나르바시 설을 주장했지만, 어떤 인물과 만난 후에는 자신의 입장을 바꾸었다.

슐리만에게 영향을 주었고, 트로이 발굴에 지대한 공헌을 한 이 인물은 미국 부영사 프랭크 칼버트였다. 그는 독자적인 연구를 통해 히사를리크 언덕에 트로이 유적이 잠들어 있을 것으로 생각했다. 그는 자신의 생각을 증명하기 위해 히사를리크 언덕 일부를 직접 사들였을 정도였다.

아홉 층으로 이루어진 유적 도시

칼버트의 연구와 슐리만의 노력으로 발견된 트로이는 대단히 복잡한 유적이었다. 트로이는 도시 위에 도시가 건설되어 있는 복합 유적이었다.

트로이 유적은 그 연대에 따라 크게 아홉 층으로 구분할 수 있다.

제1층   B.C. 3300~B.C. 2500년
제2층   B.C. 2500~B.C. 2200년
제3층   5층 B.C. 2200~B.C. 1800년
제6층   B.C. 1800~B.C. 1275년
제7층   B.C. 1275~B.C. 1100년
제8층   알렉산드로스 대왕 시대
제9층   로마 시대

트로이를 발굴하는 과정에서 슐리만은 자신의 고집을 꺾지 않아 중대한 실수를 저지르기도 했다. 그는 호메로스의 서사시에 등장하는 시대만을 염두에 두고 발굴했기 때문에 B.C. 2000년 이후의 유적은 파괴하고 말았다. 이후 슐리만은 자신의 잘못에 대해 깊이 뉘우쳤지만 그리스 이후의 유적은 영원히 잃어버리게 되었다.

트로이 유적 중 제2층의 유적이 가장 규모가 크다. 견고한 성벽과 웅대한 성문이 있는 메가론33)식 건물 흔적이 발견되었는데, 이곳에서는 황금관이나 목걸이 같은 유물도 다수 출토되었다.

최초 발굴 당시 슐리만은 제2층의 트로이를 호메로스가 말한 트로이라고 단정했는데, 유적이 전란의 흔적으로 보이는 잿더미 속에 묻혀 있었기 때문이었다. 그러나 그후 연구를 통해 트로이 전쟁의 무대는 제7층인 것으로 밝혀졌다. 그리고 당시 트로이는 미케네 문화권에 속했으며, 주변 해협을 지배할 수 있는 유리한 위치여서 무역으로 번영을 누렸다는 사실도 밝혀졌다.

슐리만 이후 트로이에 대한 발굴과 연구는 그의 동료인 빌헤름 되르펠트가 계승했다. 그는 슐리만과 함께 트로이를 발굴했으며, 각층의 연대를 체계적으로 구분한 인물이었다. 그후에도 수많은 고고학자들이 트로이 발굴에 참여했으며, 지금도 계속 조사가 이루어지고 있다.

---

33) 메가론 : 고대 그리스와 미케네 시대의 주거 양식. 벽이 없이 트인 현관, 문간방과 한가운데에 화로와 왕좌가 있는 큰 홀로 이루어져 있다. 호메로스는 메가론이라는 용어를 단순히 큰 홀을 이르는 말로 썼다. 미케네에서는 궁전마다 메가론이 있었으며, 개인 주거의 일부로 짓기도 했다. 그리스 고전기에는 신전 건축의 원형이 되었다.

터키

mausoleum at halikarnassos
마우솔로스의 영묘

- 건 립 문 명 : 그리스 문명
- 건 립 연 대 : B.C. 351년경
- 건 립 자 : 카리아 왕 마우솔로스
- 발 굴 자 : 찰스 토머스 뉴턴 경
- 현재 소재지 : 터키의 보드룸

대명사가 된 '크고 화려한 영묘'

크고 화려한 겉모습과 더불어 당대의 뛰어난 건축 기술을 총동원해서 만들었기 때문에 마우솔레움(Mausoleum, 크고 화려한 영묘)이라는 보통명사가 될 만큼 유명했던 마우솔로스의 영묘(靈廟)는 현재 그 모습은 사라지고 희미한 옛 그림자만 겨우 남아 있을 뿐이다.

마우솔로스의 영묘 유적은 에게 해에 접해 있는 소아시아의 보드룸이라는 작은 도시에 존재한다. 영묘가 건설될 당시 이 지역은 '할리카르나소스'라는 그리스의 도시였다. 그 때문에 마우솔로스의 영묘는 '할리카르나소스의 영묘'라고 불리기도 한다.

마우솔로스의 영묘는 이름 그대로 칼리아의 왕 마우솔로스(?~B.C. 353년)의 영혼을 위로하기 만들어진 것이다.

마우솔로스 왕과 아르테미시아 여왕이 어떠한 인물이었는가는 기록이 남아 있지 않기 때문에 확실한 것은 알 수 없다. 하지만 마우솔로스의 거대한 영묘와 왕의 아내이자 누이였던 아르테미시아 여왕의 이야기는 많은 유럽 작가들의 가슴을 흔들어놓았다. 언제부턴가 여왕의 관한 이야기가 생겨나기 시작하면서 점차 모르는 사람이 없을 만큼 유명해지게 되었다. 다분히 작위적이지만, 아르테미시아 여왕이 마우솔로스 왕의 죽음을 탄식하며, 유해를 화장하고 남은 뼛가루를 술에 타서 마시고 죽었다는 이야기는 아르테미시아 여왕을 중세 귀족사회에서 헌신의 상징으로 만들었으며, 태피스트리(다채로운 색실로 무늬를 짜넣은 직물-옮긴이) 등의 소재가 될 만큼 널리 알려지게 되었다.

영묘의 건설은 마우솔로스 왕이 죽기 이전부터 시작되었다. B.C. 353년에 왕이 죽자 왕위를 계승한 아르테미시아는 정성을 다해 영묘를 계속 건설해나갔다. 하지만 B.C. 351년 아르테미시아 역시 영묘의 완성을 보지 못하고 눈을 감고 말았다. 그럼에도 영묘의 건설은 중단되지 않고 계속되었다.

전설로만 남아 있는 아름다운 영묘의 모습

현재 영묘는 이미 폐허로 변해버렸기 때문에 그 웅장한 모습을 직접 볼 수는 없다. 하지만 7대 불가사의의 하나로 꼽힐 만큼 크고 화려한 외관을 자랑했기 때문에 많은 문헌 속에 영묘에 관한 기록이 남아 있다.

그 기록들에 따르면, 영묘는 4층으로 구성되어 있었다고 한다.

제1층인 기단 부분에는 사각형 대리석 토대가 놓여 있고, 그 토대 위의 네 모서리에는 말을 탄 전사들의 입상이 배치되어 있다. 이 조각상들의 수준은 상당히 뛰어나며, 고대 그리스 조각의 우아함과 강건함을 동시에 보여주고 있다.

제2층은 영묘의 벽과 영안실 부분이다. 2층에는 마치 허공에 떠 있는 것처럼 보이는 금백색대리석으로 만든 36개의 이오니아식[34] 원주가 사방으로 나란히 서 있으며, 그 원주들 사이로 남신과 여신의 입상이 배치되어 있다. 그 조

---

34) 이오니아식 : 소용돌이 모양의 기둥머리와 몸체을 가진 열주를 특징으로 하는 고대 그리스 건축 양식의 하나.

각상들에는 현실 속의 인간들처럼 각기 다른 얼굴 표정이 새겨져 있으며, 총명함과 비장미가 느껴진다. 그리고 2층 중앙에는 광택이 나는 백대리석으로 만든 영안실이 자리잡고 있다.

제3층은 지붕 부분이다. 원주 위로 받침대가 있으며, 그 위로 24단의 피라미드형 지붕이 솟아 있다.

마지막 제4층은 지붕 위로 화려한 대리석 조각상이 놓여 있다. 네 마리의 말이 끄는 이륜마차 위에 마우솔로스 왕과 아르테미시아 여왕이 타고 있는 형상의 이 조각상은 다른 동상들과 마찬가지로 우아하면서도 힘이 넘치는 모습으로 마치 살아 움직이는 듯하다.

모두 4층으로 건설된 영묘의 높이는 42미터, 둘레는 123미터였다. 건축 재료로는 순백색의 대리석을 사용했다. 하지만 이 지역에서는 백대리석이 산출되지 않았기 때문에 멀리 그리스에서 가져왔던 것으로 추정된다.

이런 사실만으로도 당시 할리카르나소스가 얼마만큼 번영을 누렸는지 짐작해볼 수 있다.

십자군 기사단이 파괴한 영묘

현재 영묘가 있었을 곳으로 추정되는 장소에는 중심부의 기초 부분과 몇 개의 기둥만이 쓰러져 있을 뿐이다. 오랜 세월 영화를 자랑했던 영묘가 왜 이 같은 폐허로 변해버렸을까?

영묘는 다른 많은 유적들처럼 시간의 흐름에 따라 풍화되어버린 것이 아니라, 18세기 초반 십자군 기사단에 의해 의도적으로 파괴되었다.

15~16세기의 유럽 사회는 신구교의 갈등으로 인한 교회 내부의 분열과 오스만 투르크 제국[35)]과의 전쟁 등으로 대단히 혼란스러운 격동기를 맞고 있었다. 1453년 콘스탄티노플이 함락되자 유럽 전체는 오스만 투르크 제국의 위협

을 피부로 느끼게 되었다.

투르크 군대에 대항하기 위해 조직된 십자군 기사단은 중요 거점을 사수하기 위해 분주하게 움직였다. 기사단은 요새와 성을 강화하기 위해 각지의 유적을 무차별적으로 해체해서 건축용 자재로 사용했다. 여기에는 마우솔로스의 영묘도 예외가 될 수 없었다.

기사단이 유적까지 자재로 사용할 수밖에 없었던 것은 다음과 같은 배경이 있었기 때문이었다.

콘스탄티노플의 정복자 술탄 메메드 2세의 맏아들인 바예지드는 1481년 선왕이 죽자 동생 쳄과 왕좌를 놓고 다투었다. 바예지드는 콘스탄티노플의 궁정 관리들로 구성된 강력한 파벌의 지지로 술탄 자리에 올랐다. 그러자 암살 위협을 느낀 쳄은 당시 기독교의 거점으로 성 요한네스(요한) 기사단[36]이 주둔하고 있던 로도스 섬으로 망명해버렸다. 최초 망명 당시에는 서로 좋은 관계를 유지했지만, 오래지 않아 불미스러운 사건이 일어났다. 새로운 십자군 파견을 계획했던 교황이 쳄의 정체를 의심한 나머지 그를 인질로 잡아 로마로 연행해갔던 것이다. 이렇게 되자 서구 제국과 투르크와의 관계는 급속히 악화되어 그야말로 일촉즉발의 위기를 맞게 되었다.

당시 투르크 군은 최신식 무기인 대포를 보유하고 있었기 때문에 기존의 성벽들로 이들의 전진을 막기는 불가능했다. 사실 이들의 전력은 서구 제국

---

35) 오스만 투르크 제국 : 14세기 비잔틴 제국의 쇠퇴로부터 1922년 터키 공화국이 건설될 때까지 지속되었던 아나톨리아의 투르크족이 세운 이슬람 제국. 16세기에 최전성기를 맞았으며, 동지중해와 흑해에서부터 인도양 방면까지 세력을 떨쳤다.

36) 성 요한네스 기사단 : 예루살렘 순례자들을 위한 구호 활동에서 시작된 기사단으로, 호스피탈(병원) 기사단으로 불리기도 한다. 처음 조직된 후 각지로 거점을 옮겼기 때문에 로도스 기사단, 몰타 기사단이라 불리기도 한다.

에게 큰 위협이 아닐 수 없었다. 그 때문에 시급하게 성벽을 보강해야 할 필요를 느낀 기사단은 각지에서 자재를 끌어모아 성벽을 최대한 강화했다. 따라서 만약 십자군 기사단이 남겨놓은 회계 기록을 면밀하게 조사해보면 누가 영묘를 파괴했는지 알 수 있을지도 모르는 일이다.

일찍부터 할리카르나소스라는 이름으로 알려져 있는 보드룸에는 웅장하고 화려한 성 베드로 성(페트로니움)이 건설되어 있었다. 아시아 지역 최후의 거점이었던 보드룸에 주둔하고 있던 기사단은 투르크와의 전투를 피할 수 없는 상황이 되자 성 베드로 성의 전략적 중요성을 느끼고 성벽 강화를 위해 많은 노력을 기울였다. 그래서 기사단은 모르타르(Mortar)를 만들기 위해 땔감을 사들이고, 원료인 석회석을 찾아나섰다. 그러던 중 할리카르나소스의 유적에까지 생각이 미쳤다. 그리스 고대 도시의 폐허를 뒤지면 자재가 부족하지 않게 나올 것이라고 생각했던 것이다. 이것이 1522년의 일이었다.

도시에 남아 있던 백대리석을 모조리 수중에 넣은 기사단은 이번에는 땅속으로 눈을 돌렸다. 지상에 남아 있던 유적의 규모로 볼 때 지하에도 적지 않은 석재들을 묻혀 있을 가능성이 충분히 있었다.

예상대로 지하에는 풍부한 석재가 잠들어 있었다. 지하에 묻혀 있는 건축물의 규모는 생각보다 엄청나게 컸다. 그리고 석회용 석재 외에도 건축용 석재도 다량 발견되었다.

계속 땅을 파내려가던 기사단은 지하에서 대단히 넓은 사각형 공간을 발견했다. 그 공간은 전체가 대리석으로 만들어져 있었으며, 조각과 부조로 장식되어 있었다. 또 벽면에 새겨져 있는 부조에는 전투 장면이 자세하게 묘사되어 있었다.

넓은 사각형 공간 외에 또 다른 공간을 찾아낸 기사들은 그곳에서 백대리석으로 만든 아름다운 묘를 발견했다. 그 순간 성으로 다시 돌아가야만 하는 시간이어서 묘는 다음날 열어보기로 했다.

하지만 다음날 같은 장소를 찾았을 때는 이미 묘가 파헤쳐져 있었고, 황금 장신구를 비롯한 여러 부장품들이 여기저기 흩어져 있었다고 한다.

유품에는 그다지 관심이 많지 않았던 기사들은 예정대로 석재를 모두 거둬들였다. 조각은 파괴되어 모르타르용 재료로 사용되었고, 대리석은 절단되어 성벽 보강재로 사용되었다.

기사단은 자신들이 지하에서 발견한 유적이 마우솔로스의 영묘라고는 조금도 생각하지 못했다. 그래서 자신들이 파괴한 유적은 할리카르나소스 도시 유적의 일부일 뿐 다른 유적과 다르지 않다고 생각했다. 결국 이렇게 해서 귀중한 유적은 흔적도 없이 사라지고 말았다.

다시 발견된 영묘

십자군 기사단에 의해 파괴된 마우솔로스의 영묘가 다시 발견될 때까지는 무려 333년의 세월을 기다려야 했다.

19세기 중반, 대영박물관에 찰스 토머스 뉴턴이라는 고고학자가 있었다. 후에 작위를 받아 뉴턴 경이 된 이 인물은 당시 옥스퍼드 대학을 졸업한 후 고대 유물 관련 부서에서 조수로 일하고 있었다. 비록 나이도 젊고 박물관에서 일한 지도 얼마 되지 않았지만 그리스 시대 조각에 조예가 깊다는 평판을 얻고 있었다. 그리고 로도스 섬을 비롯한 여러 곳에 흩어져 있는 고대 그리스 건축물에 대한 모사(模寫)를 직접 하는 등 유적 조사에 대한 경험도 풍부했다.

그런데 어느 날, 뉴턴 앞으로 '보드룸의 부조'라는 설명이 붙어 있는 조각 하나가 배달되어왔다. 콘스탄티노플 주재 영국 대사인 래드클리프가 보낸 것이었다. '보드룸의 부조'는 말 그대로 보드룸의 한 건물에서 발견된 조각이었다.

19세기 당시 세계 여러 지역에 식민지를 건설했던 영국은 각지의 고대 유물에도 눈독을 들이고 있었다. 그래서 몰락해가는 오스만 투르크 제국에 대해서는 유물이 여러 곳으로 흩어지는 것을 방지한다는 명분을 내세우며 각지의 고대 유물을 수집해서 모두 본국으로 보내도록 했다. 래드클리프 역시 이러한 본국의 명령에 따라 각지의 유물을 끌어모아 대영박물관으로 보냈던 것이다.

'보드룸의 부조'를 본 뉴턴은 한눈에 헬레니즘 양식[37]의 조각이라고 판단하고 마우솔로스와 관련이 있을 것으로 추측했다. 조각에 흥미를 느낀 뉴턴은 보드룸을 방문했던 여행자들이 남긴 문헌을 조사한 후 그곳에 가면 틀림없이 마우솔로스의 영묘를 발견할 수 있을 것으로 확신했다.

뉴턴은 36세가 되던 해에 대영박물관을 사직한 후 래드클리프의 후원으로 외교 관계 업무에 종사하면서 에게 해 남부 지방의 섬과 주변 여러 도시를 광범위하게 조사해나갔다. 영묘의 조사를 위한 준비 작업이었다.

1855년, 뉴턴은 래드클리프의 자금 원조를 받아 마침내 보드룸을 방문해서 조사를 시작했다. 보드룸의 건물 속에 아직도 조각의 파편들이 묻혀 있다는 사실을 확인한 뉴턴은 발굴 허가를 얻기 위해 정부 관계자에게 편지를 보냈다. 마침내 투르크 황제의 발굴 허가장을 손에 쥔 뉴턴은 영묘가 있을 것으로 추정되는 장소를 사들여 본격적인 발굴 작업에 들어갔다.

보드룸의 발굴에는 뉴턴 외에도 정부의 원조로 영국 군함 고곤호와 그 승무원들이 참여했다. 승무원 중에는 고고학에 흥미를 가지고 있는 인물도 끼어 있었으며, 육군 공병대의 원조도 얻을 수 있었다. 그리고 유능한 건축가와 유

---

[37] 헬레니즘 양식 : 그리스 고유의 문화와 오리엔트 문화가 융합하여 이루어진 세계주의적인 예술·사상·정신 등을 특징으로 하는 문화 양식. 알렉산드로스 대왕의 아케메네스·페르시아 원정(B.C. 330년)이 계기가 되었다. 헬레니즘 양식의 조각은 역동감 넘치는 인간의 움직임이나 감정을 나타내는 것이 많다.

적을 스케치할 화가 세 사람도 끌어들였다. 이런 여러 가지 사실을 놓고 볼 때, 영묘에 대한 영국 정부의 관심과 기대가 그만큼 컸다는 것을 알 수 있다.

그러나 막대한 투자와 수많은 인원 동원에도 불구하고 뉴턴이 찾아낸 것은 거의 형체를 알아보기 힘들 만큼 산산조각이 난 유적의 잔해뿐이었다. 기껏 발견한 것이라고는 기둥과 조각의 일부, 벽의 파편 정도뿐이어서 조사단은 크게 실망하지 않을 수 없었다. 최초 발굴 당시 발견된 유물 중 대략적인 형태가 알려진 것은 심하게 훼손된 페르시아인 상(像)의 파편과 깨진 기둥머리, 부조가 새겨진 석판 3매 정도에 불과했다.

하지만 마침내 뉴턴에도 행운이 찾아왔다.

1855년 4월 말, 발굴 현장 한쪽 구석에서 산처럼 쌓여 있는 대리석 석판이 발견되었다. 그 대리석군을 파내려가자 심하게 훼손되기는 했지만 전체 모양을 다시 구성할 수 있을 만큼의 조각상 파편들을 발견할 수 있었다. 그 중에는 놀랍게도 네 필의 말이 끄는 전차 조각상이 들어 있었다. 이 조각상의 발견은 정말 대단한 발견이었다. 왜냐하면 플리니우스[38]가 『박물지』에서 마우솔로스의 영묘에 대해 묘사해놓은 문장 속에 조각상에 대한 언급이 들어 있었기 때문이었다. 즉, 폴로니우스는 네 마리의 말이 끄는 이륜마차 조각상의 모습을 정확하게 기록해놓았던 것이다.

이러한 대발견으로 한껏 고무된 뉴턴은 발굴을 계속했지만 더 이상의 유물은 발견할 수 없었다. 하지만 포기하지 않고 끈질기게 발굴을 계속한 결과 수많은 파편들을 대영박물관에 보낼 수 있었다. 그후 박물관에서는 몇 년에 걸

---

[38] 플리니우스(Plinius : 23~79년) : 로마 제정기의 장군, 정치가, 학자. 해외 영토의 총독을 겸임하면서 동물, 식물, 광물, 지리, 천문, 의학, 예술 등 2만 항목에 이르는, 일종의 백과사전인 『박물지』를 집필했다. 조카인 소(小)플리니우스와 구별하기 위해 대(大)플리니우스로 불린다.

친 조각상의 수리와 복원 작업에 매달려 마침내 마우솔로스의 영묘 유물을 전시할 수 있게 되었다.

대영박물관에 전시되어 있는 유물 중에서 유명한 것은, 전차 바퀴, 전차를 끄는 말 조각상, 피라미드식 지붕의 잔해에서 발굴된 여성상, 마우솔로스 상, 보존 상태가 그다지 양호하지는 않지만 여성의 토르소[39], 여덟 개의 사자상, 페르시아풍의 기마상 파편, 숫양의 거상 일부, 영묘의 기둥 파편 등이다.

이렇게 해서 오랫동안 잊혀져 있던 마우솔로스의 영묘는 비록 일부이긴 하지만 2,000년이 지난 후에 다시 모습을 드러내게 되었다.

---

39) 토르소 : '몸통' 이라는 뜻의 이탈리아어 torso에서 나온 미술 용어.

지중해

흔히 문명의 십자로라고도 일컬어지는 지중해는 유럽 문화의 중심이 된 그리스 문명이 일어난 지역이다. 이 지역은 오래 전부터 해상 교역이 발달하고, 이집트와 오리엔트를 비롯한 세계 각지와의 접촉을 통해 활발한 문화 교류가 일어났다. 또 지중해 지역에서는 크레타와 미케네 같은 전기 그리스 문명과 그리스 문명 이후의 헬레니즘, 로마 문명 등이 일어나 커다란 번영을 누렸기 때문에 명실공히 문명의 보고라고 할 만하다.

특히 고대 그리스 문명은 유럽 문명의 근간을 이루었으며, 그와 관련된 유적이 지금도 많이 남아 있다.

유럽

유럽은 오랜 세월에 걸쳐 복잡한 역사를 가지고 있지만, 고대 유적에서만큼은 지중해 주변에 비해 그 수가 많지 않다. 그러나 유럽에는 독자적인 거석(巨石) 문화와 켈트 문화가 존재한다.

스톤헨지와 카르나크 열석(列石)으로 대표되는 독특한 거석 문화의 흔적은 유럽 여러 유적지에서 발견되고 있지만 아직 많은 수수께끼를 간직하고 있다.

또 유럽 문화에 커다란 영향을 준 켈트 민족은 자신들의 문화를 거석을 통해 표현했기 때문에 19세기가 될 때까지 거의 대부분 알려지지 않은 상태로 남아 있었다.

2장

그리스

knossos
크노소스 궁전

- 건 립 문 명 : 크레타 문명(미노아 문명)
- 건 립 연 대 : 제1궁전 B.C. 2000~B.C. 1700년, 제2궁전 B.C. 1500년경
- 건 립 자 : 미노스 왕(?)
- 발 굴 자 : 아서 에번스
- 현재 소재지 : 그리스 크레타 섬

지중해에서 화려하게 꽃 피웠던 크레타 문명

 이집트와 그리스 사이, 지중해와 에게 해 경계선에 크레타라는 섬이 있다. 크레타 섬은 지중해 동쪽에 자리잡고 있으며, 소아시아와 이집트, 시리아 연안에서 가까운 곳으로 예로부터 오리엔트, 이집트, 그리스를 이어주는 중계지로서 활발한 인적·물적 교류가 일어났다.

 B.C. 2000년부터 B.C. 1450년경까지 크레타 섬에는 크레타 문명 또는 미노아 문명이라 불리는 문명이 번영을 누렸다. 문명의 중심지인 크노소스는 사방 2킬로미터 지역 안에 궁전과 별궁, 주택, 무덤 등이 빼곡히 들어서 있는 고대 도시로, 약 8만의 인구가 살았을 것으로 추정되고 있다.

 크노소스의 한 가지 특징은 이 도시가 종교적인 건축물보다는 궁전 건축이 주축을 이루고 있는 도시라는 사실이다. 즉, 다른 고대 도시들이 대개 신전 중심의 도시라면 크노소스는 왕궁 중심의 도시라는 것이다. 따라서 궁전을 장식한 벽화에는 기하학 문양과 각종 동식물, 궁정 생활 등이 정밀하게 묘사되어 있을 뿐 신에 관한 장식은 찾아보기 힘들다.

지중해

크레타 문명 최대의 유적, 크노소스 궁전

크레타 섬 전역에 다양한 유적이 남아 있지만 그 중에서 가장 유명한 것이 전설적인 미노스 왕의 궁전으로 알려진 크노소스 궁전이다.

크노소스 궁전은 B.C. 2000~B.C. 1700년경에 건설되었으며, B.C. 1700년경 지진이나 다른 천재지변이 일어나 붕괴된 것으로 전해지고 있다. 그후 B.C. 1500년경에는 규모를 확장해 이전보다 더 큰 궁전을 건설했다. 현재 남아 있는 대부분의 유적은 바로 이 제2 궁전의 유적이다.

궁전은 동서 170미터, 남북 180미터 규모로 장방형 구조를 이루고 있다. 크레타 문명의 다른 건축물들과 마찬가지로 장방형의 중앙 정원을 중심으로 수백 개의 작은 방들이 둘러싸고 있다. 그리고 궁전에는 계단과 회랑이 많아서 '미궁의 궁전'으로 불리기도 한다.

또 궁전을 지탱해주는 기둥들은 위에서 아래로 내려갈수록 폭이 좁아지는데, 이는 다른 고대 문명권에서는 찾아보기 힘든 크레타만의 독창적인 건축 양식이다.

궁전 동쪽에는 왕족과 귀족들의 사생활 공간과 작업장, 기름 창고가 있었으며, 서쪽에는 제의, 집정(執政), 알현 등을 위한 공무용 공간(방)과 창고들이 들어서 있었다. 그리고 지하에는 욕탕에 물을 공급해주기 위한 수조도 있었다.

미노스 왕과 미노타우로스의 미궁

그리스 신화에서는 크노소소 궁전의 기원을 다음과 같이 이야기하고 있다.

오래 전부터 크레타 섬에는 미노스라는 왕이 강력한 함대를 거느리고 지중해 일대를 장악하고 있었다.

어느 날 미노스 왕의 아들인 안드로게오스가 아테네에서 열린 운동 경기에 나갔다가 아테네의 왕 아이게우스에게 암살당하는 사건이 일어났다. 아이게우스는 운동 경기에서 아테네인들을 물리치고 승리를 거둔 안드로게오스를 질시해 죽여버렸던 것이다. 이에 크게 진노한 미노스 왕은 대전함을 이끌고 아테네로 쳐들어가 닥치는 대로 파괴하고 도시를 불태워버렸다. 그리고 9년 동안 매년(일설에는 9년마다 바쳤다고도 한다) 귀족 출신의 소년과 소녀를 각기 일곱 명씩 공물로 바칠 것을 명령했다.

한편 미노스 왕의 부인인 파시파에는 바다의 신 포세이돈이 보내준 소에게 욕정을 느껴 반은 소이고 반은 인간인 괴물 미노타우로스('미노스 왕의 소'라는 뜻이다)를 낳았다. 그러자 미노스 왕은 건축가 다이달로스에게 명해 궁전 지하에 미궁을 짓게 한 다음 미노타우로스를 이곳에 가둬놓았다. 그리고 아테네에서 공물로 잡혀온 소년과 소녀를 미궁 속으로 내려보내 미노타우로스의 먹이감이 되게 했다.

수십 명의 소년과 소녀들이 목숨을 잃은 후에 아이게우스 왕의 아들인 테세우스가 공물이 되어 크레타로 왔다. 미노스 왕 앞에 끌려온 테세우스를 본 미노스 왕의 딸 아리아드네는 한눈에 테세우스에게 반해버리고 말았다. 그래서 아리아드네는 그를 돕기 위해 남몰래 단검과 실뭉치를 건네주었다.

테세우스는 아리아드네가 준 실을 입구에 묶은 다음 실뭉치를 슬슬 풀어가며 미궁 속으로 들어갔다. 그리고 괴물 미노타우로스와 맞닥뜨리고는 격렬한 싸움을 벌였다. 힘겹게 괴물을 물리친 테세우스는 풀어놓은 실을 되감아서 무사히 탈출에 성공할 수 있었다.

고고학자와 언어학자들은 이 전설과 크노소스 궁전이 '라비린토스(미궁)'라는 단어의 어원이 되었다고 보고 있다.

궁전 내부에는 소를 주제로 한 쌍도끼(라블류스) 장식이 곳곳에 있으며, 궁전 자체도 미궁 같은 구조로 되어 있기 때문에 라블류스가 변해서 라비린토스라는 말이 생겨났다는 것이다.

지중해

전설을 발굴한 남자

20세기가 되기 전까지만 해도 크레타 문명은 전설 속에나 존재하는 단지 신화에 불과한 이야기였다. 하지만 미노스 왕의 전설을 믿고 크레타 문명을 찾아나선 한 남자가 있었다. 바로 영국의 고고학자 아서 에번스(Authur Evans, 1815~1841년)였다.

그는 크레타 문명의 존재를 입증하기 위해 크노소스 궁전이 있었을 것으로 추정되는 게파라 언덕을 사들여 1900년부터 발굴을 시작했다. 발굴을 시작한 지 며칠 지나지 않아 로마와 그리스에서는 볼 수 없었던 독특한 양식의 건축물들이 차례로 발견되었다. 에번스는 그 자신의 예상대로 크레타 문명을 발굴하는 데 성공했던 것이다.

이렇게 해서 크노소스 궁전은 실로 3,000년 동안의 기나긴 잠에서 깨어나 세상의 빛을 보게 되었다. 사실 크노소스 궁전은 시작에 지나지 않았다. 크레타 섬 이곳저곳에서 크레타 유적이 속속 발견되었던 것이다.

크노소스 궁전의 발굴로 일약 유명 인사가 된 에번스는 그 생애를 크레타 문명 연구에 바쳤는데, 대표작인 『크레타의 미노스 궁전』 외에도 많은 연구 성과를 남겨놓았다. 그의 공헌으로 크레타 문명에 대한 연구는 커다란 진전을 이루었다.

사라진 크레타 문명

크레타 문명이 몰락한 원인은 지금까지도 확실하게 밝혀지지 않고 있다.

에번스는 대규모 천재지변으로 멸망했을 것이라는 주장을 내놓았지만, 확실한 증거가 있는 것은 아니다. 일부 학자들은 에번스의 주장을 뒷받침할 만한 증거로 B.C. 17세기에 일어난 산트리니 섬의 대폭발을 들고 있지만, 이 주장 역시 연대가 정확치 않다는 이유로 받아들여지지 않고 있다.

최근에는 크레타 문명이 미케네 문명의 지배를 받았다는 설이 유력하게 거론되고 있다. 크레타에서 발굴된 유적에 새겨진 문자와 미케네에서 사용하던 문자가 동일하다는 사실을 통해 미케네 문화가 크레타의 영향이 받았다는 것이 밝혀졌기 때문이다.

현재도 크노소스를 비롯한 크레타 유적에 대한 발굴과 연구는 계속되고 있다. 에번스의 노력으로 궁전은 발굴되었지만, 주변 도시에 대한 발굴은 아직 끝나지 않았다. 크레타 문명이 소멸한 원인은 이런 조사들이 모두 끝나게 되면 밝혀질 수 있을지도 모른다.

그리스

mycenae 미케네

- 건 립 문 명 : 미케네 문명
- 건 립 연 대 : B.C. 1450년경
- 건 립 자 : 미케네인
- 발 굴 자 : 하인리히 슐리만
- 현재 소재지 : 그리스 펠로폰네소스 반도 아르골리스만(灣) 북쪽 19킬로미터

'도시의 약탈자' 아가멤논 왕의 도시

그리스 아르고스 평야에는 그리스 문명의 기반이 되었던 미케네의 도시가 잠들어 있다. 미케네는 그 이름의 기원이 된 미케네 문명의 중심 도시다.

미케네 문명은 B.C. 1600~B.C. 1200년경 고대 그리스 문명 이전에 번영을 누렸던 문명으로 고대 그리스 민족 중 하나인 아카이아인에 의해 성립되었다.

미케네 문명은 B.C. 1400년경부터 크레타 문명('크노소스' 편 참조)의 뒤를 이어 에게 해를 지배하고, 서아시아와 이탈리아 각지에 식민지를 건설했다. 아르고스 평야 북동쪽에 위치한 미케네는 남으로 아르고스 만에 접해 있어 크레타와 지중해 지역의 섬들에 쉽게 접근할 수 있었으며, 북쪽 육로로는 중부 그리스에 닿을 수 있는 교통의 요지였다.

전설에 따르면, 미케네는 '왕 중의 왕' '도시의 약탈자' 라 불리는 아가멤논의 통치하에서 크게 번영을 누렸다고 한다. 강력한 왕의 통치를 기반으로 부를 쌓은 미케네에는 황금이 흘러넘쳤으며, 주민들은 수준 높은 생활을 했다는 것이다. 아가멤논 왕은 후에 트로이 전쟁('트로이' 편 참조)에 참전했다가 고향으로 귀환한 후에 암살당한 것으로 알려져 있다.

황금이 흘러넘치는 도시 미케네

미케네 유적을 발굴한 사람은 독일의 고고학자 하인리히 슐리만(111쪽 칼럼 참조)이다. 전설 속에 등장하는 트로이와 미케네의 존재를 믿었던 그는 1873년에 트로이를 발굴한 후 다음 목표를 미케네로 정했다.

1876년 슐리만은 미케네의 성문인 '사자문(獅子門)' 안쪽에서 수혈묘(竪穴墓: 땅을 세로로 곧게 파서 시신을 매장하는 묘-옮긴이)를 발견함으로써 이 지역이 전설 속의 미케네라는 것을 증명했다.

호메로스가 '황금이 흘러넘치는 미케네'라고 표현했던 것처럼 실제로 미케네에는 온갖 황금과 보물들로 가득 차 있었다는 사실이 무덤의 부장품을 통해 확인되었다.

슐리만이 발굴한 묘혈에는 왕가의 남녀와 그 자녀들의 유해가 들어 있었으며, 수많은 부장품들도 함께 매장되어 있었다. 특히 무덤 속의 왕자는 황금 가면과 갑옷을 입고 있었으며, 금과 은으로 만든 용기와 호화롭기 짝이 없는 크고 작은 검들, 커다란 금제 화관, 바르트 해 연안에서 운반해온 호박(琥珀) 등 수많은 유물들이 함께 묻혀 있었다. 출토된 유물들을 감식한 고고학자들은 미케네 문명이 크레타 문명의 영향을 받은 귀중한 증거라고 평가했다.

그리고 부장품 중에는 전차(戰車) 릴리프(부조)가 새겨진 것도 있었다. 전차는 이집트에서 처음으로 사용되었던 병기로 이후 서아시아로 넓게 퍼져나갔다. 이런 부장품은 당시 미케네가 이집트와 서아시아와 교류했었다는 것을 보여주는 좋은 증거라고 할 수 있다.

유적을 발굴한 슐리만은 역사와 전설을 결합시키기 위해 왕자가 쓰고 있던 황금 가면을 '아가멤논의 황금 마스크'라고 불렀지만 사실은 한 왕족의 유품에 지나지 않았다.

슐리만의 발굴 이후 거의 80년이 지난 1950년대에 도시 성벽 바깥쪽에서 또 하나의 원형묘가 발견되었다. 다시금 미케네가 세계 고고학계의 관심을 불러 모으는 순간이었다.

모습을 드러낸 미케네

슐리만의 발굴 후, 미케네에 대한 조사가 계속 진행되면서 도시는 물론 그 주변에 대한 발굴도 이루어졌다.

도시는 대략 세 구역으로 나눌 수 있는데, 우선 도시 중앙에 궁전이 있으며, 그 동쪽으로 '열주의 집'이라고 불리는 건물 흔적, 궁전 서쪽으로 슐리만이 발견한 원형묘와 곡물 창고, 주거지구 등이 존재한다.

중앙 궁전은 메가론[40] 형식으로 건설되었다. 미케네에서는 궁전마다 이 메가론이 있었으며, 개인용 주거의 일부로 짓기도 했다. 궁전 동쪽에 있는 '열주의 집'에도 소규모 메가론이 건설되었으며, 비록 지금은 흔적만 남아 있지만 그 주변에 계단 형식의 건축물이 있었던 것으로 밝혀졌다.

궁전 서쪽에는 '키클로프스 쌓기(거석쌓기라고도 한다. 절단하지 않은 거대한 돌로 모르타르를 쓰지 않고 벽을 쌓는 방법-옮긴이)'라는 독특한 방법으로 돌을 쌓아서 만든 성벽과 그 옆쪽으로 건물들이 나란히 서 있다. 건물 중에는 벽면을 프레스코(fresco)[41]로 장식한 신전으로 추정되는 건축물이 있지만 자세한 용도는 밝혀지지 않았다.

미케네 성벽에서 조금 떨어진 곳에서는 많은 무덤들이 발견되었다. 그 중에는 미케네 양식의 대표적인 무덤으로 평가받는 '아트레우스의 보고(寶庫)'도 들어 있었다. 아트레우스는 아가멤논 왕의 아버지로 단지 이름만 빌린 것이다. 발견 당시 슐리만은 이 무덤을 '보고'로 생각했지만 학자들의 조사 결과 한 왕족의 묘였던 것으로 밝혀졌다.

미케네의 독자적인 양식으로 조성된 이 무덤은 석재 덩어리를 돌출식으로 쌓아올린 뾰족한 반구형 건축물로, 진짜 둥근 천장 같은 느낌을 주도록 돌을 잘라서 다듬었다. 무덤 속에는 의식용 통로인 드로모스가 세 개나 건설되어

---

40) 메가론 : 고대 그리스와 미케네 시대의 주거 양식. 벽이 없이 트인 현관, 문간방과 한가운데에 화로와 왕좌가 있는 큰 홀로 이루어져 있다. 호메로스는 메가론이라는 용어를 단순히 큰 홀을 이르는 말로 썼다. 미케네에서는 궁전마다 메가론이 있었으며, 개인 주거의 일부로 짓기도 했다. 그리스 고전기에는 신전 건축의 원형이 되었다.

41) 프레스코 벽화 : 벽화 제작기법의 하나. 회벽을 바르고 그것이 마르기 전에 물에 안료가루를 개어서 그 벽에 그리는데, 물감이 마르면서 회반죽과 함께 굳어 영구히 벽의 일부가 된다. 고대부터 유래된 제작 기법이지만, 특히 이탈리아 르네상스 시대에 많이 사용되었다.

있었으며, 바닥 직경 14.6미터, 바닥에서 천장까지의 높이 13.4미터로 미케네의 무덤 중에서 최대 규모를 자랑한다.

'아우트레스의 보고' 외에 주변 구릉 지대에서도, 암반에 구덩이를 파고 그 아래에 돌로 벽을 둘러싼 암실묘가 발견되었다.

이처럼 무덤 형식이 다른 것은 빈부 격차에 의한 것이라기보다는 미케네 문화가 그만큼 다양했다는 것을 보여주는 증거라 할 수 있다.

멸망의 원인은 '해상민족'의 침입 때문?

황금이 흘러넘쳤던 미케네는 B.C. 1200년경에 멸망하고 말았다. 하지만 그 원인이 무엇인지는 아직까지 밝혀지고 있지 않다. 현재 미케네는 B.C. 1200년경(B.C. 1100년경?) 침입한 도리스인들에 의해 불타 없어졌을 것으로 추정되고 있지만, 정체 불명의 '해상민족'이 침입해서 멸망시켰을 것이라는 설도 제기되고 있다.

도리스인은 고대 그리스 민족의 한 분파로, B.C. 1200년경~B.C. 1100년경에 철기 문화와 함께 발칸 반도에서 그리스로 남하한 민족이다. 그리고 '해상민족'은 아직 그 정체가 드러나지 않은 수수께끼 속의 이민족이다.

B.C. 1200년대는 멸망의 시대였다. 미케네뿐만 아니라 강력한 힘을 자랑했던 철의 제국 히타이트('하투사스' 편 참조)와 티린스, 레프간디 같은 지중해 도시국가들도 멸망의 비운을 맛봐야 했다. 하지만 이들을 멸망시킨 세력이 과연 누구였는지는 아직까지 확실하게 밝혀져 있지 않다.

꿈을 발굴한 남자

하인리히 슐리만. 19세기에 활약한 고고학자 중에 아마 슐리만보다 더 눈부신 발굴 활동을 한 사람은 없을 것이다.

7세 때 아버지가 준 역사책 속에서 불타고 있는 트로이 그림을 보고 평생 동안 강렬한 인상을 받았으며, 이때부터 호메로스의 이야기가 역사적 사실에 바탕을 두고 있다는 확신을 갖게 되었다. 이렇게 어린 시절부터 고대 문명을 동경해왔던 그는 그리스 시인 호메로스의 서사시 「일리아스」와 「오디세이아」에 등장하는 전설 속의 트로이와 미케네를 실제로 발굴함으로써 세계 역사를 새롭게 고쳐 쓰게 만들었다.

1822년 독일에서 가난한 목사의 아들로 태어난 그는 1836년 가족들을 부양하기 위해 졸업과 동시에 식료품 점원으로 취직했다. 그후 병 때문에 해고된 그는 새로운 직장을 구하기 위해 기회의 땅 미국으로 건너가기로 했다. 그러나 항해 도중 배가 네덜란드 근해에서 난파하는 바람에 암스테르담에서 일자리를 구하게 되었다. 어머니의 친구 소개로 암스테르담에 있는 무역회사에 들어간 그는 사환과 경리 직원으로 일하기 시작했다.

언어에 대한 열의와 재능, 뛰어난 기억력, 정열과 의지를 갖춘 덕분에 그는 프랑스어, 포르투갈어, 이탈리아어 등 모두 8~13개 국어를 유창하게 읽고 쓸 수 있었다. 그가 몇 개 국어나 할 수 있었는지는 확실하지 않지만 러시아어와 고대 및 근대 그리스어를 자유롭게 구사했던 것만은 분명하다.

이후 상인으로서 뛰어난 수완을 발휘한 그는 자신의 회사를 차리게 되었다.

1854년 러시아와 터키 사이에 크림 전쟁이 일어나자 전쟁에 필요한 물자를 팔아 커다란 재산을 모았다. 또한 미국에도 진출해 골드러시가 한

창이던 캘리포니아에서 대부업으로 커다란 성공을 거두었다.
그러나 1857년 유럽에서 일어난 경제 공황으로 파산 직전까지 갔지만, 기름과 목면, 홍차 등을 거래해서 다시 부를 거머쥘 수 있었다.
1863년부터는 세계 각지를 여행하며 적지 않은 기록을 남기기도 했다.
1866년, 유럽으로 돌아온 그는 오랫동안 꿈으로 간직해왔던 고고학을 공부하기 위해 파리에 있는 소르본느 대학에 청강생으로 들어갔다. 그리고 1868년에는 로마를 방문해 여러 유적지를 둘러보고 실제 조사에도 참여했다.
그리고 1870년에는 마침내 역사적인 트로이 유적을 발굴하고, 계속해서 미케네를 비롯한 여러 그리스 유적을 발굴함으로써 고고학사에 새로운 장을 열었다.
슐리만은 발굴을 통해 얻은 출토품을 개인이 소유하기도 하고, 허가받지 않은 발굴을 하는 등 적지 않은 문제를 일으키기도 했지만 고고학 역사상 가장 뛰어난 발굴을 한 인물로 평가받고 있다. 또 어릴 적 꿈을 좇아 자신의 생애를 바친 위대한 인물의 한 전형으로도 꼽히기도 한다.

그리스

parthenon
파르테논 신전

- 건 립 문 명 : 그리스 문명
- 건 립 연 대 : 구파르테논 신전 B.C. 490~B.C. 480년
  신파르테논 신전 B.C. 447~B.C. 432년
- 건 립 자 : 페이디아스, 익티노스, 칼리크라테스
- 발 굴 자 : -
- 현재 소재지 : 그리스 수도 아테네 시내 아크로폴리스 언덕

고대 그리스의 대표적인 유적

그리스 고대 유적이라고 하면 우선 아크로폴리스 언덕 위에 우뚝 솟아 있는 파르테논 신전을 머릿속에 떠올릴 수 있다.

파르테논 신전은 마라톤 전투(B.C. 490년)에서 그리스가 페르시아에 승리를 거둔 기념으로 여신 아테나[42]를 칭송하기 위해 건립한 고대 그리스의 대표적인 신전 건축물이다. 파르테논이라는 신전의 명칭은 여신 아테나의 무녀들이 살았던 집인 파르테논(처녀의 집이라는 뜻이다)에서 유래했다.

신전의 기단 부분은 동서로 약 69미터, 남북으로 약 25미터이며, 3단의 계단 형태로 이루어져 있다. 기단 주위로 모두 46개의 도리아식[43] 기둥이 둘러싸고 있으며, 정면과 안쪽에 8개씩, 측면으로는 17개씩 배치되어 신전을 떠받치고 있다.

메토프라 불리는 기둥과 지붕 사이에 있는 점토판에는 전쟁을 주제로 한

---

[42] 아테나 : 그리스 신화의 대표적인 여신으로 지혜와 전쟁, 기술, 공예를 관장하는 처녀신이며 아테네의 수호신.

[43] 도리아식 : 기둥의 머리 부분을 장식하지 않은 단순한 형식의 기둥을 특징으로 하는 고대 그리스 건축 양식의 하나.

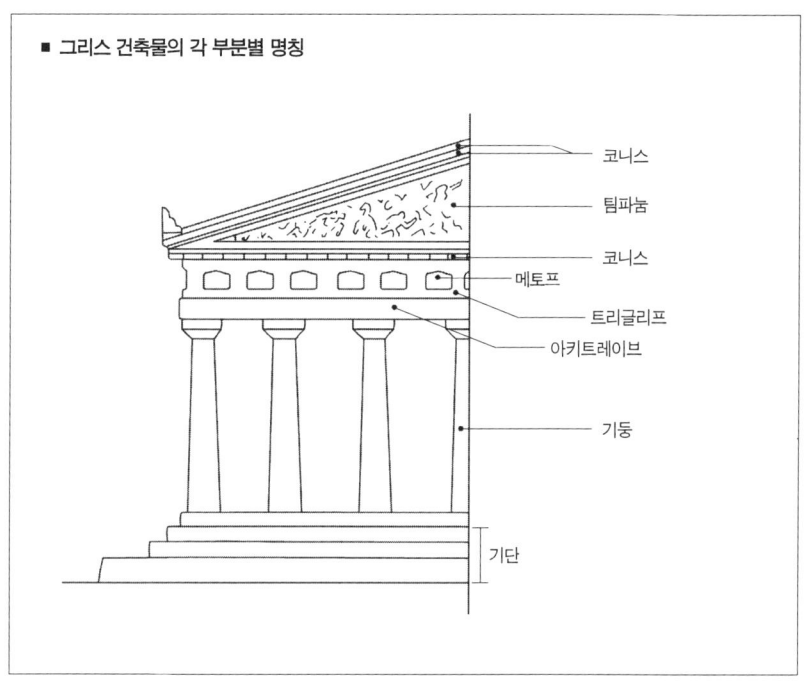

부조가 정교하게 새겨져 있다. 동쪽에는 '신과 거인의 싸움', 서쪽에는 '그리스인과 아마존족과의 싸움', 남쪽에는 '그리스인과 켄타우로스의 싸움', 북쪽에는 '트로이 성의 함락'을 주제로 한 부조가 각각 새겨져 있다.

또 지붕과 벽 사이에 있는 페디먼트[44] 부분의 정면에는 '아테나의 탄생'이, 뒷면으로는 '아테나와 포세이돈의 싸움' 장면이 새겨져 있다.

신전 중앙에는 나오스라 불리는 신상을 올려놓은 제단이 있었고, 그 위에는

---

44) 페디먼트 : 그리스 신전의 정면에 나타나는 특징으로, 고전 건축에서 포티코(기둥으로 받쳐진 지붕이 있는 현관) 위에 놓인 삼각형 박공, 또는 입구나 창문 위를 꾸미는 데 쓰인 그와 비슷한 형태를 말한다.

금과 상아로 만든 높이 12미터의 아테나 여신상이 서 있었다. 아테나 상은 왼손에는 창과 방패, 오른손에는 승리의 여신 니케의 상을 들고 있었으며, 가슴을 가리는 갑옷에는 괴물 메두사의 머리가 장식되어 있었다.

하지만 파르테논 신전은 세월의 흐름과 함께 원래의 모습을 잃어버리고 말았다. 현재는 부조의 일부만 대영박물관과 프랑스 루브르 미술관에 소장되어 있으며, 유감스럽게도 아테나 상은 완전히 잃어버린 상태다.

그리스 고전 건축의 최고봉

파르테논 신전이 그리스 고전 건축의 가장 대표적인 건축물로 찬미되는 이유는 두 가지다.

첫 번째는 건축 자재의 대부분이 최고급 백대리석이었다는 것이며, 두 번째는 건축의 기본이 모두 곡선으로 이루어졌다는 것이다. 대들보와 기단, 기둥 등 신전을 구성하는 소재들이 모두 곡선으로 이루어졌다는 것은 당시로서는 생각하기 힘든 일이었다. 여기서 그 구체적인 예를 들어보도록 하자.

신전을 지탱하고 있는 기단부의 바닥 부분은 미묘한 굴곡이 있는 컵 형태로 이루어져 있는데, 바닥의 가운데 부분은 모서리 쪽보다 17센티미터가 높다. 눈으로 식별하기는 어렵지만 엔타블레이처(기둥 위의 대들보 부분)도 중앙 쪽이 6센티미터 더 높아서 완만한 아치 형태를 이루고 있다. 신전을 떠받치고 있는 기둥의 직경은 위치에 따라 다르지만 정면 중앙부 하단의 직경이 1.9미터인 것에 비해 테두리 쪽에 있는 기둥의 직경은 1.94미터이다. 이처럼 신전 전체는 미묘한 곡선으로 구성되어 있다.

파르테논 신전처럼 곡선을 주조로 한 건축은 오늘날처럼 건축 기술이 고도로 발달한 현대에도 상당히 구현하기 힘든 기술이라고 한다. 그렇다면 그리스인들은 왜 신전을 곡선으로 만들었을까?

첫째는 시각 효과를 들 수 있다. 신전 곳곳을 곡선으로 만듦으로써 실제 크기보다 더 크게 보이게 하는 효과를 노렸다. 그리고 또 하나 당시 건축물은 예술품이었다는 것이다. 고대 그리스에서 건축가는 예술가이자 조각가이기도 했다. 그들은 건축과 동시에 조각 작품을 만들었던 것이다.

파르테논 신전은 신들에게 바치는 최고의 작품이어야 했다. 고대 그리스인들은 이런 생각으로 최고의 자재와 최고의 인재를 동원해 신전을 건설했던 것이다.

전쟁, 개조, 산성비-신전의 슬픈 운명

그리스 고전기(B.C. 4세기~B.C. 5세기)의 최고 걸작품으로 손꼽히는 파르테논 신전은 B.C. 480년부터 건설되기 시작했으나 페르시아 군의 침공으로 한 차례 중단되었다.

B.C. 480년 가을, 페르시아의 크세르크세스 1세는 마라톤 전투에서의 패배를 설욕하기 위해 20만 대군을 이끌고 그리스를 침공했다. 압도적인 전력으로 아테네를 점령한 페르시아 군은 당시 건설 중이던 파르테논 신전을 파괴해버렸다. 이때 파괴된 신전을 구파르테논 신전이라고 부른다. 그후 그리스 군은 살라미스 해전(B.C. 480년)과 플라타이아이 전투(B.C. 479년)에서 승리를 거두고 마침내 아테네를 탈환하는 데 성공한다.

B.C. 447년, 신전 건설이 재개되어 당시 그리스의 저명한 건축가들이었던 페이디아스와 익티노스, 칼리크라테스 등이 팔을 걷어붙이고 나섰다. 페이디아스는 신전 내 아테나 상과 신전 곳곳에서 볼 수 있는 부조들을 직접 제작했다고 한다. 이렇게 해서 파르테논 신전은 B.C. 447년부터 B.C. 432년까지 약 15년간의 재공사 끝에 완성될 수 있었다.

그후 파르테논 신전은 세계의 중심이 그리스에서 로마로 이동하고, 기독교가 보급되면서 성 마리아 교회로 전용되는 운명을 맞게 되었다. 또 오스만 투르크 제국이 아테네를 지배한 15세기에는 이슬람 교도들에 의해 모스크로 개조되기도 했다.

1687년에는 오스만 투르크 군과 베네치아 군과의 전투로 신전의 일부가 파괴되는 일도 일어났다. 하지만 그때까지도 파르테논 신전에는 건설 당시의 아름다움이 남아 있었다고 한다.

그러나 오랜 세월 동안 전쟁의 참화를 견뎌온 파르테논 신전도 약탈에는 속수무책이었다. 1801년 영국이 당시 전쟁으로 피폐해진 오스만 투르크를 통해 신전의 대부분을 약탈하는 일이 발생했다. 그때의 약탈을 진두지휘했던 엘긴 경은 후에 같은 나라의 시인 바이런으로부터 '약탈자'라고 매도당했을 만큼 철저하게 신전을 파괴하고 약탈했다(엘긴 경이 가져온 고대 그리스의 조각품과 건축 조각을 '엘긴마블스'라고 한다-옮긴이).

그리고 1981년에는 지진이 발생해 기둥 상부가 떨어져 나가는 피해를 입었으며, 최근에는 산성비로 인해 아름다운 대리석이 훼손되고 있는 실정이다. 현재 그리스 정부는 인류의 유산인 파르테논 신전을 보호하기 위한 노력을 기울이고 있으며, 수리와 복원 작업도 병행하고 있다.

이탈리아(몰타섬)

tarxien
타르시엔 신전

- 건 립 문 명 : 불명
- 건 립 연 대 : B.C. 4000년경
- 건 립 자 : 불명
- 발 굴 자 : 세미스트크리스 자미트 경
- 현재 소재지 : 몰타 수도 바레타 근교 알사프리에니

지중해에서 가장 오래된 석조 신전

이탈리아 시칠리아 섬에서 남쪽으로 80킬로미터 떨어진 곳에 몰타와 고초라는 이름의 섬이 있다. 몰타 섬의 면적은 약 334평방 킬로미터에 불과한 작은 섬이지만 현재는 인접한 고초 섬과 함께 몰타라는 독립국가를 이루고 있다.

이 작은 섬에는 선사 시대부터 독자적으로 존재해왔던 문명의 흔적이 지금도 남아 있다. 유네스코[45]에서 지정한 세계 유산에도 등록되어 있는 세계 최고(最古)의 거석 건축물이 잃어버린 문명의 존재를 상징적으로 보여주고 있다.

몰타 섬의 문명 유적 중에 고초 섬의 간티자 유적, 몰타 섬의 하자림 유적, 무나이드라 유적, 타르시엔 유적 등 네 곳이 특히 유명하다. 그 중에서 타르시엔 유적은 몰타 유적군 중에서 최대 규모를 자랑하는 신전 유적이다.

이러한 몰타 섬의 유적을 건설했던 주민들은 과연 어떤 민족이며, 그들이

---

45) 유네스코 : UNESCO. 국제연합교육과학문화기관(United Nations Educational, Scientific and Cultural Organization)의 약자. 국제연합(UN)의 전문기관 중 하나. 본부는 파리에 있다. 1945년 연합국 교육문화회의에서 채택된 유네스코 헌장에 기초해 1946년에 설립되었다. 교육과 과학의 보급과 교류를 통해 세계 여러 나라 국민들의 상호 이해와 인식을 넓히는 것을 목적으로 하고 있다.

어디서 와서 어디로 갔으며, 또 무슨 이유로 신전을 버렸는지에 대해서는 아직도 수수께끼로 남아 있다.

복잡한 구조를 가진 거대 신전

몰타 유적은 다른 유적 발굴을 과정에서 우연히 발견되었다. 1902년 바레타 근교 알사프리에니에서 건설 노동자가 작업 중에 아주 오래된 지하분묘를 발견했다.

그 5년 뒤인 1907년, 고고학자 세미스트크리스 자미트 경의 지휘하에 본격적인 발굴이 이루어져 마침내 지중해 최고(最古)의 거석 유적인 타르시엔 신전이 발견되었다. 그후 제2차 세계대전으로 조사가 일시 중단되기도 했지만, 왕립 몰타 대학의 조사단에 의해 몇 가지 중요한 사실이 확인되었다.

수도 바라테 남쪽 주택가 가운데 자리잡고 있는 신전 유적은 B.C. 3000~2500년경에 건설된 것으로 추측되고 있다.

타르시엔 유적 내부는 상당히 치밀하게 설계되어 복잡한 구조를 띠고 있는데, 신전 바깥쪽으로는 장식이 거의 없는 반면 안쪽에는 나뭇잎 모양의 문양이 장식되어 있다.

유적의 기본 구조는 커다란 반원형의 방과 그곳을 연결해주는 좁은 통로로 구성되어 있다. 전체를 덮는 천장이 없는 대신 나무나 억새를 엮어서 만든 지붕이 있었을 것으로 추정되는데, 그런 모습을 보여주는 릴리프(부조)가 유적의 외벽에 어렴풋이 남아 있다.

석회암으로 둘러싸인 정원의 앞쪽 문을 통과하면, 구석 쪽의 석실까지 좁고 긴 통로가 나 있고, 통로 양쪽에는 서로 마주보는 형태로 반원형의 석실(石室)이 방마다 딸려 있다. 클로버 잎처럼 둥근 형태의 방이 반복적으로 이어지며 하나의 신전을 형성하고 있는 것이다.

유적에 들어서서 통로와 곧바로 마주치는 석실에는 제단으로 추정되는 구조물들이 있다. 이곳에서는 주민들이 제사를 드렸던 여신상으로 추정되는 높이 2.5미터의 조각상이 나왔으며, 그 오른쪽에 있는 제단 안에서는 칼과 염소의 뿔이 발견되었다. 이런 유물들을 통해 당시 주민들이 신에게 산 제물을 바쳤던 것으로 추정된다.

대지모신(大地母神)을 믿었던 흔적? '몰타의 비너스'

타르시엔 신전뿐만 아니라 몰타 섬 유적에서는 거대한 여성 상(像)도 다수 출토되었다. '몰타의 비너스'라 불리는 토우(土偶)는 당시 몰타인들이 숭배했던 여신이었을 것이다. 그리고 정상인 이상으로 비만해 보이는 토우의 체형은 농경 사회의 풍요를 상징하는 것으로 볼 수 있다.

이런 사실들을 종합해볼 때 당시 몰타 섬에는 대지모신 신앙이 존재했을 것으로 추정된다. 하지만 현재까지 대지모신 신앙의 성격에 대해서는 추측만 무성할 뿐 알려진 것이 없다.

만약 몰타 섬의 종교관이 명확하게 밝혀진다면 인류 역사는 새롭게 쓰여질 가능성이 높다. 왜냐하면 유럽에서 조직적인 종교의 흔적이 발견된 것 중에서 몰타 섬의 유적이 최고(最古)의 유적이기 때문이다.

이탈리아

pompeii
폼페이

- 건 립 문 명 : 로마 문명
- 건 립 연 대 : B.C. 7세기 말
- 건 립 자 : 고대 로마인
- 발 굴 자 : 주세페 피오렐리
- 현재 소재지 : 이탈리아 남부 캄파니아 주

화산 폭발로 멸망한 도시

 79년 8월 24일 정오. 이탈리아 남부 나폴리 연안에 우뚝 솟아 있는 베수비오 화산이 돌연 폭발하는 놀라운 일이 일어났다. 거대한 폭발과 함께 검은 구름이 분출되면서 화산이 분화하기 시작했던 것이다. 화산은 엄청난 양의 화산재와 화산암을 뿜어내면서 인근 도시로 쏟아져내렸다.

 나폴리 남동부에 자리잡고 있던 폼페이는 이 화산 폭발로 커다란 피해를 입고 소멸한 도시 중 하나다. 하늘에서 비오듯 쏟아져내리는 엄청난 양의 흙과 돌은 순식간에 폼페이를 뒤덮어버렸다. 운 좋게 도망친 사람도 있었지만, 조금이라도 늦은 사람들은 지상을 뒤덮은 고온 가스와 열구름에 질식하거나 뜨거운 열에 타 죽었다. 이 폭발로 당시 폼페이 인구의 약 10퍼센트인 약 2,000명이 도시와 운명을 함께 했다고 한다.

 당시 폼페이는 B.C. 89년에 로마의 지배하에 들어간 이후 철저하게 로마화가 진행된 도시였으며, 로마의 상류계급이 별장을 건설했던 휴양지이기도 했다. 화산이 폭발하기 전인 63년 2월에 대지진이 일어났지만 도시는 착실하게 재건되고 있었다. 그러나 그로부터 16년 뒤 도시 전체는 화산재 밑에 묻혀버리고 말았다.

폼페이 멸망의 참극에 대해서는 당시 로마의 정치가 소(小)플리니우스46)가 역사가 타키투스47)에서 보낸 편지 속에 잘 나타나 있다.

---

46) 소(小)플리니우스(Gaius Plinius Caecilius Secundus : 61?~114?) : 로마 제정기의 정치가이자 문인. 소아시아의 비티니아 총독. 그의 저서로는 트라야누스 황제에 대한 『칭찬 연설』과 출판을 목적을 쓴 『서간집』 등 10권이 있다. 베수비오 화산의 폭발을 묘사한 편지와 기독교도 처리에 관해 트라야누스에게 보낸 편지가 유명하다.

47) 타키투스(Publius Cornelius Tacitus : 55?~120?) : 로마 제정기의 역사가이며 정치가. 도나우 이북 지방(게르마니아)에 살았던 게르만인 사회에 관한 『게르마니아』와 로마 제정을 비판한 『역사』 등을 남겼다.

당시 소플리니우스는 베수비오 화산에서 40킬로미터 정도 떨어진 나폴리만 입구 미네눔에 머물고 있었다. 폭발 당일 소플리니우스의 어머니가 베수비오 화산 상공에 이상한 모양의 거대한 구름이 떠 있는 것을 목격하고 소플리니우스에게 알려주었다. 소플리니우스는 좋지 않은 일이 일어날 것으로 생각하고 재빨리 어머니와 함께 먼 곳으로 피난을 떠났다. 후에 그는 편지 속에서 그때의 모습을 상세하게 묘사했다.

그리고 그의 숙부인 대플리니우스[48]는 당시 함대의 선장으로 배를 타고 나가 구조 활동을 펼쳤지만 독성이 강한 화산 가스에 질식해 그만 죽고 말았다.

당시 로마 황제 티투스는 폼페이 참극에 대해 보고를 받고 곧바로 구제 조치를 취했다. 그러나 피해가 너무 커서 화산 분출물에 의해 도시는 완전히 파묻혀버리고 말았다. 로마 황제까지 나서서 폼페이의 몰락을 막아보려 했지만 폼페이는 역사 속으로 사라지고 말았던 것이다.

잠에서 깨어난 로마의 도시

역사에 퇴장했던 폼페이가 다시 역사에 등장한 것은 1592년이었다. 폼페이 위를 가로지르는 운하를 건설하는 과정에서 건물과 회화 작품들이 발견되었던 것이다. 이런 우연한 계기로 폼페이의 소재가 밝혀지게 되었다. 그러나 그때는 본격적인 발굴을 하기 힘든 상황이었다.

1748년에는 당시 이탈리아를 지배하고 있던 프랑스의 부르봉 왕조[49]가 독

---

48) 대(大)플리니우스(Gaius Plinius Secundus : 23~79) : 로마 제정기의 장군, 정치가, 학자. 해외 영토의 총독을 겸임하면서 동물, 식물, 광물, 지리, 천문, 의학, 예술 등 2만 항목에 이르는, 일종의 백과사전인 『박물지』를 집필했다.

49) 부르봉 왕조 : Les Bourbons. 프랑스 국왕 루이 9세의 여섯째아들인 부르봉 백작 루이를 초대 왕으로 하는 왕가. 17~18세기 루이 14세 시대에 최전성기를 맞았다. 프랑스 혁명으로

점 사업으로 폼페이에 대한 발굴을 시작했다. 그러나 이들의 발굴은 약탈과 전혀 다를 바가 없었다. 아름다운 출토품만이 중요하게 취급될 뿐 나머지 유물들은 그 가치를 인정받지 못한 채 사장되고 말았다. 또 모자이크나 벽화 같은 미술품들도 충분한 조사도 없이 모조리 프랑스 왕궁으로 실려가버렸다.

1861년 이탈리아가 통일되면서 폼페이의 모습이 확연히 드러나기 시작했다. 이탈리아 국왕 빅토르 에마뉴엘 2세는 고고학자 주세페 피오렐리를 발굴대장으로 임명하고, 조직적인 발굴을 지시했다. 이렇게 해서 유적에 대한 구획 정리와 함께 본격적인 수리와 보존이 이루어지게 되었다. 발굴단은 유적들이 층층이 쌓여 있는 빈 공간에 석고를 부어넣어 당시 죽은 사람들의 모습을 재현하는 과학적인 방법을 동원하기도 했다.

그후에도 폼페이 발굴은 계속되어 현재는 도시의 약 5분의 4가 모습을 드러낸 상태이다. 이곳에서 많은 출토품들은 현재 나폴리 미술관에 소장되어 있다.

시간이 멈춰버린 도시

발굴조사를 통해 모습을 드러낸 폼페이는 당시 로마의 생활상을 파악할 수 있는 최적의 유적이었다. 화산 폭발로 시간의 흐름이 멈춰버린 도시는 당시의 모습을 그대로 간직하고 있었기 때문이다.

폼페이는 한 변이 약 2킬로미터에 이르는 성벽으로 둘러싸여 있었다. 도시 서쪽에는 포럼이라 불리는 광장이 있었고, 그 주위에는 신전과 시장, 시청 등이 모여 있었다. 조사를 통해 바로 이 지역이 폼페이의 종교·정치·경제의 중심지였다는 사실이 밝혀졌다.

(1792~1814년) 되었지만, 왕정 복고로 부활해서 1830년 7월 혁명까지 지속되었다.

도시 곳곳을 이어주는 도로들은 모두 포장되어 있었으며, 차도와 보도로 구분되어 있었다. 또 사람들이 모이는 장소인 사거리에서는 공동 수도와 각 가정으로 물을 보내기 위한 수도관 시설이 발견되기도 했다.

그밖에 공중 목욕탕과 체육관, 두 개의 극장, 1만 명 이상 수용할 수 있는 원형 경기장도 발굴되었다.

발굴 과정에서 발견한 빵집과 술집에서는 화산 폭발이 갑자기 일어났다는 것을 보여주는 증거들이 남아 있었다. 화덕에 그대로 남아 있는 불에 구운 빵과 술집 테이블 위에 놓여 있는 작은 잔 등이 바로 그 증거다. 한가로운 일상을 한순간에 참극으로 몰아넣은 급작스런 화산 폭발과 그로 인한 도시의 파괴가 단지 이야기만이 아니라 사실이었음을 폼페이는 생생하게 보여주고 있다.

아틀란티스

고대 그리스의 대철학자 플라톤이 자신의 저서 『크리티아스Critias』와 『티마이오스Timaios』에서 그 존재와 종말에 대해 이야기한 아틀란티스 전설은 아직도 구미인들의 마음을 사로잡고 있다. 아틀란티스의 실존 여부를 떠나 플라톤은 도대체 어떤 이야기를 했을까? 플라톤이 주장한 이야기를 여기에 소개해보도록 한다.

예로부터 '헤라클레스의 기둥(지브롤터 해협)' 저쪽, 대서양에 아틀란티스라는 이름의 대륙만큼이나 거대한 섬이 있었다. 아틀란티스는 잘 정비된 사회 조직과 우수한 군사력을 자랑했으며, 주민들은 풍부한 자원과 농산물의 혜택을 받으며 안정된 생활을 누렸다. 그들은 시조인 포세이돈의 신명을 잘 지키면서 강대한 군사력을 바탕으로 주변 섬들은 물론 북아프리카와 이탈리아 일대까지 지배했다.

하지만 아틀란티스에도 종말이 찾아왔다. 아틀란티스 군대가 그리스를 침공하자 아테네를 중심으로 하는 연합군이 이를 격퇴했다. 이때 갑자기 엄청난 지진과 홍수가 일어나 하룻밤 사이에 아테네인들은 전멸하고, 아틀란티스도 바다 속으로 가라앉고 말았다.

플라톤의 아틀란티스 이야기는 이미 고대 그리스와 로마 사회에서도 그 진위 논쟁이 일어날 정도로 큰 논란거리였다. 실제로 그의 제자였던 아리스토텔레스마저도 아틀란티스의 실존에 의문을 가지고 있었다. 그리고 아틀란티스는 플라톤이 이상적으로 생각한 국가의 모습을 우화 형식으로 이야기한 것에 불과하다고 생각하는 사람들도 적지 않았다.

그러나 아틀란티스의 모델이 없었던 것은 아니다.

B.C. 1400년경, 크레타 섬 북쪽에 있던 산트리니 섬이 화산 폭발로 하룻밤 새에 침몰하는 일이 있었다. B.C. 1400년이라면 그리스 문명의 선조

인 크레타 문명이 아직 존재하고 있던 시기였다. 이 화산 폭발과 섬의 몰락을 기록한 문헌과 전승이 플라톤 시대(B.C. 5세기)에 남아 있었다 해도 그리 이상한 것은 아니다. 충분히 있을 수 있는 일이었다.

아틀란티스의 모델이 될 만한 사건이 있었던 만큼, 고도의 문명을 자랑했던 아틀란티스가 실재했다고 믿는 연구자들은 비록 소수이긴 하지만 여전히 존재하고 있다. 하지만 대다수의 연구자들은 아틀란티스는 단지 플라톤이 상상으로 제시한 이상향에 불과하다는 입장이다.

아틀란티스의 존재가 역사적인 사실인지 아닌지는 논란의 여지가 많지만, 신화와 전승을 통해 유럽 문화에 적지 않은 영향을 주었던 것만큼은 분명한 사실이다. 따라서 실재 존재 여부와 상관없이 아틀란티스는 사람들의 마음속에 여전히 존재하고 있다고 말할 수 있지 않을까.

그리스

delphoi
델포이 성역

- 건 립 문 명 : 그리스 문명
- 건 립 연 대 : ?~B.C. 330년경
- 건 립 자 : 불명
- 발 굴 자 : –
- 현재 소재지 : 그리스의 포키스 지방 남쪽 파르나소스 산 중턱

태양신 아폴론의 성지

고대 그리스에서는 중요한 사항을 결정할 때마다 반드시라고 할 정도로 신들에게 가부를 묻는 일이 일반적인 관례로 되어 있었다. 무녀나 점을 통해 신과 접촉해서 신들의 지침을 얻었던 것이다. 이런 행위를 '신탁(神託)'이라고 부른다.

그리스에는 각지에 신탁을 받기 위한 신전이 있었지만 그중에서 델포이는 특별히 중요한 곳이었다. 오래 전 미케네 시대부터 델포이에서는 사람이나 동물을 신내림시키는 '증기(蒸氣)'가 대지에서 뿜어져나왔다고 한다. 이후 델포이 땅에는 신탁을 받기 위한 신전이 건설되었다.

전설에 따르면 대지의 여신 가이아의 아들 피톤이 델포이에 정착해서 살았다고 한다. 하지만 태양신 아폴론50)이 은으로 만든 화살로 쏴죽였기 때문에 이후 델포이 땅은 아폴론의 신탁을 받는 곳이 되었다.

델포이는 '세계의 배꼽'으로 불리기도 한다. 그리스 신화에 따르면, 주신

---

50) 아폴론 : 제우스와 여신 레토의 아들. 아르테미스는 쌍둥이 누이다. 포이보스(poibos)로 불리기도 한다. B.C. 5세기경부터는 태양신과 동일시되기도 했다.

제우스가 어느 날 독수리 두 마리를 각각 동쪽과 서쪽에 놓아주면서 세계의 중심을 향해 날아가게 했더니 두 마리의 독수리가 델포이에서 만났다고 한다. 그래서 제우스가 델포이를 세계의 중심으로 정했다고 한다.

두 독수리가 만난 지점은 돌멩이로 표시되어 있고, 그리스인들은 그 돌을 옴팔로스(그리스어로 '배꼽'을 뜻한다)라 했으며, 그 주위에 신전을 지었다고 한다.

실제로 델포이 성역 내에는 옴팔로스라는 돌이 있었다. 대리석으로 만들어진 이 돌은 1913년에 발굴되었지만 후에 도난당해 지금은 행방불명 상태다. 현재 델포이 박물관에 전시해놓은 것은 모조품이다.

신탁의 정체는 무엇이었나? 정보 센터?

델포이 성역은 남북으로 약 180미터, 동서로 약 130미터에 이르는 마름모꼴 형태로, 크게 서쪽의 아폴론 성역과 동쪽의 아테나 프로나이아 성역으로 나눌 수 있다.

신전의 남쪽 정문 앞에는 포장된 중앙 정원과 회랑이 있고, 문 앞으로는 동북 방향으로 꺾어지는 길이 나 있다. 이 길 서쪽에는 그리스 각 도시에서 기증한 보물과 전쟁 기념비들이 줄지어 늘어서 있다.

성역 중심에는 아폴론의 신전이 자리잡고 있다. 신탁은 바로 이 아폴론 신전 안에 있는 작은 방에서 이루어졌다. 피티아라 불리는 무녀가 청동으로 만든 삼각대를 잡고 허리를 굽힌 다음, 바닥의 갈라진 틈에서 올라오는 증기를 들이마시면 자신도 모르게 트랜스 상태에 빠져들어 신탁을 받는다는 것이다.

그렇다면 델포이의 신탁은 원래 어떤 것이었을까?

실제로 신탁을 받은 피티아의 예언은 애매한 것이 많았고, 구체적인 내용은 거의 없었다. 그럼에도 사람들은 델포이에 모여 신탁을 구했다고 한다. 그렇기 때문에 신탁을 그 어떤 것이라고 말로 설명하기는 어렵다. 하지만 정작 신탁의 가치는 신의 의사와는 전혀 관계없는 다른 데에 있었다. 바로 신탁을 받기 위해 모인 사람들과 그들이 가지고 온 정보였다.

당시 그리스는 도시국가들이 서로 대립·동맹·전쟁을 되풀이하고 있었다. 이런 상황에서 델포이 성역은 각 도시국가들이 암묵적으로 공인하는 일종의 중립 지대였다. 델포이는 궁극적으로는 신탁을 받는 장소였지만 각 지역 사람들에게는 소중한 교류의 장이 되었고, 사람들은 이런 기능을 충분히 활용했다. 즉, 델포이가 국제적인 정보 센터로서 기능했다는 것이다.

델포이에 모인 사람들은 어디서엔가 입수한 정보를 분석하고(혹은 델포이 신관들이 분석한 정보를) 활용하면서 세계의 움직임을 파악했던 것이다.

종교 센터, 델포이

델포이 성역이 언제쯤 건설되었는지 그 확실한 연대는 알 수 없다. 다만 몇 차례 화재로 파괴되었다가 그때마다 재건되었다는 사실을 문헌을 통해 알려져 있다. 현재 발굴되고 있는 유적은 B.C. 330년에 완성된 것이다.

B.C. 8세기 말까지 델포이는 그리스 세계 어디에서나 볼 수 있는 성역 중 하나에 지나지 않았다. 그러나 B.C. 7세기 무렵에 델포이 신전이 건설되면서 델포이 성역은 다른 곳과 확연히 구분되는 종교적인 명소가 되었다.

B.C. 590년에는 델포이 주변의 폴리스들[51])이 델포이 성역의 안전을 보장하는 동맹을 맺음으로써 델포이는 단순한 하나의 신전이 아니라 그리스 세계 전체의 종교 센터 역할을 맡게 되었다.

그리스 시대, 헬레니즘 시대, 로마 시대를 거치는 동안에도 델포이는 그대

---

51) 폴리스 : 고대 그리스의 도시국가. 원래는 외적이 침입할 때 피난하기 위한 언덕을 의미한다.

로 존속되었다. 로마 제국 시대에는 황제 네로가 델포이를 방문해서 성역의 훌륭함에 크게 감탄했다는 기록도 남아 있다.

그러나 392년 로마 황제 테오도시우스 1세가 기독교 이외의 종교를 금지하는 이교금지령을 내림으로써 델포이 성역은 파괴되고 말았다.

이후 1860년경 프랑스의 고고학자들이 조사·복원할 때까지 성역은 폐허 상태로 버려져 있었다.

델포이는 선전장이었나?

고대 그리스인들은 식민지 건설이나 페르시아와의 전쟁 같은 국가적인 일이 생길 때마다 델포이를 통해 신탁의 도움을 받았다. 하지만 델포이가 정치적인 중심이 된 것은 아니었다.

아테네나 스파르타 같은 주변 폴리스들이 강력한 군사력을 가지고 있었기 때문에 델포이는 종교적인 중립 지역이 될 수 있었다. 만약 델포이가 그리스 세계의 패권을 가지고 있었더라면 순식간에 다른 폴리스에 점령당하고 말았을 것이다. 즉, 철저하게 정치적인 성격이 배제된 채 종교적인 영역에 머물렀다는 뜻이다.

그리고 델포이는 각 폴리스의 선전장이기도 했다. 그리스의 여러 도시는 전쟁에 승리하면 자신들의 세력을 과시하기 위해 기념비와 보물 창고 같은 건축물들을 델포이 성역 내에 지어서 기증했다. 아테네는 페르시아 군을 격퇴시킨 마라톤 전투(B.C. 490년) 기념비를, 스파르타는 펠로폰네소스 전쟁[52](B.C. 431~B.C. 404년)에서 아테네를 물리친 기념비를 성역 내에 건설했다.

---

52) 펠로폰네소스 전쟁 : 아테네를 중심으로 하는 델로스 동맹과 스파르타를 중심으로 하는 펠로폰네소스 동맹 사이에 일어난 전쟁. 대부분의 폴리스가 양편으로 갈려 전쟁에 참가했다. 최초 지상전에서는 스파르타가, 해전에서는 아테네가 우세했지만 B.C. 405년, 스파르타 해군

즉, 델포이는 어느 한쪽에 치우치지 않는 중립성과 공공성으로 번영을 누렸던 것이다.

이 페르시아의 원조를 받아 아이고스포타미 전투에서 승리를 거두자 다음해 아테네는 항복했다. 이 결과 델로스 동맹은 해산되고 이후 폴리스 사회는 쇠퇴기에 접어든다.

그리스(터키)

에페소스의 아르테미스 신전
the temple of Artemis at Ephesos

- 건 립 문 명 : 그리스 문명
- 건 립 연 대 : B.C. 3세기 중반
- 건 립 자 : 데메트리오스, 파이오니오스 등
- 발 굴 자 : 존 우드
- 현재 소재지 : 터키 이즈미르 주 셀주크 마을 주변

지중해 세계를 매혹시킨 아름다운 신전

 에게 해 연안에 셀주크라는 터키의 도시가 있다. 과거 이 도시에는 세계 7대 불가사의 가운데 하나인 아르테미스 신전이 그 아름다운 모습을 자랑하며 서 있었다고 한다. 그러나 현재는 일부 대리석과 기둥의 잔해만이 남아있다.
 아르테미스 신전은 어떻게 해서 세계 7대 불가사의의 하나로 꼽힐 수 있었을까?
 아르테미스 신전을 직접 본 고대 그리스의 저술가들은 아름답게 장식된 신전을 칭송해 마지않았다. 세계 7대 불가사의를 선정한 비잔티움의 철학자 필론은 아르테미스 신전에 대해 다음과 같이 기술해놓았다.

> 에페소스의 아르테미스 신전은 신들을 위한 오직 하나의 집이다. 사람 눈으로 보면, 이곳이 지상의 장소가 아니라는 것을 알 수 있을 것이다. 이곳은 불사(不死)의 신들의 천상 세계가 지상으로 내려온 것이다.

 필론의 표현처럼, 아르테미스 신전은 건축물로서 빼어나게 아름다웠기 때문에 세계 7대 불가사의 중의 하나로 꼽힐 수 있었다.

특이한 모습의 풍요의 여신

사람들이 불가사의하게 여길 정도로 아름다운 신전을 지어 숭배했던 아르테미스 여신은 도대체 어떤 신이었을까?

로마 신화에서는 디아나라고 불리는 아르테미스는 그리스 신화에서 숲과 언덕, 야생 동물을 수호하고, 수렵을 관장하는 신으로 등장한다. 또 처녀와 순결을 상징하는 신이었으며, 달빛의 여신이기도 했다.

현재 에페소스의 고고학 박물관에 소장되어 있는 아르테미스 상을 본 사람들은 기존에 갖고 있던 아르테미스의 처녀신 이미지와 너무나 달라서 혼란을 일으킬지도 모른다. 신전 유적에서 발견된 여신상은 양어깨에서 배꼽 부근까지 유방이 잔뜩 매달려 있는 모습으로 상당히 색다른 느낌을 준다. 또 여신상 하반신 쪽으로는 크고 작은 야수들의 상이 장식되어 있어 어딘지 모르게 원시적인 분위기가 느껴지기도 한다.

이런 여신상의 모습은 그리스·로마 신화에 등장하는 아르테미스의 이미지보다 오리엔트 세계관에 바탕을 둔 토착적인 대지모신(大地母神)의 모습을 연상시킨다. 가슴 쪽에 솟아 있는 많은 유방들은 풍요를 상징하며, 그 밑쪽에 장식되어 있는 야수들의 상은 수렵의 성공을 기원하는 것으로 해석할 수 있다. 즉, 그리스 문화 속에서 생성된 여신이 새로운 문화를 만나면서 토착적인 이미지를 더하게 된 것으로 볼 수 있는 것이다.

지중해 세계를 매료시킨 아르테미스 여신 신앙은 1세기 무렵까지 강하게 남아 있었던 것으로 보인다. 기독교를 전파하기 위해 건너온 사도 바울로[53]가 신의 이름으로 우상 숭배를 금하자 에페소스인들이 격렬하게 저항했다는 기록이 남아 있다. 그때까지만 해도 아르테미스에 대한 신앙이 뜨거웠다는 것을 보여주는 증거라고 하겠다. 그러나 아르테미스 숭배는 유럽 세계를 제패한 기독교의 힘에 밀려 결국 소멸되고 말았다.

번영을 누렸던 교역 도시 에페소스

이번에는 아르테미스 신전, 즉 아르테미세움이 위치했던 에페소스로 눈을 돌려보자.

에페소스 유적은 터키 이즈미르 시에서 남쪽으로 50킬로미터 정도 떨어진 셀주크라는 도시 옆에 자리잡고 있다. 이곳에서는 아르테미스 신전 외에도 그리스·로마 시대의 유적과 대원형 경기장, 도서관 등이 발굴되었다.

에페소스는 이오니아계 그리스인들이 B.C. 11세기경에 세운 식민도시였다. 그후 B.C. 8세기~B.C. 7세기에는 서아시아의 상업과 종교의 중심지로서 커다란 번영을 누렸다.

에페소스가 번영을 구가할 수 있었던 것은 좋은 항구를 끼고 있다는 이점도 있었지만 무엇보다 큰 요인은 그리스와 페니키아 사이의 활발한 교역이었다. 그러나 이곳에도 문제는 있었다. 에페소스는 카이스테르 강 하류에 있었기 때문에 강 상류에서 토사가 밀려와 쌓이게 되어 항구 기능이 마비되는 현상이 주기적으로 일어났다. 따라서 그때마다 도시 기능의 일부가 마비되는 곤란한 일이 반복적으로 발생했다.

B.C. 6세기부터 차례로 리디아 왕국[54], 페르시아 제국[55], 로마 제국의 지배

---

53) 바울로 : Paulo(3?~67?) 기독교의 성인. 이방인의 사도라고도 불린다. 본명은 사울. 처음에는 기독교도들을 박해했으나 개종 후 열성적인 신자가 되었고 나중에는 성인의 반열에 올랐다.

54) 리디아 왕국 : Lydia(B.C. 7세기~B.C. 546) 현재 터키 중심부인 고대 소아시아 서부를 중심으로 세력을 펼쳤던 왕국. 아시아와 유럽을 이어주는 상업로의 요충이었기 때문에 교역으로 번영을 누렸으며, 부유함으로 명성을 떨쳤던 크로이소스 왕 재위 기간 중에 페르시아의 키루스 대왕에게 정복당했다.

55) 페르시아 제국 : Persia(B.C. 559~B.C. 330) B.C. 559년 아케메네스 왕조의 키루스 2세가 건국. 메디아, 리디아, 신바빌로니아, 이집트 등을 정복하고 오리엔트 지역을 통일했다. B.C. 6

지중해

를 받았지만 도시는 멸망하지 않고 계속 성장해나갔다.

B.C. 6세기부터 B.C. 3세기까지 에페소스의 최전성기에는 무려 20만의 인구가 거주했다고 당시 문헌에 기록되어 있다. 그리고 도시 전체는 13킬로미터에 이르는 성벽이 둘러싸여 있었으며, 대부분의 건물을 대리석으로 지을 만큼 커다란 번영을 누렸다고 한다.

아르테미스 신전이 건설된 B.C. 3세기경에는 그 번영이 절정에 달했다. 아르테미스 신전을 참배하기 위해 각지에서 순례객들이 몰려들었으며, 그 덕분에 에페소스는 더욱더 번영을 누릴 수 있었다.

비운의 신전

고대 그리스 건축의 최고 걸작으로 꼽혔던 아르테미스 신전이 어떻게 해서 역사에서 사라졌다가 다시 나타났는지 한번 살펴보기로 하자.

아르테미스 신전은 단 한 차례만 건설되었던 것이 아니다. 시간과 공간을 달리하며 서서히 규모를 키워나가다 마침내 세계 7대 불가사의의 하나가 될 만큼 뛰어난 하나의 건축물로 완성되었던 것이다.

여신 아르테미스에게 제사를 드렸던 최초의 신전은 B.C. 700년경에 건설되었다. 이 신전은 그리스인들의 침입으로 파괴되었지만 그후에 재건되었다. 하지만 이 신전은 알 수 없는 이유로 다시 파괴되었다.

B.C. 560년, 당시 세계 제일의 부호였던 리디아의 크로이소스 왕은 메타게네스라는 건축가를 불러 아르테미스 신전을 건설하라는 명령을 내렸다.

세기 말~B.C. 5세기 초 다리우스 1세 때 최전성기를 맞았는데, 당시 제국의 영토는 동으로 인더스 강 유역에서부터 서로는 마케도니아, 에티오피아까지 이를 정도로 광대했다. 수도는 페르세폴리스. B.C. 330년 다리우스 3세가 알렉산드로스 대왕과의 전쟁에서 전사함으로써 멸망했다.

신전 규모는 다시 만들어질 때마다 커졌는데, 크로이소스 왕의 명령으로 지었던 이 세 번째 신전은 정면 16.43미터, 입구에서 뒤쪽까지의 길이 23.2미터 규모로 대단히 컸다고 한다.

크로이소스 왕의 재위 기간은 B.C. 560년부터 B.C. 564년까지로, 당시 왕이 직접 아르테미스 신전에 황금으로 만든 소의 상(像)과 원주를 바쳤다는 기록이 남아 있는 것으로 봐서 아르테미스 신전도 이 무렵에 건설된 것으로 추정된다. 역사학자 헤로도토스의 『역사』속에 등장하는 아르테미스 신전도 바로 이때 만들어진 신전이다.

그러나 이 신전 역시 오래가지 못했다.

B.C. 356년 10월, 헤로스트라토스라는 한 미치광이 남자의 의도적인 방화로 신전은 불에 타 내려앉고 말았다. 그가 불을 지른 동기는 "후세까지 이야기가 될 만큼 나쁜 일을 저질렀다"는 자기 현시욕이었다. 그래서 사건의 범인을 잡은 뒤 아이오니아의 여러 도시에서 열린 공의회에서는 "앞으로 범인의 이름은 입 밖에도 내지 말라"는 지시를 사람들에게 내렸다고 한다. 하지만 결국 그의 이름은 후세에까지 전해졌다.

그리고 아르테미스 여신이 방화를 막지 못했던 이유가 알렉산드로스 대왕의 탄생에 입회하기 위해 신전을 잠시 비웠기 때문이라는 전설도 남아 있다.

신전이 불에 타자 에페소스 시민들은 모두 신전 재건에 착수했다. 여성들은 빠짐없이 장신구와 보석을 팔아서 신전 재건 자금으로 기부했다. 또 이오니아 지방 각 도시의 왕들은 신전 건축에 사용할 대리석 기둥을 기증하기도 했다. 이 정도로 당시 아르테미스 여신에 대한 신앙은 뜨거웠다고 한다.

재건, 붕괴 그리고 기둥 하나

에페소스 시민은 신전을 재건하면서 아테네의 파르테논 신전보다 더 화려하고 아름다운 신전을 짓기 위해 모든 노력을 기울였다. 그 결과 이제까지 그 누구도 보지 못했던 실로 아름답고 거대한 신전을 완성할 수 있었다. 신전의 아름다움이 어느 정도였는지를 보여주는 다음과 같은 일화가 전해진다.

B.C. 331년, 가우가멜라 전투에서 페르시아 군에 완승을 거둔 알렉산드로스 대왕은 건설 중인 아르테메스 신전을 보고 그 아름다움에 마음을 빼앗겼다. 그는 자신의 이름으로 이 신전을 지어서 기부하기로 하고 건립 비용 전액을 내놓겠다고 제안했다. 하지만 에페소스인들은 "어떤 신의 이름으로도 다른 신의 신전을 짓는 일은 바람직하지 않다"며 대왕의 제의를 완곡하게 거절했다고 한다.

B.C. 3세기 중반, 아르테미스 신전의 관리인이었던 건축가 파이오니오스와 데메트리오스의 지휘하에 마침내 신전이 완성되었다. 세계 7대 불가사의의 하나로 유명한 아르테미스 신전은 바로 이 네 번째 신전을 가리킨다.

이렇게 해서 파르테논 신전보다 배 이상의 크기를 자랑하는 세계 최대의 신전이 건설되었다. 정면 약 55미터, 입구에서 뒤쪽까지의 길이 약 115미터 규모로, 약 19미터 높이의 대리석 원주 127개를 사용했다고 한다.

신전이 완성되자마자 지중해 주변의 많은 사람들이 이 거대하고 화려한 신전을 보기 위해 몰려왔다. 이로 인해 에페소스는 이전보다 더 큰 번영을 누릴 수 있었다.

그러나 끝날 것 같지 않았던 번영도 영원히 지속될 수는 없었다. 263년, 고트인[56]의 침입으로 에페소스는 재와 먼지만 남은 도시로 전락해버리고 말았

---

56) 고트인 : Goths. 동게르만에 속한 부족. 스칸디나비아 반도 남부 지역에 근거를 두고 남쪽으로 이동했으며, 3~4세기에는 흑해 북부 지방까지 세력을 확장했다. 375년에는 도나우 강을 건너 로마 제국에 침입했다.

다. 그후 로마 제국의 일부로 재건되었지만 과거의 영화는 모두 잃어버린 채 한낱 작은 도시로 남게 되었다.

로마의 세력권에 편입된 아르테미스 신전도 붕괴를 피할 수 없었다. 도시의 재건을 위해 신전의 대리석들은 건축 자재로 유용되었다. 본래부터 신전은 귀중한 존재여서 아무도 손을 댈 수 없었음에도 불구하고 당시 로마 제국은 기독교를 국교로 받아들이고 있었기 때문에 신전 파괴에는 아무런 문제도 없었다.

그리고 그나마 남아 있던 아르테미스 신전의 잔해도 지진을 방지하기 위해 습지 위에 건물을 세운 것이 원인이 되어 흙 속에 파묻히는 신세가 되고 말았다. 즉, 강물에서 습지로 운반되어 온 토사가 건물의 잔해를 완전히 뒤덮어버렸던 것이다. 이렇게 해서 신전의 존재는 흔적만 남긴 채 잊혀지고 말았다.

아르테미스 신전이 다시 역사에 등장한 것은 19세기가 되어서였다.

영국의 고고학자이자 건축가였던 존 우드가 대영박물관의 원조를 얻어 아르테미스 신전 발굴에 나섰던 것이다. 그는 11년간의 끈질긴 노력 끝에 드디어 1869년 아르테미스 신전을 발굴할 수 있었다. 지하 7미터 깊이에서 발굴된 유적은 과거의 모습과 큰 차이가 있었지만 당시 신전의 모습을 정확하게 파악할 수 있는 중요한 계기가 되었다. 이 발굴로 인해 복원을 위한 모형이 만들어지게 되었다.

현재 아르테미스 신전 유적에는 기둥 한 개만이 외롭게 남아 있을 뿐이다.

그리스

올림피아의 제우스 상
the statue of zeus at olympia

- 건 립 문 명 : 그리스 문명
- 건 립 연 대 : B.C. 456년경
- 건 립 자 : 페이디아스
- 발 굴 자 : -
- 현재 소재지 : 그리스 펠로폰네소스 반도 엘리스 지방 남부 올림피아 성역

올림픽이 태어난 땅

세계 7대 불가사의 중의 하나였던 제우스 상은 고대 올림픽이 열렸던 장소로 유명한 올림피아에 존재했다고 한다.

여기서는 고대 그리스의 주신인 제우스에게 제사를 드렸던 제우스 신전과 그 신전이 존재했던 올림피아 성역에 대해 살펴보도록 하자.

전설에 따르면, 올림픽의 기원은 크게 두 가지 설이 있다.

하나는 제우스의 아들인 헤라클레스[57]가 아버지를 칭송하기 위한 제전으로 시작했다는 설이다. 그리고 또 하나는 엘리스 지방의 폴리스인 피사의 왕 오이노마오스가 딸 히포다메이아의 결혼 상대인 펠롭스의 능력을 시험하기 위해 벌인 전차 경기가 그 기원이 되었다는 설이다.

역사학적으로 볼 때 고대 올림픽은 지금과 같은 단순한 스포츠 행사가 아니었던 게 분명하다. 당시 올림픽은 신들에게 인간들의 능력을 선보이는 경연장이었으며, 경기 그 자체가 신들에게 바치는 공물의 성격을 띠고 있었다.

올림피아는 그리스 신화의 주신인 제우스 신앙이 아주 번성했던 지역이며,

---

57) 헤라클레스 : 그리스 신화 최대의 영웅. 여신 헤라의 저주로 자신의 자식을 죽이지만, 그 죄를 씻기 위한 모험 여행에 나서 12대업을 훌륭하게 완수한다.

올림피아의 제우스 상

펠로폰네소스 반도 서북단의 알피오스 강과 클라디오스 강이 만나는 지점 부근으로 이오니아 해에서 내륙으로 16킬로미터 떨어진 교통의 요지에 위치해 있었다. 이 지역에는 제우스 신전을 비롯해 올림픽을 치르는 과정에서 많은 건축물들이 들어섰다.

올림피아라는 이름은 정확한 지명이 아니며, 알티스('신성한 제우스의 숲'이라는 뜻이다—옮긴이)라는 지역에 있는 성역을 지칭한다.

기원이 다소 불분명하긴 하지만, 원래 올림픽은 제우스 신을 칭송하기 위한 행사로 B.C. 776년부터 393년까지 4년마다 개최되었다. 경기 시작 전후 1개월간은 '신성한 휴전' 기간으로, 이때는 서로 전쟁을 하지 않았다. 또 설사 전쟁 중이라고 해도 휴전을 하겠다는 약속을 했다고 한다.

올림픽은 당초 그리스어를 모국어로 하는 사람들만이 참가할 수 있었다. 또한 여성과 노예는 경기장 가까이 접근할 수 없었으며, 만약 이 규칙을 어기면 처벌을 받았다.

B.C. 146년, 올림피아 성역은 로마 식민지가 되었지만 성역은 파괴되지 않았고 올림픽 경기도 계속되었다. 그리고 로마 제국의 영향으로 그리스 전역과 로마, 마케도니아에서 온 사람들까지도 참가하는 국제적인 행사가 되었다.

고대 그리스 시대부터 로마 시대까지 계속되었던 올림픽 경기는 393년 제291회 경기를 마지막으로 막을 내렸다. 로마 황제 테오도시우스 1세(379~395년 재위)가 내린 이교금지령으로 올림픽은 폐지될 수밖에 없었다. 제우스라는 이교의 신을 숭상하는 제전을 기독교에서는 받아들일 수 없었기 때문이다.

증개축이 이어진 올림피아 성역

1,000년 이상 올림픽이 지속되면서 올림피아 땅에는 여러 건축물들이 들어섰다. 그리스 시대의 폴리스에서부터 로마 제국 시대의 황제들에 이르기까지

다양한 인물들이 올림픽을 칭송하기 위해 건물들을 지었다.

성역 전체는 19세기 프랑스와 독일의 고고학자들에 의해 발굴·조사되었고, 그 일부는 복원되기도 했다.

알티스 성역 안에서 제우스 신전과 제우스의 아내인 헤라에게 제사를 드렸던 올림피아 최고(最古)의 신전인 헤라 신전, 70개 이상의 제단, 각지에서 온 경기자들이 묵었던 숙소, 스타디움이라 불리던 경기장, 여러 폴리스에서 보내온 보물을 모아놓은 보물전(殿), 손님들을 맞기 위한 영빈관 등이 건설되었다.

이렇게 번영을 자랑하던 올림피아에도 위기가 찾아왔다. 바로 전쟁이었다. 그리스 전역이 펠로폰네소스 전쟁의 소용돌이에 휘말렸던 것이다.

펠로폰네소스 전쟁은 아테네를 중심으로 하는 델로스 동맹과 스파르타를 중심으로 하는 펠로폰네소스 동맹 사이에 벌어진 전쟁으로, B.C. 431년부터 B.C. 404년까지 계속되었다. 거의 대부분의 폴리스들이 두 편으로 갈려 전쟁을 벌였기 때문에 당연히 올림픽도 영향을 받았다.

B.C. 420년, 스파르타가 올림픽 참가 허가를 받지 못하자 이에 대한 보복으로 성역 안에 군대를 투입하는 사건이 발생했다. 그 얼마 후 스파르타가 펠로폰네소스 전쟁에서 승리함으로써 올림피아는 스파르타의 영향력 아래 놓이게 되었다. 하지만 B.C. 371년, 올림픽 주최권을 놓고 도시국가 엘리스의 군대가 성역에 침입하는 일이 또 발생했다.

올림피아를 둘러싼 이러한 혼란은 마케도니아의 필리포스 2세가 그리스를 통일할 때까지 계속되었다. 이때의 통일을 기념해서 필리포스 2세는 성역 내에 필리페이온이라는 건축물을 지어서 기증하기도 했다. 이후 올림피아는 정치적으로 중립을 지키는 진정한 성역이 될 수 있었다.

성역 최대의 신전

해를 거듭하면서 그 규모가 확대된 올림피아에서 규모가 가장 컸던 건축물은 제우스 신전이었다. 제우스 신전은 B.C. 456년경에 완성되었지만 그때까지 제우스의 신전은 존재하지 않았다. 제우스 신전이 만들어진 계기는 도시국가 사이의 전쟁 때문이었다. 당시 올림피아는 도시국가 엘리스의 지배하에 있었다. 엘리스인들은 인근 도시국가 피사와의 전쟁에서 승리한 것을 기념하기 위해 올림피아 성역에 제우스 신전을 지었다.

엘리스의 건축가 리본이 설계한 이 신전의 건설은 B.C. 470년에 시작되어 10년 후인 B.C. 460년에 완성되었다.

제우스 신전은 성역 중심부에 건설되었다. 건물 앞뒤로 각 6개, 좌우 13개의 도리아식 기둥이 완만한 경사를 이루는 지붕을 떠받치고 있었다. 세로 27미터, 가로 64미터에 이르는 장방형의 이 건축물은 B.C. 5세기 무렵 그리스 세계에서는 가장 크고 중요한 건축물이었다.

그러나 세계 7대 불가사의에 들어간 것은 이 신전이 아니라 그 속에 안치되어 있던 제우스 신상이다.

제우스 상의 신비

그리스 신화의 주신 제우스는 티탄족(거인족)의 왕 크로노스와 레아 사이에서 태어난 신이다. 제우스는 형제들인 하데스와 포세이돈의 도움을 받아 티탄족에 반란을 일으켜 크로노스를 권좌에서 몰아낸 다음 세계에 대한 지배권을 형제들과 나누어가졌다. 그리고는 올림포스 산에 거처를 정하고 헤라를 아내로 맞아들였다. 하지만 바람기가 많았던 제우스는 많은 여신들과 관계를 가져 아테나, 아르테미스, 아폴론, 아레스, 디오니소스, 헤라클레스 같은 신과 영웅들을 자식으로 두었다.

제우스의 이름은 빛에서 유래한 것으로 알려지고 있다. 그는 하늘과 천둥의 신이며, 질서와 정의, 법률을 지배하는 최고신이다. 그는 흔히 손에 왕홀(王笏)과 번개를 가지고 독수리를 따르는 모습으로 묘사된다.

파르테논('파르테논 신전' 편 참조)의 아테나 상을 제작한 고대 그리스의 조각가 페이디아스는 제우스 상을 모든 사람들이 우러러볼 만큼 멋지게 만들기 위해 치밀한 계산을 했다.

제우스 상은 높이 90센티미터, 폭 6.6미터의 대리석 받침대 위에 제우스 신이 왕좌에 걸터앉아 있는 형태로 제작되었다.

제우스 상의 크기는 받침대를 포함하면 약 12미터 정도로 거의 천장이 닿을 정도였다. 머리에는 황금으로 만든 올리브 가지를 두른 왕관을 썼으며, 발에는 황금으로 만든 샌들을 신고 있었다. 또 오른손에는 승리의 여신 니케 상을, 왼손에는 독수리가 앉아 있는 쇠 지팡이를 갖고 왕좌에 앉아 있었다. 신상의 본체는 나무로 만들었지만 피부 부분에는 상아가 사용되었고, 맹수와 흰 독수리가 그려진 의복에는 황금이 붙어 있었으며, 각종 보석과 흑단(黑檀: 감나무과의 늘푸른나무로 흔히 '오목'이라고도 하며, 주로 고급 가구를 만드는 데 쓰인다—옮긴이), 수정 등으로 장식되어 있었다고 한다.

그리고 제우스 상의 표면 균열을 막기 위해 올림푸스의 신관들은 계속 올리브 기름을 발라주었다고 한다.

페이디아스는 제우스 상을 돋보이게 하기 위한 노력을 게을리 하지 않았다. 그는 신전의 조명에도 남다른 신경을 썼다. 신전에는 채광창이나 횃불 같은 조명 도구를 일체 사용하지 않고 오로지 입구에서 들어오는 빛을 이용해 신전 안을 밝혔다고 한다.

또 신전 앞에 연못을 파서 바닥과 주위에 검은 대리석을 깔았으며, 연못 안에는 올리브 기름을 채워넣었다. 그러면 유일한 채광창인 입구를 통해 들어

온 빛이 연못 표면의 올리브 기름에 반사되어 제우스 상을 비추었다. 이런 모습의 제우스 상은 어두운 실내에서 장엄한 분위기를 연출하며 보는 이를 압도했다고 한다.

세계 7대 불가사의를 정한 필론은 제우스 상에 대해 다음과 같이 언급했다.

> 사람들은 다른 여섯 가지의 불가사의에는 단지 눈을 크게 뜰 뿐이지만, 제우스 상 앞에서는 두려워 떨며 무릎을 꿇는다. 제우스 상은 너무나 성스러워서 도무지 인간의 손으로 만들었다고는 믿지 못하기 때문이다.

제우스 상은 어디로 갔을까?

현재 제우스 상은 남아 있지 않다. 오랜 역사 속에서 제우스 상은 소실되고 말았다. 제우스 상이 어떻게 사라졌는가에 대해서는 여러 가지 설이 있다.

- 4세기 말에 콘스탄티노플로 옮겨진 후 475년에 일어난 대화재로 불에 타 버렸다.
- 5세기까지는 올림피아에 있었지만 지진으로 파괴되었다.
- 로마 황제가 내린 이교금지령 때문에 파괴되었다.

이 외에도 여러 설들이 있지만 확실한 것은 알려지지 않고 있다.

설사 제우스 상이 남아 있었다 해도 후에 올림피아에 일어난 천재지변으로 말미암아 성역과 같은 운명을 맞았을 것이다.

올림피아는 6세기에 지진이 일어나 황폐화되었고, 종국에는 인접한 클라디오스 강의 범람으로 성역 전체가 진흙 속에 파묻혀버렸다. 그후 올림피아 성역은 19세기에 발굴되면서 일부 복원이 이루어졌지만, 제우스 상의 흔적은 어디에서도 찾아볼 수 없었다.

그리스

the colossus of rhodes
로도스의 거상

- 건 립 문 명 : 그리스 문명
- 건 립 연 대 : B.C. 304~B.C. 292년
- 건 립 자 : 카레스
- 발 굴 자 : –
- 현재 소재지 : 그리스의 에게 해 남동부 로도스 섬

전란으로 날이 새고 해가 지는 섬

에게 해 남동부, 터키 남서단에서 약 20킬로미터 떨어진 곳에 있는 로도스 섬은 B.C. 10세기 무렵에 그리스계 도리스인들이 식민지를 건설함으로써 세상에 알려지게 되었다. 도리스인들은 로도스 섬에 린도스, 카메이로스, 이알리소스라는 이름의 세 도시국가를 건설했다.

그후 B.C. 408년에는 세 식민도시를 하나로 통합하고 로도스라는 이름을 붙였다.

로도스 섬은 지중해와 서아시아를 연결하는 요충지였기 때문에 주변 외적들의 잦은 침략의 대상이 되었다. B.C. 6세기 후반부터 B.C. 5세기 초까지 로도스 섬은 다리우스 1세('페르세폴리스' 편 참조)의 침략으로 페르시아 제국의 지배를 받았다.

B.C. 357년에는 카리아의 왕 마우솔로스('마우솔로스의 영묘' 편 참조)에게 정복당했지만 카리아가 페르시아에 정복되면서 다시 페르시아에 합병되었다.

그후 B.C. 333년에는 알렉산드로스 대왕에게 정복된 무역 도시 알렉산드리아(191쪽 참조)가 지중해 무역의 중심지가 되면서 로도스 섬은 지중해와 서아시아를 이어주는 중계지로 번영을 누렸다.

B.C. 305년에는 마케도니아의 침략을 받았지만 페르시아의 프톨레마이오스 왕조의 원조를 받아 물리치기도 했다. 그리고 B.C. 42년에는 로마 제국의 지배를 받으면서부터 과거의 영화를 뒤로한 채 서서히 몰락하기 시작했다.

이렇게 역사의 전면에서 사라졌던 로도스 섬은 14세기로 접어들면서 다시 세계사의 전면에 등장하게 된다. 성 요한네스 기사단이 로도스 섬에 십자군의 전진기지를 만들었기 때문이다.

다채로운 역사를 자랑하는 로도스 섬에는 십자군이 건설해놓은 중세 때의 건물이 즐비하게 늘어서 있고, 고대 그리스의 유적들도 적지 않게 남아 있지만, 아쉽게도 가장 가치 있는 유적은 현재 남아 있지 않다. 그것은 바로 세계 7대 불가사의 하나인 헬리오스 신의 청동거상, 즉 로도스의 거상(巨像)이다.

전승기념으로 만든 거상

그리스 신화 속에 등장하는 태양신 헬리오스의 거상은 B.C. 304~B.C. 292년 사이에 마케도니아와의 전쟁에서 승리한 기념비로 건립된 것이다.

B.C. 305년, 로도스 시는 마케도니아의 침공을 받았다. 당시 로도스는 이집트의 프톨레마이오스 왕조와의 교역을 통해 막대한 이익을 남기고 있었다.

이집트와 사이가 좋지 않았던 마케도니아는 로도스와 이집트의 관계를 못마땅하게 생각하고 로도스를 무력으로 점령할 계획을 세웠다. 마케도니아의 안티고노스 1세는 자신의 아들인 디미트리오스를 지휘관으로 내세우고 군대를 파병했다.

디미트리오스는 '공성자(攻城者)'로 불리기도 했는데, 당시 가장 강력한 병기였던 쇠뇌(여러 개의 화살이 잇달아 나가게 만든 활의 한 종류-옮긴이)와 성을 허물 수 있는 쇠망치, 투석기를 사용하는 데 익숙한 군인이었다. 디미트리오스는 최신식 무기로 무장한 4만의 병력과 379척의 함대를 이끌고 로도스로 침공해 들어갔다.

디미트리오스의 공격에 로도스 시민들은 여성에서부터 노예에 이르기까지 모두가 목숨을 걸고 전투에 나섰다. 성을 지키기 위해 멀쩡한 신전을 무너뜨린 다음 거기서 나온 석재를 사용해 보강하기도 했고, 여성들은 활줄을 만들기 위해 자신들의 머리카락까지 잘랐다고 한다.

이런 불굴의 정신으로 로도스 시민들은 1년 여의 시간을 버틸 수 있었다. B.C. 304년, 마침내 이집트에서 원군들이 달려오자 디미트리오스는 로도스에서 철수할 수밖에 없었다.

이렇게 해서 외적을 물리치고 새로운 삶을 얻게 된 로도스 시민들은 전승 기념비로 섬의 수호신인 헬레오스의 거상을 세우기로 했다. 재료는 적군이 버리고 간 청동제 무기를 녹여서 사용했고, 자금은 성을 공격했던 무기를 팔아서 조달했다. 또 부족한 돈은 시민들이 내놓기도 했다.

헬리오스 상의 설계는 마케도니아 군과의 전투에서 크게 활약했던 조각가 카레스가 맡았다.

카레스는 같은 시대에 활약했던 조각가 류시포스의 제자로, 그 실력을 이미 인정받고 있는 뛰어난 조각가였다. 그래서 로도스의 거상을 제작하는 작업은 카레스의 지휘로 B.C. 304년에 시작되어 12년이라는 긴 세월이 지난 후에 완성되었다.

태양신 헬리오스의 성지

로도스 시민들에게 열렬하게 숭배받았던 헬리오스 신은 신화에서는 머리에 황금으로 만든 둥근 관을 쓴 모습으로 묘사된다. 태양신 헬리오스는 매일 아침 동쪽에서 빛나는 말들이 끄는 마차를 타고 하늘에 나타나며, 저녁에는 세계를 흐르는 오케아노스 강을 지나 동쪽으로 되돌아간다고 한다.

그리스 신화에는 또 하나의 태양신 아폴론이 존재하지만 헬리오스와는 아주 다른 성격의 신이다.

로도스 섬은 오래 전부터 헬리오스 신과 관계가 깊은 섬으로 알려져 있다. 전설에 따르면, 로도스 섬은 원래 오래 전부터 바닷속에 가라앉아 있었는데, 어느 날 헬리오스 신이 물 밖으로 떠오르게 해서 자신의 영토로 삼았다고 한다.

로도스라는 이름도 헬리오스와 미의 여신 아프로디테 사이에서 태어난 딸 님프 로도스에서 유래한 것으로 알려져 있다. B.C. 10세기에 도리스인이 건설한 식민도시의 이름도 로도스였으며, 로도스의 뿌리가 된 린도스와 카메이로스, 이알리소스라는 명칭은 헬리오스의 세 아들 이름에서 따온 것이라고 한다.

거상은 어떻게 만들어졌을까?

헬리오스 상은 로도스의 만드라키온 항구 입구에 건설되었다고 한다. 그리고 입구가 아닌 내륙 쪽으로 성 요한네스 기사단이 세웠던 성벽 부근에 있었다는 설도 제기되었지만 현재는 그 흔적이 남아 있지 않기 때문에 확실한 것은 알 수 없다.

헬리오스 상의 제작 과정에 대한 자료는 유감스럽게도 전혀 남아 있지 않다. 그러나 고대 그리스와 로마의 학자들이 로도스 섬을 방문했을 때 보았던 거상에 대한 기록을 통해 그 건설 방법을 추측해볼 수는 있다.

헬리오스 상의 전체 길이는 약 36미터로 흰 대리석 받침대 위에 서 있었다. 헬리오스 상의 몸체 부분은 18미터였으며, 허벅다리 굵기는 3.3미터, 발목 둘레는 1.5미터였다. 사용한 재료는 동 12.5톤, 철 7.5톤 정도로 추정되고 있다.

미국 뉴욕에 있는 자유의 여신상의 전체 길이가 46미터(받침대를 포함하면 92미터)인 것을 생각해보면 당시 건축 기술의 수준이 얼마나 높았는가를 짐작할 수 있을 것이다.

거상의 내부에는 나선형 계단이 있어서 받침대에서부터 머리 부분까지 걸어서 올라갈 수 있었다. 머리 부분에는 불을 밝히는 방이 있어서 밤에는 등대 역할을 하기도 했다고 한다.

헬리오스 상을 건축했던 카레스는 거대한 신상을 통째로 만들지 않고 몇 부분으로 분할해서 조립하는 방법을 사용했다. 청동상의 각 부위를 따로따로 만들어서 순서대로 쌓아올렸던 것이다.

거상을 세울 때에는 무너지지 않도록 주변에 흙을 높이 쌓아올렸다고 한다. 또 거상 내부에 철로 만든 커다란 봉으로 보강했으며, 빈 부분에는 돌을 채워 넣어서 그 무게로 상을 안정시켰다고 한다.

어떤 모습으로 서 있었을까?

로도스의 거상이 어떤 모습이었는지는 그림이나 모형이 하나도 남아 있지 않기 때문에 확실한 것은 알 수 없다.

중세의 화가들이 그린 상상도를 보면 '항구 입구에 양다리를 크게 벌리고 서 있는 모습'으로 묘사되어 있지만, 그 크기가 고대 문헌상에 나오는 크기와는 차이가 있다.

실제로는 받침대 위에 서 있는 모습이었을 것으로 추정되고 있다. 하지만 서 있는 방식에 대해서는 다음 두 가지 설이 있다.

하나는 발을 가지런히 모으고 똑바로 서 있었을 것이라는 설이고, 다른 또 하나는 커다란 두 발과 기둥 같은 지지대가 삼각을 이루는 형태로 서 있었을 것이라는 설이다.

로도스 섬에서 발견된 부조 속에 거상의 모습으로 추정되는 것이 있었다. 거상을 제작한 시대와 같은 시기에 만들어진 이 부조에는, 한 벌거벗은 남자가 왼손에 옷처럼 보이는 직물을 들고, 오른손으로는 햇빛을 가리는 모습이 새겨져 있었다. 길게 늘어뜨린 직물은 마치 기둥과 같은 역할을 하는 것처럼 보였다. 아마 직물이 삼각형의 한 축은 아니었을까?

받침대까지 포함해 그 높이가 50미터에 이르렀다는 거상이 바다에서 불어오는 바람에 맞서 계속 서 있었다는 것을 생각하면 삼각형설이 보다 유력해 보이는 게 사실이다.

헬리오스 상의 최후

B.C. 227년, 로도스 섬 일대를 강타한 지진은 거대한 헬리오스 상마저 무너뜨렸다. 거상은 무릎 부분부터 꺾여 붕괴되고 말았다.

그러자 로도스 시민들은 어떻게 해야 할지 몰라 델포이 신전에서 신탁을 구했다. 신탁의 내용은 다시 신상을 세울 필요가 없다는 것이었다.

그후 거상은 신탁에 따라 재건되지 않은 채 해변에 방치되었지만, 거대한 신상은 여전히 많은 사람들의 관심을 끌었다.

1세기에는 로마의 대(大)플리니우스가 무너진 신상을 보기 위해 직접 방문했다. 그리고 방문 소감을 자신의 저서인 『박물지』에 "신상의 엄지손가락을 양팔로 껴안을 수 있는 사람은 아무도 없다"고 기록했다. 그리고 같은 시대에 활약했던 스트라본[58])도 저서 『지리학』에 붕괴된 거상에 대한 기록을 남겼다.

붕괴된 후 800년 동안 로도스의 거상은 그대로 방치되어 있었지만 안타깝게도 672년에 흔적도 없이 철거되는 운명을 맞게 되었다.

로도스 섬이 이슬람 군에 점령되면서 마바아스라는 이름의 이슬람 장군이

---

58) 스트라본(Strabon : B.C. 64?~B.C. 23?) : 소아시아의 폰토스 출신의 지리학자이자 역사가. 많은 역사서와 『지리학』(전17권)을 썼지만 역사서는 현재 전해지지 않는다. 『지리학』은 당시 세계의 지리를 역사와 연관시켜 기록한 것으로 특히 역사적 사실과 전설을 풍부하게 담고 있다.

거상의 잔해를 녹여 유대 상인에게 팔아넘겼다. 당시 청동은 아주 가치 있는 전리품으로 약탈의 대상이었다.

　로도스의 상징이었던 헬리오스의 거상은 결국 아주 잘게 해체되어 900마리의 낙타 등에 실려 어디론가 옮겨졌다. 결국 로도스의 거상은 단지 기록으로만 존재할 뿐 더 이상 실재하지 않는 잃어버린 유물이 되었다.

지중해 문명의 흐름

지중해는 아시아와 아프리카, 유럽 대륙에 둘러싸여 있는 내해로서 면적은 약 300만 평방킬로미터에 이른다. 사방이 대륙에 둘러싸여 있기 때문에 출구는 유일하게 지브롤터 해협뿐이다. 이 해협에는 조류가 시계 반대 방향으로 흐르며, 내해라는 지리적 특성상 기후가 온화하고 안정적이어서 예로부터 해상교역이 활발하게 일어났다. 문명의 십자로라고도 불리는 지중해 세계는 일찍부터 문명의 꽃을 피웠다.

지중해 문명은 크레타(미노아)와 미케네, 이 양대 문명에서 비롯되었다고 할 수 있다. B.C. 3000~B.C. 1200년경, 에게 해 주변에서 번영을 누렸던 청동기 문명(흔히 에게 문명이라고 부르기도 한다)은 이집트, 오리엔트 문명과 밀접한 관계를 맺으며 발전을 이룩했다.

B.C. 2000년경부터 크레타 섬을 중심으로 하는 크레타 문명이, B.C. 1500년경부터는 그리스 본토를 중심으로 하는 미케네 문명이 지중해 동부 해역을 지배하게 되었다.

B.C. 1200년경, 도리스인 혹은 '해상민족'이라는 이민족들의 공격으로 미케네의 여러 나라들이 몰락하면서 에게 문명 시대는 막을 내렸다.

그후 잠깐 동안 문명은 정체 상태에 들어가 암흑 시대를 거치게 되었지만, B.C. 8~7세기 무렵부터 그리스 각지에 도시국가, 즉 폴리스가 탄생해 그리스 문명 시대를 맞게 되었다.

그리스 문명은 도시를 중심으로 하는 국가 형태로 유지되었을 뿐 통일된 제국이나 왕국을 건설하지는 못했다. 그래서 아테네와 스파르타로 대표되는 도시국가는 항상 서로를 견제하며 전쟁을 되풀이했지만 페르시아 같은 외적의 침입에 맞서 단결하는 유연성도 가지고 있었다. 즉, 이들은 도시 국가 연합의 성격을 가지고 있었던 것이다.

하지만 B.C. 357년, 알렉산드로스 대왕이 이끄는 마케도니아의 침공으로 그리스 세계는 이민족의 손에 의해 통일이 이루어지게 되었다. 또한 알렉산드로스 대왕의 동방 원정으로 오리엔트와 지중해의 문화가 하나가 됨으로써 새로운 문명이 탄생했다. 이것이 바로 헬레니즘 문명이다. 헬레니즘 문명은 로마의 이집트 정복, 즉 이집트의 프톨레마이오스 왕조의 멸망 때까지 300년 동안을 가리킨다.

그후 로마 제국이 세력을 확장하면서 문명의 추이는 헬레니즘 문명에서 로마 문명으로 바뀌게 된다. 로마 제국의 대두로 지중해는 '지중해 세계'에서 커다란 세계의 한 지역으로 변하게 되었다.

오스트리아

할슈타트
hallstatt

- 건 립 문 명 : 켈트 문명
- 건 립 연 대 : B.C. 800~B.C. 600년경
- 건 립 자 : 켈트인
- 발 굴 자 : 게오르그 람자와
- 현재 소재지 : 오스트리아의 오버외스터라이히 남부 할슈타트

그리스 · 로마 문화의 라이벌-켈트

유럽 문명의 원류라고 하면 누구나 고대 그리스 · 로마를 떠올릴 것이다. 그러나 그리스 · 로마 문명만이 유럽 문명의 뿌리는 아니다. 그리스인들이 '갈라타이' '켈트이', 로마인들이 '갈리아'라고 불렀던 켈트인은 유럽 문명의 형성에 중요한 역할을 한 민족이었다.

로마인의 갈리아[59] 원정은 켈트 문화의 쇠퇴라는 결과를 낳았지만, 이후 게르만 민족의 유럽 지배는 이 원정에서 비롯되었다는 것이 역사학계의 정설로 되어 있다.

브리튼 섬 북부에 있는 아일랜드 섬은 로마인과 게르만인의 지배에서 벗어나 켈트 문화의 독자적인 전통을 지키고 있었다. 그러나 5세기경부터는 로마 교회의 적극적인 포교로 아일랜드의 켈트 사회는 기독교화되었고, 그 결과 독자적인 켈트식 기독교 문화가 발전하게 되었다.

켈트 문화는 후에 아더 왕의 전설로 이어졌고, 11세기부터 유럽 각지에 전

---

[59] 갈리아 : Gallia. 현재 프랑스와 벨기에, 북이탈리아 지방을 지칭하는 로마 시대의 지명. B.C. 3세기 초에서 B.C. 2세기 말에 로마인이 그 일부를 정복했으며, 카이사르의 원정으로 거의 대부분 로마의 영토가 되었다.

파된 로마네스크 미술, 19~20세기의 문학가 윌리엄 예이츠와 제임스 조이스에게까지 계승되었다. 켈트인은 유럽의 역사 무대에서 자취를 감췄지만 그들의 문화는 지금도 면면히 이어지고 있는 것이다.

켈트 문화가 지금도 남아 있다면, 도대체 켈트인의 유적은 어디에 숨어 있는 것일까?

그리스·로마의 지중해 고전 문화는 견고한 '돌의 문화'로, 자신들의 문화를 돌로 남겨놓았다. 그들이 남긴 문화적 유산들은 세월의 흐름 속에서도 쉽게 변하지 않는 돌로 만들어졌기 때문에 후세에도 전해질 수 있었다. 하지만 켈트의 문화는 이와는 달랐다. 자연을 숭배했던 켈트인들은 '나무의 문화'를 가지고 있었다. 그 때문에 건축 유산은 전혀 남아 있지 않았다. 독자적인 문자를 가지고 있었지만 기록을 남기지 않았기 때문에 그들이 어떠한 민족이었는지는 추측에 의존할 수밖에 없었다.

그러나 그것도 19세기 중반 무렵까지의 이야기였다. 왜냐하면 그들의 문화를 생생하게 보여주는 놀라운 유적이 발굴되었기 때문이다.

아마추어 고고학자 람자와

오스트리아 오버외스터라이히 남부 잘츠카머구트라는 알프스 산악지대에 풍광이 그림처럼 아름다운 할슈타트라는 작은 마을이 있다. 같은 이름의 할슈타트 호수를 옆에 끼고 있는 이 마을 부근에는 암염광(巖鹽鑛 : 소금광산)이 있어서, 그 소금을 채굴하기 위해 몰려온 갱부들로 항상 북적거렸다.

할슈타트 마을에는 할슈타트 왕립 광산에서 감독으로 근무했던 게오르그 람자와라는 남자가 살고 있었다. 그는 감독으로 일하면서도 고대 켈트 문화에 많은 관심을 가지고 있었다.

그가 살았던 이 마을은 고대 켈트인들의 장식품이나 유물이 발견된 적이 있어서 보통 사람들도 켈트 문화를 접할 기회가 많은 곳이었다. 또 때로는 아주 중요한 발견이 있기도 했다. 갱부들의 이야기에 따르면, 람자와가 태어나기 전에 선사 시대 때 소금을 캐던 사람의 미라가 소금 속에서 발견된 적도 있었다고 한다.

1846년에 마침내 람자와 자신이 직접 켈트 유적을 발견하게 되었다. 마을 뒷산 중턱, 등산 철도 종착역에서 조금 떨어진 장소에서 켈트인들의 무덤을 발견했던 것이다. 그후의 조사를 통해 이곳에 무려 2,500기에 달하는 많은 무덤이 조성되어 있었다는 사실이 밝혀졌다.

1846년부터 1863년까지 17년 동안 람자와는 980기의 무덤과 1만 9,497점의 유물을 발굴했다. 청동제 장신구와 용기, 기하학적인 문양이 새겨진 도기, 철제 무기와 농기구, 차바퀴 등이 부장품으로 출토되었다. 람자와는 친구들의 도움을 얻어 수채화 형태로 유물에 대한 기록을 남겼다. 고고학 지식이 부족했던 람자와는 린츠 박물관과 빈 고대 유물관의 조언을 얻어 착실하게 발굴을 계속해나갔다.

1856년 10월에는 당시 오스트리아 황제 프란츠 요제프와 황후 엘리자베드가 관심을 갖고 발굴 현장을 직접 둘러보는 일도 있었다.

그러나 유적 발굴이 철저하게 람자와 한 개인이 중심이 되어 이루어짐으로써 자금 마련에 곤란을 겪게 되었다. 그 때문에 그는 발굴한 유물을 관광객들에게 판매해서 자금을 조달하기도 했다. 19세기 당시만 하더라도 고고학은 자금에 여유가 있는 귀족들이나 하는 일이었지, 한 개인의 힘으로 할 수 있는 일은 아니었다. 따라서 람자와의 행위는 나름대로 정당성이 있는 어쩔 수 없는 일이었다고 할 수 있다.

1876년 빈 과학 아카데미는 람자와가 발견한 유적을 조사하기 위해 조사단을 파견했다. 유적이 발견된 후 실로 30년 만에 본격적인 조사가 이루어졌던 것이다. 비록 람자와가 일부 유물은 판매했다고는 하지만 조사에 지장을 초래할 정도는 아니었다. 실제로 람자와가 남긴 수많은 기록 덕분에 조사단은 발굴조사에 커다란 도움을 받을 수 있었다.

명확하게 밝혀진 고대 켈트 문화

람자와와 빈 아카데미 조사단의 노력으로 고대 켈트인들의 생활양식과 문화가 명확하게 밝혀졌다.

람자와가 발굴한 고대 켈트인들의 유적은 B.C. 800년경의 유적으로 판명되었는데, 이 유적의 발견으로 당시 켈트인들의 문화를 할슈타트 문화라고 부르게 되었다.

고대 할슈타트는 소금 교역지로 번영을 누렸는데, 기존의 학설과 달리 북쪽 보헤미아에서부터 남쪽 이탈리아 지방까지 이미 청동기 시대가 끝나고 철기 시대로 접어든 상태였다는 것이 밝혀졌다.

또 무덤에 따라 부장품의 종류와 매장 방식이 다르다는 사실을 통해 학자들은 당시 사회가 신분제 사회였을 것으로 추정했다.

할슈타트에는 람자와가 발견한 무덤 외에도 청동기 시대 말기(B.C. 900~B.C. 800년)까지 거슬러 올라갈 정도로 오래된 광산 지하도(갱도)도 다수 발견되었다. 갱도의 전체 길이는 3,750미터, 총면적은 3만 평방 킬로미터에 이를 정도로 대단히 넓었다고 한다.

갱도 속에서는 당시 켈트인들의 의복과 가죽띠, 소금 덩어리를 파내기 위한 도구 등이 발견되었다.

B.C. 600년경, 할슈타트에서 그리 멀지 않은 하라인이라는 지역에 새로운 암염광이 개발되면서 할슈타트는 점차 쇠퇴하기 시작했다. 하라인 지역은 교통이 편리해서 할슈타트보다 교역에 더 적합했던 것이다.

영국

stonehenge
스톤헨지

- 건 립 문 명 : 불명
- 건 립 연 대 : B.C. 2800~B.C. 2200년경/B.C. 2100년경/B.C. 2000~B.C. 1100년경
- 건 립 자 : 윈드밀힐 문화인/비커 문화인 /에섹스 문화인
- 발 굴 자 : -
- 현재 소재지 : 영국 윌트셔 솔즈베리 평원

영국 최대의 환상열석(環狀列石)

스톤헨지는 수도 런던에서 서쪽으로 130킬로미터 정도 떨어진 솔즈베리 평원에 존재하고 있다. 누가 어떻게 만들었는지 아직 확실치 않은 부분이 많은 이 유적은 지난 몇 세기 동안 많은 연구자들의 머리를 혼란스럽게 만들었으며, 또한 많은 보통 사람들의 흥미를 끌어왔다.

스톤헨지는 원형으로 배치된 거대한 입석(立石) 구조물 유적으로, 직경 98미터, 폭 6미터, 깊이 1.4미터의 도랑에 둘러싸여 있는 원형 광장을 지칭한다. 그 구성은 둥근 고리 모양으로 줄지어 서 있는 거대한 열석과 동북 방향으로 U자 형태로 벌어진 거대한 돌의 조합으로 이루어져 있다. 스톤헨지에 사용된 석재는 셰일(대사암大砂岩)과 블루스톤(휘록암輝綠岩과 유문암流紋岩)이다. 이 두 종류의 암석으로 이루어진 스톤헨지는 바깥쪽 원을 셰일 서클, 안쪽 원을 블루스톤 서클이라고 부른다.

바깥쪽 셰일 서클은 셰일을 30개 세운 다음 그 위에 돌을 가로로 눕혀서 원을 그리도록 배치했으며, 안쪽의 블루스톤 서클은 돌을 세우거나 눕히지 않고, 바깥쪽의 셰일과 비교해 크기가 작고 형태도 불규칙한 돌들을 사용해서 만들었다.

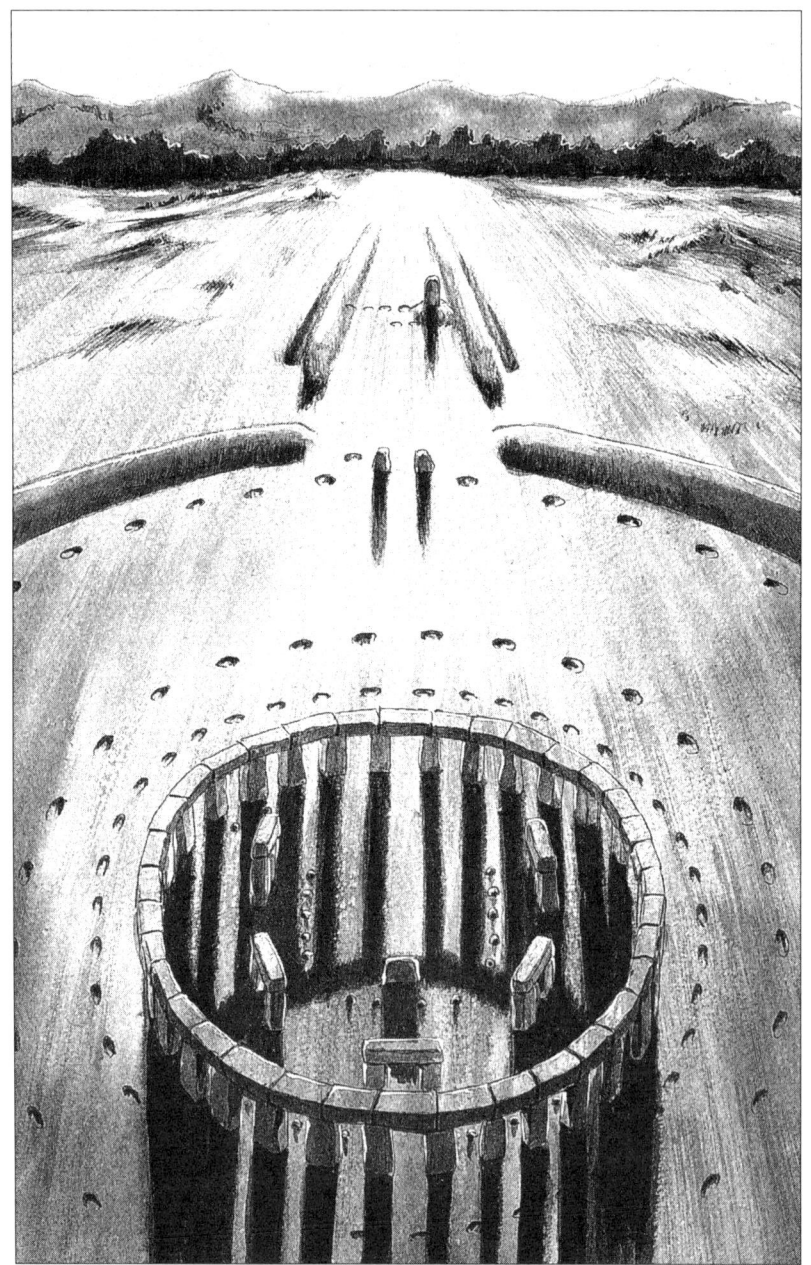

블루스톤 서클 안에는 말발굽 형태로 배치된 셰일 삼석탑(三石塔)이 다섯 기 있으며, 그 안쪽에 있는 블루스톤 입석도 말발굽 형태를 띠고 있다. 그리고 그 중앙에는 편평한 제단석이 놓여 있다. 삼석탑은 두 개의 입석 위에 돌을 가로로 눕혀놓은 형태로 이루어져 있다.

스톤헨지라는 명칭은 바로 이 삼석탑에서 유래한 것으로 볼 수 있는데, 고대 영어에서 '위에 올려놓은 돌'을 의미하는 말이었다.

셰일 서클 바깥쪽에는 Y홀, Z홀이라 불리는 작은 구덩이들이 원을 그리듯 파여 있다. 또 그 바깥쪽에는 발견자의 이름에서 유래한 '오브리 홀'이라 불리는 56개의 구덩이들이 같은 간격으로 파여져 있으며, 오브리 홀 위쪽에는 두 개의 작은 입석이 정반대 방향으로 놓여 있다. 두 입석 가까이에는 원형 무덤이 있는데, 입석과 무덤을 더해 '포 스테이션(네 개의 측점석測点石)'이라고 부르기도 한다.

셰일 서클 바깥쪽에서 조금 떨어진 곳에는 힐스톤(발뒤꿈치돌)이라 불리는 돌이 홀로 외롭게 서 있다. 그리고 이 돌과 셰일 서클 사이에는 슬로터스톤(도살석屠殺石)이라 불리는 돌이 있다. 슬로터스톤은 현재 옆으로 누워 있지만 옛날에는 똑바로 서 있었을 것으로 추정되고 있다.

스톤헨지를 세운 수수께끼의 건설자들

스톤헨지의 건설에는 불명확한 점이 많지만, 고대 브리튼인들이 1,200년 이상의 긴 세월 동안 몇 대에 걸쳐 만들었다는 이야기가 전해 내려오고 있다.

스톤헨지의 건설 기간은 다음 세 시기로 나눌 수 있다.

제1기는 B.C. 2800~B.C. 2200년경의 신석기 시대로 윈드밀힐 문화인[60]이,

---

60) 윈드밀힐 문화인 : 스톤헨지와 에이브베리 지역에서 발견된 신석기 시대인들을 지칭하며, 그 지역의 캠프장 이름을 따서 이름을 붙였다. 스톤헨지 3킬로미터 반경 이내 지역에서

제2기는 B.C. 2100년경 비커 문화인[61]이 건설했던 시기다. 그리고 제3기는 B.C. 2000~B.C. 1100년경에 에섹스 문화인이 건설했던 시기다.

제1기에는 사슴의 뿔을 곡괭이로 사용해 원형 도랑을 파고, 거기서 파낸 자갈로 도랑 옆에 높은 둑을 쌓았다. 그리고 둑 바로 안쪽으로는 56개의 구덩이(오브리 홀)를 파고 바깥 통로 쪽으로 셰일 입석을 세웠다.

제2기에는 전반적인 개축을 해서 통로를 동쪽으로 약 3.2킬로미터 떨어진 에이번 강까지 연결시키고, 유적 중심부에 블루스톤 기둥을 2중 동심원 형태로 세웠다.

제3기에는 전체적으로 다시 만들어지면서 지금과 같은 거대한 입석 유적으로 완성했던 것 같다.

한 가지 놀라운 사실은, 제3기(B.C. 2000~B.C. 1100년경)에 어떤 방법으로 50톤에 가까운 돌을 30킬로미터나 떨어진 곳에서 운반해왔겠느냐 하는 것이다. 또 돌을 어떤 방식으로 잘랐는가도 의문이다. 특별한 도구도 없는 고대에 이런 일이 가능했다는 것은 정말 놀라운 일이 아닐 수 없다.

현재 학자들의 분석에 따르면, 간단한 돌도끼나 통나무만 사용할 경우 1,000명의 사람이 꼬박 7년 동안 매달려야 할 수 있는 일이라고 한다.

석기 시대의 천문대?

스톤헨지에 관한 공식적인 기록은 1130년에 헨리 힌팅턴 목사가 쓴 『영국인의 역사』에 처음 등장한다. 여기서 저자는 "누가 무엇을 위해 만들었는지 알 수 없는 유적"이라고 언급해놓음으로써 스톤헨지는 이미 12세기에도 수

윈드밀힐 문화인들이 만든 무덤들이 다수 발견되었다.

61) 비커 문화인 : 기하학적인 문양이 새겨진 비커처럼 생긴 토기를 사용했기 때문에 이런 이름이 붙여졌다. 동(銅)과 청동 도구를 사용했던 것으로 알려지고 있다.

수께끼의 유적이었음이 밝혀졌다.

웨일즈 몬마스 지방의 주교 제프리 몬머스는 1136년 자신의 저서 『브리튼 왕들의 역사』에서 스톤헨지는 아더 왕의 전설에 등장하는 마술사 멀린이 만든 것이라고 주장하기도 했다.

17세기, 당시 국왕 제임스 1세는 건축가 이니고 존스에게 스톤헨지를 조사하라는 명령을 내렸다. 왕의 명에 따라 존스는 스톤헨지의 전체 크기를 측정하고, 배치 도면을 그리는 등 건축적인 측면에서 유적의 정체를 추적했다. 그리고 스톤헨지는 로마인들의 신전이라는 결론을 내렸다. 그는 그 근거를 다음과 같이 기술했다.

로마인이 침입하기 전까지 잉글랜드에는 문명을 가진 민족이 존재하지 않았으며, 스톤헨지를 만들 만한 건축 기술도 가지고 있지 못했다. 따라서 스톤헨지는 로마인들이 건설한 것으로 추정된다.

이에 대해 월터 칠튼이라는 학자는 바이킹이 1016~1042년에 잉글랜드를 정복한 후 자신들의 고향에 있는 거석 분묘를 모방해서 만든 것이라고 주장했다.

같은 17세기의 작가 존 오프리는 수많은 문헌을 조사한 결과, 스톤헨지는 켈트인들의 승려인 드루이드들이 만든 것이라는 결론을 내렸다. 하지만 이 드루이드 제작설은 현재 받아들여지지 않고 있다.

1963년, 영국의 저명한 과학잡지 〈네이처〉지에 새로운 학설이 등장했다. 천문학자 제럴드 호킨스가 기고한 논문에 따르면 스톤헨지는 고대의 천문대였다는 것이다. 그는 그 이유를 다음과 같이 들고 있다.

우선 거석과 구덩이의 배치를 통해 하짓날 일출 시간과 동짓날 일몰 시간을 계산할 수 있으며, 28일 주기로 차오르는 달의 운행과 돌의 배치가 밀접한 관련이 있다는 사실을 컴퓨터 계산을 통해 확인했다는 것이다. 그러나 거석을 사용한 이유를 비롯해 몇 가지 중요한 의문이 해결되지 않았기 때문에 이 가설 역시 확증을 얻지는 못하고 있다.

여러 가지 주장들이 나왔지만, 아직까지도 스톤헨지가 어떤 역할을 했는지에 대해서는 확실히 밝혀진 것이 없는 실정이다.

스톤헨지는 오랜 세월 동안 많은 의문을 간직한 채 지금도 솔즈베리 평원에 말없이 서 있을 뿐이다.

영국

skara brae

스카라브레 촌락 유적

- 건 립 문 명 : 불명
- 건 립 연 대 : B.C. 3100~B.C. 2500년경
- 건 립 자 : 선사 브리튼인
- 발 굴 자 : 고든 차일드
- 현재 소재지 : 영국의 오크니 제도 메인랜드 섬 스케일 해안

영국 최대의 석조 가옥

B.C. 3100~B.C. 2500년 무렵의 석조 가옥인 스카라브레 촌락 유적은 영국 오크니 제도 메인랜드 섬 스케일 해안에 위치하고 있다.

스카라브레 석조 가옥은 흙과 자갈로 쌓아올린 토성 안에 건설되어 있다. 가옥들을 둘러싸고 있는 바깥쪽 토성은 가축 배설물과 이탄(泥炭 : 연대가 오래지 않아 충분히 탄화되지 않은 채 땅속에 묻힌 석탄-옮긴이) 등을 태운 폐기물을 사용해서 건설했다. 집과 집 사이는 통로로 연결되어 있으며, 거의 대부분의 집에는 문이 하나밖에 없고 창이 없다는 특징이 있다.

가옥 내부에는 돌로 만든 침대와 선반이 있고, 벽을 파내서 찬장으로 사용한 흔적도 있다. 그리고 마룻 바닥에서 발견된 돌 상자에는 낚시에 쓸 미끼를 저장해놓았던 것으로 추정된다.

스카라브레의 역사

스카라브레의 발견은 우연하게도 1850년에 일어난 폭풍우가 계기가 되었다. 석벽을 덮고 있던 모래층이 폭풍후로 날아가버린 탓에 대여섯 채의 가옥이 모습을 드러냈던 것이다.

지중해

그후 스카라브레는 1927~1930년에 고고학자 고든 차일드에 의해 발굴되었다. 그는 이 유적을 핑크트인[62]이 건설했다고 주장했다.

1936년에는 고고학자 스튜어트 피곳의 노력으로 이 유적은 핑크트인보다 더 오래 된 민족이 건설한 것이라는 사실이 밝혀졌다. 스튜어트는 영국 다른 지역에서 발견된 도기류와 그 양식을 비교·검토한 결과를 통해 자신의 주장을 증명해보였다. 그리고 1970년대에는 방사성 원소 연대측정법[63]을 이용해 스카레브레가 B.C. 3100~B.C. 2500년경에 건설된 유적이라는 사실을 명확하게 밝혀냈다.

스카라브레에서는 해독이 이루어지지 않은 독자적인 룬[64] 문자와 어떤 목적으로 사용했는지 확실치 않은 조각품이 다수 발견되는 등 현재까지 해명되지 않고 있는 의혹들이 상당수 존재한다. 이러한 의혹들이 풀리게 되면, 고대 북부 유럽에서 당시 사람들이 어떻게 살았는지 명확하게 밝혀질 것이다.

---

62) 픽트인 : 선사 시대부터 스코틀랜드 지방에 살았던 민족.

63) 방사성 원소 연대측정법 : 방사성 원소가 일정한 반감기를 갖는 성질을 이용해 암석 등의 생성 절대 연대를 측정하는 방법. 칼륨-아르곤법, 루비듐-스트론튬법, 탄소 14법 등이 있다(205쪽 칼럼 참조).

64) 룬 : Rune. 게르만 민족이 3, 4세기경부터 중세 말까지 사용했던 특수한 문자. 오래 전의 24문자를 비롯해 비문과 사본 등 다수의 자료가 남아 있다.

프랑스

카르나크 열석
carnac

- 건 립 문 명 : 불명
- 건 립 연 대 : B.C. 8000~B.C. 1000년경
- 건 립 자 : 불명
- 발 굴 자 : -
- 현재 소재지 : 프랑스 서북부 모르비앙 주(州) 카르낙

유럽 최대의 거석 유적

　프랑스 서북부 브르타뉴 지방, 모르비앙 주 카르나크에는 카르나크 열석(列石)이라 불리는 열석 유적이 존재하고 있다. 이 카르나크 열석은 유럽 거석 기념물 중에서 최대 규모를 자랑한다.

　카르나크 주변에 있는 브르타뉴와 케르카도 지방에도 카르나크 정도는 아니지만 단독 혹은 복합 멘히르(거석 기념물)이 다수 존재한다. 카르나크 지역은 확실히 유럽 거석 문화의 중심지인 것이다.

　신석기 시대에서 초기 청동기 시대(1만 년 전~3000년 전) 사이에 만들어졌을 것으로 추정되는 카르나크 열석 유적은 그 수가 약 3,000개에 달하며, 북에서 동으로 3킬로미터에 걸쳐 나란히 서 있다.

　화강암으로 만든 열석의 크기는 각기 다르지만 대개 1미터에서 6미터 사이이며, 카르나크 동쪽에 있는 로크마리아케르의 열석에 이르면 20미터짜리도 있다. 카르나크 열석은 그 배치에 따라 메느크계(界), 크르마리오계, 케를스칸계 등 세 그룹으로 나눌 수 있다.

　메느크계는 폭 100미터, 길이 100 범위 내에 1,099개의 입석이 11열로 나란히 서 있다. 후에 조사에서 실제로는 12열이라는 것이 밝혀졌다.

지중해

크르마리오계는 메느크계 동쪽에서 240미터 떨어진 곳에 존재하며, 폭 100미터, 길이 1,120에 이르는 넓은 범위 내에 1,029개의 입석이 10열로 줄지어 서 있다.

케를스칸계는 크르마리오계보다 더 동쪽에 위치해 있으며, 폭 140미터, 길이 860미터 범위 내에 598개의 열석이 13열로 나란히 서 있다.

메느크계와 케를스칸계 서단에는 다른 형태의 반원형 멘히르(178쪽 칼럼 참조)가 자리잡고 있다. 왜 이곳에 전혀 다른 형태의 멘히르가 건설되었는지는 알려져 있지 않다.

천체 관측 장치인가? 무덤인가?

영국의 스톤헨지와 마찬가지로 카르나크 열석도 누가 무엇을 위해 만들었는지 확실한 것은 알려지지 않은 상태다. 그러나 가장 작은 것조차도 1미터 정도로, 평균 4미터에 이르는 거석을 일부러 큰 노력을 기울여 나란히 세웠다는 것은 무언가 의도를 갖고 건설했다는 것을 의미한다.

카르나크 열석에 대해 두르이드교의 신전설이나 전사들의 무덤설처럼 확증은 없지만 다소 그럴듯한 주장에서부터 대지에 흐르는 마법의 에너지를 이용하기 위한 도구설 같은 의심스러운 주장도 제기되었다. 그중 몇몇 주장에 대해 소개해보도록 하겠다.

카르나크 열석에 관한 연구는 18세기부터 시작되었다. 저술가 드케라스 백작은 자신의 저서 『옛물건 수집』에서 미지의 종족이 만든 기념비라는 주장을 펼쳤다.

거석의 소묘화를 그렸던 슈발리에 드 프레만빌은 이 지역 일대에 많은 무덤들이 존재한다는 사실에 착안해 열석도 전사들의 무덤이 아니냐는 주장을 내놓았다.

카르나크 부근에 남아 있는 전설에 따르면, 열석은 이 지역에 살았던 정령이 건설했다는 설, 거인들이 건설했다는 설, 로마인의 신앙이 전파되었던 지역이라는 설 등도 있다고 한다.

카르나크 연구가 콜린 윌슨은 『세계 유적 지도』 속에서 카르나크 열석에서 신비한 에너지가 발산되었기 때문에 고대인들이 그 힘을 이용했던 것이라고 주장했다.

카르나크 열석의 이용 방법에 대해 새로운 견해를 내놓은 사람은 스톤헨지 연구가인 영국의 알렉산더 톰 교수다.

그는 1970년, 카르나크 열석이 고대의 천문관측 장치라는 주장을 제기했다. 즉, 돌의 배열 방법이나 흙무덤, 독자적으로 서 있는 거대한 돌 등 유적의 전체적인 구조가 태양과 달과 별의 움직임을 관측하기 위한 의도적인 배치라는 것이다. 예를 들면, 메느크계와 케를스칸계의 서쪽 끝에 있는 반원형의 멘히르는 하짓날과 동짓날에 태양을 관측하는 중요한 장소였다는 것이다.

실제로 무슨 목적으로 카르나크 열석이 만들어졌는가에 대해서는 현재까지 수수께끼로 남아 있다. 열석 주변에서 발굴된 돌 쟁반과 돌도끼 등의 유물이 어떤 실마리가 될지도 모르지만 결정적인 문제 해결의 열쇠는 되지 못하고 있는 실정이다.

앞으로의 연구를 통해 어떤 사실이 밝혀질지, 카르나크에 대한 관심은 날로 커지고 있다.

거석기념물의 종류

세계 각지에 존재하는 거석 유적 중 신석기 시대에 만들어진 것을 거석기념물이라고 부른다. 대표적인 것으로는 영국의 스톤헨지와 프랑스의 카르나크 열석을 들 수 있다.

거석기념물은 그 만들어진 형태에 따라 몇 종류로 나눌 수 있다. 그 대표적인 것을 소개해보도록 한다.

알리뉴망 alignments

다수의 멘히르를 직렬로 세운 것. 흔히 '열석'이라고 한다.
직렬이 아닌 둥근 고리 모양으로 배열된 것은 '환상 열석'이라고 부른다.
열석 중에는 크기가 작은 자연석을 원형이나 타원형 등으로 나란히 늘어놓은 것도 있다.

카린 carin

독일어로 '케른'이라고도 불리는데, 돌을 쌓아올려서 만든 무덤을 가리킨다. 거석이 아닌 작은 돌을 무질서하게 쌓아올린 것이 많다. 흔히 '적석총(積石塚)'이라고 부르기도 한다.

돌멘 dolmen

두 개 혹은 그 이상의 받침돌 위에 한 개의 편평한 돌을 올려놓는 테이블 형태의 구조물. 일반적으로 지석묘(支石墓)라고 부른다.
묘 안에서는 토기나 석기, 사람의 뼈 등이 출토되며, 일종의 고분으로 생각할 수 있다. 그리고 기념비로 건립되는 경우도 있는데, 기능에 따라 고분 돌멘과 기념비 돌멘으로 나누기도 한다.

특히 프랑스 브르타뉴 지방에서 많이 발견되고 있으며, 독일, 북아프리카, 중국 북동부, 한국, 일본에도 유사한 형태의 구조물들이 분포되어 있다.

멘히르 menhir
자연석 혹은 다소 가공한 입석을 지칭한다. 단독으로 만들어진 것과 몇 개가 떨어져서 하나의 형태를 이룬 것도 있다. 기념비, 묘비, 제사를 위한 것 등 여러 가지 이유로 세워졌다.

프랑스

lascaux
라스코 동굴

- 건립 문명 : 불명
- 건립 연대 : B.C. 1만 5000~B.C. 1만 3000년
- 건 립 자 : 구석기 시대인
- 발 굴 자 : 앙리 브르이유 신부
- 현재 소재지 : 프랑스 도르도뉴 지방 베제르 강변 몽티냐크

4인의 모험자들

1940년 9월 12일, 프랑스 도르도뉴 지방, 베르제 강변에 있는 몽티냐크라는 평범한 도시에 역사에 남을 일대 사건이 일어났다. 도시에 사는 네 명의 젊은 이들이 가까운 곳에 있는 동굴 탐사에 나섰다가 그곳에서 구석기 시대의 벽화를 발견했던 것이다.

네 명의 젊은이들은 한 노파에게 들었던, 라스코 성으로 이어져 있다는 숨어 있는 통로를 찾아나서기로 했다. 그들은 도시 가까이에 있는 동굴이 바로 그 통로라고 생각하고 곧바로 삽을 가지고 탐사를 떠났다. 좁은 입구를 삽으로 파고 동굴 속으로 들어간 그들은 기대했던 것처럼, 깊숙한 곳으로 계속 이어지는 터널을 발견했다.

허리를 숙이고 좁은 터널을 지나 계속 나가는데, 갑자기 한쪽 벽면에 바로 조금 전에 그린 듯한 선명한 색채의 벽화가 나타났다. 우윳빛이 감도는 동굴 벽면에 그려진 동물 그림은 한눈에 봐도 아주 뛰어난 것이었다.

젊은이들은 이 대발견을 즉시 당국에 알렸고, 닷새 후에는 동굴 벽화 전문가인 앙리 브르이유 신부가 현장을 방문했다. 그는 즉시 동굴 안 벽화들을 조사하고 그 결과를 발표했다. 발표 내용은, 이 벽화가 이제까지 발견된 벽화 가

라스코 동굴

운데 양적으로나 질적으로나 역사상 최대의 발견이라는 것이었다.

19세기 고고학에서는 석기 시대 인류에게 문화가 존재하지 않았을 것으로 보는 시각이 주류를 이루고 있었다. 그러나 이 라스코 벽화의 발견으로 석기 시대에 살았던 사람들도 현대인들과 비슷한 예술 감각을 가지고 있었다는 사실이 증명되었다.

구석기 시대의 유산

라스코 동굴은 크게 나눠 주 동굴과 주변 동굴, 주 동굴 우측으로 나 있는 작은 동굴로 구성되어 있다. 스페인의 알타미라 동굴 벽화[65]와 함께 구석기 시

---

65) 알타미라 동굴 벽화 : altamira. 스페인 북부 칸다브리아 산맥 북쪽 경사면에 있는 동굴에서 발견된 구석기 시대의 동굴 회화. 1879년 스페인의 귀족 마르셀리노 데 사우투올라가 처

대를 대표하는 이 동굴 벽화의 수는 100여 점 이상으로, 그 중 문양을 제외한 소나 말 등을 주제로 그린 동물 그림은 모두 67종에 이른다.

주 동굴은 길이 15미터 정도의 광장이 있다. 주 동굴의 막다른 벽면에는 여섯 마리의 커다란 소가 묘사되어 있다. 그 크기는 4.8미터에서 5.5미터 정도로 대단히 크다.

좁은 통로로 이어지는 주변 동굴에는 말과 거꾸로 그려진 말 등이 그려져 있다.

주 동굴 광장 우측으로 나 있는 작은 동굴에는 문양 같은 그림이 새겨져 있다. 그리고 구석 쪽에는 덩굴풀, 사슴, 산양 무리, 소 등이 여러 가지 기호와 함께 묘사되어 있다.

라스코 벽화를 연구한 덴마크의 고고학자에 따르면, 이 벽화를 그린 인물은 최소한 여섯 명 이상이었을 것이라고 한다. 또 가장 최근에 그려진 것도 몇천 년에 걸쳐 다시 그려진 것으로 보인다는 견해를 내놓았다.

1945년부터 1963년까지 라스코 벽화는 일반에게 공개되었지만, 벽화에 곰팡이가 생기는 등 보존에 문제가 많아 현재는 공개되지 않고 있다.

동굴은 신성한 장소였나?

무엇을 위해 동굴 벽화를 그렸을까?

수렵을 기록한 것이라는 설도 있지만, 신성한 목적으로 벽화를 그렸을 것이라는 설도 있다.

단순한 기록에 중점을 둔다면, 다음과 같은 증거들을 들 수 있다.

음 발견했다. 적색과 흑색을 사용해서 들소와 멧돼지, 말, 사슴 등의 동물 그림을 벽면에 묘사해놓았다. 그리고 점묘법과 농담(濃淡)에 의한 음영법 등 고도의 수법을 동원해 벽화를 그렸던 것으로 밝혀졌다.

우선 벽화에 그려진 동물의 크기가 일정하지 않다는 것(힘이 센 소 그림은 크게 그린 반면 사슴 같은 동물들은 작게 그렸다)이나 한 벽화에 들소에게 살해된 사람이 묘사되어 있다는 점, 또 그 옆에 혼을 나타낸 것으로 생각되는 새처럼 생긴 그림이 있다는 것, 그리고 마지막으로 동굴 내에 사람이 살았을 것으로 추정되는 흔적 등이 발견되었다는 것을 들 수 있다.

만약 종교적인 목적으로 그린 것이라면, 동굴은 성스러운 장소였기 때문에 사람이 생활한 흔적이 없어야만 한다.

석기 시대 인간들은 벽화를 통해 생활의 풍요를 기원했던 것일까? 아니면 종교적인 숭배를 목적으로 그림을 그렸던 것일까? 지금까지 라스코의 벽화는 수수께끼로 남아 있다.

폴란드

비스쿠핀 촌락 유적

biskupin

- 건 립 문 명 : 라오지츠 문화
- 건 립 연 대 : B.C. 8세기경
- 건 립 자 : 고대 슬라브인
- 발 굴 자 : 불명
- 현재 소재지 : 폴란드 수도 바르샤바에서 서쪽으로 230킬로미터

진기한 목조 유적

폴란드 수도 바르샤바에서 서쪽으로 약 230킬로미터 떨어진 곳에 B.C. 8세기~B.C. 5세기 무렵에 건설된 비스쿠핀 촌락 유적이 있다. 비스쿠핀 유적은 동구 지역에서 고대 공동 사회의 전형적인 모습을 엿볼 수 있는 유적으로, 발견 당시 고고학계의 비상한 관심을 불러모았다. 특히 고대 유적 중에서 아주 보기 드문 목조 촌락 유적이어서 더욱더 주목을 받았다.

목조로 건설되었다는 한계에도 불구하고 이 유적은 오랜 세월 동안 유적 전체가 모래와 진흙으로 덮여 있었기 때문에 썩지 않고 보존될 수 있었다.

비스쿠핀 호수와 맞닿아 있는 반도에 건설된 이 유적지에서 약 700명 정도의 고대 슬라브인들이 살았던 것으로 추정되고 있다.

촌락 주위에는 높이 6미터, 두께 3미터의 성벽이 있으며, 호수 쪽으로는 두께 7미터의 방파제가 건설되어 있다. 촌락 내부에는 약 100호에 이르는 목조 가옥이 다닥다닥 붙어 있는 형태로 서로 처마를 맞대고 이어져 있다. 대부분의 가옥 구조는 사람들이 살았던 방과 마루로 이루어져 있으며, 마루에는 돌로 만든 화로가 있다. 촌락 내 건물 사이로 난 도로는 통나무로 포장해서 주민들의 왕래를 원활하게 만들었다. 촌락이 이탄(泥炭) 지대 위에 건설되었기 때

비스쿠핀 촌락 유적

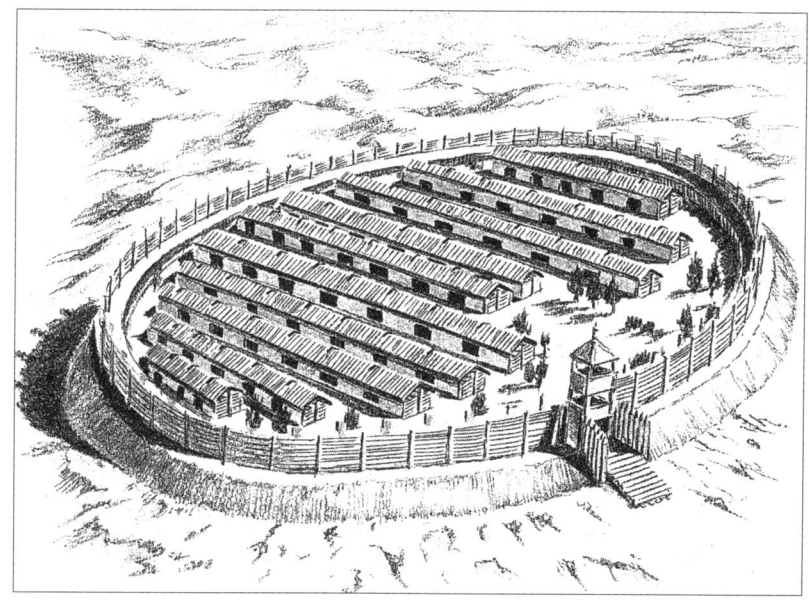

문에 땅에 통나무를 박아 도로를 만들었던 것이다.

그렇다면 이런 촌락에 거주했던 당시 주민들은 어떤 삶을 살았을까?

촌락에서 발견된 유물을 통해 당시 촌락에는 직물 직인과 피혁 직인, 야금 직인이 존재했던 것으로 밝혀졌다. 또 호수 바닥에 쌓여 있는 진흙 속에서 보리와 밀, 통 등을 재배한 흔적이 발견되기도 했다. 그리고 유적지에서는 헝가리와 이탈리아에서 만든 물건들이 발견되었는데, 이는 당시 주민들이 주변 지역과의 활발한 교역을 통해 상호 영향을 주고받았던 증거라고 할 수 있다.

요새의 몰락

비스쿠핀 유적은 왜 촌락을 방벽으로 둘러쌌을까?

당시 이 지방에는 발트 해 연안을 통해 들어온 포메라니아인들의 침략이

잦았다. 따라서 그들과 맞서 싸우기 위해서는 강력한 요새가 필요했다. 즉, 고대 슬라브인들은 외적의 침입으로부터 자신의 종족을 보존하기 위해 촌락 전체를 요새로 만들었던 것이다.

그러나 이 촌락 요새의 몰락은 적의 침입이 아닌 다른 데 원인이 있었다.

촌락을 세울 당시 호수의 수위는 현재보다 훨씬 낮았던 것으로 밝혀졌다. 그러나 이 지역의 기후가 서서히 변하면서 수위가 상승하기 시작했다. 그러자 주민들은 가옥을 높은 지대에 짓는 등 나름대로 적절하게 대응했지만, 갑작스럽게 홍수가 발생해 촌락 전체를 삼켜버리고 말았다.

하지만 이 홍수가 아이러니컬하게도 유적의 보존에 결정적인 영향을 끼쳤다. 흙과 진흙이 촌락 전체를 뒤덮음으로써 유적이 썩지 않고 보존될 수 있었던 것이다.

북아프리카

북아프리카에는 지금도 많은 고대 유적들이 존재하고 있다. 이런 유적 중에는 지중해를 중심으로 과거 로마 식민지 시대에 건설된 유적도 다수 존재하지만, 나일 강 유역에서 화려하게 꽃을 피웠던 고대 이집트 문명의 유적을 빼놓고 이야기할 수는 없다.

이집트 문명은 B.C. 3000년경에 이집트 전역을 통일하고, 강력한 국가를 세워 3,000년 이상 왕조를 지속했다. 고대 세계의 선진국이었던 이집트는 피라미드와 스핑크스를 건설할 만큼 뛰어난 건축기술을 가진 국가였다. 그들의 우수한 문화는 오리엔트와 그리스를 비롯한 주변 여러 나라에 수출되어 커다란 영향을 주기도 했다.

하지만 이집트 문명은 아직까지도 풀어야 할 수수께끼를 많이 간직하고 있다. 피라미드의 건축 방법은 수천 년이 지난 지금까지도 확실하게 알려져 있지 않다. 그런 의혹을 풀기 위해 고대 이집트에 대한 다각적인 연구가 진행되고 있지만 수수께끼는 점점 더 커지고만 있을 뿐이다.

중앙·남아프리카

유럽 사회에서 아프리카는 오래 전부터 '암흑 대륙'이라는 이름으로 불려왔다. 하지만 최근에는 아프리카 대륙에 많은 문명이 존재했다는 사실이 속속 밝혀지고 있다.

근대 유럽 열강 국가들에 의해 아프리카 대륙은 거의 대부분 식민지가 되었다. 더구나 당시 학자들의 편견으로 흑인들은 문명을 건설할 만한 능력이 없는 열등한 인종으로 취급되었다.

따라서 그레이트 짐바브웨를 비롯한 유적도 모두 백인들의 손에 의해 만들어졌을 것으로 추정했다. 하지만 고고학자들의 조사를 통해 흑인들도 오래 전부터 문명을 가지고 있었다는 사실이 증명되었다.

물론 아프리카 유적에도 다른 대륙에 존재하는 유적들과 마찬가지로 불명확한 점이 많다. 그러나 아프리카가 자신들의 역사를 되찾는 날이 그다지 멀지만은 않은 것 같다.

3장

리비아

leptis magna
렙티스 매그나

- 건 립 문 명 : 로마 문명
- 건 립 연 대 : B.C. 7세기(페니키아), B.C. 1세기(로마)
- 건 립 자 : 페니키아인, 로마인
- 발 굴 자 : 피에트로 로마넬리
- 현재 소재지 : 리비아의 수도 트리폴리 근교 라브다 강 하구

북아프리카 최대 규모의 로마 식민 도시

고대 로마 제국은 지중해 연안 전 지역을 장악하고 각지에 식민지를 건설했다. 당시 북아프리카 지역에 건설된 로마 제국의 식민지 중에 렙티스 매그나라는 도시가 있다.

이 도시는 원래 페니키아인들의 도시였다. B.C. 7세기 무렵, 페니키아인들이 통상 기지로 건설했던 것이다. 당시 렙티스라 불렸던 이 도시는 페니키아인들의 활발한 지중해 무역으로 커다란 번영을 누리기도 했다. 하지만 로마가 페니키아인들의 거점이었던 카르타고를 정복하게 되자 북아프리카 전역에 로마 식민지들이 속속 건설되기 시작했다.

렙티스도 로마 제국의 강력한 힘 앞에는 굴복할 수밖에 없어서 결국 B.C. 46년에 로마의 식민지가 되고 말았다. 그로 인해 렙티스에서 페니키아의 그림자는 사라지고 그 빈자리에 로마 문화가 덧씌워지게 되었다. 도시 이름도 렙티스에서 렙티스 매그나로 개명되었다. 렙티스 매그나는 '크게 성장할 도시' 또는 '대(大)렙티스' 라는 뜻이다.

도시 중앙에는 포럼이라는 로마식 광장이 들어서서 시민들의 휴식 장소로 이용되었다. 포럼 주변으로 신전과 바실리카(재판이나 행정을 관장하는 공회당)

등이 위치해 있으며, 포럼 남서쪽에는 돌을 깔아서 만든 큰 길이 나 있다. 또 큰 길 주변으로 극장, 시장, 신전 등 전형적인 로마식 공공 건축물들이 자리잡고 있다.

시장 쪽으로 줄지어 서 있는 아름다운 장식 기둥을 통해 당시 시장의 활기 찼던 모습을 엿볼 수 있다. 실제로 렙티스 매그나는 라브다 강 하구에 위치해 있어서 로마와 페니키아, 리비아, 이 세 문화권의 무역항으로 번영을 누렸다.

로마 지배하에서 렙티스 매그나는 북아프리카 유일의 무역항으로서 번영이 지속되었다. 하드리아누스 황제(117~138년 재위)의 재위 기간 중에는 도시가 다시 보수되어 점차 로마식 도시로 변모해갔다. 하드리아누스 황제는 로마의 다른 도시들처럼 대리석으로 커다란 대리석 목욕탕도 건설했다.

렙티스 매그나가 최전성기를 맞은 때는 셉티미우스 세베루스 황제(193~211년 재위) 시대였다. 그는 이 도시 출신으로 자신이 직접 이집트와 누비아(고대 아프리카 북동부에 있었던 지방—옮긴이) 원정에 나선 군인 황제였다. 세베루스 황제는 렙티스 매그나에 자신의 승리를 기념하기 위한 개선문을 만들었으며, 새로운 포럼과 창고, 등대를 건설했다. 또 기존 항만에 대한 개수 공사도 벌였다. 이렇게 해서 렙티스 매그나는 아프리카와 로마 사이의 중요한 교역 거점으로 최고의 번영을 누리게 되었다.

그러나 그 끝날 것 같지 않았던 번영도 세베루스 황제의 퇴위 이후 서서히 그늘이 찾아오기 시작했다. 황제가 물러나자 로마인들은 렙티스 매그나를 경유하기보다는 보다 빠르고 경제적인 교역로를 개설했다. 그래서 렙티스 매그나보다 동쪽에 있는 여러 도시들이 새로운 통상의 거점으로 자리잡게 되었다. 사실 렙티스 매그나는 교역 도시로서 주변에 경작지가 없다는 치명적인 약점이 있었다. 새로운 교역 도시에는 농경지를 가진 도시들이 많아서 기본적인 자원, 즉 곡물을 다른 자원과 함께 교역할 수 있다는 이점이 있었다.

그 결과 교역로를 확보할 수 없게 된 렙티스 매그나는 몰락의 길을 걸을 수밖에 없었다. 455년에 게르만족의 침략을 받은 후 잠시 동안 비잔틴 제국 시대에 재건되기도 했지만 그 역시 오래가지 못했다. 533~643년에 아랍인들이 침공해왔을 때는 이미 도시로서의 기능이 마비되어 있었다. 마침내 렙티스 매그나는 사막의 모래 밑에 묻히는 운명이 되고 말았다.

모래 속에서 발견된 도시

렙티스 매그나는 외적의 침입과 환경 변화로 인해 사람이 살 수 없게 된 것이 아니라 주민에게 버림을 받았기 때문에 폐허로 변한 도시다. 그 때문에 발굴 작업은 비교적 수월했다. 이탈리아의 고고학자 피에트로 로마넬리가 이끄는 발굴조사단이 도시 표면을 덮고 있는 모래를 제거하자 옛 모습이 고스란히 드러났다고 한다.

현재 유물의 대부분은 트리폴리 박물관에 소장되어 있으며, 리비아 고대유물국이 이탈리아 조사단의 뒤를 이어 계속 발굴 작업을 벌이고 있다.

이집트

alexandria
알렉산드리아

- 건 립 문 명 : 헬레니즘 문명/로마 문명
- 건 립 연 대 : B.C. 332~B.C. 200년경
- 건 립 자 : 데노크라티스, 알렉산드로스 대왕, 프톨레마이오스 1세
- 발 굴 자 : –
- 현재 소재지 : 이집트 알렉산드리아 시

영웅 알렉산드로스 대왕이 건설한 도시

B.C. 4세기, 어떤 한 남자에 의해 세계는 크게 바뀌었다. 그 남자의 이름은 알렉산드로스 3세. 흔히 알렉산드로스 대왕이라고도 불리는 이 남자는 마케도니아의 왕으로 광대한 대제국을 건설하고, 헬레니즘 문명을 일으켰다.

알렉산드로스 대왕은 B.C. 356년 마케도니아 필리포스 2세의 아들로 태어났다. 소년 시절 아리스토텔레스에게 교육받은 그는 철학과 의학, 과학적 탐구에 강한 흥미를 가졌다고 한다.

B.C. 336년 아버지인 필리포스 2세가 암살된 뒤 그리스에서 발생한 반란을 진압하기 위해 참전하면서 점차 두각을 나타내기 시작했다. B.C. 334년에는 페르시아 원정을 위해 소아시아로 건너갔으며, B.C. 331년에는 가우가멜라 전투에서 페르시아 군대를 크게 물리치고 왕도 페르세폴리스에 입성했다. 그후 동방 원정군을 재편성해 파르티아, 바크도리아, 소그디아나, 인도 북서부 펀자브 지방까지 세력을 확장하여 광대한 세계 제국을 건설했다.

알렉산드로스 대왕은 원정한 지역에 자신의 이름을 붙였는데, 그로 인해 각지에 알렉산드리아라는 도시가 건설되었다. 당시 알렉산드로스라는 같은 이름의 도시가 서른 곳 이상 존재했으며, 그 중에 가장 번영을 누렸고, 지금도 남

아 있는 곳이 바로 이집트 나일 강 유역에 위치한 알렉산드리아이다.

천년의 역사를 간직한 고도

알렉산드리아는 나일 강 유역 서쪽에 위치해 있으며, 상업과 어업에 적합한 좋은 항구를 가진 도시다. 이집트의 작은 도시에 불과했던 이곳에 알렉산드리아를 건설했던 이유는 선박들의 입출항이 비교적 자유로운데다 지중해로 쉽게 진출할 수 있었기 때문이었다.

알렉산드로스 대왕은 페르시아와의 전쟁에서 승리해 이집트를 수중에 넣은 다음 건축가 데노크라티스에게 명령을 내려 알렉산드리아 건설토록 했다.

데노크라티스는 바둑판 모양으로 도시를 설계하고, 도시 전역을 그리스 고전 양식으로 장식했다. 그러나 B.C. 323년, 알렉산드로스 대왕은 완성된 알렉산드리아를 보지 못하고 바빌론에서 열병으로 죽고 말았다. 그의 유체는 알렉산드리아에 매장되었지만 지금까지 발견되지 않고 있다.

알렉산드로스 대왕의 사망 후 제국은 분열되었으며, 이집트는 프톨레마이오스 왕조의 통치를 받게 되었다. 알렉산드리아는 프톨레마이오스 왕조의 수도이자 헬레니즘 시대[66] 세계의 중심 도시로서 무세이온과 대도서관, 연구소 등이 구비되어 있는 문화의 근거지이기도 했다.

그러나 B.C. 30년, 프톨레마이오스 왕조는 로마의 식민지가 되었고, 클레오파트라 여왕 시대에 종말을 맞고 말았다. 그럼에도 알렉산드리아는 로마의

---

[66] 헬레니즘 시대 : B.C. 330년 아케메네스 왕조 페르시아 제국의 멸망 때부터 B.C. 30년 이집트 프톨레마이오스 왕조의 멸망 때까지를 헬레니즘 시대라고 부른다. 이 시대에는 집단 결혼과 민족의 이동으로 문화와 정치, 인종 등 동서 민족이 융합되었으며, 공용어로 '코이네(그리스어 방언)'를 사용했다. 후대의 고대 그리스 시대나 로마 시대와 비교하면 짧은 기간이었지만(약 300년)이었지만 그 존재 의의는 세계사적인 의미가 있다.

중요 거점으로 계속 번영을 누렸다.

270년에는 제노비아 여왕이 이끄는 팔미라 군대의 침공으로 알렉산드리아가 잠시 점령되는 불상사도 있었지만 로마 통치하에서 알렉산드리아는 평화로웠다.

641년에 바빌론 부근에서 비잔틴 제국군을 물리치고 승리를 거둔 이슬람군은 이듬해 여세를 몰아 이집트마저 장악했다.

도시 건설 후 약 1천 년 동안 알렉산드리아는 어떤 때는 수도로, 어떤 때는 세계를 연결하는 중계지로서, 또 어떤 때는 문화의 중심지로서 지중해 세계에 커다란 영향을 주었다.

헬레니즘 세계의 두뇌 무세이온과 대도서관

알렉산드리아는 현재 수도 카이로의 뒤를 잇는 이집트 제2의 도시다. 그 때문에 헬레니즘 시대의 유적은 거의 남아 있지 않다. 시내 각지에 남아 있는 소수의 유적도 그 대부분이 로마 시대의 것이다.

알렉산드리아에 유적이 남아 있지 않은 것과 관련해 반드시 언급하고 넘어가야 할 이야기가 있다. 그것은 무세이온과 대도서관이다. 알렉산드리아가 헬레니즘 세계의 중심이 될 수 있었던 것은 바로 무세이온과 대도서관 덕분이라고 할 수 있다.

무세이온은 문화와 학문을 연구하는 기관으로, 후에 미술관과 박물관을 의미하는 뮤지엄(Museum)의 어원이 되기도 했다. 알렉산드리아에 세워진 무세이온은 프톨레마이오스 1세의 명으로 아테네에 있던 무세이온을 본떠 만든 것으로, 그 어원은 그리스 신화에 등장하는 여신 뮤즈에서 유래한 것이다.

이러한 무세이온에서 다양한 능력을 가진 인물들이 배출되었다. 그 인물들은 최초로 지구의 둘레(자오선)를 측정한 수학자 에라토스테네스, 지동설과

거의 같은 태양중심설을 처음 주장한 천문학자 아리스타르코스, 평면기하학을 완성시킨 수학자 에우클레이데스, 비중의 원칙을 발견한 물리학자 아르키메데스 등이었다. 또 철학 분야에서도 세계를 커다란 국가로 생각하는 코스모폴리타니즘(cosmopolitanism, 세계시민주의)이 등장했고, 정신적 쾌락주의를 추구하는 에피쿠로스 학파, 이성에 따라 금욕주의를 추구하는 스토아 학파도 탄생했다.

알렉산드리아에 존재했던 또 하나의 중요한 건축물인 대도서관은 프톨레마이오스 2세의 재위 기간 중에 만들어졌다. 당시 대도서관의 장서는 무려 50만 권이 넘었다고 한다. 도서관에는 목록이 있었으며, 그리스 고전문학을 비롯한 다양한 책들이 수집·보관되었다고 한다.

대도서관의 장서는 로마의 카이사르가 알렉산드리아를 침공했을 때 소실된 것으로 보는 학자도 있지만, 실제로는 391년에 로마 황제 테오도시우스 1세가 내린 이교도 금지령 때문에 기독교도들에 의해 불태워진 것으로 추정된다. 필시 기독교도들은 대도서관을 이교 지식의 보고로 보았을 것이다.

이런 이유로 그리스 고전 문학을 비롯한 인류의 귀중한 유산은 영원히 사라지고 말았다.

이집트

The lighthouse of alexandria
알렉산드리아 대등대

- 건 립 문 명 : 헬레니즘 문명
- 건 립 연 대 : B.C. 250년경
- 건 립 자 : 소스트라토스
- 발 굴 자 : 프랑스 국립 조사연구 센터
- 현재 소재지 : 이집트 알렉산드리아 시 파로스 섬

파로스 섬에 세워진 대등대

　알렉산드리아 근해 약 1킬로미터 지점에 파로스라는 작은 섬이 있다. 파로스 섬과 본토는 서로 제방으로 연결되어 있으며, 제방 동쪽에는 알렉산드리아의 수호 여신인 이시스 신전이 있었다. 그리고 파로스 섬에는 세계 7대 불가사의 중의 하나로 알려진 '알렉산드리아 대등대' 가 있었다.

　알렉산드리아 대등대는 후에 세계적으로 널리 알려져, 흔히 파로스라고 하면 대등대를 지칭할 만큼 유명한 등대가 되었다. 또한 파로스라는 말도 라틴어로 등대를 뜻하는 pharos의 어원이 되었다.

　지금의 파로스 섬은 섬이라고는 할 수 없다. 본토와 파로스 섬 사이의 바다와 섬 주변의 암초지대가 매립되어 반도처럼 되어버렸기 때문이다.

　대등대가 서 있던 항구는 제방에 의해 동쪽의 구항구와 서쪽의 신항구로 나뉘어졌는데, 대등대는 동쪽 구항구 옆에 있었다고 한다.

　알렉산드리아 대등대가 만들어질 당시 알렉산드리아는 지중해, 아라비아, 인도를 연결하는 중계지로서 번영을 누렸으며, 대등대는 항구로 들어오는 무역선에게 좋은 표식 역할을 했던 것으로 알려져 있다.

설계한 사람은 누구인가?

파로스 섬 동쪽 끝에서 1.2킬로미터 정도 떨어진 암초 위에 세워진 대등대는 프톨레마이오스 2세(B.C. 285~B.C. 247년 재위)의 명령으로 B.C. 250년경에 건설되었다.

공사 책임자는 크니도스의 소스트라토스였다. 그는 알렉산드리아의 설계자인 데노크라토스의 아들이었다. 하지만 소스트라토스는 단지 등대 건립 비용을 헌금한 인물이며, 실제 설계자가 아니라는 설도 있다.

소스트라토스가 설계자로 알려지게 된 것은 후세의 스트라본을 비롯한 역사가들의 문헌 속에 등장했기 때문인데, 프톨레마이오스 왕조 시대의 문헌에는 기록되어 있지 않다. 따라서 소스트라토스가 설계자라고는 확실하게 말할 수 없다.

설계자에 관한 문헌은 안타깝게도 알렉산드리아의 대도서관이 불태워질 때 함께 사라졌을 것으로 추정된다.

누가 설계했든지 간에 대등대의 위용은 지중해 전역으로 퍼져나갈 만큼 대단한 것이었다. 또한 7대 불가사의의 하나로 꼽힐 정도로 당시 기술 수준이 높았다고 볼 수 있다.

사실 비잔티움의 필론이 선정한 7대 불가사의 속에 알렉산드리아 대등대는 들어 있지 않았다. 대신 바빌론의 성벽('바빌론의 공중정원' 편 참조)이 들어 있었다. 이는 당시 필론이 알렉산드리아에 살고 있었기 때문에 매일처럼 봐왔던 대등대를 제외했던 것이다.

고대의 초고층 건축물

현재 알렉산드리아 대등대는 사라지고 없기 때문에 그 모습을 정확하게 알 수는 없다. 하지만 고대 문헌을 통해 그 대략의 모습은 유추해볼 수 있다. 남아 있는 문헌에 따르면, 전체 높이는 120미터로, 정상에 세워져 있던 포세이돈의 청동상 높이까지 더하면 140미터에 달했다고 한다. 재질은 흰 석회암 또는 대리석을 사용했던 것으로 보인다.

해수면 위 7미터 높이의 정방형 기단 위에 3층 구조로 건설된 등대는 밑에서부터 8:3:1의 비율로 이루어져 있었다.

1층은 정방형 4각 기둥으로 한 변의 길이는 36미터, 높이는 71미터로 위로 갈수록 점차 좁아졌다. 네 기둥은 동서남북을 향해 있었으며, 모두 트리톤[67] 상이 세워져 있었다. 2층은 창이 있는 34미터 높이의 팔각형 탑이며, 3층은 9미터 높이의 원주형 탑으로 화로와 반사경이 있었다. 그리고 바로 윗부분에는 고깔 모양의 지붕이 있었고, 그 위에는 바다의 신 포세이돈의 청동상이 있었다고 한다.

등대 내부의 많은 방들은 병사들의 막사로 사용되었다. 특별한 일이 생기면 항구에 정박해 있는 군함에 즉시 올라탈 수 있도록, 또 적국의 군함이 쳐들어오면 곧바로 대처할 수 있도록 설계되어 있었다.

또 제방 밑쪽으로 나 있는 상수도 시설을 통해 등대 내부에 있는 저수조에 물을 채울 수 있었다. 이는 식수만 확보하면 등대가 재빠르게 요새로 변신할 수 있었다는 뜻이다.

실제로 파로스 섬에 있는 항구는 쇠사슬을 연결하면 간단하게 봉쇄할 수 있는 구조로 되어 있다. 그리고 알렉산드리아 시가는 벽으로 둘러싸여 있으며, 제방에서 대등대까지도 성벽으로 싸여 있다. 필시 요새의 기능을 염두에 둔 설계였을 것이다.

---

[67] 트리톤: 그리스 신화에 나오는 바다의 신 포세이돈의 아들. 반인반어로 자신의 상징물인 소라고둥을 불어 파도를 일으키거나 가라앉혔다고 한다.

결국 알렉산드리아 대등대는 바다 쪽에서 쳐들어오는 외적을 방어하기 위한 요새로 만들어졌던 것이다.

56킬로미터 앞을 비출 수 있었던 반사경

알렉산드리아 대등대는 56킬로미터 앞에서도 확인할 수 있었다고 한다. 등대에서 나는 불빛은 중유를 태울 때 생기는 불꽃을 윤이 나는 청동거울로 반사해서 만들어냈다.

반사경은 360도 회전하며 언제나 바다 위를 비추었다. 일설에 따르면, 불꽃을 반사시키는 데 유리와 투명한 돌이 사용되었다고 한다. 유리가 렌즈였다는 설도 있지만 '투명한 돌'이 무엇을 이야기하는지는 아직도 밝혀지고 있지 않다.

불꽃을 만들어내는 연료인 중유는 나선형 통로를 통해 당나귀가 운반했다. 그리고 등대 중앙에 엘리베이터가 설치되어 있었다는 설도 있다.

642년, 이슬람 군이 이집트를 정복했지만 대등대는 파괴되지 않고 그대로 남아 있었다. 아랍인들의 전승에 따르면, 맑은 날에 등대가 마르마라 해를 향해 있으면 콘스탄티노플(현재 터키의 수도 이스탄불)의 모습이 반사경에 비쳤다고 한다. 또 반사경 빛으로 160킬로미터 앞에 있는 배를 달굴 수도 있었다고 전해진다.

지진으로 붕괴된 대등대

알렉산드리아 대등대는 프톨레마이오스 왕조의 멸망 후에도 로마 제국과 이슬람 왕조를 거치는 동안 계속 제자리를 지키고 있었다.

그러나 796년 지진으로 일부 파손되었고, 850년경에는 '등대 밑에 보물이 숨겨져 있다'는 소문이 퍼지자 보물을 찾아 헤매는 아랍인들 손에 파괴되고 말았다. 이때 반사경이 파괴되는 바람에 다시는 등대의 역할을 할 수 없게 되었다고 한다.

그후 대등대를 복구하려는 시도가 있었으나 실패로 돌아가고, 결국 이슬람 사원이 되고 말았다. 그래도 이때까지는 건물의 일부나마 남아 있었다.

하지만 1303년 8월 7일, 알렉산드리아에 다시 지진이 발생해 대등대는 치명적인 손상을 입고 말았다.

1326년 아랍의 여행가 이븐 바투타[68]가 알렉산드리아를 방문했을 때는 지면보다 약간 높은 정도였고, 건물의 일부도 남아 있었다. 그러나 1349년 다시 알렉산드리아를 찾았을 때는 완전히 폐허로 변해 있었다고 한다.

그후 1477년 파로스 섬에는 이슬람 군의 카이트 베이 요새가 건설되었다. 그 때문에 등대가 있었던 흔적마저도 이제는 찾아볼 수 없게 되었다. 그리고 카이트 베이의 기단 부분은 등대의 기단 부분을 사용해서 만들었다는 설이 나돌기도 했는데 확인된 것은 아니다. 카이트 베이는 지금도 남아 있다.

발견된 대등대 유적

1944년, 파로스 섬 카이트 베이 요새 부근에서 새로운 제방 공사가 한창 진행되고 있었다. 물밑 공사를 위해 해저에 들어갔던 잠수부들은 우연히 고대 유적의 일부로 보이는 흔적들을 발견하게 되었다.

이집트 정부는 제방 공사를 즉각 중지하고 프랑스 국립 연구조사 센터에 의뢰해 해저 유적에 대한 조사에 착수했다.

1995년 9월 18일부터 약 1개월 동안 잠수 조사를 벌인 결과, 모두 2천 점 이

---

[68] 이븐 바투타(1304~1378) : 아라비아의 대여행가. 북부 모로코에서 태어났으며, 22세부터 30년간 이집트, 시리아, 아프리카 동부, 소아시아, 남러시아, 중앙아시아, 중국 등을 여행한 뒤 기념비적인 『여행기』를 남겼다.

상의 유물이 확인되었다. 그중 34점의 중요한 유물이 인양되어 정밀한 조사가 이루어졌다.

발견된 유물 중에는 알렉산드리아 대등대의 유적으로 보이는 길이 11.5미터, 무게 4톤의 석재도 들어 있었다. 그리고 파로스 반도 동쪽 끝 해저에서는 1열로 늘어선 조각상들이 발견되었다. 이 조각상들은 등대를 장식했던 것으로, 아마 지진 때 등대 가장자리에 서 있다가 그대로 바다 속으로 떨어진 것으로 보인다.

그밖에 대등대 앞에 장식되어 있었을 것으로 생각되는 커다란 조각상의 몸통과 팔 부분도 발견되었다. 조각상은 두 개로, 높이는 13미터였다. 이 조각상은 이집트의 파라오(왕)를 나타내는 것으로 보이는데, 파라오와 그의 왕비 상으로 추정되고 있다.

그리고 인양된 유물 중에는 작은 스핑크스 상과 오벨리스크처럼 프톨레마이오스 왕조 이전에 만들어진 건축물도 들어 있었다.

1996년 4월에 두 번째 조사가 이루어져 최초 조사에서 찾아내지 못했던 거대한 조각상의 머리 부분을 발견했다.

이 대발견으로 이집트의 무바라크 대통령은 원활한 유적 조사를 위해 항구 해저에 설치되어 있던 콘크리트 블록을 제거토록 지시했다.

파로스 반도 근해에 대한 조사는 지금도 계속되고 있으며, 그 전모를 파악하려면 앞으로 5년에서 10년 정도는 걸릴 것으로 예상되고 있다.

유물이나 유적의 연대는 어떻게 알 수 있을까?

아득히 먼 옛날에 만들어진 유물이나 수백, 수천 년 전에 건설되었을 고대 유적. 이런 유물이나 유적의 연대는 어떻게 알 수 있을까? 그런 의문들을 풀 수 있는 몇 가지 방법을 소개해보도록 한다.

● **문헌, 문자와 달력**

고대 건축물에 대해 기록한 문헌이 있으면, 그 저작물과 필자가 태어난 연대를 통해 추측하는 방법이 있다. 또 유적과 함께 발굴된 문자나 달력, 점토판 등을 해독하면 대략의 연대를 계산해낼 수 있다.

● **출토품**

건축물과 토기 등은 시대와 지역에 따라 그 소재와 예술 양식이 다르다. 즉, 시대별·지역별 특징이 있다는 것이다. 따라서 이런 사실에 바탕을 두고 유물이나 유적을 면밀히 조사하면 그 정확한 연대를 알아낼 수 있다. 그리고 다른 지역에서 온 무역품이 발견되면, 그것을 통해서도 연대를 확인할 수 있다.

● **방사성 원소 연대 측정법**

일반적으로 널리 알려진 방법이 바로 이 방법이다.
방사성 원소가 일정한 반감기[69]에서 붕괴하는 것을 이용해 암석 등이 생성된 연대를 측정하는 방법으로, '탄소14법'이 특히 유명하다. 탄소14법은 생물 속에 들어 있는 탄소-14(^{14}C)의 농도를 조사하는 방법이다. 생물의 14-농도는 살아 있을 때는 대기 중의 탄소 가스와

---

[69] 반감기 : 半減期. 방사성 원소가 붕괴하면서 다른 종류의 원소로 변할 때, 원래 원자의 수가 절반까지 감소하는 데 걸리는 시간을 지칭한다.

같지만, 죽은 후에는 감소하는 성질이 있다. 이런 사실에 착안해 생물 유체(목재, 미라, 뼈, 조개껍질 등)의 탄소-14 농도를 측정한 다음, 대기 중의 탄소 가스의 탄소-14 농도를 비교해서 생물이 살아 있던 시기를 계산해내는 것이다. 방사성 원소 연대 측정법에는 탄소14법 외에도 칼륨-아르곤법(100만 년 전 암석에 대한 연대측정 가능)과 루비듐-스트론튬법(1,000만 년 전 암석에 대한 연대측정 가능) 등이 있다.

이집트

the great pyramid of giza

기자의 3대 피라미드

- 건 립 문 명 : 이집트 문명(고왕국 제4왕조)
- 건 립 연 대 : B.C. 2550년경?
- 건 립 자 : 쿠푸 왕, 카프레 왕, 멘카우레 왕
- 발 굴 자 : -
- 현재 소재지 : 이집트의 카이로 시 남서쪽에서 13킬로미터 기자 고원지대

고대 이집트 최대의 미스터리

B.C. 3000년경에 성립된 고대 이집트 문명은 나일 강과 함께 번영을 누리며 독자적인 문명을 건설했다. 고대 이집트인은 히에로글리프(상형문자)라는 독특한 문자와 수많은 신과 내세관을 가진 종교를 만들어냈으며, 후세까지 남아 있는 거대한 석조 건축물들도 건설했다. 이집트인들이 건설한 거대한 석조 건축물 중 대표적인 것이 바로 피라미드다.

피라미드라는 말은 원래 그리스어로, 고대 이집트인은 계단형 피라미드를 '이알', 사각추 피라미드를 '메르'라고 불렀다. 일설에 따르면, 피라미드라는 명칭은 피라미스라는 사각추 모양의 빵에서 나왔다는 설, 그리스어로 불을 의미하는 '퓨르'에서 나왔다는 설 등 다양한 설이 있지만, 어원 자체는 확실히 알려져 있지 않다.

이집트에서는 오래 전부터 사카라의 계단식 피라미드(231쪽 참조)를 비롯해 기자, 사카라(우나스 왕), 마이둠, 다슈르 등 나일 강 서안 지역에 다수의 피라미드가 건설되었지만 그 건설 방법이나 용도에 대한 의문은 아직도 깊은 베일 속에 가려져 있다.

고왕국에서 중왕국 시대(B.C. 2800~B.C. 1600년)를 거치는 동안에도 피라미

드는 계속 건설되었지만, 신왕국 시대에는 '왕들의 계곡'에 무덤을 만들기 위해 피라미드가 만들어졌던 것 같다.

이집트에서 약 1,200년간 50기 이상의 피라미드가 만들어졌지만, 그 중에서 가장 널리 알려진 것은 바로 기자의 3대 피라미드이다. '세계 7대 불가사의' 중에서 유일하게 남아 있는 기자의 3대 피라미드는 수도 카이로에서 남서쪽으로 13킬로미터 떨어진 기자 고원에 자리잡고 있다. 세 개의 피라미드는 왕의 이름을 따서 쿠푸 왕의 피라미드, 카프레 왕의 피라미드, 멘카우레 왕의 피라미드로 불리고 있다. 하지만 카프레 왕의 피라미드와 멘카우레 왕의 피라미드라는 명칭은 주변의 유적을 통해 판단해서 붙인 것으로, 실제로 두 왕의 명령으로 건설된 것인지는 불분명하다.

쿠푸 왕의 피라미드에는 건설에 동원되었던 노동자들이 남겨놓은 낙서 속에 '쿠푸 왕 재위 17년'이라는 말이 나온다. 그러나 다른 피라미드 내부에는 왕의 이름이 쓰여진 경우가 없다. 그 때문에 쿠푸 왕, 카프레 왕, 멘카우레 왕의 피라미드를 순서대로 제1피라미드, 제2피라미드, 제3피라미드라고 부르는 경우도 있다.

피라미드 콤플렉스

통상적으로 피라미드 본체와 그 주변에 있는 시설을 통칭해서 피라미드 콤플렉스(복합체)라고 부른다. 기자의 피라미드 콤플렉스는 대개 다음과 같이 분류할 수 있다.

쿠푸 왕의 피라미드와 그 동쪽에 있는 세 왕비의 피라미드, 사원으로 통하는 둑길, 동쪽 마스타바(이집트 왕조 시대 초기부터 알려져 있던 무덤 형태로 피라미드의 원형으로 추정되고 있다. 진흙 벽돌이나 돌로 만든, 꼭대기가 편평한 4각추형 구조물로 지하 매장실로 내려가는 통로가 있는 것이 특징이다—옮긴이), 서쪽 마스타바,

카프레 왕의 피라미드와 남쪽에 있는 위성 피라미드, 동쪽에 있는 장제전(葬祭殿: 장례 의식을 치르는 건물—옮긴이), 스핑크스와 그 남쪽에 있는 신전, 장제전과 신전을 이어주는 둑길.

멘카우레 왕의 피라미드와 그 남쪽에 있는 세 왕비의 피라미드, 동쪽에 있는 장제전과 신전, 신전으로 통하는 둑길.

그리고 주변에는 피라미드를 만들었던 노동자들의 주거지 흔적으로 추정되는 유적과 마스타바, 석굴 무덤 등도 존재한다.

마스터바는 이집트 왕조 시대 초기부터 알려져 있던 무덤 형태로 피라미드의 원형으로 추정되기도 한다. 진흙 벽돌이나 돌로 죽은 자는 그 지하실에 매장되었다. 사각추 모양의 피라미드 상부를 수평으로 자른 형상이 이집트인들의 접대용 의자인 마스타바(mastaba)와 비슷해서 그런 이름이 붙여지게 되었다. 피라미드 주위에 있는 마스타바는 쿠푸 왕 신하들의 무덤으로 추정된다.

그리고 왕비의 피라미드라는 명칭 역시 후세 학자들이 붙인 것일 뿐 실제로 왕비의 무덤은 아니다. 그 규모가 작은데다 왕의 무덤 옆에 붙어 있어서 왕비의 무덤이 아닐까 생각했던 것이다.

결국 피라미드 복합체는 피라미드 본체와 장제전, 신전, 신전으로 통하는 둑길로 구성되어 있다는 것을 알 수 있다. 하지만 쿠푸 왕의 피라미드에는 장제전과 신전이 없는데, 아마 후세에 파괴된 것으로 보인다. 당시 신전이 있었을 곳으로 추정되는 장소에는 현재 사람들이 살고 있는 촌락이 있다.

각 피라미드에 대한 데이터는 다음과 같다.

왕의 이름	고대의 이름	밑변(m)	높이(m)	경사각도
쿠푸 왕	지평선	230 × 230	146	51
카프레 왕	위대한 것	214.5 × 214.5	143.5	63
멘카우레 왕	신성한 것	105 × 105	65.5	51

표에 나오는 '고대의 이름'은 고대 이집트인들이 피라미드를 부를 때 사용했던 고유명사다.

쿠푸 왕과 카프레 왕의 피라미드가 거의 같은 크기인 것에 비해 멘카우레 왕의 피라미드는 약 2분의 1 정도밖에 되지 않는다. 왜 멘카우레 왕의 피라미드는 작은 것일까? 자금난 때문에? 왕의 권력이 약해서 노동력 확보가 어려웠기 때문에? 여러 설들이 분분하지만 확실한 이유는 알 수 없다.

어떻게 만들었을까?

고대 그리스의 역사가 헤로도토스는 자신이 직접 이집트를 방문했을 때 현지인들에게 들은 피라미드에 관한 이야기를 기록으로 남겨놓았다.

헤로도토스에 따르면, 피라미드 건설을 지시한 쿠푸 왕은 전국민을 노예처럼 부렸다고 한다. 10만 명을 3개월간 교대로 동원해서, 돌 나르는 도로를 건설하는 데 10년, 피라미드 본체를 건설하는 데 20년의 세월이 걸렸다는 것이다.

그러나 실제로는 국민들을 노예로 부린 것이 아니라 농한기의 실업 대책으로 대규모 건설 사업을 일으켰다는 것이 현재의 유력한 설이다. 그런 사실을 뒷받침하는 한 가지 증거로, 피라미드 건설용 석재를 채취한 채석장에는 노동자들이 써놓은 것으로 보이는 쿠푸 왕에 관한 기록이 남아 있다.

하지만 고대 이집트인들이 어떻게 해서 피라미드를 건설할 수 있었는가는 여전히 의문으로 남아 있다. 헤로도토스는 '길이가 짧은 나무로 만든 기중장치'를 사용했다고만 간단히 언급했을 뿐 상세한 것은 밝히지 않았다.

피라미드는 주로 석회암과 일부 화강암을 사용해서 만들었다. 쿠푸 왕의 피라미드에만 약 270만 개, 약 600만 톤의 돌이 사용되었다. 이런 엄청난 돌을 도대체 어떤 방법으로 쌓아올렸을까?

피라미드 경사면 앞에 흙을 높이 쌓아서 완만한 경사를 만든 다음 돌을 운반했다는 설과 피라미드 경사면에 나선을 그리듯 흙을 쌓아서 돌을 운반하는 길을 만들었다는 설이 있다. 일단 정상까지 돌을 쌓아올린 후에는 위에서부터 경사면으로 난 길을 제거하는 방식으로 피라미드를 완성했던 것 같다. 이렇듯 경사면을 이용해 한 단씩 쌓아올렸다는 설이 현재는 주류를 이루고 있다.

경사면에는 돌을 운반하기 쉽도록 나무로 만든 지지대를 설치한 후 로프로 끌어올렸을 것이다. 또 최근에는 피라미드 주변에서 발견된 반원형 나무조각을 심도 있게 조사한 고고학자들은 돌 테두리에 반원형 바퀴를 만들어서 운반했을 수도 있다는 추정을 내놓기도 했다. 즉, 운반할 만한 돌을 바퀴 삼아 운반했을 수도 있다는 것이다.

그러나 정상 부근으로 올라갈수록 경사가 급해지기 때문에 이런 방법으로 돌을 운반하기는 어려웠을 것이라는 견해도 있다. 현대의 건축가들은 헬리콥터처럼 공중에서 돌을 들어올린 다음, 밑에서부터 쌓아올리는 방법 외에는 다른 방법이 없다는 주장을 내놓기도 한다.

건축 방법 외에도 문제는 있다. 이처럼 거대한 건축물을 만드는 과정에서 어떻게 인력을 관리했느냐는 것이다. 실제로 자재 조달이나 운반만으로도 엄청난 일이었을 것이다. 그런데다 작업에 동원된 노동자들의 식량이나 주거공간 확보, 도량형의 통일, 건축가 육성 등 해결해야 할 문제가 산더미처럼 쌓여 있었을 게 틀림없다.

그리고 경제적인 문제도 있다. 쿠푸 왕의 피라미드를 건설에는 지금 기준으로도 몇조 원의 비용이 든다고 한다.

역으로 생각하면, 현대에서도 해결하기 어려운 수많은 문제를 해결할 수 있었던 힘이 있었기 때문에 고대 이집트가 번영을 누렸던 것은 아닐까?

무엇을 위해 만들었던 것일까?

피라미드가 왕의 무덤이라는 사실은 일반적으로 알려져 있는 정설이다. 하지만 피라미드가 정말 '왕의 무덤'일까? 지금까지 피라미드의 수수께끼를 풀기 위해 여러 사람들이 다양한 주장을 내놓고 있다. 그 중 몇 가지를 소개해보도록 하겠다.

1. 왕의 무덤이라는 설

피라미드가 '왕의 무덤'이라는 주장은 헤로도토스에 의해 제기되었다. 그는 자신의 저서인 『역사』 속에서 피라미드가 왕의 무덤이라고 주장했다. 또 실제로 피라미드 속에서 석관이 발견되었기 때문에 왕의 무덤이라는 주장이 설득력 있게 받아들여졌다.

그러나 헤로도토스의 주장은 피라미드가 만들어지지 않았던 시대의 소문을 기록한 것에 불과하며, 고대 이집트의 유적지에서 피라미드가 무덤이라고 기록한 문헌은 발견되지 않았다. 또 기자의 피라미드뿐만 아니라 이집트 전역에 있는 피라미드 내부에서 유체가 발견된 적도 없다.

더구나 제4왕조의 초대 왕인 스네프루는 다슈르 지역에 '붉은 피라미드(바깥쪽으로 붉은 빛이 나는 석회암을 사용했기 때문에 붉게 보인다)'와 '굴절 피라미드(피라미드의 경사가 도중에 완만해지기 때문에)'를, 마이둠 지역에 '붕괴된 피라미드(피라미드 바깥쪽에 쌓은 돌들이 무너졌기 때문에)'를 건설했다. 이 모두는 스네푸르 왕이 만든 것으로, 만약 피라미드가 왕의 무덤이었다면 혼자서 세 개의 피라미드를 만들었을 리는 없는 것이다.

2. 태양신 전설

프랑스의 이집트 학자인 앙드레 포샹은 쿠푸 왕이 태양신을 믿었고, 또 쿠푸 왕의 별명이 '크눔은 나를 비켜준다(하르 크눔 쿠푸)' 인 것에 착안해 피라미드는 태양신에게 제사를 지내는 신전이라고 주장했다.

3. 오리온 신앙설

3대 피라미드의 배치에 주목한 이집트의 건설기사인 로버트 보봐르는 피라미드를 오리온자리의 삼성('오리온 삼성')과 연관지어 고대 이집트인들이 오리온을 숭배했을 것으로 추정했다. 피라미드를 지상에 만든 것은 천상을 지상에 재현시키기 위함이었다는 것이다.

앞에 소개한 세 가지 주장 외에도 고대 아틀란티스 문명이 건설했다는 설, 강의 흐름을 바꾸기 위해 만든 거대한 테트라포트(tetra pod : 콘크리트로 만든 물막이용 블록—옮긴이)라는 설, 신이 남겨놓은 성서라는 '돌의 성서' 설, 고대 천문대설 등 황당무계한 것에서부터 충분히 검토할 만한 가치가 있는 설에 이르기까지 다양한 주장들이 제기되었다.

이집트에는 아직 발견되지 않은 피라미드가 수십 개나 더 있다고 한다. 그런 피라미드 속에 피라미드의 수수께끼를 풀 수 있는 그 어떤 것들이 잠들어 있을지도 모르는 일이다.

이집트

sphinx
스핑크스

- 건 립 문 명 : 이집트 문명(?)
- 건 립 연 대 : B.C. 2550년경?
- 건 립 자 : 카프레 왕(?)
- 발 굴 자 : -
- 현재 소재지 : 이집트 카이로 시 남서쪽에서 13킬로미터 기자 고원지대

힘의 상징, '세세푸우 앙크'

스핑크스는 그리스 신화에서 여행자에게 수수께끼를 내서 대답하지 못하면 잡아먹는 괴물로, 인간 머리를 한 사자의 몸에 날개가 달려 있는 괴물로 묘사되어 있다. 이집트에 있는 스핑크스는 비록 날개는 없지만 인간 머리에 사자의 몸통을 갖고 있다는 점에서는 같다. 원래 그리스 신화 속에 등장하는 스핑크스는 이집트 스핑크스가 그 모델로, 시리아와 페니키아를 거쳐 그리스로 흘러들어간 것이다.

스핑크스는 흔히 이집트 피라미드 옆에만 있는 것으로 생각하기 쉽지만 실제로는 오리엔트 전역에 널리 퍼져 있다.

이집트를 비롯해 아시리아 등에서도 스핑크스는 왕이나 신 같은 절대 권력자의 상징으로 표현되었으며, 신전과 왕궁, 묘소 등의 입구에 서 있었다. 또 일본에도 스핑크스가 실크로드를 타고 들어왔다는 설이 있다.

고대 이집트어로 스핑크스는 '세세푸우 앙크' 또는 '세세푸우' 라고 불렸다. 직역하면 '살아 있는 닮은 모습' 이라고 할 수 있는데, 이는 '왕의 모습을 닮은 것' 이라는 의미다. 사자 형상에다 네메스라 불리는 두건을 뒤집어쓴 파라오 얼굴을 그대로 옮겨놓은 듯한 모습은 확실히 '왕의 모습을 닮은 것' 이었다.

그리고 스핑크스의 권위를 빌린 왕의 일화가 스핑크스 다리 사이에 놓여 있는 비문에 기록되어 있다. 그것에 따르면 신왕국 시대 제18왕조 토트모세 4세(B.C. 1392~B.C. 1382년 재위)가 꿈에서 본 이야기가 적혀 있다.

그가 청년 시절 전차대장으로 복무하고 있을 때 사냥을 나간 적이 있었다. 당시 머리까지 모래에 파묻혀 있던 스핑크스 옆에서 설핏 잠이 들고 말았다. 꿈 속에서 토트모세 4세는 스핑크스로부터 '이 모래를 제거하면 너를 왕으로 삼겠다'는 이야기를 들었다. 눈을 뜬 토트모세 4세는 즉시 모래를 모두 걷어냈다. 그 덕분에 토트모세는 후에 파라오가 되었다고 한다.

역사학자들은 이 꿈의 비문을 다음과 같이 해석한다.

당시 세력을 확장하고 있던 아몬 신관단과 왕조의 정통 후계자인 토트모세 4세는 서로 대립하고 있었다. 그 때문에 태양신 라(Ra)의 화신인 스핑크스의 힘으로 왕이 되었다는 일화를 남김으로써 토트모세 4세는 자신의 권력을 정당화했던 것이다.

언제 만들어졌던 것일까?

전체 길이 60미터, 높이 20미터의 스핑크스 상은 석회암 바위산을 깎아서 만들었다. 피라미드처럼 석재를 쌓아올려서 만든 것이 아니라 바위산에 조각을 해나가면서 바깥쪽으로는 돌을 보강하는 형태로 작업을 했다.

고왕국 시대 제4왕조 카프레 왕의 피라미드와 신전 앞에 있는 스핑크스는 B.C. 2550년경에 만들어진 것으로 알려져 있었지만, 최근 조사에서 그렇지 않다는 사실이 밝혀졌다.

우선 카르페 왕의 신전과 스핑크스는 제작 방법이 서로 다를 뿐만 아니라 사용된 석재의 산지와 공법도 전혀 달랐다. 그리고 스핑크스를 올려놓은 받침대는 신전보다 5미터 이상 더 깊게 땅을 파서 만들었다. 또한 멘카우레 왕의 피라미드 쪽으로 나 있는 길은 신전을 향해 곧게 만들어져 있지만, 카프레 왕의 신전에서 피라미드로 향해 나 있는 길은 스핑크스를 비켜나도록 만들어져 있다. 이는 스핑크스와 피라미드가 관련성이 적다는 것을 의미한다.

최근 조사에서는 새로운 견해를 이끌어낼 만한 발견도 적지 않게 이루어졌다. 스핑크스 주위에 있는 벽면에서 세로로 난 홈들이 무수히 많이 발견되었다. 지질학자들의 조사에 따르면 이 홈들은 큰비나 홍수에 의해 생긴 것으로 물이 흘러내린 흔적이 명백하다는 것이다.

문제는 이 큰비가 지금부터 1만 년 내에는 내리지 않았다는 사실이다. 1만 년 전이라면 빙하기가 끝날 무렵이다. 그 무렵에 스핑크스를 건설할 정도의 문명의 존재했다고 생각하기는 어렵다. 그렇다면 스핑크스는 언제 만들어졌던 것일까? 스핑크스는 그런 모든 의혹을 숨긴 채 오늘도 말없이 서 있을 뿐이다.

이집트

카르나크 신전
karnak

- 건 립 문 명 : 이집트 문명(중왕국 시대)
- 건 립 연 대 : B.C. 1990~
- 건 립 자 : 아메넴헤트 1세
- 발 굴 자 : 조르주 루그랑
- 현재 소재지 : 이집트의 룩소르 시

아몬 · 라 신을 제사지냈던 초거대 신전

룩소르 시는 예로부터 테베라고 불렸으며, 고왕국 시대부터 존재해왔던 오래 된 도시다. 또한 중왕국 시대 제11대 왕조 때에는 이집트의 수도이기도 했다.

그후 수도가 다른 곳으로 옮겨감에 따라 테베는 잠시 세력이 약화되었지만 신왕국 시대 제18 왕조 때 다시 수도가 됨으로써 오리엔트 세계의 중심 도시로 국제적인 번영을 누렸다.

테베에는 다양한 건물들이 들어섰지만 그 중에서 카르나크 신전은 규모 면에서 단연 돋보이는 건축물이다. 중왕국 시대에 건설된 카르나크 신전은 이집트 신화에서 중요한 신인 아몬 · 라 신을 제사 지내는 신전이었다.

아몬 · 라 신은 원래 지방 신의 하나로 받들여졌지만 언제부턴가는 태양신으로 이집트 신화의 주신으로 숭배되었다. 이집트의 역대 왕들은 번영과 전승을 기원하거나 국가의 중대한 일에 축복받고자 할 때는 아몬 · 라 신에게 기도를 드렸으며, 카르나크 신전에 보물을 바치고 신전 건물을 계속 증축해 나갔다.

신전은 햇볕에 말린 벽돌을 쌓아서 만든 벽으로 둘러싸여 있으며, 남북으로

540미터, 동으로 500미터, 서로 600미터의 사다리꼴 형태로 이루어진 세계 최대 규모의 신전 건축물이다.

신전 구역 내에는 10개의 탑문과 오벨리스크[70], 스핑크스가 양쪽으로 나란히 서 있는 길, 거대한 기둥들이 늘어선 대공간 등이 있으며, 그밖에도 역대 왕들이 건설한 소신전과 성스러운 연못, 중앙 정원, 야외 박물관이 붙어 있다.

신전의 영고성쇠

번영을 자랑하던 신전에도 어두운 그늘이 찾아왔다. 신왕국 시대 제18 왕조 아멘호테프 4세가 종교개혁과 수도 천도를 결정했던 것이다.

아멘호테프 4세는 이제까지 믿어왔던 아몬 신 숭배를 거부하고 카르나크

신전 동쪽에 창조신 아톤 신전을 건설했다. 그러고는 이전의 신전을 파괴해 버렸다. 더구나 아톤 신을 숭배한다는 뜻으로 자신의 이름을 아크나톤('아톤에게 이익이 되는 사람'이라는 뜻이다—옮긴이)으로 개명하기까지 했다. 또 수도를 아마르나로 옮기고 테베를 파괴하는 등 철저한 개혁 정책을 펼쳤다. 이러한 아멘호테프 4세의 개혁 정책은 당시 강력한 힘을 가진 아몬 신관단을 약화시키고 왕권을 강화하려는 의도에서 비롯된 것으로 보인다.

하지만 아크나톤 사후에 즉위한 투탕카멘 왕은 아몬 · 라 신앙을 부활시키고 신전 복원도 명령했다.

카르나크 신전이 최전성기를 맞은 것은 신왕국 시대 제19왕조의 람세스 2세 재위 기간이었다. 아부심벨 신전(227쪽 참조)을 건설한 람세스 2세는 히타이트('하투사스' 편 참조)와의 전쟁기념비와 자신의 장기 집권을 상징하는 건축물을 만들었으며, 신전의 규모도 확장했다. 이후 파라오들도 람세스 2세 정도는 아니었지만 다양한 건축물과 기념비를 건립했다.

이렇게 번영을 구가한 신전이었지만 이집트 왕조가 이민족의 지배를 받게 되고, 마침내는 로마의 식민지가 되자 카르나크 신전도 사람들의 기억에서 사라져 사막의 모래 밑에 묻히는 신세로 전락하고 말았다.

모래 속에 파묻힌 신전

카르나크 신전 발굴은 1895년 프랑스의 이집트 학자 조르주 루그랑의 지휘하에 이루어졌다. 그때까지만 해도 카르나크 신전은 모래 밑에 묻혀 있었지만, 표면에 드러난 부분은 도굴꾼들의 좋은 먹이감이 되었다.

---

70) 오벨리스크 : 고대 이집트의 기념비. 제일 위쪽 부분이 뾰족하게 생긴 사각주로, 기둥 부분에는 상형문자 비문이 새겨져 있다. 중왕국 이후 신전 입구에 서로 마주 보는 형태로 두 개를 세워놓았던 것으로 추정된다.

사태의 심각성을 깨달은 이집트 정부 산하 고고국(考古局)은 카르나크 담당 부서를 설치하고 루그랑을 담당자로 임명했다. 루그랑은 곧바로 신전 보수와 발굴에 매달려 신전 보존을 위해 혼신의 힘을 다했다. 하지만 당시 신전은 서서히 붕괴돼가고 있었다. 원인 조사에 나선 고고국은 유적 지하에 흐르는 지하수를 범인으로 지목하고 지하수맥에 대한 조사에도 나섰다.

그후 카르나크 신전에 대한 조사는 현재까지도 계속되고 있지만, 엄청난 넓이와 기타 여러 가지 사정으로 인해 전체의 10퍼센트밖에 발굴 되지 않은 상태다.

이집트

왕들의 계곡
vally of the king

- 건 립 문 명 : 이집트 문명(신왕국 시대)
- 건 립 연 대 : B.C. 1519년경~B.C. 1000년경
- 건 립 자 : 토트모세 1세(제18왕조)~람세스 11세(제20왕조)
- 발 굴 자 : 람세스 1세 묘－조반니 베르지오니, 호렘헤브 묘－에드워드 아일튼
  토트모세 4세 묘 · 투탕카멘 묘－하워드 카터 등
- 현재 소재지 : 이집트 룩소르

왕들이 영면한 땅

신왕국 시대에 테베라는 이름으로 널리 알려져 있던 룩소르 시 서쪽 다이르알바리의 바위산 깊은 계곡 속에 역대 파라오들이 건설한 공동 묘지가 있다. 이곳이 바로 투탕카멘 왕의 유적으로 유명한 '왕들의 계곡' 이다.

'왕들의 계곡' 이라는 명칭은 로제타스톤(비문이 새겨져 있는 고대 이집트의 돌. 이 비문으로 이집트 상형문자가 해독되었다. 현재 대영박물관에 소장되어 있다-옮긴이) 해석으로 명성이 높은 프랑스의 고고학자 프랑수아 샹폴리옹이 명명한 것이다.

고대 이집트의 파라오들은 거듭되는 도굴을 피하기 위해 자신들의 무덤을 피라미드를 연상시키는 엘쿠른 산 계곡에 조성했던 것이다. 이곳은 사람들의 거주지에서 멀리 떨어져 있어 쉽사리 도굴되지 않을 것이라고 판단했던 것 같다.

이 지역에 묘를 조성한 것은 제18 왕조 토트모세 1세부터 제20왕조 람세스 11세까지의 역대 파라오들로, 현재까지 계곡 동쪽에서 58기, 서쪽에서 4기 등 모두 62기의 묘가 발견되었다.

왕들의 계곡에 있는 무덤들은 바위를 파서 만든 암굴묘이다. 깎아지른 듯한

암벽 위에 조그만 굴을 뚫거나 계곡 밑바닥을 파서 조성한 이 무덤들은, 입구에서 가장 깊은 곳까지의 거리가 100미터에 이를 정도로 대규모이다.

무덤 내부는 모두 같은 방식으로 만들어졌다. 계단과 경사로, 부속실(사적인 생활용품들을 넣어둔 방), 전실(종교 의식등에 사용되는 도구를 넣어둔 방), 현실(관을 넣어둔 방) 등으로 구성되어 있다. 여기에 더해 제18~19왕조에서 조성한 무덤에는 도굴꾼들의 침입을 막기 위해 '샤프트'라 불리는 깊은 수직갱(수직으로 떨어지는 깊은 갱)을 만들어놓은 것이 많다.

전실을 눈에 띄게 만들고, 주묘는 깊은 암굴 속에 숨기는 등 도굴 대책을 세웠지만 아무런 소용이 없었다. 발굴된 무덤 중에 도굴의 피해를 입지 않은 것은 투탕카멘 왕의 무덤뿐이었다.

왕들의 계곡에 깊이 잠들어 있던 보물들

제20대 왕조 람세스 11세의 무덤이 마지막으로 조성된 후 왕들의 계곡은 아무도 돌보지 않는 곳이 되고 말았다. 그럼에도 불구하고 프톨레마이오스 왕조(B.C. 305~B.C.30년) 때까지는 그리스와 로마의 여행자들이 방문했다는 기록이 남아 있다.

왕들의 계곡이 다시 주목을 받게 된 것은 18세기 들어서였다. 나폴레옹의 이집트 원정에 따라온 고고학자들이 아멘호테프 3세의 무덤을 발굴했던 것이다.

19세기에는 영국인 탐험가 조반니 베르지오니가 람세스 1세와 세티 1세의 무덤을 발견하자, 세계 각지에서 고고학자와 탐험가들이 몰려오기 시작했다.

그리고 20세기에는 하워드 카터에 의해 투탕카멘 왕의 무덤이 발견되어 커다란 화제를 불러일으켰다.

왕들의 계곡에 들어 있던 보물들은 고고학자들이 발견하기 전에 이미 그

대부분이 도굴된 상태였다. 그렇다고 해서 왕들의 계곡이 가치가 떨어지는 유적인 것은 결코 아니다. 도굴당한 것보다도 더 가치 있는 보물들이 오히려 더 많이 남아 있었기 때문이다. 그것은 바로 벽화였다.

제18왕조 아멘호테프 2세의 무덤에서는 『지하세계의 서(書)Book of That Which is in the Underworld』가 고스란히 남아 있었다. 『지하세계의 서』는 지하세계[冥界]에 내려간 태양신이 새벽에 다시 솟아오르는 과정(재생)을 묘사한 것으로 고대 이집트인들의 종교관이 잘 표현되어 있다. 또 제19왕조 세티 1세의 무덤에서는 앞서 말했던 『지하세계의 서』와 천체도, 다수의 종교 문서들이 발견되었다. 특히 천체도는 상당히 뛰어난 것으로, 고대 이집트인들이 성좌를 통해 시간을 파악했다는 것을 알려주는 중요한 증거라고 할 수 있다.

제20왕조 람세스 6세의 무덤에서는 세티 1세의 무덤에서와 마찬가지로 다수의 종교 문서와 『낮의 서와 밤의 서』라 불리는, 태양신의 움직임을 기록한 벽화가 발견되었다. 또 대지의 신으로서 지하세계 입구를 지키는 수호신인 아켈을 칭송하는 벽화도 남아 있었다.

이렇게 왕들의 무덤에는 고대 이집트 세계를 알 수 있는, 부족하지 않을 만큼의 많은 자료들이 남아 있었다. 비록 도굴꾼들이 보물은 털어갔지만 고대 이집트의 문화만큼은 약탈해가지 못했던 것이다.

투탕카멘의 저주

투탕카멘 왕의 무덤은 왕들의 계곡에서 발굴된 무덤 중에서 유일하게 도굴되지 않은 무덤이다. 하워드 카터가 발굴한 이 무덤에는 일상용품과 장신구 등 무수한 보물과 함께 황금관 속에 황금 마스크를 쓴 왕의 미라가 들어 있었다.

최초 발견 당시 사람들은 무덤에서 쏟아져나온 수많은 황금을 보고 놀라움을 금치 못했다. 하지만 화제의 대상은 곧바로 다른 데로 옮겨갔다. 바로 '저주'였다. 투탕카멘 왕의 무덤을 발굴했던 관계자들이 차례로 의문의 죽음을 당했던 것이다.

먼저 발굴의 후원자였던 카나번 경(卿)이 1923년 4월 5일, 57세를 일기로 사망했다. 원인은 모기에 물려서 생긴 패혈증이었다. 그 반년 후 카나번 경의 처남인 허버트가 정신착란을 일으켜 갑자기 죽고 말았다. 그리고 1924년 2월에는 카나번 경의 숙모인 엘리자베스 카나번이 벌레에 물려 목숨을 잃었다. 그뿐만 아니라 엘리자베스를 돌봤던 간호사도 원인 불명으로 사망했다.

발굴에 참여했던 교수들도 차례로 쓰러졌다. 1929년 11월, 하워드 카터의 조수였던 리처드 베셋이 원인 불명으로 죽었다. 아서 메이스 교수는 관이 들어 있던 현실(玄室)과 벽 사이의 수직갱을 여는 순간 갑자기 쓰러져 죽고 말았다. 투탕카멘의 미라를 X선으로 검사한 아티볼트 더글러스 리드 교수, 파라오의 관을 촬영했던 카메라맨 프랭크 로리도 원인 불명으로 사망했다. 그리고 고고학자 화이트는 "파라오의 저주로 죽는다"는 유서를 남기고 자살하기도 했다. 미라를 직접 만지면서 조사를 벌였던 더글러스 테리 교수도 원인 불명으로 사망했다.

투탕카멘의 저주는 여기서 그치지 않고 계속되었는데, 일설에 따르면 22명의 관계자가 목숨을 잃었다고 한다.

'저주'에 대해 고대 바이러스설, 미발견 질병설, 미지의 독극물설 등이 제기되었지만 지금까지 결론은 나지 않은 상태다.

불가사의한 것은 발굴에 참여했던 현지 인부들은 단 한 사람도 죽지 않았다는 사실이다. 또한 최고 책임자였던 하워드 카터도 66세까지 살다가 죽었다.

투탕카멘의 마스크를 비롯한 3,500점에 달하는 유물들이 카이로 박물관에 소장된 이후 더 이상 '저주'는 일어나지 않았다. 왕의 미라는 지금 박물관 유리관 안에서 조용히 잠들어 있다.

이집트

abu simbel
아부심벨 신전

- 건 립 문 명 : 이집트 문명(신왕국 시대 제19 왕조)
- 건 립 연 대 : B.C. 1290~B.C. 1224년
- 건 립 자 : 람세스 2세
- 발 굴 자 : 요한 루드비히 부르크하르트
- 현재 소재지 : 이집트의 아스완 시 남쪽 280킬로미터

수몰 위기에서 다시 살아난 세계 최대의 석굴사원

1959년 이집트 정부는 나일 강 나세르 호수에 아스완 댐을 건설해서 고질적인 강의 범람을 막고 부족한 에너지도 공급하겠다는 야심찬 계획을 세웠다. 그러나 아스완 댐을 건설하는 데는 커다란 문제가 있었다. 댐이 완성되면, 네비아 지방에 있는 역사적인 유적지 아부심벨 신전이 호수 속에 수몰된다는 것이었다.

이런 소식을 접한 유네스코는 아부심벨 신전을 수몰 위기에서 구하기 위해 세계적인 유적 구제 캠페인을 전개했다. 그 결과, 1964년부터 1972년까지 4년 동안 세계 50여 개국에서 3,600만 달러라는 거액의 자금이 원조 형태로 모금되었다. 이렇게 모아진 자금은 신전을 원래 위치보다 62미터 높은 곳으로 이전하는 데 사용되었다.

유네스코가 거액의 비용을 투입해서 옮긴 아부심벨 신전은 제19왕조 람세스 2세(B.C. 1290~B.C. 1224년 재위)가 건설한 세계 최대 규모의 석굴사원이다.

신전 입구에는 22미터 높이의 람세스 2세 석상 네 개가 나란히 서 있다. 람세스 2세는 의자에 앉아 양손을 무릎 위에 올려놓은 모습이며, 발밑에는 왕비와 왕자들의 작은 입상(立像)들이 늘어서 있다.

신전 정면은 폭 38미터, 높이 33미터이며, 중앙 입구에서부터 신전 가장 깊은 곳까지는 55미터라고 한다. 신전 내부에는 이집트 신들의 조각상과 람세스 2세 상이 함께 배치되어 있다. 그리고 신전 벽면에는 그의 치세를 찬양하는 헌사와, 히타이트 제국('하투사스' 편 참조)과 벌인 카데시 전투에서의 승리를 칭송하는 부조가 남아 있다.

아부심벨은 그 거대한 규모뿐만 아니라 신전 내부에 햇빛이 들어오도록 특수하게 설계되어 있어 많은 학자들의 주목을 받았다. 즉, 춘분과 추분에는 신전 내부 가장 깊은 곳에 있는 지성소까지 햇빛이 들어와 람세스 2세의 상을 신비롭게 비추었다는 것이다. 이런 시각적인 효과는 람세스 2세를 신격화하기 위해 연출한 것이었다. 하지만 유감스럽게도 이 연출 효과는 아부심벨의 이전으로 다시는 볼 수 없게 되었다.

신전 발굴은 모래와의 싸움

아부심벨 신전은 1813년, 페트라를 발견한 요한 루드비히 부르크하르트에 의해 발견되었다.

발견 당시 신전은 모래 속에 파묻혀 있었고, 람세스 2세의 거대한 석상 일부만 노출되어 있었다. 당시에는 모래를 제거할 수 있는 기계가 아직 없던 때여서 오로지 사람의 힘에만 의지해 작업할 수밖에 없었다. 그래서 부르크하르트는 유적을 발견했지만 직접 조사는 단념할 수밖에 없었다.

1817년에는 영국인 조반니 베르지오니가 많은 인부와 자금을 투입, 모래와 자갈을 제거하고 신전 내부로 들어가는 데 성공했다.

또 1831년에는 영국인 로버트 헤이의 노력으로 람세스의 발밑까지 모래를 제거했지만 1850년에 다시 모래 속에 파묻히고 말았다.

그후 몇 차례 고고학자들이 모래를 제거하기 위해 온갖 노력을 기울였으나 곧바로 신전은 모래 속에 파묻혔다.

그러나 1909년에 프랑스의 가스통 마스페로의 지휘하에 이루어진 철저한 발굴을 통해 신전을 덮고 있던 모래를 완벽하게 제거해냈다. 이후 유네스코의 이전사업으로 신전은 영구히 모래로부터 해방될 수 있었다.

이집트

사카라
saqqara

- 건 립 문 명 : 계단식 피라미드 이집트 문명(제3왕조)
  우나스 왕의 피라미드 이집트 문명(제5왕조)
- 건 립 연 대 : 계단식 피라미드 B.C. 2650년경
  우나스 왕의 피라미드 B.C. 2400년경
- 건 립 자 : 계단식 피라미드 조세르 왕-임호테프
  우나스 왕의 피라미드-우나스 왕
- 발 굴 자 : 계단식 피라미드-후스, 키벨
  우나스 왕의 피라미드-마리에트, 마스페로
- 현재 소재지 : 이집트 수도 카이로 시 남쪽 25킬로미터

이집트 역사상 최초의 피라미드

이집트 수도 카이로에서 남쪽으로 25킬로미터 떨어진 나일 강 서안에 사카라라는 도시가 있다. 이 도시 주위에는 고대 이집트의 도시 멤피스를 내려다볼 수 있는 고지대가 있으며, 마스타바[71]와 계단식 피라미드 유적도 다수 흩어져 있다.

사카라는 초기 왕조 시대부터 고왕국 시대에 걸쳐 왕조의 묘소로 사용되었다.

그중에서 제3왕조 제2대 조세르 왕의 계단식 피라미드는 이집트 피라미드 중에서 가장 오래된 것으로 알려져 있다.

1920년대 중반, 영국의 고고학자 후스와 키벨에 의해 발굴된 조세르 왕의

---

71) 마스타바 : 이집트 초기 왕조 시대에 만들어진 왕족과 귀족 분묘. 벽돌이나 석재를 사용해서 만들었으며, 죽은 자는 그 지하에 매장되었다. 피라미드 윗부분을 수평으로 잘라낸 듯한 형상으로, 이집트인들의 접대용 의자인 마스타바(mastaba)와 모양이 비슷하다고 해서 그 이름이 붙여졌다.

피라미드는 높이 60미터, 밑변 140미터×118미터에 6단으로 이루어진 계단식이지만 그 형태는 영락없는 피라미드 모습이다.

조세르 왕의 피라미드는 당시 뛰어난 재상이었던 임호테프가 설계에서 건설까지 맡았다. 메소포타미아 출신이라고도 전해지는 임호테프는 피라미드를 설계한 공적을 높이 평가받았기 때문인지 후에 신격화되어 숭배받았다.

임호테프는 피라미드를 건설하면서, 우선 마스타바를 기초로 하여 그 위에 4단으로 이루어진 계단형 피라미드를 만들었다. 그리고 서쪽 경사면에서 6단이 되도록 돌을 쌓아올렸다. 자재는 통상적으로 마스타바를 만들 때 사용했던 햇빛에 말린 벽돌이 아니라 돌을 잘라서 사용했다.

그리고 피라미드 지하에는 왕의 유체를 넣어두는 현실을 만들었으며, 그 주위에는 사람들이 다닐 수 있을 만한 지하 통로가 설치되어 있었다. 통로에는 돌로 만든 다수의 용기(容器)와 릴리프(부조)가 있었다.

조세르 왕의 피라미드에는 또 하나의 특징이 있다. 그것은 피라미드가 단일 건축물이 아니라 벽으로 주위를 둘러싸고, 장제전과 신전 등의 부속 건축물들이 붙어 있는 피라미드 콤플렉스(복합체) 형식을 띠고 있다는 것이다. 후세의 피라미드 대부분이 이 조세르 왕의 피라미드를 보고 더 발전된 형태로 만들어졌다고 한다.

고대 이집트의 종교관을 보여준 피라미드 콤플렉스

사카라에는 조세르 왕의 피라미드 외에도 중요한 유적이 또 하나 있다. 바로 고왕국 시대 제5왕조 마지막 왕이었던 우나스 왕의 피라미드다. 이미 반은 허물어진 피라미드지만 이 피라미드에서는 고대 이집트의 모습을 파악할 수 있는 중요한 문서인 '피라미드 텍스트(교본)'가 발견되었다.

피라미드 텍스트란 왕이 죽은 후 무사히 내세에서 부활한다는 내용을 담은

주문서(呪文書)이다. 유체에 위해가 일어나지 않도록 하는 주문과 왕이 부활·재생하는 데 필요한 주문 등이 피라미드 내부 벽과 천장에 기록되어 있었던 것이다.

프랑스의 고고학자 오귀스트 마리에트는 피라미드를 처음 발견했지만 피라미드 텍스트를 발견하지는 못했다. 그의 뒤를 이어 이집트 고고국(考古局) 국장이 된 프랑스의 고고학자 가스통 마스페로가 후에 피라미드 내부에서 4천 행에 이르는 피라미드 텍스트를 발견하고 1894년에는 그 내용을 완전 해독해냈다. 이 놀라운 발견으로 고대 이집트의 종교관이 제법 상세하게 밝혀질 수 있었다.

알제리

tassili n'Ajjer
타실리나제르

- 건 립 문 명 : 선사 아프리카 문화
- 건 립 연 대 : B.C. 8000년~기원 전후
- 건 립 자 : (시대 순으로) 명칭 불명의 흑인종/후르베족/리비아족/투아레그족
- 발 굴 자 : 앙리 로이드
- 현재 소재지 : 알제리 남동부 아하가르 산악지대 북부 타실리 고원

사하라 사막에 살았던 사람들의 고대 회화

　사하라 사막 한가운데에 평균 표고 1,200미터의 타실리 고원이 있다. 알제리, 리비아, 니제르, 세 나라 국경 부근에 있는 타실리 고원은 곳곳에 바위산이 솟아 있으며, 사막에서 불어오는 열풍과 뜨겁게 내리쬐는 햇살로 사람이 생존하기 어려운 몹시 황량한 땅으로 알려져 있다.

　타실리나제르는 현지 투아레그어로 '물이 흐르는 땅'이라는 의미지만, 그 이름에 딱 들어맞는 광경을 보기란 어렵다. 그러나 아득히 먼 옛날에는 이 땅에도 녹음이 우거져 있었다. 그런 사실을 증명하는 강의 침식 흔적이 곳곳에 남아 있다. 그리고 동굴과 계곡에는 당시 이 지역에 살았던 주민들이 남긴 약 2만 점에 이르는 암벽화가 있다. 주민들은 당시 자신들의 생활상을 여러 가지 색깔로 사실감 있게 묘사해놓았는데, 그 중에는 수렵중인 사람과 소를 방목하고 있는 모습을 그린 것도 있다.

　당시 주민들은 혈암(頁岩 : 이판암泥板岩이라고도 한다. 수성암의 한 종류로 점토가 엉겨붙어 만들어진 암석. 영어로는 '셰일shale' – 옮긴이)을 이용해 만든 안료로 황색, 적색, 갈색, 백색 등 다채로운 색깔을 만들어낼 수 있었다. 그들은 이런 다양한 색을 사용해 소나 말 같은 동물은 물론 당시 사람들의 풍습과 문화를

바위 표면에 생생하게 묘사했다.

대략 8,000년 이상 주민들이 그림을 그렸던 천연 캔버스가 바로 타실리나제르인 것이다.

역사의 흐름을 표현한 암벽화

타실리나제르의 암벽화들은 1909년 프랑스의 콜티에 대위와 브르난 대위에 의해 처음 발견되었다. 하지만 본격적인 발굴조사는 1956년, 프랑스의 고고학자 앙리 로이드가 지휘하는 조사단을 통해 이루어졌다.

앙리 로이드는 암벽화들을 면밀히 조사한 후 이 지역 역사의 흐름을 다음과 같이 추정했다.

우선 사하라에서 수렵 생활을 영위했던 석기 시대 사람들이 점차 목축 생활을 하게 되었으며(당시 사하라는 앞서 말했던 것처럼 사막이 아니었다), 그후 사하라 지역의 건조화로 인해 적응이 불가능해지자 사람들이 살 수 있는 거주지를 확보하기 위해 부족들간의 전쟁이 일어나 단일 부족으로 통합되었다.

타실리나제르 유적은 암벽화가 그려진 연대와 그림의 주제를 통해 '수렵민의 시대' '소의 시대' '말의 시대' '낙타의 시대' 등 크게 네 시기로 구분할 수 있다.

B.C. 8000년경의 '수렵민의 시대'에 그려진 그림에는 몸에 상처 자국이 있는 인물과 가면을 쓴 인물이 다수 묘사되어 있다. 그림 속에 등장하는 인물들은 대개 머리가 둥글고 얼굴에 눈과 코가 없는 모습으로 묘사되어 있어 있는 것이 특징이다. 이런 특징 때문에 '수렵민의 시대'는 '머리가 둥근 인물들의 시대'라고 불리기도 한다. 그리고 에리히 판 데니켄이라는 스위스인은 현대적인 회화 양식으로는 도저히 상상도 할 수 없는 이 같은 그림을 증거로 내세우며 타실리나제르의 암벽화들은 우주인들의 작품이라는 주장을 내놓기도 했다.

 '수렵민의 시대'의 주인들이 어떤 사람들이었는지는 아직 상세하게 밝혀져 있지 않다. 하지만 몸에 난 상처 자국과 가면을 쓰고 있다는 풍습적인 특징으로 볼 때 이들은 흑인종이었을 가능성이 높다.

 '소의 시대', 즉 B.C. 4000년경에는 사하라 남부 스텝 지대(초원지대)에 살았던 후르베족의 선조가 타실리나제르에 정착해 살기 시작했다. 그들은 이 지역에서 소와 양을 사육하며 살았던 것으로 추정된다. 남아 있는 암벽화에는 소를 사육하는 모습뿐만 아니라 전투, 춤, 집의 외관, 수렵 등 당시 생활상을 엿볼 수 있는 모습들이 많이 묘사되어 있다. 이 시기의 그림들은 사실적인 표현 양식과 정교한 구도, 채색 상태 등 여러 가지 면에서 타실리나제르에서 가장 아름다운 작품으로 평가받고 있다.

　B.C. 1500년경 '말의 시대'가 되자 사하라 지역이 점차 건조해지기 시작해 소 사육이 곤란해졌다. 그 때문에 후르베족의 선조는 이 지역을 떠날 수밖에 없었고, 대신 말을 사육하는 리비아족이 이 지역에 정착하게 되었다. 그들은 말을 수송과 수렵, 전쟁에 사용했던 것으로 추정된다.

　B.C. 1000년경 '낙타의 시대'가 되면서 사하라의 건조화는 가속화되어 지금처럼 풀 한 포기 나지 않는 불모의 사막이 되어버렸다. 리비아족은 더 이상 적응하기 힘든 이 지역을 떠나 다른 곳으로 옮겨갔다. 그 대신 투아레그족의 선조가 들어와 낙타를 사육하기 시작했다. 기원 전후에는 건조화가 한층 더 심해서 인간이 도저히 살 수 없게 되자 그들 역시 이 지역을 떠나게 되었다. 이후 타실리나제르는 더 이상 아무도 살 수 없는, 버려진 땅이 되고 말았다.

짐바브웨

그레이트 짐바브웨
great zimbabwe

- 건 립 문 명 : 짐바브웨 문명
- 건 립 연 대 : 1200~1450년경
- 건 립 자 : 쇼나족
- 발 굴 자 : 아담 랜더스
- 현재 소재지 : 짐바브웨의 수도 하라레 남방 약 300킬로미터

중앙아프리카 최대의 유적

그레이트 짐바브웨는 중앙아프리카의 짐바브웨에 있는, 국명의 유래가 된 유명한 유적이다. 유적은 린포포 강에서 240킬로미터 북쪽 마프지 계곡에 자리잡고 있는데, 수도 하라레 남쪽 320킬로미터 지점에 있는 마스빈에서 다시 산길로 30분 정도 남하하면 도착할 수 있다.

현지 쇼나족은 이 유적을 '짐바 다즈 바브웨(돌의 집)' 또는 '짐바 웨이에(숭배받는 집, 지배자의 집)' 라고 부르기도 한다.

이 유적과 관련해, 16세기에 아프리카를 탐험한 포르투갈인이 내륙 깊숙한 곳에 '심바오에' 라 불리는 커다란 돌로 만든 건축물이 있다고 보고한 기록이 남아 있다. 짐바브웨라는 명칭과 관련해서는 1870년대에 유적의 존재를 세계에 알린 독일인 탐험가 칼 마우프가 '짐바브웨' 라는 명칭을 정착시킨 것으로 알려져 있다.

그레이트 짐바브웨는 비교적 오래 전부터 그 존재가 알려졌지만 학술적인 조사의 대상으로 본격적인 연구가 이루어진 것은 19세기 말이 되어서였다. 1868년, 현지에서 생활했던 독일계 아프리카인 아담 랜더스가 그레이트 짐바브웨를 방문했지만 그는 전문적인 지식을 가지고 있지 못했기 때문에 당시

에는 아무런 기록도 남기지 못했다. 하지만 랜더스는 원주민에게 독살될 뻔한 마우프를 도운 것이 계기가 되어 그레이트 짐바브웨의 안내자 역할을 맡게 되었다.

그래서 1871년 랜더스와 마우프는 그레이트 짐바브웨를 조사하기 시작해 유적의 존재를 전세계에 알릴 수 있게 되었다.

유적의 구조

크고 작은 유적까지 포함하면 그레이트 짐바브웨는 계곡 일대에 널리 퍼져 있는 복합 유적군이라고 할 수 있다. 그중 가장 핵심적인 유적은 세 가지로 우선 언덕 위에 우뚝 솟아 있는 '아크로폴리스' 유적과 직경 100미터에 달하는 '엔클로저'라 불리는 유적, 그리고 그 사이에 넓게 자리잡고 있는 폐허 유적인 '골짜기의 유적'이다.

아크로폴리스는 높이 90~120미터의 화강암 언덕 위에 우뚝 솟아 있으며, 한때는 '언덕 요새'라고 불리기도 했다. 하지만 실제로는 방어를 목적으로 건설된 것이 아니라 단순히 위용을 과시하기 위해 건설되었다는 설이 주류를 이루고 있다.

엔클로저는 거대한 타원형 건축물 집단으로 높은 수준의 돌 쌓는 기술을 동원해 건설한 것으로, 윗부분에 산 모양의 장식이 되어 있는 석벽과 원추형의 기묘한 석탑, 주거 흔적이 발견된 유적 등으로 구성되어 있다.

엔클로저는 한때 '신전'으로 오인받기도 했는데, 종교적인 건축물이라기보다 왕궁에 가까운 건축물로 추정되고 있다. 이 유적에는 기묘한 특징이 하나 있다. 아크로폴리스 곁에 있는 동굴에서 소리를 내면, 동굴 속에서 음성이 메아리를 일으켜 엔클로저에서 크게 울려퍼지는 것이다. 그 때문에 왕이자 최고 신관이었던 당시의 지배자는 이 기묘한 효과를 이용해 제사나 신과 관련된 일을 했을 것으로 추정된다.

그 외에 이곳 유적 주변 곳곳에는 폐허 상태로 버려진 유적들이 남아 있는데, 이런 유적들을 통칭해서 '골짜기의 유적'이라고 부르며, 전체가 하나의 도시를 형성했다. 이 '골짜기의 유적'은 당시 이 도시에서 생활했던 사람들의 주거용 집과 가축용 축사, 또는 창고 등으로 사용되었을 것으로 추정되는 유적의 집합체이다.

국제적인 교역의 중심지

그레이트 짐바브웨로 통하는 루트를 각종 자료나 문헌을 통해 더듬어 살펴보면 11세기까지 거슬러 올라갈 수 있다.

처음 이곳에 살았던 쇼나족은 아크로폴리스를 건설했으며, 므웨네마타파라는 왕의 통치하에서는 중국과 동남아시아, 페르시아 등 세계 각지와의 교역을 통해 커다란 번영을 누렸다.

그후 15세기 중반(1450년경으로 추정된다) 로즈위족이 그레이트 짐바브웨를 점령하고 만보라는 왕의 통치 기간 중에 엔클로저를 건설하기에 이르렀다.

1505년에 포르투갈인이 배를 타고 대륙으로 들어오기 시작하면서 한때 그레이트 짐바브웨는 교역으로 번영을 누리기도 했다. 그러나 그후 포르투갈인들이 아프리카 각지에 식민지를 건설하기 시작하면서 그레이트 짐바브웨의 힘도 급속히 쇠퇴하고 말았다. 19세기 초반 무렵 국가는 소멸하고 도시도 완전히 폐허로 변해버리고 말았다.

편견이 불러일으킨 파괴

1872~1873년에 칼 마우프가 그레이트 짐바브웨의 존재를 세상에 알리자 유럽에서도 중앙아프리카 유적에 대해 커다란 관심을 갖게 되었다.

하지만 당시 유럽 사회는 아프리카를 '암흑대륙'이라고 부를 정도로 아프리카에 대해 무지했다. 아프리카는 단순히 식민지로, '미개한 땅'으로만 인식할 뿐 과거에 고도의 문명이 존재했으리라고는 조금도 생각하지 못했다.

실제로 직접 조사를 벌였던 마우프마저도 그레이트 짐바브웨를 솔로몬 왕의 전설에 등장하는, 금광으로 번영을 누렸던 오필 왕국의 수도라고 발표했다.

그리고 1891년에 현지를 조사한 영국인 연구가 시어도어 벤트가 그레이트 짐바브웨를 건설한 것은 '아라비아 출신의 북방민족'이라고 강력하게 발표함으로써 전설 속의 황금을 찾아나선 탐험가(도굴꾼)들이 대거 몰려들어 유적은 순식간에 폐허로 변해버리고 말았다.

1894년에는 도굴을 목적으로 하는 '로데시아 고대유적회사'라는 단체도 설립되어 그레이트 짐바브웨만은 간신히 보호를 받았지만 주변의 유적은 모두 치명적인 피해를 입었다.

이들로 인한 유적의 파괴 정도가 너무나 극심했기 때문에 20세기 들어 유적회사는 강제로 해산되고, 리처드 홀이라는 저널리스트가 유적의 관리를 맡게 되었다. 그후 대규모 발굴조사도 이루어지게 되었다.

하지만 리처드 홀 역시 그레이트 짐바브웨는 지중해 문명에 기원을 두고 있으며, 솔로몬 왕의 전설 속에 등장하는 민족이 건설한 것이라고 생각했다. 따라서 그는 유적에서 출토되는 유물의 대부분을 '후세의 원주민들이 남겨놓은 것'이라고 무시해버렸고, 유적 역시 소홀하게 관리함으로써 또다시 파괴가 일어나게 되었다. 이 때문에 그후의 연구는 오랫동안 정체 상태를 벗어나지 못했다. 하지만 1958년에 대규모 발굴조사를 통해 그레이트 짐바브웨는 현지 민족이 건설했다는 사실이 밝혀졌다. 그레이트 짐바브웨의 존재가 명확하게 밝혀지기까지 85년이라는 긴 시간이 필요했지만, 유적의 기원에 대한 수수께끼는 풀리게 되었다.

수단

메로에
merowe

- 건 립 문 명 : 쿠시 문명
- 건 립 연 대 : B.C. 540년경
- 건 립 자 : 탄웨타마니 왕
- 발 굴 자 : 불명
- 현재 소재지 : 수단 수도 하르툼 시 북동쪽 약 150킬로미터

독창성을 지닌 쿠시의 피라미드

수단의 하르툼 시 나일 강 하류에서 약 200킬로미터 떨어진 지점에 고대 쿠시 왕국의 수도 메로에 유적이 있다. 쿠시 왕국은 고대 이집트를 한때 지배했던 왕조로, 현재 수단을 건설한 흑인 왕국이다.

메로에 유적에서는 시가지와 석벽으로 둘러싼 왕궁, 신전, 욕탕 등이 발견되었다. 그중 왕궁 동쪽에 있는 아몬 신전은 이집트의 건축 양식을 계승해서 건설한 것으로 알려져 있다.

그리고 왕궁에서 동쪽으로 1,500미터 떨어진 곳에는 태양 신전이 있다. 그리스 신전을 모방해서 만든 것이지만, 장식품의 조각과 신전에 장식되어 있는 태양의 원반은 메로에만의 독특한 양식으로 만들어졌다. 이집트 문화를 가졌던 쿠시인들은 메로에에서 자신들의 피라미드를 건설했다. 메로에 시가 바로 근처에 서, 남, 북 세 방향으로 파라미드가 건설되었으며, 그 규모는 높이 30미터 정도로 비교적 작은 편이다. 그리고 쿠시의 피라미드는 약 68도 경사가 있다는 것이 특징이 있다.

'검은 파라오'가 통치했던 이집트

고대 이집트 왕조는 3,000년이 넘는 긴 세월 동안 왕조를 지속되면서 몇 차례에 걸쳐 이민족의 지배와 침략을 받았다. B.C. 1720년경에는 아시아로부터 힉소스[72]가, B.C. 1215년경, B.C. 1170년경에는 아직까지 정체가 확실히 알려지지 않은 '해상민족'이, B.C. 750년경부터 B.C. 667년까지는 쿠시인이, 그리고 B.C. 525년에는 페르시아의 아케메네스 왕조가 이집트를 지배했다.

고대 그리스인이 '햇빛에 얼굴이 탄 사람'이라는 의미로 '에티오피아인'이라고 불렀던 쿠시인들은 비록 침입자였지만 고대 이집트 문화를 부흥시켰다. 또 아시리아와의 전쟁에서 패해 이집트에서 축출된 후 다시 고국으로 돌아가서도 이집트풍의 문화를 계승하는 등 고대 이집트 문화에 대한 동경과 집착이 강했다.

누비아[73] 지방에 존재했던 흑인 왕국 쿠시는 이집트의 속국으로 출발했지만 B.C. 800년경에는 독립 국가가 되었다. 그 무렵 이집트에서는 신왕국 제21왕조 이후 왕권이 약화되면서 상대적으로 아몬 신관단과 리비아 용병단의 세력이 커지기 시작했다. 결국 힘을 가진 두 세력간의 대립은 내부 분열을 일으켰다. 이 기회를 틈타 누비아 남부의 교역도시 나파타의 카시타 왕은 B.C. 750년에 상(上)이집트[74]를 정복하고, 그후 카슈타 왕의 뒤를 계승한 피앙키 왕이

---

72) 힉소스 : 힉소스는 '외국에서 온 지배자'라는 뜻이다. 나일 삼각주 북동부에 있는 아바리스(지금의 탈앗드다바)에 수도를 정하고 나일 델타 일대를 지배했다. 일정한 민족명 없이 힉소스라 불렸으며, 다양한 민족(특히 셈족과 아시아 민족)으로 구성된 혼합민족이었다. B.C. 1580년경 이집트 제18왕조에게 멸망당했다.

73) 누비아 : 고대 아프리카 북동부에 있었던 지방. 대략 나일 강 하곡에서부터 동쪽으로는 홍해해변, 남쪽으로는 하르툼(지금은 수단에 속함), 서쪽으로는 리비아 사막에 걸쳐 있었다.

74) 상(上)이집트 : 나일 델타 지대를 경계로, 카이로와 멤피스에서 상류 나일강 하곡 지대를

하(下)이집트마저 수중에 넣어 흔히 누비아 왕조라고 부르는 이집트 제25왕조를 수립했다.

B.C. 667년, 타하르카 왕 시대에 아슈르바니팔 왕이 이끄는 아시리아와의 전쟁에서 패한 쿠시인들은 거점을 누비아 지방의 나파타로 옮겼다. 이집트 제25왕조는 아시리아의 침략으로 몰락했지만 쿠시 왕국은 멸망하지 않고 고대 이집트 문화를 계승해서 자신들만의 독자적인 문화를 꽃피웠다.

B.C. 540년경, 탄웨타마니 왕이 쿠시 왕국의 수도를 나파타에서 메로에로 옮겼다. 쿠시 왕국은 메로에에서 독자적인 발전을 거듭하며 번영을 누렸다. 풍부한 철광석을 비롯한 각종 자원의 혜택으로 풍요를 누렸던 쿠시 왕국은 활발한 특산품 교역을 통해 많은 부를 얻었다. 그들은 축적된 부를 바탕으로 자신들의 동경해온 이집트 문화를 재현하기 위해 노력했다. 그 결과가 바로 메로에에 남아 있는 유적이다.

그후 프톨레마이오스 왕조와 로마 제국 등과 누비아 지역의 지배권을 다투며 대립했지만, 4세기경 북에티오피아에서 세력을 확장한 악숨 왕국에 의해 멸망당하고 말았다. 1,000년 이상 긴 역사를 가졌던 쿠시 왕국도 역사에서 사라지고 만 것이다.

상(上)이집트라고 부른다. 그리고 나일 델타 지대 하류의 바다쪽 지역을 하(下)이집트라고 부른다.

북아메리카

북아메리카 대륙에는 유럽인들이 건너가기 오래 전부터 인디언이라 불리는 선주민족이 살고 있었다.

그들은 북미대륙 도처에 무덤과 토성 모양의 유적을 건설해놓았다. 하지만 19세기에 들어온 새로운 이주자들은 이를 인디언들이 만든 유적으로 생각하지 않고, 어딘가 다른 곳에서 들어온 특별한 사람들이 만들어놓은 것으로 생각했다. 그 기원을 아틀란티스나 무 대륙 등에서 찾는 사람들도 있었다.

인디언 원주민들의 유적은 자연과 잘 어울리는 것이 많고, 주위의 풍경과 위화감 없이 조화를 이루고 있다. 그 때문에 아직 발견되지 않은 유적도 상당수 존재할 것으로 추정되고 있다.

중앙·남아메리카

마야와 아스텍을 비롯한 중앙아메리카와 잉카와 나스카 등 남아메리카의 찬란했던 문명은 대항해 시대 이후 침입해온 유럽의 정복자들에 의해 그 대부분이 파괴되어버리고 말았다.

그러나 그 유적까지 모두 파괴되었던 것은 아니다. 이집트의 고대 유적에 필적할 만한 피라미드를 비롯해, 독자적인 문자와 종교를 가졌던 중남미 유적은 정글과 아득한 고지 위에 그들만의 독특한 모습으로 지금도 남아 있다.

20세기에 접어들면서 유적에 대한 연구는 조금씩 진행되어 왔다. 깊은 정글처럼 외딴 곳에 건설되어 있는 유적뿐만 아니라, 아직도 발견되지 않은 채 수수께끼와 함께 잠들어 있는 유적도 상당수 존재한다.

4장

미국(오하이오 주와 미시피피 주)

great serpent mound
그레이트 서펜트 마운드

- 건 립 문 명 : 아데나 문명
- 건 립 연 대 : B.C. 6세기~B.C. 1세기경
- 건 립 자 : 아데나족
- 발 굴 자 : 사이러스 토머스
- 현재 소재지 : 미국 오하이오 주

지상화가 아닌 지상 '무덤'

유럽인들이 아메리카 대륙으로 들어오기 전부터 아메리카 대륙 남동부에서 중서부에 이르는 넓은 지역에는 불가사의한 무덤들이 무수히 흩어져 있었다. 무덤의 수는 대략 수만 개에서 수십만 개로 추정될 뿐 그 정확한 수는 아직까지 미확인 상태다. 무덤들은 작은 산의 형태에서부터 피라미드형, 곰, 도마뱀, 구불거리는 뱀 등 여러 모습으로 존재하고 있다. 이런 모습은 나스카의 지상화(地上畵)와 마찬가지로 상공에서 내려다보지 않으면 그 형태를 정확하게 파악하기 어렵다.

이런 무덤을 흔히 마운드(고분古墳)라고 부른다. 특히 눈길을 끄는 것은 오하이오 주에 있는 그레이트 서펜트 마운드이다. 그레이트 서펜트 마운드는 길이 366미터, 높이 1.5미터의 무덤으로 숲을 따라 꾸불꾸불 이어진다. 그 모습은 마치 두더지가 지나간 흔적처럼 지면이 둥글게 솟아 있는 것처럼 보인다. 상공에서 보면 큰 뱀이 괴로워하며 몸부림치는 것처럼 보이기 때문에 그레이트 서펜트 마운드라는 이름으로 불리게 되었다.

과연 누가 만들었는가?

마운드를 만든 사람들의 정체는 19세기까지 밝혀지지 않았다.

명확한 사실이 밝혀지기 전까지는, 마운드의 건설자들이 멕시코나 스칸디나비아에서 온 식민지 이주자들이라는 설에서부터 심지어는 아틀란티스에서 온 사람들이라는 설까지 나왔을 정도로 의견이 분분했다. 그래서 유럽에서 건너온 이주자들은 원래 아메리카 대륙에서 살았던 인디언 원주민들의 선조가 그런 유적을 만들었을 것으로는 생각하지 못했다.

시간이 한참 지난 후인 1894년에 고고학자인 사이러스 토머스에 의해 마운드 유적은 인디언 원주민들의 선조가 만든 것이라는 사실이 입증되었다. 그

선주민족은 B.C. 6세기~기원 1세기까지 존재했던 아데나인이었다. 하지만 그들이 어떤 민족이었는지 자세한 것은 알려져 있지 않다.

마운드의 '수수께끼'

현재 그레이트 서펜트 마운드 부근에는 관광용 전망대가 설치되어 있어 그 전체 모습을 알아볼 수는 있지만 아데나인들은 왜 상공에서 보지 않으면 도저히 알 수 없는 형태로 마운드를 만들었는지는 아직까지도 의문이다.

그렇다면 도대체 마운드는 무엇을 위해 만들어진 것일까?

마운드 그 자체에서는 유물이 발견되지 않았다. 그러나 마운드 주변에 존재하는 아데나인들의 무덤에서는 마운드를 만든 것이 그들이었다는 사실을 보여주는 돌도끼와 얇은 동판(銅板)이 발견되었다. 이렇게 극히 적은 양의 유물을 통해 마운드의 수수께끼를 풀 수 있을 날이 과연 올까?

아메리카 대륙의 발견자

역사 교과서를 보면, 아메리카 대륙은 1492년 스페인의 콜럼버스가 '발견'했다고 기록되어 있다. 그러나 콜럼버스가 도착한 아메리카 대륙에는 그 이전부터 인디언 원주민들이 살고 있었다. 따라서 '발견'은 까마득히 먼 옛날에 벌써 이루어졌다고 할 수 있다.

그렇다면 어떤 사람들이 아메리카 대륙을 '발견'했을까?

현재는 약 3만 년 전 유라시아 대륙 동부에서 베링 해협을 건너온 몽고리안이 최초로 아메리카 대륙을 발견했다는 것이 정설로 되어 있다. 그때부터 1만 수천 년 전까지 이동이 계속되어 아메리카 대륙 전체로 넓게 퍼져나갔을 것으로 추정된다.

11세기가 되자 스칸디나비아 쪽에서 바이킹들이 현재의 뉴펀들랜드 부근에 상륙해서 식민지를 건설했다. 이민자의 수는 많지 않았고, 대서양을 횡단할 수 있는 항해 기술이 그다지 발달하지 않았기 때문에 식민지는 크게 확대되지는 않았다.

이후 아메리카 대륙에는 새로운 사람들의 방문이 이어졌다. 그래서 15세기에 아메리카 대륙이 다시 '발견'되었던 것이다.

미국(뉴멕시코 주)

pueblo bonito
푸에블로 보니토

- 건 립 문 명 : 아나사지 문화
- 건 립 연 대 : 2세기~12세기
- 건 립 자 : 아나사지족
- 발 굴 자 : 네일 M. 저드
- 현재 소재지 : 미국 뉴멕시코 주 앨버커키 서북쪽 약 160킬로미터 차코 캐니언

고대 아파트 건축물?

뉴멕시코주 앨버커키 북서쪽으로 약 160킬로미터 지점에 차코 캐니언이라 불리는 길이 20미터, 폭 1.6미터 규모의 계곡 유적이 있다. 이곳은 12세기까지 아나사지족이라 불리는 민족이 살았던 곳이다.

인디언 선주민들의 선조였을 것으로 추정되는 그들은 한때 이곳에서 번영을 누리면서 수많은 촌락 유적을 남겨놓았다. 차코 캐니언 유적 중에서 가장 커다란 유적은 푸에블로 보니토이다.

푸에블로 보니토의 겉모습은 마치 돌로 만든 아파트처럼 보이기도 한다. 넓은 계곡 속에 자연적으로 형성된 중앙 광장 주위로 건물 유적들이 반달 형태로 둘러싸듯 늘어서 있다.

광장 쪽으로 난 건물은 1층으로 지어졌는데, 바깥쪽을 향해 점차 넓어지도록 만들어서 건물 전체가 계단처럼 보이기도 한다.

광장과 건물 지하에는 키바라 불리는 원형 공간들이 있다. 이곳은 성스러운 의식, 즉 종교 의식을 행했던 장소였을 것으로 추정되고 있다.

수수께끼 유적의 발견

푸에블로 보니토는 1849년 미국 군인들에 의해 발견되었다. 유적을 발견한 사람은 나바호족과 전쟁을 벌였던 미 육군 원정대의 제임스 심퍼슨 중위였다. 그는 바쁜 원정중에도 자신이 매일 보고 겪은 일들을 꼼꼼하게 기록해두었다. 1852년 그의 일기가 출판되자 심퍼슨 중위가 언급한 수수께끼 유적에 흥미를 느낀 고고학자들이 유적을 방문하게 되었다.

당시의 유적 관리는 지금과 비교하기 힘들 정도로 엉터리여서 누구나 쉽게 출입할 수 있었다. 그 때문에 여행자나 자칭 고고학자라는 사람들에 의한 도굴과 유적 파괴가 빈번하게 일어나기도 했다.

1920년대에 접어들면서 보다 제대로 된 조사가 이루어지기 시작했다. 파괴된 장소의 복원과 남아 있는 유적에 대한 각종 조사를 통해, 푸에블로 보니토는 크게 네 차례에 걸쳐 약 6백 개의 방이 건설되었던 것으로 밝혀졌다. 그리고 인구는 800~1,200명 정도였을 것으로 추정되었다.

1930~1950년대에는 스미스소니언 박물관의 연구원인 네일 M. 저드가 이끄는 조사단이 보다 심도 있는 조사를 벌였다.

그 결과, 아파트 같은 푸에블로 보니토의 촌락 구조는 900~1115년 사이에 건설되었으며, 이후 조금씩 확장되면서 몇 차례 개보수가 이루어졌다는 사실이 밝혀졌다.

1960년대에는 미 국립공원국이 탐사위성을 이용해 차코 캐니언 주변을 면밀히 조사했다. 그 결과 차코 캐니언 지역에서 이전에는 찾아내지 못했던 도로망과 용수로 같은 치수시설이 발견되었다. 이런 사실들을 통해 푸에블로 보니토가 차코 캐니언 지역의 중심부였다는 사실이 드러나게 되었다.

잊혀진 '과거의 사람들'

그렇다면 푸에블로 보니토를 만든 사람들은 어떤 사람들이었을까?

차코 캐니언에 정착해 살았던 사람들은 호피족과 주니족의 선조였던 아나사지족이다. 1884년 콜로라도 주 망코스 캐니언 절벽 밑에서 아나사지족의 유적이 발견될 때까지 이들의 정체는 깊은 베일에 싸여 있었다. 학자들은 그들이 사용했던 돌도끼를 통해 석기문화를 가졌던 것으로 추측했지만, 도기나 대바구니 같은 유물이 발견됨으로써 보다 앞선 문화를 가졌던 것으로 판명되었다.

아나사지족은 푸에블로 보니토에서 약 1,000년 동안 정착해 살았다. 그러나 12세기 이후 어느 날 갑자기 자취를 감추었다. 아나사지족은 무슨 이유로 하루아침에 사라져버렸을까?

현재 조사를 통해 밝혀진 바에 의하면, 아나사지족은 심각한 환경 파괴 때문에 이 지역에서 떠날 수밖에 없었을 것으로 추정되고 있다.

인구가 증가와 함께 집의 수요도 당연히 늘어나 촌락을 유지하기 위해서는 주변의 삼림을 베어내 건설용 자재나 땔감으로 사용했을 것이다. 그 결과, 폭풍우가 몰아치거나 큰비가 내리게 되면 주변 환경은 홍수 같은 감당할 수 없는 상황에 빠졌을 것이다. 또한 불어난 강물로 인해 흙이 씻겨 내려가면서 토지는 더 이상 농경에 적합하지 않게 되었고, 강의 침식작용으로 지하수위가 낮아지면서 관계용수도 점차 부족해지는 힘겨운 상황을 맞게 되었을 것이다. 즉, 인구를 유지할 만한 농작물 생산이 불가능한 상황이 오고 만 것이다.

이런 상황이 지속적으로 발생하자 아나사지족은 푸에블로 보니토를 떠나 각지로 흩어질 수밖에 없었던 것으로 추정된다. 현재까지는 이 가설이 가장 설득력 있게 받아들여지고 있다.

온두라스

copan
코판

- 건 립 문 명 : 마야 문명
- 건 립 연 대 : B.C. 725년
- 건 립 자 : 마야족
- 발 굴 자 : 후안 가린드
- 현재 소재지 : 온두라스 모타과 강가

'절벽의 창'으로 불리는 유적

코판 유적은 과테말라 국경 부근과 가까운 온두라스 북서부 모타과 강변에 있다. 1936년 미국 카네기 재단의 후원으로 모타과 강의 흐름을 바꾸기 전까지는 침식작용이 지속적으로 일어나는 지역이었다. 그 때문에 최초 건설 당시에는 3기였을 것으로 추정되는 피라미드 중 1기는 완전히 유실되고 말았다.

코판을 최초로 발견한 사람은 대서양을 건너 과테말라에 도착한 스페인인 디에고 가르시아 데 팔라시오였다. 그는 유적을 발견한 즉시 재빨리 본국에 보고했지만, 그가 만든 보고서는 전혀 주목을 끌지 못하고 1860년까지 문서창고에서 깊이 잠들어 있어야 했다.

그후 코판은 여행자들의 기행문에 잠깐씩 등장하기도 했지만, 1834년 중앙아메리카연방(19세기에 잠시 동안 존재했던 국가)의 장군이었던 후안 가린드가 파리 지리학회에 정식 보고서를 보낼 때까지 그 존재는 완전히 잊혀져 있었다. 가린드는 유적 주변 지도를 작성하면서 건물 스케치도 하고, 여러 장소에 대한 소규모 발굴 작업에도 직접 참여했다. 하지만 얼마 후 중앙아메리카연방이 붕괴되면서 가린드는 내전중에 숨을 거두고 말았다.

하지만 그가 '절벽의 창'이라고 이름 붙였던 유적의 동쪽 단면은 그 스케치

코판

와 함께 널리 알려져 유럽 학자들의 주목을 받는 계기가 되었다.

가장 아름다운 마야 유적

코판은 주변 경관과 건축물의 아름다움으로 '가장 아름다운 마야 유적'이라 불리기도 한다. 코판 유적은 주로 아크로폴리스라 불리는 대신전과 그 북쪽에 위치한 대광장으로 이루어져 있다.

아크로폴리스는 계단형 기층부와 유적의 핵심이라 할 수 있는 피라미드로 구성되어 있으며, 피라미드는 신전 역할을 한다.

신전 본체는 피라미드 내부에 있으며, 피라미드 정상에서는 산 동물을 바치는 제사를 벌였던 것으로 추정된다.

대신전 북쪽에 있는 대광장은 마야 문화에서 중요한 역할을 했던 구기(球技)를 벌였던 장소였을 것으로 추정된다. 고무공을 벽에 붙어 있는 돌 바퀴 속으로 통과시키는 구기는 마야에서 신의 일로 간주될 정도로 중요한 의미를 지니고 있었다. 그리고 광장 주변으로는 광장을 둘러싼 듯한 계단형 건축물들이 남아 있는데, 이는 스타디움의 관람석으로 생각된다. 또 유적 주변에서는 마야 문명에서 가장 뛰어난 유물로 평가받고 있는 인물상 조각과 다수의 상형문자, 정확한 달력이 새겨진 석상 유적 등이 발견되기도 했다.

아크로폴리스의 동쪽 반은 유적지 바로 옆을 흐르는 모다과 강의 침식작용으로 많은 피해를 입었는데, 당초 그곳에 있었을 것으로 추정되는 피라미드는 완전히 유실되고 말았다. 후안 가린드가 '절벽의 창'이라고 이름 붙인 동굴은 피라미드 내부가 침식되면서 생긴 동굴이었던 것이다.

가린드가 유적을 처음 발견했을 당시 강 쪽 절벽의 높이는 30미터에 달했지만, 이후 침식이 계속되어 19세기 말에 알프레드 모즐리가 코판의 정밀한 규모를 조사했을 때는 이미 피라미드의 최고 높이까지 유실된 상태였다.

현재는 카네기 재단이 강의 흐름을 바꾸었기 때문에 그나마 침식으로 인한 피해는 더 이상 발생하고 있지 않은 상태이다.

폐허가 된 코판, 톨텍족의 출현이 원인이었을까?

코판이 언제쯤 무슨 이유로 세상에서 잊혀진 존재가 되었는지는 아직도 명확하게 밝혀지지 않았지만, 그 이유는 아마도 톨텍족[75]의 침략 때문일 것으

---

75) 톨텍족 : 10세기에 등장한 멕시코 북부 툴라를 중심으로 강대한 왕국을 건설했던 인디언 집단의 명칭. 톨텍은 단일 부족이 아니라 반수렵민인 톨텍족과 치치멕족이 중심이 된 부족 집단이었는데, 어느 시점부터는 하나의 부족으로 통합되었던 것 같다.

로 추측되고 있다. 유카탄 반도 북부에서 세력을 확장하기 시작한 톨텍족의 등장과 함께 코판은 점점 몰락을 길을 걷게 되었고, 10~11세기 말경에는 사회적 활력을 잃고 말았다. 그래서 14~15세기 어느 때부터 도시는 완전히 방치되었고, 코판은 점차 폐허로 변하기 시작했다.

과테말라

tikal
티칼

- 건 립 문 명 : 마야 문명
- 건 립 연 대 : 2세기 말
- 건 립 자 : 불명
- 발 굴 자 : 알프레드 모즐리
- 현재 소재지 : 과테말라의 페텐 주 페텐이차 호수 부근

숲의 바다 속에 우뚝 솟아 있는 신전

티칼 유적은 과테말라 북부 페텐이차 호수 부근에 자리잡고 있다. 티칼은 마야 문명의 시대 구분으로 보면, 선(先)고전기부터 고전기 말기(2세기 말~8세기 말) 사이에 번영을 누렸던 도시였다. 즉, 다른 마야 도시보다 일찍 세워진 도시였다.

하지만 19세기 후반에 고고학 조사가 이루어지면서 티칼은 약 100년 동안 거대한 종교 행사장일 뿐 주민들은 거의 존재하지 않았던 유적으로 생각되었다. 티칼에 대한 본격적인 학술 조사가 시작된 것은 19세기 후반으로, 미국의 여행가인 존 로이드 스티븐스가 1941년에 출판한 『중앙아메리카, 치아파스, 유카탄 여행담』이 계기가 되었다. 이 기록은 비록 학문적인 공헌은 거의 하지 못했지만 유럽 사회에서 커다란 주목을 받았으며, 이후 중앙아메리카 각지에서 발굴조사를 벌인 알프레드 모즐리에게 커다란 영향을 끼쳤다.

모즐리는 당시 최신식 건판사진기를 이용해서 각지의 유적을 촬영하고, 몇몇 유적은 정밀한 석고 모형으로 만들었다. 모즐리의 사진과 모형은 훗날 고고학 발전에 크게 공헌했으며, 중앙아메리카 고고학의 기초를 닦은 중요한 자산이 되었다.

나란히 서 있는 신전

티칼 유적은 중앙에 서 있는 아크로폴리스라 불리는 석상 건축물과 그 북쪽에 위치한 왕의 고분을 중심으로 구성되어 있다. 그밖에 남쪽과 서쪽에도 피라미드 형태의 신전과 광장이 있다.

그 중 제4신전이라 불리는 높이 64미터의 거대한 피라미드 유적은 보는 이를 압도할 만큼 그 규모가 상당하다. 그러나 유적 대부분이 정글 속에 숨어 있기 때문에 지상에서 도시의 전모를 파악하기는 곤란하다.

중앙에 있는 아크로폴리스는 당초 종교 시설이라고 생각되었지만, 현재는 상류 계급의 주거지였던 것으로 밝혀졌다.

아크로폴리스 주변에는 제1신전부터 제5신전까지 피라미드와 왕의 고분이 나란히 서 있고, 저수지 유적이 있는 남쪽에는 남아크로폴리스라 불리는 피라미드 건축물과 일곱 개의 신전 광장이 위치해 있다. 이 광장은 마야에서 중요한 의식이었던 구기를 했던 장소였던 것으로 추측된다.

종교 도시인가 무역 도시인가?

20세기 후반까지 티칼은 종교 도시로 알려져 있었다. 실제로 다수의 신전과 왕의 고분, 비문 등이 발견된데다 아크로폴리스는 대단히 무더워서 인간이 거주하기에 적합하지 않은 장소로 생각되었기 때문이다. 그래서 한때는 티칼을 거대한 종교 시설로 생각하고, 소수의 사제들만이 거주하는 곳으로 보는 시각이 정설로 되어 있었다.

그러나 1970~1980년대에 마야 문자에 대한 해독이 비약적으로 이루어지고, 이와 따른 발굴조사를 통해 도시를 둘러쌌던 방어 시설과 주민의 생활 유품이 발견되면서 티칼에 대한 평가가 크게 달라지게 되었다.

문자의 해독과 새로운 발굴을 통해 티칼은 멕시코와의 무역 거점이었으며, 최전성기 때는 왕족과 귀족을 정점으로 하는 수만의 사람들이 거주하는 활기찬 거대 도시였다는 사실이 드러났다.

또한 티칼의 주민은 인근 도시와 몇 차례 전투를 벌였는데, 비문에는 전쟁으로 다수의 포로를 얻은 것 외에 각지에 왕족의 딸들을 시집보내서 혈족 관계를 맺었다고 기록되어 있다.

그러나 번영을 자랑하던 티칼도 8세기에는 급속히 쇠퇴했다. 그 이유는 정확하지 않지만 8세기 말에 도시는 버려졌고, 9세기에는 교역로도 티칼 부근에서 멀어진 것으로 밝혀졌다.

최전성기에 수만의 인구를 자랑하던 도시가 어떤 이유로 불과 한 세대 만에 버려진 도시가 되었을까? 학자들은 몇 가지 가설을 들고 있지만, 그 어느 것도 정설이라고 하기에는 설득력이 부족하다. 티칼 몰락의 수수께끼는 마야 문명 붕괴의 원인이 밝혀질 때까지 풀리지 않는 의문으로 남아 있을지도 모른다.

멕시코

chichén itzä
치첸이트사

- 건 립 문 명 : 마야 · 톨텍 문명
- 건 립 연 대 : 7세기~13세기 후반
- 건 립 자 : 선주 마야 민족/쿠쿨칸(톨텍족의 수장?)
- 발 굴 자 : 알프레드 모즐리
- 현재 소재지 : 멕시코 유카탄 반도

중앙아메리카를 대표하는 신전 유적

치첸이트사 유적은 멕시코 남부 유카탄 반도 남중부에서 내륙으로 조금 들어간 곳에 위치해 있다. 마야 문명의 흐름을 이끈 유적이지만 멕시코 중앙 고원을 거점으로 한 톨텍 문명의 영향을 강하게 받은 것으로 알려져 있다. 따라서 마야 문명 시대를 구치첸, 톨텍 문명을 신치첸으로 나누는 경우도 있다.

마야의 역사 자료에 따르면, 쿠쿨칸(깃털 달린 뱀을 의미한다)이라는 인물이 서쪽에서 와서 유카탄 반도를 지배하게 되었다고 한다. 그는 치첸이트사를 제압하고 수도를 건설했다. 이로써 치첸이트사는 전체 규모가 확대되는 계기를 맞게 되었다.

쿠쿨칸은 마야식 호칭이며, 톨텍족은 '날개 달린 뱀' 케찰코아틀이라고 부른다. 케찰코아틀은 톨텍의 신인 동시에 영웅신이었다. 치첸이트사를 지배한 쿠쿨칸은 톨텍족의 우두머리라는 존칭적 표현으로 볼 수 있다.

실제로 도시는 5세기경에 성립된 후 7세기~8세기 사이에 쇠퇴했으나 10세기 전후로 멕시코 중앙 고원 문화의 영향을 받은 치첸족에 의해 재건되었던 것으로 밝혀졌다.

치첸이트사는 중앙아메리카를 대표하는 유적 중 하나이며, 대피라미드는

오랜 옛날부터 알려져 있었다.

예를 들면, 16세기에 멕시코에서 활약했던 이단심문관(가톨릭 교회에서 이단을 판정하는 종교심판관. 이들에게 이단으로 판정받은 사람들은 화형에 처해지거나 가혹한 처벌을 받아야 했다—옮긴이) 디에고 데 란다는 치첸이트사의 대피라미드를 비롯한 몇몇 유적에 대한 기록을 남겨놓았다.

그러나 유적에 대한 학술 조사는 19세기 후반이 되어서야 본격적으로 이루어졌다. 1941년 미국의 여행가 존 로이드 스티븐스의 저서 『중앙아메리카, 치아파스, 유카탄 여행담』이 출판되자, 이 책에 영향을 받은 영국의 알프레드 모즐리와 프랑스의 디지레 샤를네가 치첸이트사를 비롯한 중앙아메리카 유적을 사진으로 촬영하고, 또 여러 차례 조사와 발굴을 벌였던 것이다.

두 시대를 견뎌온 유적

치첸이트사는 북쪽의 새로운 유적인 신치첸과 남쪽의 오래된 유적인 구치첸으로 나눌 수 있는데, 북쪽에 비해 남쪽의 건축물들이 더 복잡하게 배치되어 있다.

스페인어로 엘 카스티요(요새)라고 불리는 유명한 피라미드는 북쪽에 있지만, 그 주변에는 구기장과 전사의 신전, 시장 등이 있고, 북쪽으로 뻗은 성스러운 길에는 석회암 대지 위에 파놓은 세노테라 불리는 연못이 있다.

남쪽에는 대신관의 묘와 수도원, 비문의 신전 등으로 불리는 유적이 흩어져 있고, 카라콜(달팽이)이라 이름 붙은 탑 모양의 유적이 하늘 높이 솟구쳐 있다. 원통 모양의 카라콜 구조는 전통적인 마야 건축 양식과 다른 것으로, 다른 마야 도시에서는 찾아볼 수 없는 치첸이트사만의 독특한 건축물이다.

유적 그 자체는 3단으로 쌓아올린 기단부 위로 높이 22미터의 탑이 솟아 있는 구조로, 그 내부는 카라콜 모양처럼 나선형 계단을 통해 정상으로 올라갈 수 있도록 되어 있다. 건축 당시에는 아무런 문제없이 굳건하게 서 있었을 테지만 그후 머지않은 시기에 개축된 것으로 보인다.

고도로 발달한 천문학

치첸이트사를 특징짓는 유적인 대피라미드와 카라콜은 당시 고도로 발달한 천문학의 산물임이 밝혀졌다. 가혹한 자연 환경 속에서 농경 생활을 했던 마야인들에게 기후 예측만큼 중요한 일은 없었다. 그 때문에 정확한 달력을 통해 계절의 변화를 아는 것이 필요했고, 필연적으로 천문학이 발전하게 된 것이다.

실제로 카라콜의 기단부와 테라스는 주요 천체의 궤도와 합치하도록 만들어졌으며, 탑의 정상에는 관측실이 있었다. 그곳에 나란히 나 있는 창들도 태양과 달의 운행에 맞춰서 설치된 것으로 밝혀졌다. 이런 시설을 이용해서 고대 마야의 천문학자들은 태양과 달, 금성 등의 궤도를 정확하게 계산했고, 정확한 달력을 만들었다.

그뿐만 아니라 대피라미드도 달력과 태양의 운행과 깊은 관계가 있었다. 테라스가 층층이 쌓여 있는 듯한 모습의 피라미드는 사방으로 각기 91단의 계단이 있으며, 이 단수를 모두 합하고 정상의 신전을 더하면 365라는 숫자가 나온다. 그리고 피라미드의 기단부는 9층의 테라스 형태 구조물로 이루어졌지만, 그 밑으로 8층까지는 여섯 곳, 가장 높은 곳에는 네 곳에 패널이 설치돼 있던 흔적이 남아 있다. 이 수를 모두 더하면 52가 되는데, 이는 태양력의 1년 일수인 365일로, 마야 달력 중에 하나인 260일력과는 최대공약수가 된다.

사실 마야에서는 52년마다 커다란 종교 행사가 있었고, 종교 시설의 건설과 보수 등도 그 시기를 맞추어서 했다. 그밖에도 대피라미드 동쪽 계단 가장 하단부에 있는 날개 달린 뱀(케찰코아틀) 조각은 춘분날 저녁이 되면 그 그림자가 계단까지 퍼져나가 종교적인 영감을 불러일으킬 만한 분위기를 만들었던 것 같다.

산 제물을 바치는 도시

치첸이트사의 주민들은 달력과 마찬가지로 산 제물을 바치는 의식을 대단히 중요하게 생각했다. 구기장에서는 종교적인 의미를 지닌, 고무공을 벽에 붙어 있는 돌 바퀴 사이로 통과시키는 구기를 했는데, 게임에 진 팀(일설에는 이긴 팀)의 리더는 산 제물로 머리가 잘리는 운명을 맞았다고 한다.

그리고 대피라미드 북동쪽에 있는 전사의 신전에서도 산 제물을 바치는 의식이 이루어졌다. 신전에서 가장 높은 곳에는 신과 인간의 사자가 옆으로 길게 누운 상이 있는데, 그 배 위에 있는 그릇에 살아 있는 인간에게서 뽑아낸 심장을 올려놓고 신에게 바쳤다고 한다.

이 외에도 치첸이트사에는 산 제물을 바쳤을 것으로 추정되는 신전에 몇 개 더 있다. 또 북쪽에 있는 세노테에서도 산 제물을 바치는 의식이 이루어졌던 것 같다. 세노테는 '산 제물의 샘' 또는 '성스러운 샘'으로 불렸는데, 중요한 종교 의식을 행하는 장소였던 것으로 추정된다.

치첸족에 의해 도시가 재건된 후 치첸이트사는 약 240년 동안 종교 도시이자 교역의 거점으로서 커다란 번영을 누렸다.

하지만 13세 초반 무렵부터 점차 도시가 쇠퇴하기 시작하면서 1224년에 결국 성채 도시인 마야판에게 멸망당하고 말았다. 또 치첸이트사를 정복한 마야판도 13세기에 몰락의 길을 걸으면서 분열이 계속되어 마침내 아스텍 민족의 지배를 받게 되었다.

멕시코

테노치티틀란
tenochtitlan

- 건 립 문 명 : 아스텍 문명
- 건 립 연 대 : 14세기경
- 건 립 자 : 아마카피츄틀 왕
- 발 굴 자 : 멕시모 고고학 연구소 등
- 현재 소재지 : 멕시코의 멕시코시티 지하

호수 위에 떠 있는 도시

현재 멕시코의 수도인 멕시코시티 주변은 분지이지만 1591년에 스페인의 에르난 코르테스가 방문했을 때만 해도 텍스코코라는 이름의 호수가 넓게 자리잡고 있었다. 그 호수 속에 떠 있는 섬 위에 도시가 존재했는데, 바로 아스텍의 왕도인 테노치티틀란이었다.

당시 멕시코 고원 지방에 살았던 치치멕이라 불리는 수렵민족의 일부인 아스텍족은 12세기 중반 고원 중부로 진출해서 14세기 무렵에는 아마카피츄틀 왕의 주도로 현재의 멕시코시티에 테노치티틀란을 건설했다. 테노치티틀란은 국왕을 정점으로 15~30만 정도의 주민이 살았던 멕시코 고원 최대 도시로 한껏 번영을 누렸다.

그러나 아스텍과 사이가 좋지 않았던 주변 여러 국가들과 손을 잡은 에르난 코르테스는 테노치티틀란을 정복하고 장대한 고원 도시를 완전히 파괴해 버리고 말았다. 그후 새로운 정복자들이 된 스페인인들은 폐허가 된 테노치티틀란 위에 새로운 도시를 건설하면서 호수를 메워버렸다. 그 때문에 테노치티틀란은 흔적을 찾아보기 힘든 역사 속의 도시로 잊혀지고 말았다.

1978년 공사 도중 조각을 비롯한 몇몇 유물들이 발굴되면서 전설로만 남아 있던 아스텍의 대신전도 발견되었다. 이후 멕시코 고고학 연구소 주도로 대규모 발굴조사가 지속적으로 이루어지면서 테노치티틀란에서 다수의 유물들이 발견되었다. 이를 통해 도시 중심부에 존재했던 신전이나 각종 건축물에 대해서는 어느 정도 윤곽을 파악할 수 있게 되었고, 장대한 도시의 일부이지만 당시 상황을 재현할 수 있게 되었다.

현재 테노치티틀란이 존재했던 곳은 멕시코시티 중심 구역이기 때문에 당시 유적은 거의 존재하지 않는다. 하지만 조사 결과를 토대로 만들어진 정교한 모형을 통해 테노치티틀란의 중심부 모습을 살펴볼 수 있게 되었다. 이 모형은 현재 멕시코시티에 있는 국립 인류박물관에 전시되어 있다.

테노치티틀란은 호수 위에 떠 있는 직경 수 킬로미터, 둘레 10여 킬로미터의 정방형 섬으로 건설되었으며, 시내는 동쪽으로 티오판, 서쪽의 아차코알코, 남쪽의 묘트란, 북쪽의 쿠에포판 등 방위에 따라 네 구역으로 나누어졌다.

또 각 구역 내부도 질서 정연하게 구획지어져 있었으며, 종횡으로 수로가 놓여 있었다. 호숫가 쪽으로는 섬 내부로 연결되는 여섯 개의 길이 나 있었고, 배의 통행과 방어를 위해 곳곳에 목조 다리가 설치되어 있었다. 다리의 폭은 약 30미터 정도로 거대한 수상도시의 주민들이 왕래하는 데 지장이 없을 정도로 상당히 큰 규모였다.

그리고 대도시 주민들의 식량을 해결하기 위해 서쪽에 있는 담수지를 제방으로 막아 농지를 조성했다. 또 주민들에게 식수를 공급하기 위해 두 개의 수로를 놓아서 어느 한쪽이 청소를 하거나 보수중일 때도 물을 확보할 수 있도록 했다.

습지를 메워서 건설한 도시였기 때문에 주민들은 청결에 대한 관심이 높았다고 한다. 스페인인들의 기록에 따르면 도로는 정기적으로 청소를 했고, 쓰레기는 큰배에 실어서 바다 멀리 버렸다고 한다.

유혈의 신전

테노치티틀란의 중심인 북쪽 티오판 지구에는 티오카리라는 성역이 있었다. 티오카리는 사방 500미터 넓이의 신전 구역으로 신전과 제단, 투기장, 구기장, 왕궁 등이 장식을 한 높은 성벽에 둘러싸여 있었다.

주신전은 대피라미드 정상에 만들어졌는데, 태양신 토나티우와 비의 신 틀라룩의 신전이 서로 마주보고 있었다.

신전 정면에는 신에게 참배하기 위해 만들어놓은 폭이 넓은 계단이 있었으며, 테라스에는 유명한 '성스러운 다섯 제단'이 놓여 있었다. 이 성스러운 다섯 제단은 신에게 바치는 산 제물을 올려놓기 위해 만든 것으로, 제단 위의 희생자는 산 채로 심장이 꺼내지는 죽음의 고통을 겪어야만 했다. 물론 심장을 꺼내는 것은 신관의 일이었다. 아스텍에서는 큰 일이나 행사가 있을 때마다 산 제물을 바쳤기 때문에 언제나 신전 주변에서는 도살장에서 나는 악취가 풍겼다고 한다.

그러나 코르테스의 정복 후 도시는 모조리 파괴되고, 신전도 가톨릭 교회로 대체되었다. 현재는 과거의 영광과 유혈, 죽음의 기억만이 멕시코시티 지하에서 깊이 잠들어 있다.

멕시코

teotihuacan
테오티우아칸

- 건 립 문 명 : 불명(마야 문명?)
- 건 립 연 대 : B.C. 100~750년
- 건 립 자 : 불명
- 발 굴 자 : 톨텍족
- 현재 소재지 : 멕시코 중부 멕시코시티 근교 북동쪽 50킬로미터

신들이 모임을 가졌던 테오티우아칸

멕시코의 자랑인 동시에 중부아메리카 최대 유적인 테오티우아칸은 아직도 풀리지 않는 수수께끼로 가득 차 있다.

'신들의 모임 장소'라는 이름을 가진 테오티우아칸 유적은 멕시코 수도인 멕시코시티에서 북동쪽으로 약 50킬로미터 떨어진 곳에 있다.

테오티우아칸 유적은 멕시코 국민에게도 상당히 친숙한 유적지일 뿐만 아니라 해외에서도 그 이름이 널리 알려져 있다. 하지만 높은 지명도만큼이나 그 이면에 감추고 있는 수수께끼도 적지 않다. 다른 유적과 달리 어떤 민족이 이 놀라운 고대 도시를 건설했는지조차도 아직 알려져 있지 않다.

정밀한 계획에 따라 건설된 도시

조사 결과, 테오티우아칸은 완벽한 계획 도시였던 것으로 밝혀졌다. 도시의 주도로인 '죽은 자의 거리'가 사람의 등뼈처럼 도시를 남북으로 관통하고, 중앙에는 태양의 피라미드와 기둥이 줄지어 선 광장이 서로 마주보고 있었다.

거리 북쪽 끝에는 궁전과 광장, 달의 피라미드 등이 있었으며, 남쪽 끝에는 케찰코아틀(날개 달린 뱀)의 신전과 대광장이 있었다.

유적에서는 신전을 비롯한 종교 건축물과 지배자의 왕궁 외에도 일반 시민들의 주거지도 다수 발견되었다. 실제로 최전성기 때의 테오티우아칸에는 20만 이상이 살았을 것으로 추정되는데, 이는 세계사적으로 볼 때 가장 규모가 큰 고대 도시라 할 만하다.

테오티우아칸은 주변이 언덕으로 둘러싸인 약 260평방킬로미터의 분지 속에 있었다. 곳곳에 마르지 않는 샘과 수량이 풍부한 하천이 있어서 농업이 발달했으며, 또한 분지 밖으로 자연스럽게 난 길로 교역도 활발하게 이루어졌던 것 같다.

도시는 죽은 자의 거리 양쪽으로 갈비뼈처럼 펼쳐진 도로를 따라 넓어지며, 직각으로 꺾어져 흐르는 산 후안 강은 운하의 역할을 했던 것으로 추정된다.

태양의 피라미드는 고대 도시 테오티우아칸을 상징하는 대피라미드였다. 현재 멕시코시티 중심부에 세워져 있는 대피라미드는 1910년 멕시코 독립 100주년을 기념하기 위해 고고학자 레오폴드 파드레스가 중심이 되어 새롭게 복원한 것이다. 이 피라미드는 고대 중앙아메리카의 최대 건축물로 그 높이가 65미터에 달하고, 기단부의 폭만도 224미터에 이를 정도로 거대하며, 정상에는 목조 신전에 있었다.

대피라미드의 배치가 태양의 운행과 일치한다는 사실을 알았던 아스텍인들은 이 거대한 건축물에 태양의 피라미드라는 이름을 붙였다. 그리고 북쪽에 있는 달의 피라미드 역시 아스텍인들이 이름을 붙인 것으로, 형태상 태양 피라미드와 대칭을 이루는 건축물이었다.

테오티우아칸에서 다수의 유적이 발굴되었지만, 그 중 가장 놀라운 것은 고대 도시 그 자체라고 할 수 있다. 즉, 일정한 기획하에 도시의 모든 것이 질서정연하게 배치되어 있었기 때문이다.

일설에 따르면 도시 전체가 천문학에 바탕을 둔 일정한 법칙에 따라 계획

되었으며, 건물들도 그 원리에 따라 배치되었다고 전해진다.

테오티우아칸의 건설자는 누구인가

하지만 이런 놀라운 도시를 건설했던 테오티우아칸의 주민들은 8세기 중반 돌연 종적을 감추고 말았다. 테오티우아칸의 구조에 대한 의문은 아직도 풀리지 않은 채 남아 있다. 또 주민들이 왜 도시를 버리고 일제히 사라져버렸는지도 수수께끼가 아닐 수 없다.

11세기경, 후에 아스텍 문명의 주역이 된 톨텍족이 테오티우아칸을 발견했을 때 도시는 폐허 상태였고, 그 유래를 아는 사람은 아무도 없었다. 그들은 이 도시를 성지로 삼아 자신들의 묘지로 만들었다.

지금까지 여러 조사를 통해 테오티우아칸를 건설한 사람들은 톨텍족과 아스텍족이 사용했던 나와틀어를 말할 수 있었던 어떤 한 종족이었을 것으로 추측되고 있다.

오파츠

고대 유적 발굴 현장에서는 가끔 기묘한 유물들이 발굴되기도 한다. 유적이 존재했던 시대에 전혀 존재하지 않았던 것이나 지금까지도 제조법이 알려지지 않은 유물 등이 발견되기도 한다. 이것들을 통칭해서 오파츠라고 부른다.

오파츠란 Oopats=Out-Of-Place ARTifactS의 약자로 '장소에 어울리지 않는 유물'이라는 의미다. 원래는 미국의 동물학자이자 초현상연구가인 아이번 샌더슨이 '장소에 어울리지 않는 사물 Out of Place Thing'이라는 용어를 처음 사용한 데서 비롯된 말이다. 기자의 피라미드와 스톤헨지도 건축 방법이 확실치 않기 때문에 오파츠라고 할 수 있지만, 통상적으로는 작은 유물을 가리킬 때 주로 사용한다.

구체적인 예로, 팔렝케에서 발견된 석관을 들 수 있다.

1952년 6월 15일 멕시코의 고고학자 루이리엘이 팔렝케에 있는 비문의 신전을 조사하던 중 신전 지하에서 왕의 석관을 발견했다. 유물 자체는 지극히 평범해서 웬만한 학자들도 알 만한 것이었다.

하지만 길이 380, 폭 229, 길이 25센티미터의 석관 덮개에 기묘한 그림이 그려져 있었다. 왕이라고 생각되는 인물이 캡슐 모양의 탈 것에 두 다리를 벌리고 올라타서 손으로는 조종대를 잡고, 다리는 페달을 밟고 있는 형상에, 탈것의 후방에는 노즐 모양의 구멍에서 불꽃이 분출되고 있는 기묘한 그림이었다. 이 그림이 무엇을 표현하는 것인지는 아직도 밝혀지지 않고 있다.

또 중앙아메리카 북동부에 있는 벨리즈(멕시코와 과테말라 동쪽으로 국경을 맞대고 있는 카리브해 연안의 작은 국가─옮긴이)에서는, 1926년 영국의 탐험가 미첼 헤지스가 마야의 유적지에서 성인 인간의 해골 크기만한 커다란 수정 촉루(비바람을 맞아 뼈만 남은 해골-옮긴이)를 발견했다. 촉루는 치아 하나하나에 이르기까지 대단히 정교하게 만들어졌는데, 아래턱을 분리할 수도 있었다. 이같은 모양의 수정 촉루를 만들려면 모래를 이용해 인간이 직접 연마하는 데 300년이나 걸린다고 한다. 그렇다면 고대 마야인은 도대체 어떤 도구를 사용해서 이런 수정 촉루를 만들 수 있었을까? 또 그 작업 과정은 어떠했을까?

위에서 예를 든 것말고도 오파츠는 다수 존재한다. 널리 알려진 것으로 남극이 기록된 중세 때의 피리 라이스 지도(중세 때까지만 해도 남극의 존재는 알려져 있지 않았다—옮긴이)와 인도 뉴델리에 있는 녹슬지 않는 철주 등을 들 수 있다.

사실 오파츠라고 하면 흔히 우주인이나 초월적인 존재를 떠올리기 쉽다. 하지만 실제로 그런 것이라고 하기에는 의문점이 너무나도 많다. 팔렝케의 경우, 현대인들이 보면 기묘하게 보일지 모르지만 당시 사람들에게는 어떤 의미를 가진 그림이었을 것이다. 또 수정 촉루도 무언가 우리가 알지 못하는 다른 제작 수단이 반드시 있었을 것이다.

정확하게 어떤 것이라고 말하기는 어렵지만, 오파츠는 분명 인간이 잃어버린 기술과 지식이 밝혀지는 날을 기다리고 있다.

멕시코

uxmal
욱스말

- 건 립 문 명 : 마야 문명
- 건 립 연 대 : 7세기경
- 건 립 자 : 마야족
- 발 굴 자 : 존 로이드 스티븐스, 프레드릭 캐서우드
- 현재 소재지 : 멕시코 남부 메리다 시 남쪽 80킬로미터

아름다운 유적

멕시코 유카탄 반도 남부 메리다 시에서 남쪽으로 80킬로미터 떨어진 곳에 푸크라고 불리는 구릉지대가 있다. 욱스말 유적은 이 푸크 구릉지대에 위치해 있다. 주변에는 사일 유적과 카바 유적도 있어서 이를 통칭해서 푸크 유적군이라 부르기도 한다.

욱스말 유적은 푸크 유적군에서 가장 아름다운 건축물인 '통치자의 궁전'으로도 유명하다.

욱스말의 존재를 전세계에 알린 것은 미국의 탐험가 존 로이드 스티븐스와 영국의 화가 프레드릭 캐서우드였다. 1841년에 두 사람이 함께 저술한『중앙아메리카, 치아파스, 유카탄 여행담』과 1943년에 출판된 캐서우드의 지극히 사실적인 그림은 일반 대중과 학계의 폭발적 관심을 불러일으켰다. 이들의 저서는 유럽에서 다수의 연구자들에게 영향을 주었고, 그후 조사와 발굴이 이어지는 계기가 되었다.

욱스말 유적은 유명한 '통치자의 궁전'과 대피라미드를 중심으로 남북 약 1,000미터, 동서 약 600미터 지역에 건축물이 산재해 있는 비교적 아담한 유적이다.

난쟁이가 하루 만에 만든 '마술사의 신전'

메리다에서 유적지로 접어들면 우선 '마술사의 신전'으로 불리는 피라미드를 볼 수 있다. 여기서 남쪽으로 가면 '통치자의 궁전' 뒤쪽이 나온다. '통치자의 궁전' 북쪽에는 구기장과 거북의 집, '사각형 수녀원'이라 불리는 유적이 산재해 있고, 서쪽으로는 대피라미드가 우뚝 솟아 있다.

'마술사의 신전'으로 불리는 피라미드는 마야 유적 중에서 대단히 보기 드문 타원형으로 높이가 38미터에 이른다. 피라미드 동쪽으로 난 89계단을 통해 정상에 있는 신전에 올라갈 수 있는데, 기울기가 60도나 되기 때문에 매우 조심해야 한다. 이 급경사는 피라미드를 실제 이상으로 높이 보이게 만드는 효과가 있다고 한다.

마술사의 신전에는 모두 다섯 개의 신전이 있다. 지표에서 가장 가까운 신전이 가장 오래된 제1신전으로 여기서 '욱스말의 여왕'으로 불리는 조각상이 발견되었다. 기단부에서 3분의 1 정도 올라간 곳에 제2신전이 있고, 그 바로 위에 제3신전이 있다. 그리고 그 위로 보존상태가 가장 좋은 제4신전이 있다. 제4신전 입구는 정면에서 볼 때 피라미드 서쪽으로 괴물이 입을 벌리고 있는 장식이 있고, 내부에도 여러 가지 장식이 남아 있다. 그리고 정상에 제5신전이 있다.

전설에 따르면 '마술사의 신전'은 알에서 태어난 난쟁이가 욱스말 왕의 도전을 받고 하루 만에 지은 것이라고 한다.

마야 건축의 최고봉 '통치자의 궁전'

앞에서 이야기한 것처럼 욱스말에서 가장 유명한 건축물은 '통치자의 궁전'이라 불리는 유적으로, 3층의 테라스 위에 장병형 건물을 올려놓은 것 같은 모습이다. 건물의 완벽한 균형도 그렇지만 파사드[76]에 새겨진 조각은 연구자들의 지대한 관심을 불러일으키고 있다.

구조적으로는 세 개 건물로 나누어져 있는 건축물이지만 가운데 있는 건물에는 입구가 일곱 곳에 나 있다. 건물 중심으로 나 있는 방으로 통하는 입구는 모두 세 곳으로, 가장 가운데 있는 입구 위에는 왕좌에 걸터앉은 왕자상이 있다. 양 날개는 아치형 구조물에 의해 중앙 건물과 떨어져 있지만 멀리서 보면 하나의 건물처럼 보인다.

아치형 구조물에는 파사드와 같은 모습으로 여러 장식이 어우러져 있는데, 특히 아치 양끝에 있는 기둥 모양 조각은 수많은 마야 유적 중에서도 가장 아름다운 것으로 평가받고 있다.

이러한 장식들은 스티븐스와 캐서우드의 저서를 통해 널리 소개됨으로써 마야 예술의 수준이 결코 다른 문명권에 뒤지지 않는다는 것을 보여주었다.

또한 '통치자의 궁전' 자체도 뛰어난 장식과 전체적인 구성, 단순하면서도 세련된 균형미로 인해 전체 마야 건축 중에서 가장 아름답고 안정감 있는 건축물로 손꼽히고 있다.

---

76) 파사드 : 서양 건축물의 정면, 전면을 지칭하는 용어. 보통 도로와 광장에 접해 있는데, 건물로 말하면 '얼굴'이라고 할 수 있다.

멕시코

palenque
팔렝케

- 건 립 문 명 : 마야 문명
- 건 립 연 대 : 6세기경
- 건 립 자 : 마야족
- 발 굴 자 : 데 솔리스 신부
- 현재 소재지 : 멕시코 남부 치아파스주 산토 도밍고 델 팔렝케 부근

정글 속에 잠들어 있는 유적

멕시코 치아파스주 정글 지대에 산토 도밍고 델 팔렝케라는 마을이 있다. 유적은 이 마을에서 조금 떨어진 정글 속에 숨어 있는데, 팔렝케라는 이름은 원래 지명을 잃어버렸기 때문에 이웃 마을의 이름을 따서 붙인 것이다. 팔렝케 주변은 멕시코에서도 많은 강수량을 자랑하는 지역으로 유적은 정글 속에 감춰져 있다.

팔렝케 유적은 18세기 후반, 현지 인디언들이 선교를 위해 찾아온 데 솔리스 신부에게 팔렝케의 존재를 알려주면서 발견되었다. 이때의 발견이 유럽에 전해지면서 팔렝케는 많은 사람들의 입에 오르내리는 유적지가 되었다. 고고학에 관심을 가지고 있던 당시 스페인 국왕은 몇 차례 조사관을 파견했지만, 팔렝케에 대한 조사관들의 보고서는 문서창고에 파묻히는 신세가 되었고, 귀중한 유품들도 왕족들의 수집품으로 전락해버리고 말았다.

이후 세월이 한참 흐른 뒤인 1937년, 팔렝케에 대한 최초의 과학적인 조사는 미국의 탐험가 존 로이드 스티븐스와 영국의 화가 프레드릭 캐서우드에 의해 이루어지게 되었다.

5백 개 이상의 건축물이 들어서 있는 신전 도시

팔렝케 중심부는 오토름 강가 대지에 자리잡고 있으며, 유적 전체는 지형을 특별히 고려해서 배치된 것으로 보인다. 팔렝케 중앙에는 광장이 있으며, 그 바로 남쪽에서는 내부에서 617개의 신성(神聖)문자를 새긴 비문이 발견된 '비명(碑銘)의 궁전'이 서 있다. 또 광장 동쪽에 서 있는 궁전들은 팔렝케의 상징으로 널리 알려져 있다.

그밖에 광장에서 오토름 강을 따라 동쪽으로 가면 '십자가의 신전'과 '태양의 신전', '잎의 십자가 신전' 등이 나온다. 어느 신전이든 기복이 심한 지형을 충분히 활용해서 피라미드 토대 위에 건설되었다.

유적 북쪽에는 구기장과 북쪽 신전군이라 불리는 일련의 유적이 있는데, 전체적으로 500개 이상의 건축물이 있을 것으로 추정되고 있다. 하지만 지금까지 조사된 것은 단지 34개 유적에 불과하다.

팔렝케에 있는 '비명의 궁전'에는 문자 그대로 수많은 비문이 새겨져 있으며, 보존 상태도 비교적 양호한 편이다. 초기 연구자들 중에는 비문을 대수롭지 않게 여겼던 사람도 있었지만 조사가 진전되면서 그 중요성이 점차 커지게 되었다.

그 중에서도 '96개의 신성문자 비석'은 마야 문자 해독에 큰 영향을 끼쳤으며, 그 외에도 수많은 비석과 릴리프(아름다운 부조-옮긴이)가 학자들의 많은 관심을 불러일으켰다. 또한 '비명의 궁전'은 고고학계에서 피라미드에 대한 기존의 학설을 뒤집는 중요한 발견의 장이 된 것으로도 유명하다.

팔렝케 왕의 고분

제2차 세계대전이 끝난 후인 1949년, 멕시코의 고고학자 루이리엘이 팔렝케 유적에 대한 조사에 착수했다. 그는 피라미드 주변과 궁전 내부에 무성하게 자라난 나무와 풀을 제거하는 과정에서 우연히 617개의 신성문자가 새겨진 비문을 발견하게 되었다. 순간 루이리엘은 벽이 바닥 밑까지 이어지고 있다는 것을 알고 그 밑을 세밀하게 조사하기 시작했다.

  그 결과 놀라운 유물들이 튀어나왔다. 신전 바닥 밑에는 지하로 이어지는 계단이 있고, 그 앞에서 토기와 조개껍질, 비취가 들어 있는 작은 상자가 나왔다. 발굴을 계속하자 석벽과 석탄층, 산 제물의 해골 등이 발견되었고, 마침내 왕족의 묘가 모습을 드러냈다. 묘는 우주를 배경으로 괴물이 인간 남성을 입으로 삼키고 있는 모습이 그려진, 편평한 석관으로 닫혀 있었는데, 그 아래 관이 안치되어 있었다. 관 속에는 놀랍게도 비취 가면과 온몸에 장식품을 부착한 팔렝케 왕이 매장되어 있었다.

  팔렝케 발굴을 통해 다른 마야 유적에 대한 이제까지의 시각이 크게 변하게 되었다. 이전까지만 해도 마야의 피라미드는 신전이며, 이집트의 피라미드는 왕의 무덤이라는 것이 고고학계의 일반적인 시각이었다. 하지만 팔렝케 왕의 묘가 발견되면서 그런 주장은 힘을 잃게 되었다.

  팔렝케에 있는 비명의 궁전은 신성문자 비문과 더불어 마야 문명의 수수께끼를 푸는 데 실마리를 제공한 소중한 유적으로 오래도록 기억될 것이다.

멕시코

san lorenzo, la venta, tres zapotes, laguna de los cerros

올멕 4대 성지 산 로렌소/라 벤타/트레스 사포테스 라과나 데 로스 세로스

- 건 립 문 명 : 올멕 문명
- 건 립 연 대 : B.C. 13세기~10세기경
- 건 립 자 : 불명
- 발 굴 자 : M. W. 스탠릭
- 현재 소재지 : 멕시코 중서부, 멕시코 연안 지역 타바스코주와 베라크루스주 사이

중앙아메리카의 역사를 바꾼 거대한 두상

1862년 멕시코 중서부 정글 지대에서 한 농부가 발견한 거대한 현무암 두상(頭像)은 중앙아메리카 고대 문화의 발전을 탐구하는 데 있어 지극히 중요한 역할을 했다. 이 거대한 두상을 계기로 남아메리카에서 가장 역사가 오래된 문명인 올멕의 존재가 밝혀지게 되었던 것이다.

올멕은 인디오 말로 오린(고무라는 뜻) 나라 사람이라는 의미다.

거대한 두상이 발견되기 전까지 중앙아메리카 최고(最古)의 문명은 마야 문명이라는 것이 학자들의 보편적인 견해였다. 그러나 거대 두상에 흥미를 가졌던 미국의 고고학자 M. W. 스탠릭의 주도로 조사를 벌인 결과, 석상은 마야보다 더 오래된 문명이 만든 것으로 밝혀졌다. 그후 이 문명은 문자와 달력도 가지고 있었으며, 후에 마야 문명에 대단히 큰 영향을 준 것으로 밝혀졌다.

그러나 발굴조사가 진행되면서 새로운 수수께끼들이 나타나기 시작했다. 무엇보다도 이 올멕 문명이 언제 발생했으며, 어떤 기원을 가지고 있는지가 불분명했다. 뿐만 아니라 언제 어떤 형태로 사라졌는지도 전혀 밝혀지지 않았다. 시작과 끝에 관해서는 그 어떤 단서도 찾아내는 게 불가능했다. 또 당시 사람들이 어떻게 생활했는지, 거대한 두상에 어떤 의미가 있는지 아무런 실

마리도 찾아낼 수 없었다.

올멕 4대 성지

올멕 문명 유적은 멕시코만 연안 타바스코 주와 베라크루스 주 사이에 있는 정글 지대에 집중적으로 몰려 있다. 그중에서도 산 로렌소, 라 벤타, 트레스 사포테스, 라과나 데 로스 세로스는 올멕 4대 성지로 특히 유명하다.

4대 성지 주변에는 다른 유적지도 있는데, 이는 올멕 문화권이 해안 일대로 넓게 퍼져나갔음을 보여주는 좋은 증거라 할 수 있다. 또 올멕은 멕시코 고지와 유카탄 반도, 남미 문명 등과 교류가 있었으며, 각지의 문명에 커다란 영향을 주었을 것으로 추정되고 있다.

올멕 문명의 상징으로 유명한 거대한 두상은 산 로렌소에서 아홉 개가 발견된 것 외에도 라 벤타와 트레스 사포테스, 코파다에서도 발견되었다.

석상은 모두 몸통이 없고, 머리 부분만 땅 속에 묻혀 있는 상태로 발굴되었다. 그중에서도 코파다에서 발견된 두상은 높이 3.3미터, 무게 20톤에 달하는 것으로, 올멕 문명이 상당히 고도로 조직화된 문명이었다는 사실을 보여준 확실한 증거라 하겠다.

현재까지 16개가 발견된 두상은 B.C. 13세기~7세기 사이에 만들어진 것으로 모두 헬멧 모양의 모자를 쓰고 있다. 또 두툼한 입술과 편평한 코, 부리부리한 눈과 쏘아보는 듯한 표정도 공통적이다. 그 표정을 통해 추정한 모델이 바로 아프리카인 혹은 아메리카를 기원으로 하는 고대인일 것으로 연구자들은 보고 있지만, 확증할 수 있는 유물은 아직 발견되고 있지 않다.

거대한 두상은 연안 지역에서 멀리 떨어진 투스트라 산지의 현무암을 가공해서 만든 것이지만, 왕의 옥좌였던 바위를 깎아서 만들었을 것이라는 견해도 있다. 서로 견해 차이가 약간 있지만, 무언가 주술적인 힘을 가졌던 바위가 두상의 재료로 사용되었다는 사실만큼은 분명한 것 같다. 하지만 왜 두상만 발견되고 있는지, 또 몸통 부분은 아예 처음부터 만들어지지 않았는지 하는 의문이 계속 제기되고 있다. 아직 불분명한 점이 많은 것이다.

올멕 4대 성지에서는 거대한 두상 외에도 적지 않은 유물과 유적이 발견되었다. 그중에서 라 벤타에서는 흙을 33미터 높이로 쌓아올린 원추형 피라미드와 기단부를 둘러싼 안뜰, 계단 모양 피라미드 등이 발견되었다. 라 벤타에서 발견된 네 개의 거대한 두상은 큰 기단 앞에 묻혀 있었는데, 마치 계단 모양 피라미드를 수호하는 듯한 형태로 배치되어 있었다. 유적 지하에서는 각종 석상과 타일이 발견되었으며, 그 중에서 재규어 인간이라 불리는 높이 20센티미터 정도의 석상은 올멕 문화의 실체를 규명할 수 있는 중요한 자료로 평가받고 있다.

실제로 라 벤타에서는 지하에 많은 돌을 깔아놓은 다음 485개의 사문암(蛇紋岩 – 뱀 문양 바위)으로 재규어를 모자이크해놓은 유적이 발견되었다. 올멕 사회에서 재규어는 중요한 모티브였던 것 같다. 하지만 모자이크 위에 점토와 햇볕에 말린 벽돌이 쌓여 있어서 지상에서 볼 수는 없다. 그 때문에 지하에 존재하는 신들을 위해 만든 기념물일 것으로 추정되고 있다. 라 벤타에는 모자이크 외에도 점토층에 대량의 사문암을 깔아놓은 유적이 발견되었는데, 올멕인들은 지하에 신의 세계, 적어도 무언가 다른 세계가 존재한다고 생각했던 것 같다.

중앙아메리카의 상징, 재규어 신

중앙아메리카 여러 문명에서 재규어는 비의 신으로 널리 숭배받았다. 올멕 문명에서의 재규어 숭배는 후에 마야 문명을 비롯한 지역의 여러 문명권으로 계승되었다.

중앙아메리카의 독특한 기후와 풍토가 비를 중시하는 문화를 낳았고, 그것이 남아메리카 정글 최강의 육식성 맹수인 재규어와 결합되었던 것이다.

올멕인들은 민족의 기원을 재규어에서 찾았던 것 같다. 재규어와 인간의 성교 장면을 묘사한 석상들이 다수 발견되었을 뿐만 아니라 릴리프(부조) 등에도 재규어나 반재규어 인간이 자주 등장하기 때문이다.

그러나 재규어가 묘사된 석상이나 릴리프는 대부분 스페인 식민지 시대에 파괴되었고, 현재까지 남아 있는 유물은 그다지 많지 않다. 특히 재규어와 인간의 성교 장면을 묘사한 석상은 가톨릭 선교사들에 의해 철저하게 파괴되어 온전하게 남아 있는 것이 거의 없을 정도다.

유적이 풍화되기 쉬운 기후와 선교사들에 의한 파괴 때문에 올멕 문명의 세부적인 사항까지 파악하는 데는 어려움이 있을 수밖에 없다. 자료의 빈곤이 초래한 수수께끼가 아직도 너무나 많다. 그 때문에 우주인 기원설 같은 가설마저 등장하고 있는 실정이다.

수수께끼와 신비에 휩싸인 올멕 문명의 실체가 규명되는 날은 과연 언제일까?

페루

batan grande
바탄 그란데

- 건 립 문 명 : 시칸 문명
- 건 립 연 대 : 10세기경
- 건 립 자 : 불명
- 발 굴 자 : 시마다 이즈미
- 현재 소재지 : 페루 북부 바탄 그란데

황금으로 둘러싸인 문명

페루에 잉카 문명이 등장하기 전부터 페루 북부, 즉 현재의 바탄 그란데를 중심으로 한 태평양 연안 일대에 고도로 발달된 문명이 존재했다. 적극적인 발굴조사가 이루어지지 않아 한때 잉카 문명의 일부로 오인받기도 했지만 최근 미국 남일리노이 대학의 시마다 이즈미 교수의 발굴조사를 통해 서서히 그 실체가 드러나고 있는 중이다.

8세기부터 14세기 말까지 번영을 누렸던 이 문명은 흔히 시칸 문명이라고 불린다. 시칸은 금세공을 비롯한 고도의 야금 기술과 관개(灌漑)로 대표되는 치수 기술, 어업 등으로 뒷받침되는 국력을 바탕으로 에콰도르에서부터 페루 북부 지방에 이르는 태평양 연안을 지배했다.

그리고 내륙으로는 아마존 강 원류 지역까지 그 영향력을 넓혔으며, 교역망도 상당히 광범위하게 뻗어나갔던 것으로 추정되고 있다.

900~1100년경에 시칸 문명은 최전성기를 맞았으며, 중앙 안데스 지역에서는 최강의 국가가 되었다.

또한 시칸은 수준 높은 문화와 문명을 자랑했으며, 시칸의 신들은 페루와 태평양 연안 일대에서 신앙의 대상으로 숭배되었다. 그리고 금세공을 비롯한 시칸의 공예품과 예술 양식은 시칸 붕괴 후에도 계승되어 잉카 문명에 커다란 영향을 끼쳤던 것으로 알려져 있다.

엄청난 보물과 함께 잠든 유해

시칸의 수도였던 바탄 그란데 유적은 1978년부터 현재까지 계속 발굴조사가 이루어지고 있다.

유적에 대한 조사는 작은 산처럼 우뚝 솟아 있는 신전 유적을 체계적으로 분류해서 중요한 신전부터 순번을 매기는 방식으로 진행되었다. 그러한 신전 중에서 로로 신전은 비교적 보존 상태가 양호해서 활발한 조사가 이루어졌다.

바탄 그란데에는 로로 신전 외에도 메르셋 신전과 펜타나스 신전 등이 있으며, 이에 대한 발굴조사도 진행되고 있다.

유적 조사 과정에서 로로 신전 북쪽에 아직 발굴되지 않은 무덤이 있다는 사실이 밝혀졌다. 무덤 자체는 시칸의 전형적인 양식인 수혈식(竪穴式: 땅을 세로로 곧게 파서 시신을 매장하는 방식—옮긴이)으로 전혀 도굴당하지 않은 상태였다.

무덤 속에는 산 제물로 보이는 네 명의 남녀와 다량의 부장품이 무덤 주인인 것으로 보이는 중년 남성의 시신과 함께 매장되어 있었다. 네 명의 산 제물은 성별을 알 수 없는 5~6세 어린이, 10~12세 어린이, 젊은 여성 두 사람이었다. 한 어린이는 무릎을 구부리고 신위를 모신 가마 위에 앉아 있었고, 또 한 어린이는 고개를 젖혀 위를 쳐다보는 독특한 자세로 발굴되었다. 그리고 무덤 북서쪽에서 60점 이상의 금제품을 넣은 상자가 나왔고, 바로 그 밑에 젊은 두 여성이 묻혀 있었다.

무덤의 주인은 약 2천 매에 달하는 금판이 잔뜩 붙은 외투 위에 다리를 꼰 듯한 자세로 '엎드린 채' 매장되어 있었고, 유체는 가면과 몇몇 장신구를 몸에 붙인 상태로 깊이 잠들어 있었다.

출토된 유물을 면밀하게 조사한 시마다 교수는 이 묘의 주인이 40대 전반 나이에 매장되었을 것으로 추정했다. 후두부는 절벽형으로 볼 수 있을 만큼 편평했는데, 이는 유아기 때 요람에서 자란 것이 원인이었던 것으로 보인다.

그리고 이 남성은 짙은 눈썹과 높은 코, 갸름한 턱을 가진 단정한 용모였을 것으로 짐작되지만 치아만큼은 좋지 않았던 것 같다. 치아는 상당히 많이 닳아 있었는데, 음식이 특별히 딱딱한 것이었거나, 아니면 음식 속에 언제나 모래 같은 이물질이 들어 있었던 것으로 추정된다.

유체는 황금 마스크를 쓰고 있는 것 외에도 많은 부장품이 함께 매장되어 있어서 무덤의 주인이 생전에 상당히 높은 지위에 있었을 것으로 추정된다. 그리고 무덤의 주인은 손과 발의 뼈가 불완전했는데, 단순히 뼈를 통해 생활 상태를 가늠하기는 힘들지만 집안에서 꼼짝도 하지 않고 편하게 살았던 것 같지는 않다.

수많은 부장품들

묘에서 출토된 부장품은 총 중량이 1.2톤에 달할 정도로 상당했다. 그 중에서도 눈에 끄는 것은 다수의 금제품으로, 순도가 높은 것만도 1백여 점이나 발견되었다. 물론 순도가 낮은 것이 훨씬 더 많았다. 또 동쪽에는 횡혈식(橫穴: 땅을 가로로 판 구덩이에 시신을 매장하는 방식-옮긴이) 무덤이 있었는데, 이곳에서도 다수의 부장품과 귀금속들이 발견되었다.

무덤에서 출토된 부장품 중에는 장식품과 귀금속 외에도 앞서 말했던 신위를 모신 가마와 농기구처럼 보이는 유물도 발견되었다. 신위는 본체뿐만 아니라 청동으로 만든 자루도 발견되었는데, 거의 완전한 형태로 매장되어 있었다.

또한 농기구로 생각되는 가늘고 긴 청동제 도구도 여러 개가 함께 묶여 있는 상태로 발견되었으며, 그 주위에서는 몇 개의 토기와 토우(土偶)도 출토되었다.

장식품으로는 권력의 상징인 원반이 셋 달린 지팡이를 비롯해 장식이 있는 깃발과 귀고리 등이 발견되었으며, 벨트처럼 개인의 몸에 부착하는 것도 다수 출토되었다. 그외 장식품으로 보기에는 약간 이상하지만 귀금속을 잘게 부순 것이 몇 개 매장되어 있었다. 그리고 황금 주전자 등도 발견되었다. 이러한 부장품들 중에서 독특해 보이는 것이 바로 지팡이다. 지팡이 앞에 마치 손잡이 같은 것이 달려 있다. 지팡이는 묘의 주인 밑에 묻혀 있었는데, 마치 죽은 사람이 손을 뻗어 잡고 있는 것처럼 놓여 있었고, 그 왼손에는 금으로 만든 컵이 들려 있었다.

안데스에서 사라진 시칸 문명

시칸 문명은 14세기경부터 점차 힘이 약해지면서 14세기 말에는 페루 북부에서 세력을 확장한 치무 왕국에 정복당하고 말았다. 바탄 그란데에 있던 황금으로 빛나던 도시는 그 얼마 전인 11세기 중반 무렵부터 더 이상 사람들이 살지 않는 버려진 땅이 되었다.

시칸 멸망의 원인은 오로지 추측만이 가능하지만, 연구자들 중에는 지속되는 재해와 내분으로 시칸의 신들이 구심력을 잃은 것이 아니냐고 주장하는 사람도 있다.

그러나 멸망의 원인이 그 어떤 것이었다 해도, 시칸의 뛰어난 야금·공예 기술은 그후에도 계승되어 잉카까지 이어지는 하나의 양식으로 정착되었다.

중앙 · 남아메리카 문명의 흐름

오래 전부터 아메리카 대륙에서 살았던, 인디언이라 불리던 선주민족들은 약 3~4만 년 전 베링 해협을 넘어 아시아에서 건너왔다. 빙하기가 끝난 후에는 유라시아 대륙과 아메리카 대륙이 바다가 아닌 육지로 연결되어 있었기 때문에 걸어서 이동할 수 있었다.

대륙을 건너온 후 아메리카 대륙 북부 지역에서 흩어져 살던 이들은 B.C. 1만 2000년경에는 메소아메리카 지역, 즉 현재의 유카탄 반도까지 진출했다.

중앙아메리카에는 B.C. 2000년 전부터 화전 농업이 발달해서 주민들이 정착해 살기 시작했다. 세월이 한참 흐른 후인 B.C. 10세기에는 멕시코 연안에 올멕족이 나타나서 주변 일대를 지배했다.

그후 B.C. 2세기경에는 멕시코 중앙 고원에 테오티우아칸을 중심으로 하는 문명이, B.C. 1세기경에는 유카탄 반도에서 마야 문명이 성립되었다.

8세기 중반 무렵이 되자 테오티우아칸 문명이 소멸하고, 9세기 후반에는 톨텍족이 서서히 세력을 확장하기 시작했다. 하지만 이 역시 아스텍 왕국에게 정복당하고 말았다.

한편 마야 문명은 몇 차례의 쇠퇴를 거듭하면서 티칼과 팔렝케 같은 도시국가를 건설하고, 달력과 천문학을 발달시키면서 유카탄 반도 전역에 그들의 문명을 확산시켰다.

남아메리카에서는 안데스 산맥을 중심으로 몇 개의 왕국이 번영을 누리다 소멸했다. B.C. 2500년경에는 중미를 넘어온 사람들이 자리를 잡고 주거지를 건설했다. 200년대에는 안데스 북쪽에 모체 왕국이, 남쪽에는 나스카 왕국이 출현했다. 나스카는 거대한 지상화를 그린 문명으로도 유명하다.

8세기의 시작과 함께 우아리 왕국이 등장해서 안데스 산맥 일대의 문명을 통일했지만, 12세기가 되면서 다시 분열되어 소국가들이 난립했다. 그후 시칸 왕국('바탄 그란데' 편 참조)이나 치무 왕국 같은 국가들이 탄생했지만 그들은 단지 안데스 산맥 일부 지방만 지배했을 뿐 강력한 통일국가는 아니었다.

14세기 후반부터는 수도 쿠스코를 중심으로 잉카가 대제국을 건설하고 안데스 산맥 일대를 지배하게 되었다.

이렇게 번영을 누렸던 중남미 문명은 안타깝게도 16세기에 스페인의 침략으로 모두 멸망당하고 말았다. 지금은 단지 그들의 유적만이 남아 있을 뿐이다.

페루

machu picchu
마추픽추

- 건 립 문 명 : 잉카 문명
- 건 립 연 대 : 불명(6세기~16세기 초반?)
- 건 립 자 : 불명
- 발 굴 자 : 히람 빙엄
- 현재 소재지 : 페루 쿠스코 시에서 북서쪽 70킬로미터 안데스 산맥

공중에 떠 있는 도시

페루 남부 안데스의 험난한 산들을 넘어 깊은 계곡을 건너가면 마추픽추 산과 와이나픽추 산의 정상 사이에 공중도시라는 별명을 가진 마추픽추 유적이 있다.

마추픽추는 제국 최후의 잉카(황제라는 의미)인 아타우알파가 콩키스타도르[77])에 대한 저항의 거점으로 삼은 '전설 속의 비르카밤바'였을 것으로 추정되지만 아쉽게도 그런 사실을 입증할 수 있는 유물은 발견되지 않았다. 마추픽추 유적은 잉카 제국에서 유일하게 콩키스타도르의 침탈을 받지 않은 도시이며, 부당한 지배에 맞서 싸운 잉카 문명의 상징으로 페루 원주민들의 각별한 사랑을 받고 있다.

마추픽추 유적은 1911년 미국의 히람 빙엄이 처음으로 발견했다. 예일대 역사학과 교수였던 그는 스페인 정복자들도 발견하지 못했던 마추픽추를 찾기 위해 온갖 어려움을 마다하지 않았다. 급류가 흐르는 강과 계곡을 건너 거의

---

77) 콩키스타도르 : 스페인어 본래의 의미는 '정복자'이지만 16세기 시작과 함께 중남미 각 지역에 침입한 스페인 모험자들을 지칭한다.

수직으로 깎아지른 듯한 와이나픽추의 급경사면을 기어오른 다음 두 산의 정상을 이어주는 좁은 능선을 지나 마침내 마추픽추에 도달할 수 있었다.

마추픽추 유적은 유유히 흐르는 우루밤바 강과 마추픽추 산이 둘러싸고 있어서 접근하는 것 자체가 쉽지 않다. 하지만 잉카인들은 병풍처럼 둘러싸고 있는 급경사면에 계단을 만들고, 능선 위로 펼쳐져 있는 쟁반처럼 좁은 평지에 도시를 건설했다.

좁은 공간을 최대한 활용했기 때문에 건물들은 답답해 보일 정도로 빼곡이 들어서 있다. 또 도시 아래 급경사면에 만들어진 계단식 밭이 유적 전체를 둘러싸고 있어서 기묘한 풍광을 자아내기도 한다. 계단식 밭을 넘어 도시의 좁은 문을 몸을 구부리고 빠져나가면 바로 묘지가 나온다. '삼창(三窓)의 신전'을 옆으로 바라보면서 테라스 모양의 광장을 빠져나가 언덕에 오르면 인티우아타나 불리는 해시계와 마주치게 된다. 마추픽추가 번영을 누리던 때 바로 이 장소에서 동짓날 밤을 새면서 태양을 묶어두려는 제사를 지냈던 것으로 추정된다.

언덕 아래에는 광장 쪽으로 두 개의 신전이 있다. 주신전에는 황제의 미라를 넣어두었던 것으로 추정되는데, 햇빛을 통한 건조 효과를 노리기 위해 지붕을 만들지 않았던 것 같다. 그리고 바로 옆에는 축제나 행사 때 황제의 미라를 공개했을 것을 보이는 안치소 건물이 있다. 이러한 건축물들을 둘러싸고 있는 벽의 일부는 거대한 화강암을 사용해서 만들었는데, 큰 바위 사이에는 돌로 만든 작은 블록들을 빈틈없이 채워넣었다.

또 하나의 신전은 반원형으로 지어졌는데, 광장 쪽으로는 벽이 없는 개방된 형태다. 나머지 세 면에만 벽이 있고, 건물 뒤 동쪽으로 커다란 창이 셋 있어서 이 신전을 흔히 '삼창의 신전'이라고 부른다.

신전 옆에는 유적을 발견한 빙엄을 감동시킨 것으로 유명한, 돌로 쌓은 대단히 아름다운 벽이 있다. 엄청난 집념과 기술이 아니면 도저히 만들지 못했을 이 벽은 오로지 커다란 돌로만 쌓았는데도 면도칼조차 들어가지 않을 만큼 정교하며, 돌과 돌 사이의 접합면도 상당히 매끄러워서 '남미에서 가장 아름다운 벽'으로 불리고 있다.

여성들만 살아남았던 도시?

마추픽추는 언제쯤 건설되었으며, 그 마지막은 과연 어떤 모습이었을까? 확실한 것은 무엇 하나도 지금껏 밝혀지지 않았다는 사실이다. 앞에서 이야기한 것처럼 최후의 잉카가 세웠던 전설의 비르카밤바라고 주장하는 사람도 있고, 잉카에 굴복당하지 않았던 고지의 민족들이 수도 쿠스코를 방어하기 위해 건설한 요새라고 주장하는 전문가도 있다.

실제로 히람 빙엄이 마추픽추를 처음 발견했을 때 모든 신전과 황제들의 묘는 비어 있었다. 때문에 잉카의 신비를 풀 수 있는 유물이나 그 실마리가 될 만한 것도 전혀 발견할 수 없었다. 하지만 도시 아래쪽에 있는 동굴에서 발견된 유체를 조사한 결과, 매장되어 있던 185구의 유체 중 109구가 여성의 유체라는 사실이 밝혀졌다. 이를 통해 적어도 마추픽추 말기에는 주민의 대부분이 여성이었을 것으로 추정되고 있다.

이 때문에 마추픽추는 잉카 제국 초기부터 신과 잉카만을 위해 길러진 '태양의 처녀'들의 수도원이었다는 주장도 있다. 연구자에 따라서는 잉카의 남성은 콩키스타도르에게 계속 저항하기 위해 재산과 함께 멀리 떨어진 다른 곳에 있었을 것이라고 주장하는 사람도 있다. 하지만 그 어떤 주장이든 분명하게 뒷받침할 만한 증거는 아직도 발견되지 않고 있는 상태다.

페루

cuzco
쿠스코

- 건 립 문 명 : 잉카 문명
- 건 립 연 대 : 15세기 중반
- 건 립 자 : 파차쿠티
- 발 굴 자 : 불명
- 현재 소재지 : 페루 쿠스코 시

남미 최대의 제국, 잉카 제국의 수도

남미 최대의 제국을 건설한 잉카는 1250년경부터 1533년까지 수도 쿠스코를 중심으로 번영을 누렸다. 페루 중앙 산악지대에서 태평양 연안과 안데스 산맥에 이르는 넓은 지역에 흩어져 살았던 잉카 부족이 세운 잉카 제국. 이들은 독자적인 케추아어를 사용했으며, 아이유라 불리는 일종의 혈연·지연 집단을 사회적 기반으로 삼았다.

1400년경 잉카 제국은 치무 왕국을 합병해서 북으로는 에콰도르의 키토 부근에서부터 남으로는 칠레의 티티카카 호 주변 저지대에 이르는 광대한 지역을 장악했다. 그리고 국왕 잉카는 신의 화신이자 태양의 아들로 제정과 군사 분야의 최고 실권자로 전제정치를 펼쳤다.

잉카 제국의 수도로서 영화를 누렸던 고도 쿠스코는 표고 3,457미터에 달하는 페루 남부의 고원 지대에 위치해 있다. 쿠스코는 급격히 성장하는 신흥 제국의 수도로서 번영을 자랑했지만 1533년 제국이 붕괴될 때까지 그 절정기는 불과 100년에도 미치지 못했다. 이 도시는 잉카 제국 대대로 황제의 명에 따라 조금씩 건설이 이루어졌지만, 1438년에 즉위한 제9대 황제인 파차쿠티에 의해 제국 수도로서의 위상이 확립되었다.

파차쿠티 황제 시대는 잉카 제국이 급속히 세력을 확장한 시대이며, 동시에 창조신 비라코차 신앙이 뿌리를 내린 시대이기도 했다.

잉카의 전승은 쿠스코의 기원을 다음과 같이 이야기하고 있다.

창조신인 비라코차가 현재의 티티카카 호에 있던 '아톤 코야오'라는 태양의 섬에 망코 카팍과 아오 오쿠요라는 두 남녀를 창조해서 그들을 부부로 만들었다. 그후 비라코차는 둘에게 황금 지팡이를 주면서 "이 지팡이가 가라앉는 곳을 거처로 삼아라"는 천명을 내렸다.

신의 명령을 받은 두 사람은 긴 여행 끝에 쿠스코 남쪽에 있는 파카리탐푸(기원의 땅)에 간신히 도착했다. 그리고 그곳에 있는 아우카우리 언덕에서 지팡이를 던졌더니 와카이 바탄에 가라앉았다. 그들은 이곳을 거처로 정했다.

이 이야기가 바로 잉카의 기원에 관한 전설이다. 이 전설에 따르면 결국 쿠스코는 잉카 제국의 발상지 위에 건설된 것으로 볼 수 있다. 쿠스코는 케추아어로 '배꼽'을 뜻하는데, 이는 잉카족이 자신들의 수도인 쿠스코를 세계의 중심으로 생각했다는 단적인 증거라 할 수 있다.

잉카 제국의 축소판

쿠스코는 우아타나이 강과 톨마요 강 사이에 끼어 있는 가늘고 긴 도시로, 위에서 내려다보면 그 모습이 마치 퓨마처럼 보이기도 한다.

북서쪽의 사크사우아만 요새는 퓨마의 머리, 우아타나이 강과 톨마요 강의 합류점에 인접해 있는 남동쪽의 푸마츄판은 꼬리, 와타나이 강의 굴곡은 복부의 형상을 띠고 있다. 그리고 중앙 광장에 해당하는 와카이 바탄과, 인접해 있는 궁전은 심장의 위치에 놓여 있다.

쿠스코는 퓨마의 형상을 띠고 있을 뿐만 아니라 제국 전체의 축소판으로 그에 걸맞게 건물과 시설이 배치되었다. 실제로 궁전을 중심으로 중요한 건축물들은 와카이 바탄 부근에 배치되었고, 신분이 낮을수록 그 주거지는 '도시 변방'으로 밀려났다.

도시 전체는 잉카의 행정 구분에 따라 네 개 구로 나누어졌으며, 주민들의 출신지도 거주지 결정에 큰 영향을 끼쳤다.

잉카 제국의 중추인 쿠스코에는 궁전을 비롯한 수많은 건물들이 존재했다. 하지만 스페인인들이 잉카를 정복한 후 그 대부분을 파괴했기 때문에 현재까지 남아 있는 건물은 거의 없다.

그 중에서도 쿠스코에서 가장 유명했던 비라코차 신전과 '태양의 처녀 궁전'인 아쿠야와시, 태양 신전인 코리칸차 같은 종교 건축물은 철저하게 파괴되었고, 바로 그 위에 가톨릭 교회와 수도원들이 건설되었다.

현재까지 남아 있는 대규모 건물 유적은 사크사우아만 요새와 도시 주변부에 있는 몇몇 건물들에 불과하다. 하지만 과거 코리칸차가 서 있던 자리 위에 세워진 산토 도밍고 교회 서쪽에는 반원형의 석벽 일부가 남아 있다. 쿠스코가 번영을 누릴 당시 이 석벽에는 황금으로 두른 장식이 있었지만 모두 스페인 정복자들의 수중에 들어가고 말았다.

기록으로 남은 쿠스코

쿠스코는 대규모 침탈을 받은 끝에 철저하게 파괴되었기 때문에 도시 그 자체만을 보고 지나간 과거를 떠올리기는 힘들다. 하지만 스페인인들은 자신들이 침략했던 쿠스코에 대한 상세한 기록을 남겨놓았다. 그러한 문헌이나 기록을 통해 쿠스코의 전성기 모습을 상상해보는 것은 가능하다.

기록에 따르면 코리칸차는 초대 황제였던 망고 카팍부터 대대로 황제가 살았던 궁전이지만, 애당초 망고 카팍이 건설했던 신전은 인티칸차라 불리는 비교적 작은 건축물이었다고 한다. 그러나 시대가 흐르면서 신전과 붙어 있는 궁전과 새로운 주거지를 포함하는 일군의 건물 전체를 태양 신전, 즉 코리칸차라고 부르게 되었다고 한다.

그리고 태양 신전의 본체는 약 70×60미터 규모의 건물로 북서쪽으로 나 있는 유일한 입구는 인티판파라 불리는 태양 광장으로 통했다고 기록은 전하고 있다.

광장 주변에는 태양 신전 외에도 각기 달, 별, 천둥, 뱀을 모시는 신전이 있었다고 전해진다. 또 광장에는 옥수수 밭과 다섯 개의 분수가 있었는데, 황제와 그 일족들은 옥수수 밭에서 직접 농사를 지었다고 한다. 여기에서 수확한 옥수수는 태양신에게 공물로 바쳤다.

분수는 잉카의 왕비들이 혼인 의식을 하기 전에 자신의 몸을 청결히 하는 장소였으며, 태양신이 묘사된 순금제 릴리프(부조)가 있었지만 모두 스페인 정복자들에게 빼앗겨버리고 말았다.

스페인인들이 잉카 제국을 침략할 당시 제국은 아타우알파와 우아스카르라는 두 명의 황제가 내전을 벌이고 있는 상태였다. 내전에서 승리해 쿠스코를 장악한 아타우알파는 강력한 힘을 가진 스페인인들을 이용해 제국을 지배하려고 했지만 그의 의도는 실패로 돌아갈 수밖에 없었다. 결국 스페인 정복자들은 황제 아타우알파를 처형한 후 쿠스코를 잔인하게 침탈했다.

궁전과 신전에 있던 황금 제품들은 모두 약탈당했고 건물들은 모조리 파괴되었다. 특히 종교적인 건축물들은 철저하게 파괴를 당했고, 바로 그 자리 위에 들어선 가톨릭 교회는 주민들에게 개종을 강요했다.

하지만 주민들은 새로운 지배자에게 저항의 깃발을 들었다. 간헐적으로 발생한 반란도 결국 스페인 정복자들의 물리력 앞에서는 무력해질 수밖에 없었다. 1871년 최후의 잉카였던 츠팍 아말 2세가 처형되자 더 이상의 저항은 일어나지 않았다.

이렇게 해서 남미 최대의 제국이었던 잉카 제국의 역사는 완전히 막을 내리고 말았다.

볼리비아

티아우아나코
tiahuanaco

- 건 립 문 명 : 잉카 이전 문명?
- 건 립 연 대 : 6세기경
- 건 립 자 : 불명
- 발 굴 자 : 불명
- 현재 소재지 : 볼리비아 티티카카 호수 주변

잉카 이전 문명의 존재를 보여주는 유적

　티아우아나코는 볼리비아 서부 고원지대에 위치한 해발 3,800미터의 티티카카 호수 남쪽 가장자리에 자리잡고 있다.

　티아우아나코 유적은 오랜 세월 동안 채석장으로 이용되었기 때문에 많은 유적이 파괴되었고, 그 중에는 구조물의 거의 전부가 건축 자재로 사용되어 아예 사라져버린 것도 있다. 이런 이유로 티아우아나코는 그 기원과 멸망에 관한 정보가 극히 적은 유적 가운데 하나로 알려져 있다.

　티아우아나코는 동서와 남북으로 가로지르는 두 개의 주도로를 중심으로 폭 450미터, 길이 1,000미터의 대지 위에 여러 고대 건축물들이 산재해 있는 유적이다.

　유적 중에서 가장 큰 규모를 자랑하는 것은 아카파나라 불리는 계단형 피라미드로, 하단부는 215미터의 장방형이며, 높이는 55미터에 달한다. 그러나 표면에 화장석(化粧石)을 덧대는 바람에 피라미드가 붕괴되어 건설 당시의 최고 높이를 측정하는 일은 이제 불가능해졌다. 피라미드 북서쪽에는 칼라사사야라고 불리는 직사각형의 광장이 있다. 135×130미터 규모의 이 광장은 궁전 유적으로 추정되고 있다.

그리고 광장 주변에는 반지하 신전이 있다. 지하 1.7미터 깊이로 만들어진 신전에는 180개의 조각 가면들이 빼곡이 들어차 있었다. 이런 가면들이 어디에 사용되었으며, 왜 반지하 형태로 신전을 만들었는지는 정확하게 밝혀지지 않고 있다.

남서쪽에는 퓨마 푼크라 불리는 신전 유적도 있지만 대부분의 유적이 침탈에 의해 손상·붕괴되어 건설 당시의 모습은 어디서도 찾아볼 수 없다.

이러한 좋지 못한 후세의 여러 일들이 조사의 커다란 장애가 되었고, 결국 티아우아나코의 기원에 관해 여러 주장이 난무하게 된 원인이 되었다.

16세기에 스페인 정복자들이 이곳을 방문했을 때 이미 티아우아나코는 폐허로 변해 있었다. 현지 인디오들에게 들어봐도 아주 오랜 옛날부터 있었던 것으로, 대홍수 후에 하얀 신 피라코차가 와서 만들었다는 대답만 돌아올 뿐이었다.

티아우아나코 유적은 잉카 제국이 성립되기 수백 년 전부터 독자적인 문화를 가지고 장대한 도시를 건설했던 민족이 존재했다는 사실을 증명해주는 확실한 증거라고 할 수 있다. 따라서 티아우아나코의 기원에 대한 조사는 잉카 문명의 기원을 밝히는 것과 서로 밀접하게 관련되어 있다고 볼 수 있다.

하얀 신 피라코차는 과연 누구였을까

티아우아나코의 수수께끼는 무수하지만 그 중에서 최대의 의문은 어떤 민족이 이 도시를 건설했는가이다. 아직까지 건설자의 정체가 베일에 싸여 있지만, 티아우아나코의 건설자가 후에 잉카 문명에 커다란 영향을 준 것만큼은 분명한 사실인 것으로 보인다. 예를 들면, 티아우아나코의 뛰어난 돌 배치 방법에 감명을 받은 잉카의 황제가 이곳에서 석공을 데리고 왔다는 전승이 있고, 또 건축이나 장식 양식에서도 잉카와의 유사점이 상당히 많이 발견되고 있기 때문이다.

그러나 두 문명 사이에 유사점이 발견되었다고 해도 그 기원과는 별개의 문제다. 칼라사사야 광장 정면에는 '태양의 문'이라 불리는 석상 건축물이 있는데, 윗부분에는 마치 인간처럼 보이는 기이한 용모의 릴리프(부조)가 새겨져 있다. 이 인물상은 화려하게 머리를 길렀지만 인류학상 인디오에게는 머리를 기를 정도로 머리털이 길게 나지 않는다는 사실이 밝혀졌다. 그렇다면 이 인물은 인디오와는 전혀 다른 종족으로밖에 볼 수 없다. 만약 그게 아니라면 무언가 장식품으로 치장한 인물이었을지도 모른다.

이 릴리프의 인물을 창세의 영웅인 비라코차 신으로 보는 연구자도 많지만,

잉카 이전에 비라코차 신앙이 정착되었는가에 대해서는 각기 다른 견해들이 있어서 정확하게 말하기는 어렵다. 설사 릴리프가 비라코차 신이라 하더라도 티아우아나코의 기원을 밝히는 실마리가 되지는 않기 때문이다.

그 때문에 연구자들 중에는 초고대문명, 예를 들면 무 대륙 기원설처럼 완전히 실증되지 않은 가설을 통해 티아우아나코의 기원을 설명하려는 사람도 등장하고 있다.

티아우아나코의 기원에 관한 수수께끼가 이토록 많은 사람들의 관심을 불러일으키고, 그와 동시에 로맨틱하게 받아들여지고 있다는 사실만큼은 분명하다.

페루

나스카의 지상화
nazca line

- 건 립 문 명 : 잉카 문명
- 건 립 연 대 : 2세기경
- 건 립 자 : 불명
- 발 굴 자 : 헤스페, 폴 코소크
- 현재 소재지 : 페루 남부 나스카 평원

수수께끼의 지상화

나스카의 지상화(地上畵)로 불리는 일련의 선과 도형은 페루 남부 태평안 연안, 일반적으로 나스카 평원이라 불리는 건조지대에 그려져 있다.

황량한 사막 위에 동물, 식물, 곤충, 인간, 물고기, 새, 기하학 모형 등 30여 개의 지상화가 그려져 있으며, 그림의 크기는 10~100미터로 상당히 거대하다.

지상화는 누군가가 돌을 옮겨서 지표면의 흙을 노출시키는 방식으로 그린 것으로 밝혀졌다. 이 지역에는 비가 거의 내리지 않기 때문에 한번 대지에 생긴 흔적은 쉽사리 없어지지 않는다는 특징이 있다. 이런 지역적 특성을 통해 돌을 옮긴 흔적을 확인함으로써 지상화의 제작 과정을 밝혀낸 것이다.

이 지상화는 잉카 제국이 성립되기 이전부터 이 지역에서 번영을 누리던 문명인이 그린 것이다. 지상화 근처에서 그들이 남긴 신전 등의 유적을 찾아볼 수 있지만 지상화가 워낙 유명해서 그들의 실체는 다소 가려진 듯하다. 지상화는 엄청난 크기와 기발한 디자인, 무엇보다 '어떤 목적으로 그렸는지 도무지 알 수 없다'는 신비감으로 인해 세계인들의 이목을 집중시키고 있다.

그러나 과학적인 조사가 시작된 지 반세기 이상 경과한 지금까지도 나스카에 대한 의혹은 점점 더 깊어만 가고, 해결의 실마리조차도 보이지 않는 상태

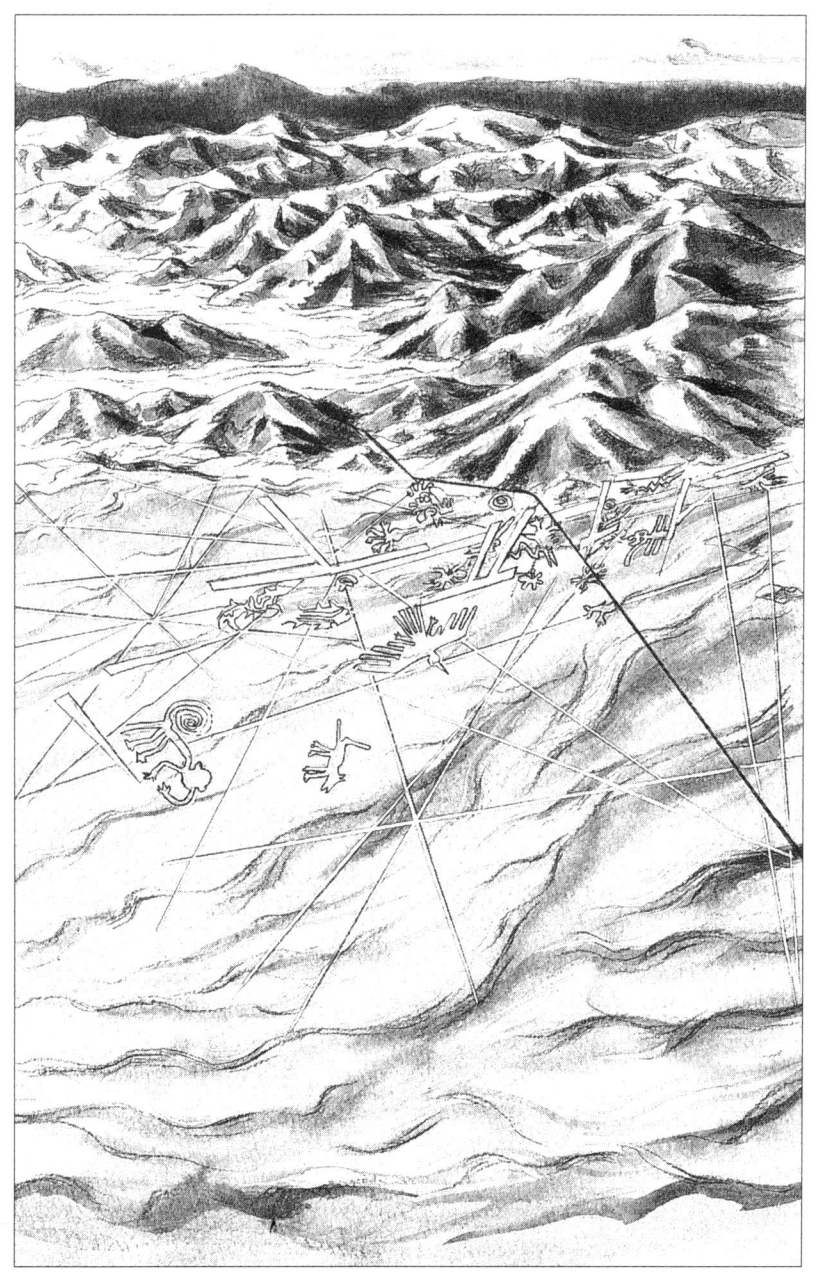

이다.

나스카에 불가사의한 개천이 다수 존재한다는 사실은 16세기~17세기의 기록에도 등장하며, 1920년대에는 이 지역 상공을 비행하던 여객기 기장과 승객들 사이에 수수께끼의 도형에 관한 수군거림이 흘러나와 소문이 되기도 했다.

1927년에는 페루의 고고학자 헤스페가 현지 조사를 벌이고 나서 그 한참 뒤인 1939년에 '도형은 종교적인 의식을 위해 사용된 고대의 신성한 도로' 라는 간단한 보고서를 발표했다.

그러나 헤스페의 보고서에는 가설을 구체적으로 입증할 만한 근거가 전혀 없어서 설득력을 얻지 못했다. 그 때문에 헤스페의 보고서는 그다지 주목받지 못하다가 때마침 제2차 세계대전이 발발하는 바람에 다른 자료들 속에 섞여 사장되는 신세가 되고 말았다.

지상화와 천문학의 관계

1941년 미국의 역사학자인 폴 코소크는 아내와 함께 나스카를 방문해서 지상화를 둘러본 다음 자신의 견해를 정리한 보고서를 학회에 보냈다. 코소크는 동짓날 해가 어떤 특정한 개울 방향으로 떨어지는 것을 우연히 발견하고 지상화와 그 주변의 직선이 천문학적인 현상과 관련있을 것이라고 생각했다. 하지만 코소크는 자신의 주장을 입장할 만한 데이터를 얻지 못한 채 귀국할 수밖에 없게 되자 독일에서 이주해온 마리아 라이헤에게 연구를 의뢰했다.

라이헤의 연구는 제2차 세계대전으로 잠시 중단되었다가 종전 후 다시 재개되었다. 그녀는 지상화에 대한 적극적인 조사와 연구를 통해 적지 않은 사실들을 밝혀냈다. 또 그 결과들을 기록으로 남기기도 했다.

연구 결과에 따르면, 새와 물고기 같은 동물 그림보다 기하학적인 도형이나 직선 그림이 압도적으로 많으며, 또 몇몇 직선은 '방사(放射)의 중심'이라는 어떤 특정한 지점으로 집중되고 있다는 것이다. 그리고 지상에 그려진 도형의 거의 대부분은 하나의 선으로만 이루어져 있는데, 이는 붓글씨를 쓸 때 붓 끝을 떼지 않고 한 번에 글을 써내려간 것처럼 도형이 그려졌다는 것이다.

이러한 사실들을 통해 라이헤는 나스카의 지상화가 대단히 큰 천체운행도와 성좌표일 것으로 생각했다. 그녀의 주장에 따르면, 직선은 태양과 달, 별의 천체 방향을 표시하는 것이며, 지상화는 성좌를 나타낸다는 것이다.

라이헤의 주장은 어느 정도 설득력을 지닌 것으로 학회에서도 주목을 받았지만, 얼마 지나지 않아 지상화와 천체의 관련성이 희박하다고 지적하는 연구자들이 등장하기 시작했다. 실제로 나스카의 직선은 모든 방향을 향해 뻗어 있으며, 특정한 방향으로 집중되어 있지는 않다. 그 때문에 지상화가 천체 관측용이었다는 주장은 상당 부분 설득력을 잃게 되었다.

그리고 다른 몇몇 학자들은 나스카의 기후나 풍토 자체도 천체 관측에 적합하지 않다고 주장했다. 설사 지상화가 천체의 운행과 관계가 있다고 해도 밤에는 거의 보이지 않는 지상의 선이 천체 관측의 역할을 했다고 보기는 어렵다는 것이었다.

그래서 미국의 천문학자인 제럴드 홉킨스가 나스카의 지상화와 천체운행과의 상관관계를 컴퓨터로 분석해본 결과, 둘 사이에는 아무런 관련이 없다는 분석 결과가 나왔다. 이로 인해 천체운행도설은 결정적인 타격을 받게 되었다. 물론 홉킨스의 분석에도 문제점은 있었다. 특히 모든 직선을 완벽하게 데이터화하지 않았다는 점에서 비판의 대상이 되었다. 그러나 오히려 천체운행도설의 신뢰성에 중대한 의문이 있다는 사실만큼은 틀림없는 사실로 받아들여졌다. 때문에 그 후의 연구는 방향 전환을 할 수밖에 없었다.

다양한 가설들-UFO설, 문양설, 제사장설

천체운행도설을 주장한 라이헤 외에도 다수의 사람들이 나스카의 수수께끼를 설명하기 위해 다양한 주장들을 내놓았다. 그 중에는 나스카의 지상화를 UFO에게 보내는 메시지라거나 고대 나스카인들이 기구를 타고 올라가 관측용으로 그렸을 것이라고 보는 다소 색다른 주장도 있다.

그러나 UFO에게 보내는 메시지설은 근거가 박약한 픽션에 불과하고, 기구설 역시 설득력을 얻기 힘든 주장으로 보인다. 기구설을 주장하는 사람들의 견해에 따라 고대 나스카에서 입수 가능한 모든 재료를 사용해 기구를 만든 다음 날게 해보았지만, 기구의 비행 가능성과 지상화의 관계에 대해서는 도무지 설명이 되지 않는다는 것이다.

대부분 이러한 가설들은 높은 장소나 상공에서 관측하지 않으면 지상화를 그리는 것이 불가능하다는 오해에 기반을 두고 있다. 하지만 실제로 작은 밑그림을 일정한 비율로 계속 확대해가면 높은 장소에서 유도하지 않아도 지상화를 그리는 것이 가능하다. 사실 라이헤는 이 같은 방법으로 지상화를 재현할 수 있다는 사실을 실증적으로 보여주었다.

결국 현재까지 제기된 다양한 주장들은 거의 대부분 결함이 있어서 지상화의 수수께끼를 해명하는 데까지는 이르지 못하고 있다.

최근에는 나스카에서 오랜 옛날부터 살아왔던 사람들의 풍속과 전통, 멘탈리티 등에 관심을 갖고 문화인류학적 방법을 동원해 지상화의 수수께끼를 풀어보려는 움직임도 있었다. 이런 시도는 몇 가지 흥미로운 결과를 낳았다.

예를 들면, 학자들은 많은 직선이 교차하는 '방사의 중심'에 주목하고, 안데스 고원지대에 전해 내려오는 주술적인 도표(道標=이정표)가 이와 유사하다는 사실을 밝혀냈다. 즉, 지상화가 길을 안내하는 역할을 하지 않았겠느냐는 추정이지만 아직까지 확실한 증거가 없는 상태이다.

그리고 종교 의식을 위한 문양설과 제사장설을 주장하는 연구자도 적지 않은데, 이들 역시 확실치는 않지만 나름대로 약간의 근거는 갖고 있다.

사실 안데스에는 나스카의 지상화와 유사한 상징을 사용하는 종교가 다수 존재한다. 이들 종교에서는 태양과 달의 운행, 특히 하지와 동지 같은 특정한 날은 상당히 중요한 의미를 가지고 있었다.

수중고고학

수중고고학은 20세기에 들어와서 탄생한 새로운 고고학 분야 중 하나이다.

물 속에서는 유물의 부식이나 환경 오염에 의한 파괴, 누군가에 의해 약탈되는 일이 거의 발생하지 않기 때문에 유물이나 유적이 비교적 양호한 상태로 남아 있는 경우가 많다. 그 반면에 물 속이라는 특수한 환경 때문에 쉽게 조사하기 어렵다는 문제도 있다.

그러나 제2차 세계대전이 끝날 무렵 수중조사선이 발명되면서 물 속에서의 활동이 한결 수월해지게 되었다. 따라서 해저에 가라앉아 있는 유적에 대한 조사도 활발히 이루어지게 되었다. 그리고 최근에는 기술의 진보로 카메라를 내장한 소형 잠수정을 이용해 물 속을 조사하는 일도 가능해졌다.

수중고고학의 대표적인 성과로는 1952년에 이루어졌던 고대 그리스의 침몰선 조사를 들 수 있다. 프랑스 조사단은 마르세유 항구 밖 그랑콩그레 섬 해저에서 발견한 침몰선 조사를 통해 고대 그리스인들의 해상교역 양상을 파악할 수 있었다.

폼페이를 멸망시켰던 베수비오 화산은 급격한 지반 침하를 일으켜 몇 개의 도시를 바다 속으로 수장시켰다. 포츠오리 만 서쪽에 있는 해상도시 바이아의 바다 속에는 고대 로마의 도시가 가라앉아 있다. 이 도시는 수중고고학 조사를 통해 기원 4~6세기에 이미 폐허가 되었던 것으로 밝혀졌다.

1996년 11월에는 알렉산드리아 항구 해저에서 왕궁 유적이 발견되었다. 이 유적을 발견한 프랑스의 수중고고학자 프랑크 고티오는 프톨레마이오스 왕조의 마지막 왕이었던 클레오파트라 여왕의 궁전 유적이 포함되어 있다고 주장했지만 아직까지 정확한 것은 밝혀지지 않고 있다.

환태평양

일찍이 고대 민족은 해류를 타고 태평양의 여러 섬들로 흘러들어가 살기 시작했다. 그런 사실을 증명이라도 하듯 태평양의 여러 섬에는 석상(石像)과 언어, 문화 등이 다양한 형태로 존재한다.

폴리네시아, 미크로네시아, 멜라네시아를 비롯한 태평양 각 지역에 대한 유적 조사는 아직 시작 단계에 불과하지만 이스터 섬에 세워져 있는 모아이 상의 건축 방법과 섬의 쇠퇴 이유 등은 이미 널리 알려져 있다. 하지만 태평양 전역은 대단히 넓어서 아직 연구되지 않은 유적도 상당수 존재하고 있다.

중앙 · 동남아시아

아시아에는 황하 문명을 비롯해 여러 문명이 번영과 쇠퇴를 거듭했다. 동남아시아에는 불교의 영향을 많이 받은 유적이 만들어졌고, 중앙아시아에는 실크로드와 함께 번영을 이룬 도시국가들이 아직도 깊은 사막 속에 잠들어 있다.

또 티베트의 구게 왕국처럼 잘 알려지지 않은 왕국도 다수 존재한다. 그리고 최근 중국에서는 황하 문명과 다른 고대문명의 흔적이 발견되어 화제를 불러일으키고 있다. 넓고도 넓은 아시아에는 아직도 발견되지 않은 다수의 유적이 숨어 있을 가능성이 높다.

인도 대륙

세계 4대 문명의 하나로 인더스 강 유역에서 탄생한 인더스 문명은 신드 지방을 중심으로 B.C. 1700년경까지 존재했지만 무슨 이유에서인지 쇠퇴해버리고 말았다.

그리고 B.C. 7~8세기에는 갠지스 강 유역에 도시국가가 들어서기 시작했고, B.C. 6세기 이후에는 불교가 성립하면서 인도 각지에 많은 불교 유적이 건설되었다. 불교만이 아니라 힌두교, 자이나교도 이에 영향을 받아 유적을 남겨놓았다.

인도 유적의 특징으로는 석굴사원이 많다는 것을 들 수 있다. 지금까지도 종교 유적이 다수 존재하며, 당시의 모습을 그대로 간직하고 있다.

미크로네시아연방 폰페이섬

nana madol
난 마돌

- 건 립 문 명 : 폰페이 선주민족
- 건 립 연 대 : 500년 전후~1600년경
- 건 립 자 : 사우 델레우르 왕(1000년경)
- 발 굴 자 : 불명
- 현재 소재지 : 미크로네시아 연방 폰페이 섬 남동부

산호초 위에 떠 있는 인공섬

미크로네시아의 캐롤라인 제도에 속해 있는 폰페이(별명 포나페) 섬은 전체 면적이 335평방킬로미터밖에 되지 않는 작은 원형 섬이다. 이 폰페이 섬의 남동부에 인접해 있는 챠멘 섬의 해안가에는 현무암과 산호로 조성된 인공섬들이 있다.

놀라운 것은 이 유적이 산호초 위에 건설되었다는 사실이다. 왜 본섬에 만들지 않고 일부러 산호초 위에 인공섬을 건설했을까? 그 이유는 아직도 알려져 있지 않다.

'태평양의 베니스'라고 불렸던 난 마돌 유적은 모두 92개의 크고 작은 인공섬으로 이루어진 해상유적이다. 난 마돌이라는 말은 현지 언어로 '어디와 어디 사이의 땅(또는 장소)'을 의미한다. 또 '하늘과 땅 사이의 장소' '땅과 바다 사이의 장소'라는 설도 있다. 난 마돌 유적은 이름처럼 하늘과 땅, 땅과 바다 사이에 건설된 유적이라고 할 수 있다.

인공섬의 외관은 모두 같은 모습인데, 가는 통나무 모양의 현무암 기둥을 몇 단으로 쌓아올려 테두리를 만들고, 그 사이 사이에 산호와 작은 돌을 꽉 채워넣어 전면에 깐 형태로 되어 있다. 난 마돌의 유적 중에서 가장 중요한 유적

이라고 할 수 있는 난 다우스 섬의 유적은 그 높이가 8미터에 이른다.

인공섬은 대부분 같은 공정으로 건설되었다. 우선 물이 얕은 곳을 골라 수면에서 1~2미터 정도 높이의 바깥 울타리를 만든 다음 그 속에 산호를 전면에 깔아서 편평하게 만들었다. 이런 섬 중에는 넓이가 사방 100미터에 이를 정도로 대규모인 것도 있다.

이런 공정으로 조성한 인공섬 위에 맹그로우브(홍수림)와 빵나무로 기둥을 세우고, 야자 잎으로 지붕을 씌운 목조 가옥을 세웠던 것으로 추정된다. 그리고 묘지와 의식을 치르기 위해 만든 성스러운 섬에는 5각형 내지 6각형 현무암 기둥을 세워 외벽을 만들었다.

인공섬 건설의 중요 재료로 사용되었던 현무암 기둥은 현재도 폰페이 섬 곳곳에서 찾아볼 수 있다. 자연적으로 만들어진 현무암 기둥을 건축 재료로 선택한 것은 가공할 필요가 없을 뿐만 아니라 쉽게 구할 수 있는 재료였기 때문이었다.

수상유적의 건설자들

난 마돌 유적에는 신전과 묘가 세워졌고, 왕의 묘가 있는 섬을 둘러싼 섬에는 사제들이 거주했을 것으로 추정되고 있다. 그렇다면 누가 과연 이런 유적을 건설했을까?

유감스럽게도 섬에는 문자가 없었고, 단지 구두로만 역사가 전해질 뿐이어서 그 진상은 불명확한 상태다. 잃어버린 무 대륙의 흔적이 남아 있다는 설도 있지만, 몇 차례에 걸친 발굴조사와 민화 등을 통해 밝혀낸 사실은 다음과 같다.

난 마돌의 건설은 서기 500년 전후부터 시작되었다. 이러한 건설 사업은 1500년대까지 계속되어 1,000년 이상의 세월이 걸렸다. 하지만 서기 1000년

이전의 역사에 대해서는 자세한 것을 알 수 없다.

1000~1600년경, 폰페이는 사우 델레우르 왕이라고 불렸던 왕이 통치했다. 난 마돌은 사우 델레우르 왕조의 도시로서 정치와 신앙의 중심지였다. 92개의 인공섬은 왕의 주거지, 신전, 사제의 묘, 손님용 거주지 등 각기 고유한 목적으로 사용되었다. 사람들은 카누를 타고 섬 사이를 자유롭게 이동했던 것으로 보인다.

그리고 인공섬에는 권력자와 그 수행원들만이 살 수 있었고, 일반 주민들은 난 마돌 내에 거주하는 것이 허용되지 않았다.

난 마돌은 왕조가 이어지는 동안 서서히 확장되었다. 왕이 죽으면 뭔가 특별한 행사를 치렀는데, 새로운 인공섬이 건설되었다는 것이 통설이다.

사우 델레우르 왕조는 500~600년간 16대 왕까지 왕위가 계속 이어졌다. 원인은 알려져 있지 않지만, 왕조가 붕괴되면서 폰페이는 촌락 단위로 분할되었던 것 같다. 그후 각 촌락은 난마르키(Nahnmwarki)라는 우두머리의 지배를 받게 되었다.

왕조의 몰락과 함께 1700년 이후 어느 때부터 난 마돌 유적은 방치된 것으로 추정되고 있다.

옛날옛적 어느 곳에…

폰페이 섬에는 오래 전부터 난 마돌 건설에 얽힌 이야기가 구전 형태로 전해내려오고 있다. 하지만 지역에 따라 그 내용이 조금씩 다른데, 그 중 가장 널리 알려져 있는 민화를 소개해보기로 한다.

올로시파(Ohlosihpa)와 올로소파(Ohlosopha)라는 두 형제가 서쪽 섬 카타우 페이디(Katau Peidi)에서 카누를 타고 폰페이로 건너왔다. 형제가 이 섬으로 온 것은 길을 만들기 위해서였다. 그래서 폰페이 어느 곳에 길을 놓을 것인지 고민한 결과 소케스(Sokehs, 폰페이 공항 부근의 섬)에 만들기로 결정했다. 하지만 일은 생각보다 쉽지 않았다. 그래서 소케스 외에 다른 여러 곳에서도 시도해 보았지만 전부 실패로 돌아가고 말았다. 결국 마지막 다섯 번째로 선택한 곳에서 길을 만들었는데, 이곳이 현재의 난 마돌이다.

사실 난 마돌에서도 커다란 어려움을 겪었지만 신들의 도움과 폰페이 사람들의 협력으로 마침내 목적했던 바를 완수할 수 있었다. 형인 올로시파는 최종 완성을 보지 못하고 죽었지만 동생인 올로소파는 길을 만든 공로로 초대 사우 델레우르의 왕이 되어 폰페이를 통치했다. 바로 사우 델레우르 왕조의 기원이 되었던 것이다.

비록 잠시 동안이었지만 왕조는 평화롭게 이어졌다. 하지만 제16대째인 사우데모히(Saudemwohi) 왕 시대에 예상치 못했던 비극이 일어났다. 대단히 오만했던 사우데모히 왕이 폰페이의 신인 난 사(Nahn Sapwe)를 유폐시킨 다음 코스라에라는 지역으로 추방해버리는 만행을 저질렀던 것이다.

사우데모히의 소행을 알게 된 난 사의 아들 이소켈레켈(Isohkelekel)은 타도 사우데모히를 내세우며 333인의 병사와 함께 난 마돌로 쳐들어갔다. 두 세력은 치열하게 싸웠지만 결국 승리의 여신은 이소켈레켈의 손을 들어주었다. 이렇게 해서 사우 델레우르 왕조는 몰락의 길을 걷게 되었고, 많은 유적은 파괴되었다. 이제 난 마돌에는 그 흔적만이 초라하게 남아 있을 뿐이다.

무 대륙

1931년 영국의 탐험가이자 고고학자인 제임스 처치워드가 『잃어버린 무 대륙』이라는 책을 출판했다. 이 책에서 처치워드는 일찍이 태평양상에 거대한 대륙이 있었으며, 그곳에는 무라고 불리는 고도로 발달한 문명이 존재했다는 주장을 내놓았다. 태평양 면적의 절반 정도를 차지했을 정도로 광대했던 무 대륙은 약 6,400만 인구에 대리석으로 건설된 일곱 개의 대도시가 있었다고 한다. 그래서 그는 나름대로의 근거를 내세우며 무 문명이 인류 문화의 모체였다는 설을 제기했다.

처치워드의 책은 대단한 베스트셀러가 되었고, 그후에도 『무 대륙의 자손』, 『무 대륙의 성스러운 표상』 등 무 대륙에 관한 저서를 계속해서 출판했다.

처치워드가 주창한 고대 무 문명은 아시아·중남미권의 문화와 문명의 유사성을 설명하는 열쇠로서 대단히 중시되었고, 1960년대 이후에는 초고대문명이나 우주문명의 실재를 주장하는 몇몇 학자와 오컬트 마니아에게도 크게 영향을 끼쳤다.

처치워드에 따르면, 자신이 인도의 사원에서 발견한 나칼 비문이라는 점토판은 무 대륙의 '성스러운 영감의 서(書)'를 옮겨적은 것으로, 성서를 비롯한 전세계 주요 종교의 경전과 성전들은 모두 이 '성스러운 영감의 서'에 바탕을 두고 있다는 것이다. 그리고 무 대륙에서는 인류 최초의 문자인 그림문자가 사용되었는데, 이 문자는 전세계에 흩어져 있는 여러 유적과 유물에서도 찾아볼 수 있다고 주장했다.

무 대륙에서 세계 각지로 이주한 사람들은 '마야'라는 명칭으로 불렸는데, 이들은 아시아의 고비 사막에서는 초고대 위글 문명을 일으켰으며, 인도에서는 나가 제국, 대서양에서는 아틀란티스 제국의 뿌리가 되었다. 그리고 남미에서는 아마존 연안의 카라 제국을 지배했으며, 중미에서는 백인이 통치한 초고대 마야 문명을 처음 일으켰다. 하지만 무는 '바르의 별'이 떨어지자 붕괴되었고, 광대했던 대륙도 지각 변동으로 인해 바닷속으로 가라앉고 말았다고 한다.

현재의 문명은 무가 살아남아 재생한 것이며, 전세계의 문명과 문화는 무 문명의 자손이라고 주장한다. 처치워드에 따르면, 지구상에서 살아가는 우리들은 모두 무 대륙의 사람들이며, 그들의 문명을 받아들인 후예라는 것이다. 결국 세계의 문명은 모두 무에서 나왔으며, 인류는 모두 무의 일족이라고 할 수 있다는 것이다.

이스터 섬/칠레

moai
모아이

- 건 립 문 명 : 불명
- 건 립 연 대 : 1000~1600년경
- 건 립 자 : 장이족(귀가 큰 종족?)
- 발 굴 자 : -
- 현재 소재지 : 칠레, 이스터 섬

절해고도의 이방인

 남미 대륙에서 3,800킬로미터, 가장 가까운 핏케언 섬에서도 2,600킬로미터나 떨어져 있는 남태평양상의 절해고도 이스터 섬. 여러 문명과 완전히 절연된 채 외롭게 떠 있는 이 섬의 명칭 이스터는 네덜란드 제독 야곱 로헤벤이 처음 섬을 발견한 날에서 비롯되었다. 1722년 4월 14일, 섬을 발견한 날은 마침 부활절(Easter)이었다. 섬의 주민들은 자신들의 섬을 데 · 핏 · 오 · 데 · 헤네아(세계의 배꼽 혹은 중심)라고 불렀다.
 폴리네시아 군도의 동쪽 끝에 위치해 있어 주변 지역과 지리적으로 단절된 이 섬에는 모아이라고 불리는 불가사의한 석상(石像)이 존재한다.
 모아이 상은 높이 3~10미터, 무게 3~10톤으로 된 거대한 석상으로, 120평방킬로미터에 불과한 작은 이스터 섬에 1,000개 이상 건설되어 있다. 모아이 상은 섬의 동남부 연안에 있는데, 모두 바다 쪽을 등지고 섬의 중앙을 향해 줄지어 서 있다.
 모아이 상의 겉모습은 모두 인간의 상반신을 닮았으며, 특히 얼굴 부분이 강조되어 있다. 좁은 이마, 높고 큰 코, 긴 귀, 턱을 조금 내밀고 굳게 다문 얇은 입술, 좌우로 붙어 있는 뺨, 낮고 오목한 눈. 눈 부분에는 산호와 붉은 화산암

이 박혀 있으며, 머리 부분에는 재질이 다른 모자 형태의 돌이 얹혀져 있다. 현재는 이 모자와 모아이의 눈이 파괴되어 있는 것도 많다.

이 거대한 모아이 상은 주로 라노라라크 화산에서 채취한 돌을 가공한 다음, 섬 곳곳으로 운반해왔던 것 같다. 화산 주변에는 제작중이었던 것으로 보이는 여러 개의 모아이와 돌을 자를 때 사용했던 흑요석 도구가 남아 있다. 화산암은 흑요석보다 강하지 않기 때문에 어렵지 않게 돌을 자를 수 있었을 것이다. 잘라진 모아이는 목제 썰매와 로프를 사용해서 운반했을 것으로 추측된다.

호츠 마츠아에서 장이족, 단이족까지

이스터 섬에 거주하는 주민들의 선조는 서기 450년경 폴리네시아에서 건너온 사람들이었다. 문화적으로 유사한 면이 많고, 또 거리상으로도 남아메리카 대륙보다 훨씬 가깝기 때문에 이런 추측이 가능하다고 할 수 있다. 그리고 1994년에 이스터 섬에서 발견된 인골을 유전자 감식을 통해 조사한 결과, 폴리네시아인의 것으로 확인되기도 했다.

당시 이스터 섬에는 야자나무가 자라고 있었으며, 바나나와 사탕수수 같은 작물들을 폴리네시아에서 들여와 재배했던 것 같다. 점차 인간 생활에 적합한 환경으로 변해갔던 것이다. 또 조사를 통해 흙 속에서 탄화한 수목층이 발견되기도 했다. 이런 사실을 통해, 섬에는 오래 전부터 나무들이 무성했으며, 사람들은 화전농업을 했었다는 사실을 알게 되었다.

구전에 따르면 이스터 섬에 최초로 도착한 사람은 호츠 마츠아라는 왕이 이끄는 사람들이었다. 그들은 적도 부근에 있었다는 히바 군도의 한 섬에서 살던 사람들이었다. 하지만 전쟁에서 진데다 자연 재해를 비롯한 여러 재난이 몰려오자 섬을 탈출해서 이스터 섬으로 들어오게 되었다. 그런데 그들이 섬에 들어오게 된 것은, 꿈 속에 마케마케 신[78]이 나타나 그들을 이스터 섬으로 인도했기 때문이라고 한다.

꿈에서 신이 일러준 대로 이스터 섬에 도착한 그들은 야위어 홀쭉한 몸에다 황색 피부와 기다란 귀를 가진 종족을 만났다. 그후 이 선주민들이 어떻게 되었는지는 아직 밝혀지지 않고 있다.

어느 정도 시간이 지나자 다시 새로운 종족들이 나타났다. 아네아 모츠아라는 지도자를 따르는 이들은 어깨에 닿을 만큼 귓불을 길게 늘어뜨린 기괴한 용모를 가지고 있었는데, 독특한 신체적 특징으로 장이족(長耳族)이라 불리게 되었다. 이 장이족은 선주민과는 아무런 관련이 없는 새로운 종족이었다.

장이족은 먼저 섬에 들어온 호츠 마츠아의 자손들인 단이족(短耳族)을 지배하면서 모아이 상을 만들도록 했다. 모아이 상의 귀가 긴 것도 바로 장이족의 모습이 반영된 것이라고 볼 수 있다.

모아이 상의 제작은 1000년경부터 이루어졌다. 이후 600년 동안 모아이 상은 계속 제작되었다.

그렇다면 무슨 이유로 모아이 상을 만들었던 것일까?

17세기에 이 섬을 방문했던 제임스 쿡 제독은 섬 주민들에게 모아이 상 하나하나마다 각기 다른 이름이 있다는 이야기를 들었다고 한다. 그리고 그 이름들에는 주로 수장이나 왕을 뜻하는 '아리키'라는 단어가 들어 있었다는 것이다.

또 구전에는 왕이 죽으면 그 상을 세워 죽은 왕의 이름을 붙였다는 이야기도 있다.

---

[78] 마케마케 신 : 이스터 섬에 전해내려오는 신화의 주신. 폴리네시아의 몇몇 섬에서 전해내려오는 신화 속에서도 등장한다. 탄가로아의 알에서 태어났다고 한다. 그러나 그밖의 폴리네시아 섬에서는 마케마케 신은 등장하지 않는다.

이런 사실들을 통해 모아이 상은 죽은 왕을 기리기 위해 만들어졌다는 설이 지금까지는 유력하다. 부족의 수장은 신의 자손이며, 유력한 부족의 수장인만큼은 그만큼 지위도 높아서 그에 걸맞은 제사를 지냈다고 한다. 즉, 조상숭배의 일종인 것이다. 폴리네시아 문화권에서는 그런 독특한 개념이 있는데, 이스터 섬도 그런 예에서 벗어나지 않는 것으로 볼 수 있다.

사라진 이스터 섬의 문명

이스터 섬의 문명이 몰락한 이유는 다른 문명의 예에서 본 것처럼 환경 파괴가 원인이 되었다.

1500년경 이스터 섬의 환경은 큰 변화를 맞게 되었다. 화전농업을 유지하기 위해 나무들을 지나치게 벌채함으로써 토지는 황폐해졌고, 그 결과 급격하게 증가하는 인구를 전부 부양할 수 없는 환경이 되었다. 결국 식량을 구하기 위해 부족간에 전쟁이 벌어질 수밖에 없었다.

어느덧 전쟁은 격화되어 상대 부족의 모아이 상을 파괴하는 일도 일어났다. 조상숭배 신앙을 가졌던 그들에게 신앙의 상징인 모아이를 파괴하는 것은 도저히 있을 수 없는 치명적인 행위였다.

전쟁으로 인해 섬은 점차 피폐해졌고, 인구는 서서히 줄기 시작했다. 당시 제임스 쿡 제독은 "섬의 모든 사회가 붕괴 일보 직전"이라고 본국에 보고했을 만큼 모든 상황은 악화일로를 걷고 있었다.

그 이후에도 이스터 섬에는 비극적인 일이 연속적으로 일어났다. 19세기에 페루의 노예무역 상인들이 섬에 들어와 1,000명이 넘는 주민들을 납치해서 팔아넘기는 일이 일어났던 것이다. 그러나 타히티 섬에 선교를 위해 와 있던 목사의 도움으로 납치되었던 몇몇 주민들이 해방이 되어 섬으로 돌아왔지만, 결과적으로 이것이 더 나쁜 상황을 초래했다. 섬으로 되돌아온 주민들이 천연두와 결핵을 섬 전체에 퍼뜨렸던 것이다.

19세기 후반 무렵에는 섬 주민이 불과 100명 정도밖에 남아 있지 않게 되었다. 이렇게 해서 이스터 섬의 문명은 전설 속으로 사라지고 말았다.

롱고롱고의 수수께끼

폴리네시아 문화권에 속한 이스터 섬에는 다른 폴리네시아 섬과 비교할 때 크게 다른 점이 있다. 그것은 바로 문자를 가지고 있었다는 사실이다. 다른 섬들에서는 구전을 통해 역사를 이어오고 있는 것에 비해 이스터 섬에는 롱고롱고라 불리는 독자적인 문자 기록이 남아 있다.

롱고롱고라 불리는 이 상형문자는 왕이나 사제 같은 상류계급들이 사용한 문자였다. 하지만 1862년에 그들이 노예사냥으로 끌려간 이후 이 문자를 읽을 수 있는 사람은 더 이상 존재하지 않게 되었다.

롱고롱고가 쓰여진 목편도 문자를 읽을 수 없는 섬 주민들에게는 무용지물이었고, 그마저도 대부분 파괴되고 말았다. 그리하여 이스터 섬의 역사는 복원이 불가능한 잃어버린 역사로 남게 되었다. 현재 남아 있는 목편은 약 20개 정도로 아직도 해독이 불가능한 상태다.

1932년에 헝가리의 학자 기욤 데 헤베시에 의해 흥미로운 주장에 제기됐다. 그의 주장에 따르면 이스터 문자는 B.C. 2300년경의 인더스 문자와 상당히 유사하다는 것이다. 실제로 인더스 문자의 총수는 396문자인데, 그중 100개 정도가 놀랄 만큼 비슷하다고 한다.

시간상으로 3500년, 거리로는 지구의 반대편에 있는 서로 다른 두 지역에서 어떻게 이처럼 유사한 문자를 함께 사용할 수 있었을까? 정말 궁금한 일이 아닐 수 없다.

캄보디아

Angkor wat
앙코르와트

- 건 립 문 명 : 크메르 문명
- 건 립 연 대 : 12세기 후반
- 건 립 자 : 수리아바르만 2세
- 발 굴 자 : 앙리 무오
- 현재 소재지 : 캄보디아의 톤레사프 호수 북쪽

밀림 속에서 잠들어 있는 동남아시아 최대 유적

앙코르와트는 인도차이나 반도의 캄보디아에 있는, 동남아시아 최대의 역사 유적 중 하나이다. 유적은 톤레사프 호수에서 북쪽으로 약 20킬로미터 떨어진 곳에 있는 앙코르 산(언덕) 정상에 자리잡고 있다. 주변에는 많은 사원 유적과 왕도였던 앙코르톰 유적도 있어서 이 지역 전체 유적을 앙코르 유적군이라고 부르는 경우도 있다.

정글에 묻혀 있던 앙코르와트를 처음 학술적으로 조사했던 인물은 프랑스 출신의 박물학자인 앙리 무오였다. 그는 1860년 1월에 현지를 방문한 후 열병에 걸려 그 다음해인 1861년 10월에 숨을 거두었지만, 그의 사후 잡지에 게재된 조사 일지는 유럽에서 커다란 관심을 불러일으켰다. 그래서 1863년부터 본격적인 조사가 이루어지게 되었고, 많은 유물들이 프랑스로 건너가 조사·전시되었다.

그러나 프랑스 학자들의 조사가 이루어지면서 오히려 앙코르와트에 대한 수수께끼는 한층 더 깊어지게 되었다.

1860년대 당시, 현지인들은 크메르 문화의 전통을 완전히 잃어버렸고, 앙코르와트를 누가 건설했는지 전혀 모르고 있었다. 또한 유적의 존재마저도 모

르고 있는 상태였다. 그런 가운데 캄보디아의 역사 자료는 전란으로 인해 대부분 사라져버렸고, 앙코르와트 건설의 수수께끼를 풀 수 있는 방법은 유적지과 함께 서 있는 비문에 새겨진 글밖에 없었다.

하지만 그 비문마저도 해독이 대단히 어려워서, 그 내용을 명확하게 밝히기 위해서는 1930년대까지 기다려야만 했다. 그 때문에 비문이 해독되기 이전에는 앙코르와트의 건설자로 로마인이나 알렉산드로스 대왕의 원정에 참가했던 그리스인의 후예 등이 거론되었고, 심지어는 마야나 아스텍 문명설마저 주장하는 학자도 나타났다.

그러나 비문이 해독됨으로써 앙코르와트는 캄보디아의 크메르 왕조가 건설했다는 것이 분명해졌고, 나아가 그 외의 유적을 포괄하는 크메르 문명의 실체가 드러나게 되었다.

힌두교가 탄생시킨 독특한 건축물

앙코르와트는 크메르어로 왕성(앙코르)와 사원(와트)이라는 두 가지 의미를 가진 왕도의 핵심적인 종교 건축물이다. 외형적으로는 동서 1,500미터, 남북 1,300미터의 대단히 잘 정비된 장방형 건축물로, 유적의 외부는 폭 190미터에 이르는 해자(垓字: 성 주위로 물길을 내서 두른 물웅덩이. 주로 외적의 침입을 막기 위한 용도로 건설했다-옮긴이)가 둘러쳐져 있다.

내부는 중앙에 있는 제사당을 회랑이 3중으로 둘러싸고 있는 구조이며, 제사당은 모두 다섯 개의 탑으로 구성되어 있는데, 중앙탑은 높이가 65미터에 이른다. 3중으로 둘러싸고 있는 회랑의 한쪽 면에는 힌두 신화와 전설을 주제로 한 부조가 새겨져 있지만, 인도 유적에 남아 있는 조각이나 부조와는 크게 다른 크메르만의 독자적인 양식이다.

앙코르와트는 종교 건축물이며, 그 구조도 힌두교 세계관에 기초를 두고 있다. 우선, 제사당 중앙에 우뚝 솟아 있는 탑은 성스러운 산인 메루를 표현한 것이며, 동시에 외형은 연꽃의 꽃봉우리를 형상화한 것이다. 그리고 제사당을 둘러싸고 있는 회랑은 대지와 산맥을 뜻하며, 바깥쪽의 해자는 바다를 암시한다.

결국 앙코르와트는 '세계' 그 자체를 표현한 사원이며, 동시에 왕권을 나타내는 기념물인 것이다.

앙코르와트는 붉은 흙으로 기초를 다진 다음 그 위에 사암을 여러 겹으로 높이 쌓았는데, 붉은 흙은 주변에서 쉽게 구할 수 있었고(해자를 만들면서 나온 흙), 사암은 태국에서 수로를 통해 들어왔던 것으로 추정된다. 이런 이유로 다른 유적들이 모두 동향인 반면 앙코르와트는 서쪽을 향해 서 있다.

반란, 전쟁, 방치된 유적

크메르 왕조는 앙코르와트를 건설한 12세기가 최전성기였지만 이후 급격한 몰락의 길을 걸었다. 캄보디아의 기후는 우기와 건기로 구분되는데, 풍부한 수량을 자랑하는 톤레사프 호수는 우기가 되면 홍수를 일으키고, 건기가 되면 호수 밑바닥이 드러날 정도로 가뭄이 들었다(건기에는 호수 면적이 우기의 3분의 1로 줄어든다고 한다). 그 때문에 크메르의 지배자들은 많은 저수지와 수로를 건설해서 건기에도 농사를 지을 수 있도록 만들었다. 하지만 농민들은 농사 외에도 수리시설을 유지하는 일도 해야 했기 때문에 삶은 피폐해지고 마침내 지배자에 대한 불만이 고조되기 시작했다.

더욱이 태국과의 전쟁이 발발하면서 병사로 징발된 농민들은 수리아바르만 2세 사후 반란을 일으켰다. 농민들의 반란을 진압하는 과정에서 크메르 왕조의 국력은 크게 쇠퇴했고, 그후 왕권 쟁탈전이 벌어져 왕조는 분열의 위기에 놓이게 되었다. 이때를 놓치지 않고 말레이 계통의 참파 국이 군사를 이끌고 침공해왔다. 이리하여 1177년, 마침내 크메르는 침략자들에게 점령되는 비운을 맞게 되었다.

그후 수리야바르만 2세의 후예인 쟈야바르만 4세가 크메르의 재건을 꾀했지만('앙코르톰' 편 참조), 그의 사후에는 줄곧 쇠퇴의 길로 접어들었다.

결국 1431년 태국의 아유타야 왕조가 크메르를 점령함으로써 크메르 왕국은 몰락하고, 그 다음해부터 이 위대한 유적은 방치되고 말았다.

소승불교로의 전환

불교도였던 쟈야바르만 4세는 이전의 힌두교를 버리고 소승불교를 국교로 받아들였다. 그래서 왕도 앙코르에서 힌두교는 사라지게 되었고, 1432년부터 버려진 도시가 되었던 앙코르와트는 소승불교 사원으로 다시 태어나게 되었다. 그로 인해 앙코르와트 서쪽에는 프레아 포안(千體佛)이라 불리는 불상만을 모신 회랑이 존재한다.

앙코르와트의 존재는 중국과 일본 등에 간간이 알려지기도 했으나 19세기에 앙리 무오에 의해 다시 세상에 모습을 드러낼 때까지 캄보디아의 밀림 속에서 깊이 잠들어 있었다. 그때 이후 수 차례에 걸친 발굴 조사를 통해 그 전모가 어느 정도 드러나기는 했으나 아직까지도 많은 수수께끼를 간직하고 있다. 현재는 유네스코와 일본의 조사단이 유적 발굴에 힘을 쏟고 있다.

캄보디아

앙코르톰
ankor tom

- 건 립 문 명 : 크메르 문명
- 건 립 연 대 : 12세기 말~13세기 전반
- 건 립 자 : 쟈야바르만 7세
- 발 굴 자 : 앙리 무오
- 현재 소재지 : 캄보디아 중부 톤레사프 호수 북쪽

재건된 왕도

앙코르톰 유적은 앙코르와트 유적과 함께 앙코르 유적군을 대표하는 건축물이다.

앙코르 유적군이란 한때 캄보디아에서 번영했던 크메르 왕조의 수도가 있었던 지역 일대에 광범위하게 펼쳐진 복합 유적군으로, 9세기부터 13세기 사이에 건설된 여러 왕궁과 사원의 집합체다.

앙코르톰은 크메르 왕국이 인근 참파[79]의 침략에서 벗어나 다시 독립을 이룬 12세기 후반, 후세의 역사가들로부터 크메르 왕국 사상 최대의 통치자로 평가받고 있는 쟈야바르만 7세의 명으로 재건된 새로운 왕도이다. 참고로 앙코르톰은 현지어로 '대왕의 성'이라는 의미를 가지고 있다.

쟈야바르만 7세는 앙코르와트를 건설했던 수리야바르만 2세의 후손으로

---

79) 참파 : 베트남 동해안 지역에 존재했던 참족 국가. 고대 인도 갠가 국의 이민자들이 건국했다. 정치, 사회, 종교, 문화 등 여러 면에서 인도의 영향을 강하게 받았다. 처음에는 후한(後漢)의 세력하에 놓여 있었지만 2세기 말에 독립해서 임읍(林邑) 국이라고 불렸다. 그러다가 8세기 중반부터 9세기 말에는 환왕(環王) 국, 이후에는 점성(占城) 국이라고 불렸는데, 이는 모두 중국에서 불렸던 이름이다.

크메르를 침략한 참파가 섭정을 위해 왕으로 내세운 인물이었다. 하지만 그는 이내 국정을 장악하고 군비를 증강해서 역으로 참파를 크메르 땅에서 몰아냈다. 그후 쟈야바르만 7세는 수년간의 전투 끝에 참파를 정복하고, 포로로 잡아온 참파인들을 왕도 재건에 동원해 수도 야소다라푸라를 앙코르톰으로 재건했던 것이다.

유적의 구조

앙코르톰은 한쪽 면이 3킬로미터에 달하는 정방형(正方形) 구조로, 둘레가 모두 12킬로미터에 이르는 장대한 도성(都城) 유적이다. 그리고 그 바깥쪽에는 폭 130미터의 해자와 약 8미터 높이의 성벽이 둘러싸고 있다.

성벽에는 서남북 방향으로 각기 한 개, 동쪽 방면으로 두 개 등 모두 다섯 개의 성문이 있는데, 그 높이가 23미터이며 폭은 4미터에 이른다. 그리고 성문 위에는 연꽃 관을 머리에 두른 4면 보살상이 인자한 미소와 함께 눈을 부릅뜨고 있다. 성문 중에서 동쪽 두 개 성문에는 각기 '사자의 문'과 '승리의 문'이라는 이름이 붙어 있다.

해자를 건너는 다리 양쪽에는 '머리가 일곱 개 달린 뱀' 나가 신의 몸통으로 줄다리기를 하고 있는 54명의 신과 아수라 상이 나란히 서 있는데, 이는 인도의 천지창조 신화를 표현한 것이다.

도시 중앙에는 붓다를 본존으로 하는 바욘 사원이 있고, 왕궁은 그 북서쪽 '승리의 문'에서 정면을 향해 서 있다. 그리고 왕궁 정면에는 왕이 열병했다고 전해지는 3미터 높이의 '코끼리 테라스'와 6미터 높이의 '문둥이왕 테라스', 문둥이왕 상(像) 등이 있다.

앙코르톰에는 그 외에도 사원과 사당 등 80곳 이상의 유적이 존재하고 있다.

왕국의 쇠퇴

쟈야바르만 7세는 크메르 왕조의 영광을 재건했지만, 많은 문제점도 동시에 갖고 있었다. 많은 사원을 건립하고 장려한 왕도를 재건하는 과정에서 막대한 비용과 엄청난 노동력을 동원했기 때문에 급격하게 왕국의 세력이 약화되었던 것이다. 그리고 대규모 공사를 빠른 시간 내에 해치웠기 때문에 질적으로 떨어지는 건축물들도 양산해냈다. 그래서 그가 건설한 많은 사원 중에는 손이 덜 간, 즉 정성이 부족한 흔적이 많이 발견되었는데, 실제 초기 크메르에 비해 기술적으로 부족한 건축물이 많다고 한다.

결국 앙코르 유적은 15세기에 태국 아유타야 왕조의 침략과 정복을 계기로 도시 전체가 사람들의 기억에서 멀어지는 신세가 되고 말았다. 앙코르톰은 몰락의 길을 걸었던 크메르 왕국의 마지막 불꽃이었다.

인도네시아

borobudur
보로부두르

- 건 립 문 명 : 샤일렌드라 왕조
- 건 립 연 대 : 824년
- 건 립 자 : 사마라퉁가 왕(?)
- 발 굴 자 : 토머스 스탠포드 라플즈 경
- 현재 소재지 : 인도네시아의 자바 섬 케토우 분지

숲 속에 버려진 유적

　인도네시아 자바 섬의 울창한 정글 속에는 세계 최대의 불교 유적인 보로부두르가 숨어 있다. 보로부두르 유적은 캄보디아의 앙코르와트와 더불어 동남아시아를 대표하는 역사 유적이라고 할 수 있다.

　유적은 824년 샤일렌드라 왕조가 건설한 것으로, 대지진과 멜라우 화산의 폭발로 오랜 세월 동안 그 존재가 잊혀져 있었다.

　1814년 네덜란드로부터 한시적으로 자바 통치권을 인계받은 영국의 토머스 스탠포드 라플즈 경(卿)은 섬의 각지를 시찰하면서 보로부두르 유적에 대한 조사를 벌였다. 라플즈 경은 자신이 직접 유적에 뛰어들어 조사하기 힘들었기 때문에 현지 사정에 밝은 코르넬리우스라는 네덜란드인에게 조사를 의뢰해 유적을 뒤덮고 있던 숲부터 제거토록 했다. 그 결과, 신비에 싸여 있던 보로부두르 유적의 전모가 드러나 비로소 과학적이고 체계적인 조사가 이루어지게 되었다.

　1907년에 네덜란드 정부는 대대적인 유적 조사와 수리 복원 사업을 벌였다. 작업이 시작된 지 4년 후인 1911년에 유적의 구조가 명확하게 밝혀짐으로써 풍화로 파괴된 부분에 대한 수리 · 복원을 할 수 있게 되었다. 그리고 1970년

대에도 대규모 복원이 한 차례 더 이루어졌다.

동남아시아 최고의 불교 유적

보로부두르는 각층마다 테라스가 있는 10층 구조물로, 정상에는 종 모양의 스투파라 불리는 불교 건축물이 우뚝 솟아 있다.

가장 아래층에 있는 테라스는 단순한 플랫폼 형태의 통로이지만, 제2층부터 제5층까지는 바깥쪽으로 나 있는 난간 같은 벽 구조물에 둘러싸여 회랑을 이루고 있다.

제2층부터 제6층까지의 테라스는 4각으로, 각 가장자리는 움푹 파여 있다. 그리고 제7층에서 제9층까지는 정상에 있는 스투파를 중심으로 동심원을 그리는 형태이며, 테라스 위에는 다고파라 불리는 틈이 있는 격자로 만들어진 종 모양의 구조물이 늘어서 있다. 다고파에는 불상이 모셔져 있으며, 제7층에 32기, 제8층에 24기, 제9층에 16기가 배치되어 있다. 중앙에 우뚝 솟아 있는 스투파는 돌로만 제작한 건조물로, 내부는 텅 비어 있다.

가장 아래층에 있는 테라스는 보로부두르 완성 이후에 추가로 만들어진 것으로 생각되며, 그 안쪽으로는 릴리프(부조)가 새겨져 있는 160매의 패널이 숨겨져 있었다.

이 릴리프들은 선업과 악업에 따라 인간이 어떠한 업보를 받는지 표현한 것으로, 결국 가장 아래층은 인간들의 업(Karma, 카르마)을 주제로 한 테라스라는 것을 알 수 있다.

불교 세계에서 가장 낮은 차원으로 생각하는 인간의 욕망을 표현한 것이기 때문에 은밀하게 숨겨놓은 것이라고 생각할 수도 있지만, 원래 보로부두르의 건설자들은 이 릴리프들을 숨길 의도는 없었던 것 같다. 학자들은 토대 보강을 위해 가장 아래층에 테라스를 만들었기 때문에 마치 숨어 있는 것처럼 보였던 게 아니냐는 견해를 내놓고 있다.

불교 세계를 표현한 입체 만다라

보로부두르는 스투파를 중심으로 건설된 건축물이지만, 테라스에 내부라 할 만한 부분이 없기 때문에 '사원'이라고 하기는 어렵다. 보로부두르는 전체를 커다란 입체 만다라(曼陀羅: 힌두교와 탄트라 불교에서 종교의례를 거행할 때나 명상할 때 사용하는 상징적인 그림으로, 기본적으로 우주를 상징한다-옮긴이)라고 이야기하는 학자도 있지만, 건설 목적에 대해서는 아직까지 정설이 없는 상태다. 하지만 가장 아래층에 숨겨져 있는 릴리프에 등장하는 '욕계(欲界)'부터 시작해, 그 위층 테라스에 있는 회랑에서는 '색계(色界=물질계)'로 표현되고, 그리고 원형 테라스에서는 '무색계(無色界=정신 세계)'로 표현되는 등 전체가 만다라적 불교 세계관을 표현한 것만큼은 분명하다.

보로부두르 중심에 솟아 있는 스투파 안에는 무엇인가 들어 있었을 가능성도 있다. 실제로 그 내부에서 한 차례 불상이 발견된 적도 있지만, 불교 형식에 어긋나는 아주 조잡한 미완성품이었다. 그 때문에 보로부두르가 버려진 후 불교에 무지한 누군가가 제멋대로 집어넣은 것은 것으로 추정되고 있다.

현재는 인간이 결코 도달하지 못하는 불계(佛界)를 표현하기 위해 처음부터 아예 아무것도 넣지 않았을 것으로 보는 견해가 주류를 이루고 있다.

엘도라도

엘도라도 이야기가 언제 어디서 누구에 의해 처음 시작되었는지는 아무도 모른다.

엘도라도란 원래 '금가루를 칠한 인간'을 뜻하는 스페인어에서 나왔지만, 나중에는 '황금이 있는 곳' '황금의 나라'라는 의미로 사용되었다. 전설에 따르면, 남미 콜롬비아의 보고타 고원지대에 있는 구아타비타 호수를 엘도라도라고 불렀다고 한다. 이곳에 살았던 치브차족은 매년 신에게 제사를 드렸는데, 그 의식이 상당히 독특했다고 한다.

제사 때마다 추장은 몸에 금가루를 칠한 다음 에메랄드를 비롯한 각종 보석들을 배에 잔뜩 싣고 호수 중앙으로 나가 종교 의식을 치렀다. 그리고 함께 배에 올라탄 신관이 보석을 호수에 던지면 추장도 호수에 뛰어들었다. 물론 추장은 물 위에 떠 있지만, 몸에 발랐던 금가루는 물에 씻겨 호수 바닥에 가라앉았다. 그래서 호수 바닥에는 오랜 세월 동안 계속된 의식으로 황금이 산더미처럼 쌓여 있다는….

악명 높은 프란시스코 피사로(페루의 잉카 제국을 정복하고 리마 시를 건설했다)가 잉카 제국을 정복한 1530년대에 이미 엘도라도에 대한 소문이 콩키스타도르(스페인 정복자들) 사이에 떠돌고 있었다. 실제로 1541년 피사로는 탐험대를 조직해 안데스 너머 현재 에콰도르 동부 지방까지 조사토록 명령을 내렸다.

피사로의 조카 곤사로가 대장을 맡았던 탐험대는 엘도라도를 찾기 위해 원주민들에게 압박을 가했다. 탐험대를 맞이한 원주민들 그 누구도 엘도라도의 소재를 몰랐지만 소문을 굳게 믿었던 콩키스타도르는 그들을 고문하고, 심지어는 학살까지 저질렀다. 그 때문에 원주민들은 콩키스타도르들이 기뻐할 만한 이야기들만 들려줌으로써 엘도라도에 대한 소문은 널리 퍼져나갔다.

결국 콩키스타도르의 수색은 실패로 끝나고 말았지만, 그후에도 탐험은 계속 이어졌다. 1559년에는 페드로 데 우르수아가 탐험대를 이끌고 엘도라도를 찾아나섰지만 부하였던 아기레에게 죽음을 당하는 비극적인 사건이 일어나기도 했고, 1595년과 1616년에는 영국의 월터 롤리가 탐험에 나섰지만 아무런 소득도 없이 끝나고 말았다.

물론 엘도라도 탐색은 모두 실패로 끝났지만 성과가 없었던 것은 아니었다. 콩키스타도르의 탐험에 따라 나섰다가 혼자 대열에서 떨어진 프란시스코 데 오렐라나는 아마존 강 하류로 배를 타고 내려가 남미 대륙을 횡단하는 성과를 거두었으며, 페드로 데 우르수아의 탐험대에서는 대장과 부대장을 살해하고 탐험대를 장악한 로페 데 아기레가 네그로 강에서 오리노코 강으로 이어지는 루트를 통해 카리브 해에 도달하는 일도 있었다.

이처럼 원래 생각했던 목적은 달성하지 못했지만, 모험 과정에서 뜻하지 않게 놀라운 발견을 이룬 경우도 종종 있었다.

중국

wanli changcheng
만리장성

- 건 립 문 명 : 중국 고대문명
- 건 립 연 대 : B.C. 7세기~17세기
- 건 립 자 : 춘추 시대의 제후, 진시황제 등
- 발 굴 자 : –
- 현재 소재지 : 중국, 신강 위구르 자치구, 감숙성, 영하회족, 협서, 산서, 내몽골 자치구, 북경시, 하북성, 천진시, 요녕, 길림. 흑룡강, 하남성, 산동성, 호북성, 호남성 등 16성과 자치구·시에 걸쳐 있다.

달에서도 볼 수 있는 장대한 건축물

 지구상에 존재하는 유적 중에 최대 규모의 유적을 들라면 단연 만리장성을 꼽을 수 있을 것이다. 동쪽 하북성 산해관에서부터 서쪽 감숙성 자위관에 이르기까지 주요 부분의 길이만도 3,000킬로미터로, 이는 한반도의 세 배가 넘는 거리다. 또한 중국 각지에 흩어져 있는 장성의 흔적을 모두 합치면 총 길이는 무려 1만 2,000킬로미터에 달한다고 한다. 따라서 세계 최대의 건축물인 것만은 분명하다.

 이 장대한 건축물은 어떤 왕이나 제후 한 사람 생각에서 비롯되었지만, 한 세대 만에 축조된 것은 아니다. 중국 역사 속에 등장하는 여러 왕들이 외적과 이민족의 침입을 막기 위해 몇 세대에 걸쳐 장성을 건설했던 것이다.

 만리장성이라는 말은 사마천[80]의 『사기(史記)』에 처음 등장하는데, 여기서 사마천은 진시황제가 쌓아올렸던 장성이 '1만여 리'(1만 리에 가까운)의 길이

[80) 사마천(B.C. 135?~B.C. 93?) : 전한(前漢) 시대의 역사가. 젊은 나이에 전국을 떠돌며 전국(戰國) 제후의 기록을 수집하여 중국 고대의 역사서 『사기』를 편찬했다.

를 자랑했다고 기록해놓았다.

2천년 동안 계속 만들어진 건축물

만리장성의 기원은 B.C. 7세기 전후의 춘추 · 전국 시대[81]까지 거슬러 올라간다. 당시 중원 지방에서 군웅할거하던 여러 나라는 자국의 영토를 방어하기 위해 중요한 지역에 성벽을 쌓았다. 그리고 연(燕), 조(趙), 진(秦)[82]은 북쪽 흉노족[83]의 침입으로부터 영토를 지키기 위해 장성을 쌓기도 했다.

B.C. 221년에 진시황제가 중국을 통일하자 전국 시대 때부터 존재했던 각지의 성벽을 하나로 통합했다. 즉, 각지에 흩어져 있던 장성을 연결함으로써 하나의 거대한 방벽이 만들었던 것이다. 만리장성의 기초는 이렇게 해서 만들어지게 되었다.

B.C. 133년 이후, 흉노족의 침입이 다시 활발해지자 한(漢) 무제에 의해 장성의 복원과 확장이 이루어졌다. 무제는 장성 각지에 봉화대 등의 연락망을 설치하게 하고, 방어체제를 한층 더 강화시켰다.

그후 계속적인 수리와 확장이 이루어진 만리장성은 1368년 명(明)의 태조 주원장이 현재의 북경 주변까지 새로운 장성을 건설하여 확장시켰으며, 1567~1572년에는 융경제(隆慶帝)가 472개의 파수대를 설치하여 완성을 보게 되었다.

---

81) 춘추 · 전국 시대 : B.C. 770년부터 B.C. 221년 진(秦)에 의해 중국이 통일까지 약 550년간의 시기를 말한다. B.C. 403년에 한(韓), 위(魏), 조(趙) 세 나라가 진(晋) 나라를 삼분해서 통치한 때를 경계로 그 전반기를 춘추 시대, 후반기를 전국 시대로 구분한다.

82) 연(燕), 조(趙), 진(秦) : 춘추 · 전국 시대에 존재했던 나라 이름.

83) 흉노 : 匈奴. 고대 몽골 지방에서 활약했던 유목 기마민족. 흉노의 인종은 몽골계 또는 돌궐계라고도 한다.

실로 2,000년 이상의 긴 세월을 거쳐 완성된 만리장성은 그 대부분이 명대(明代)의 것으로 진시황제 이전에 건설된 장성은 현재 그다지 많이 남아 있지 않다.

군사 방어시설로서의 만리장성

만리장성은 평화로운 시절에는 교역시 발생하는 관세를 거둬들이는 장소로 사용되었다. 하지만 유사시에는 방위의 필수 요소인 성벽으로 기능했으며, 병사들의 군사 거점으로 활용되었다. 또한 봉수대는 적의 침입이나 긴급한 상황을 통보해주는 유력한 통신수단이었다.

성벽의 높이는 평균 7.8미터이며, 폭은 5~10미터로 간선도로 역할을 하기도 했다. 즉, 자재 운반과 군대의 이동용 통로로서 중요한 역할을 했던 것이다.

진(秦)·한(漢) 시대에는 판과 판 사이에 흙을 집어넣어 위에서부터 굳게 하는 판축공법(版築工法)을 사용해서 대부분의 성벽을 축조했다. 그리고 명대에는 벽돌과 석탄을 사용해서 쌓기도 했다. 아무튼 장성은 막대한 인적 자원과 자재가 투입된, 중국 왕조의 강력한 권력을 엿볼 수 있는 건축물이라고 할 수 있다.

중국

anyang
은허

- 건 립 문 명 : 은(殷) 문명
- 건 립 연 대 : B.C. 2500년
- 건 립 자 : 반경(盤庚)
- 발 굴 자 : 이제(李濟), 동작빈(董作賓)
- 현재 소재지 : 중국, 운남성 안양시 소둔촌

중국 최고(最古)의 왕조, 은의 수도

　은허(殷墟)는 실제 발굴조사를 통해 중국 최고의 왕조로 확인된 은 왕조의 수도다. 하남성 안양시 소둔촌 유적지에서 출토된 유물과 유적은, 은허가 은을 중흥시켰던 반경(盤庚)에서부터 마지막 주(紂) 왕에 이를 때까지 은 왕조 후대의 수도였다는 사실을 보여주고 있다.

　전설에 따르면 은 왕조 이전에 하(夏) 왕조라는 왕조가 존재했다고 하지만, 은허처럼 유적이 발견되지는 않았다. 따라서 존재가 확인된 왕조 중에서 은 왕조가 중국 최고의 왕조다.

　탕(湯) 왕에 의해 처음 시작된 은 왕조는 B.C. 16세기~B.C. 11세기에 번영을 누리며, 현재 하남성을 중심으로 황하 하류 지역에서 세력을 확장했다. 최초 수도가 어딘지는 확실치 않지만, 몇 차례 수도를 옮기는 과정에서 최후의 수도가 바로 은허였다.

　은허는 흔히 상(商)이라고도 불리는데, B.C. 14세기 말에서 B.C. 13세기 초 사이에 재위했던 반경(盤庚)에 의해 세워졌다. 그후 B.C. 1027년, 주(紂) 왕 시대에 주(周) 나라의 무(武) 왕에게 멸망당할 때까지 은허는 수도의 기능을 담당했다.

　은허는 1899년 하남성 안양시 소둔촌에서 발견되어, 1928~1937년에 걸쳐 중앙연구원 역사언어연구소의 이제(李濟)와 동작빈(董作賓) 팀에 의해 발굴조사되었다. 그후 중일전쟁의 발발로 잠시 중단되었다가 1949년 중화인민공화국의 성립 후 중국과학원에 의해 조사가 재개되어 현재도 조사가 계속되고 있다.

은허 유적은 약 24평방킬로미터 내에 흩어져 있는 유적군을 가리킨다. 소둔촌에서는 왕궁과 사원 등 정치와 종교 시설의 흔적이, 소둔촌 북쪽과 남서쪽에 있는 강촌(崗村)에서는 집단으로 조성된 왕들의 묘가 12기나 발견되었다. 둘레가 20미터 이상 되는 대규모 묘도 존재하는데, 청동기 등의 많은 부장품과 다수의 순장자도 함께 묻혀 있어서 역대 왕들의 묘였을 것으로 추정되고 있다.

그리고 소둔촌의 'H127갱'에서는 1만 7,096개의 갑골이 발견되어 은의 역사를 파악할 수 있는 중요한 사료가 되었다. 거북 껍질이나 동물의 뼈에 새겨진 갑골문자가 한자의 기원이 되었다는 것은 이미 널리 알려진 사실이다.

은허에는 청동으로 만든 무기와 제기, 백자 등의 유물들이 함께 매장되어 있었는데, 이는 고고학에서 상당히 귀중한 자료가 되었다. 특히 청동기(靑銅器) 기술이 뛰어났으며, 동기(銅器)에 새겨진 문양을 통해 그 정교함을 알 수 있게 되었다. 그리고 청동기는 특권계급의 전유물로 일반 시민은 사용할 수 없었다는 사실도 밝혀졌다. 농사 도구로는 석기가 사용되었으며, 청동기는 제사나 의식 등에 사용되었다.

황하가 탄생시킨 은 왕조의 역사

B.C. 5000년 무렵, 화북지방에서는 황하를 중심으로 하는 신석기 시대가 시작되었다. 이것이 바로 황하 문명의 시작이었다. 황하 문명은 시기적으로 크게 두 시기로 구분할 수 있다. 시기적으로 앞선 쪽을 앙소문화(仰韶文化, B.C.

5000~B.C. 3000년), 뒤이어 나타난 쪽을 용산문화(龍山文化, B.C. 2000~B.C. 1500년)라고 부른다.

앙소문화라는 명칭은 하남성 앙소촌에서 처음 유물이 발견되었기 때문에 붙은 것이다. 앙소문화의 분포 지역은 황하 중류 지역으로, 주로 지금의 하남성, 산서성, 감숙성 부근이었던 것으로 추정되고 있다.

용산문화라는 명칭은 산동성 용산진(龍山鎭)에서 처음 유물이 발견된 것에서 유래했다. 분포 지역은 황하 하류 지역에서 점차 세력을 넓혀, 요동 반도를 지나 장강 유역으로까지 확장된 것으로 보인다.

앙소문화와 용산문화를 거쳐 중국 각지에 도시국가가 생겨나고, 이런 도시국가들이 연합해서 은이 탄생되었던 것이다.

은 시대에는 한 곳에 정착해서 농업에 종사하는 정주(定住) 농경이 뿌리를 내리고, 인근 지역이나 유목민과의 교역도 점차 늘어나게 되었다. 씨족제도는 왕실이나 귀족에 대한 숭배에서 점차 조상과 자연신을 숭배로 변하기 시작했고, 그에 따라 왕위 계승도 형제 상속에서 친자 상속으로 바뀌게 되었다. 그리고 은은 일종의 신권(神權) 국가로서 왕은 상제(上帝), 즉 하늘을 섬기는 최고 실력자였다. 당시 왕들은 점을 쳐서 하늘의 뜻을 살핀 후에 정치를 했다.

주(周) 시대에는 은처럼 신권정치로 백성들을 다스리는 것에서 벗어나 제후 중심의 봉건제도를 확립하게 되었다. 이러한 변천은 신을 정점으로 한 사회에서 인간을 중심으로 하는 사회로 변화해가는 과정이라고 할 수 있을 것이다.

중국

loulan
누란

- 건 립 문 명 : 불명
- 건 립 연 대 : B.C. 176년 이전
- 건 립 자 : 불명
- 발 굴 자 : 스벤 헤딘
- 현재 소재지 : 중국의 신강 위구르 자치구, 타림 분지

방황하는 호수 로프노르를 찾아서

스웨덴의 지리학자이자 중앙아시아 탐험가인 스벤 헤딘은 환상의 호수 로프노르를 찾아 타클라마칸 사막을 횡단했다. 헤딘뿐만 아니라 많은 탐험가들도 로프노르를 찾기 위해 사막으로 발을 들여놓았다.

로프노르란 청(淸)의 강희제(1660~1722년 재위)가 쓴 『황흥전람도(皇興全覽圖)』에 등장하는 신비의 호수다. 몇 차례 탐험대가 조직되어 이 로프노르를 찾아나섰지만 좀처럼 발견되지 않았다.

이 호수는 후에 1929년 스벤 헤딘에 의해 발견되었는데, 놀랍게도 수원(水原)인 타림 강의 물길이 변해서 위치나 면적마저도 변하는 '방황하는 호수'였다는 사실이 밝혀졌다.

1900년, 로프노르를 발견하지 못한 헤딘 일행은 탐험대 중 한 사람이 잃어버린 물건(한 대원이 분실한 삽을 찾으러 이전에 머물던 곳으로 되돌아가는 길에 발견했다 – 옮긴이)을 찾는 과정에서 우연히 사막 속에 잠들어 있던 고대 유적을 발견하게 되었다. 헤딘 일행이 발견한 유적은 실크로드의 요충지이자 교역으로 번영을 구가했던 전설 속의 도시국가 누란(樓蘭)이었다.

실크로드의 보급기지, 오아시스 도시 '누란'

헤딘이 처음 누란을 발견한 이후 영국의 동양학자이자 탐험가인 오렐 스타인과 일본 정토종단에서 파견한 탐험가 오타니 고즈이가 누란을 방문하면서 본격적인 발굴조사가 이루어지기 시작했다. 사막 속에 깊이 잠들어 있던 유적지에서는 불상과 불화, 사원 유적, 다수의 문서 등이 발견됨으로써 전설로만 존재했던 누란 왕국도 어느 정도 그 신비의 베일을 벗게 되었다.

누란 왕국은 실크로드 동부 지역의 요충지였다. 지금으로부터 약 2천 년 전, 실크로드의 중국 쪽 출발점인 돈황에서 사막의 모래바람을 이겨 가며 약 16일 정도 가면 로프노르 부근에 있는 누란에 겨우 도착할 수 있었다.

실크로드는 여기서부터 천산북로와 천산남로, 두 갈래 길로 나누어진다. 여

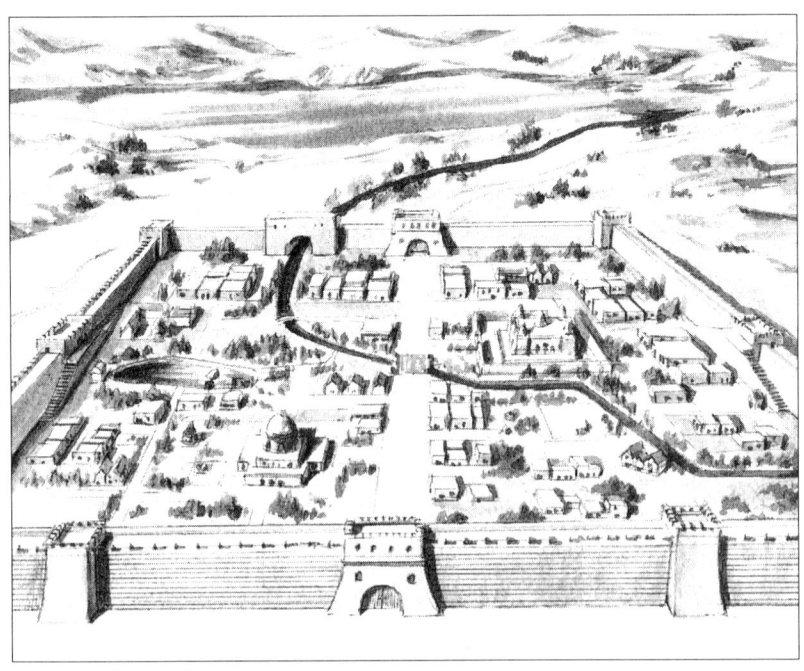

행자들은 두 길 중 어느 쪽으로 가든 누란에서 충분히 준비를 하고 길을 떠나야 했다. 즉, 누란은 실크로드의 중요한 보급기지로서 번영을 누렸던 것이다.

기록에 따르면 누란 왕국의 전체 인구는 2, 3만 정도였다고 한다. 그 정도 인구를 유지할 만한 자원을 가지고 있었다는 것은 당시 누란이 그만큼 여유 있는 나라였다는 것을 의미한다.

누란의 중심이었던 누란성은 약 10미터 높이의 불탑을 중심으로, 한쪽 면이 310~330미터에 이르는 성벽으로 둘러싸여 있었다. 불탑 부근에서는 고급 목조 건축물의 흔적이, 조금 떨어진 곳에서는 한(漢) 나라의 군 사령부였던 것으로 추정되는 건물의 흔적이 있다. 도시 가운데로 로프노르에서 물을 끌어오기 위한 수로가 있었는데, 이는 사막지대에서 무엇보다도 중요한 급수원이었다. 이 급수원이 누란의 중요성을 한층 더 높여주었다. 실크로드를 여행하는 상인들은 이곳에서 준비를 단단히 한 후 다음 목적지를 향해 떠났다.

침략자에게 유린당한 누란

누란 왕국이 언제 건국되었는지는 확실히 알려져 있지 않다. 하지만 지질조사를 비롯한 다각적인 조사를 통해 대략 다음과 같은 역사의 궤적을 그렸던 것으로 판명되었다.

고고학자들의 조사에 따르면, 누란 주변에는 약 1만 년 전부터 사람들이 정착해 살았을 것이라고 한다. 그리고 B.C. 1000~B.C. 400년경에는 로프노르의 수위가 상승해서 농경과 목축이 번성했으며, 실크로드 전역에 교역이 활발해진 B.C. 300년대 무렵에는 도시국가가 성립되었을 것으로 추정된다.

누란이라는 말이 처음 역사에 등장하는 것은 B.C. 176년이다. 북방의 유목민족이었던 흉노가 B.C. 176년 한(漢)의 문제(文帝, B.C. 180~B.C. 157년 재위)에게 보낸 편지 속에 "누란을 종속시켰다"는 기록이 처음으로 나오기 때문이다.

그후 흉노족 토벌에 성공한 한 무제(武帝, B.C. 141~B.C. 87년)가 하서 회랑에 돈황군(郡) 비롯한 4군(郡)을 설치해서 직할지로 삼았다.

1~3세기의 후한시대에 접어들면서 한의 지배체제가 점차 안정기에 접어들자 누란에 대한 기록도 점차 줄어든다. 누란 유적에서는 3세기경의 모직물을 비롯한 다수의 교역품이 발굴되었다. 아마 누란이 가장 번영을 누린 시기는 2~4세기였을 것으로 추측된다.

그후 누란은 역사에서 자취를 감추었다. 이유는 확실하지 않지만, 로프노르의 이동으로 강의 흐름이 바뀌는 바람에 그에 적절히 대응하지 못해 도시가 파괴되었을 것이라는 설과 외적의 침입으로 멸망했을 것이라는 설 등이 거론되고 있다.

중국

sanxingdui
삼성추

- 건 립 문 명 : 삼성추 문명
- 건 립 연 대 : B.C. 14세기 말~B.C. 11세기
- 건 립 자 : 불명
- 발 굴 자 : 사천성 문화청
- 현재 소재지 : 중국 사천성 성도시 분지, 광한시 흥남진 삼성추 촌락

장강(長江) 문명? 약 3천년 전의 문명 발견

　장강(양자강) 상류 비옥한 성도 분지에 사천성의 성도(省都)인 성도(成都)가 있다. 이 성도에서 북쪽으로 차로 약 한 시간 거리에 있는 광한시 남흥진의 전원지대 한 가운데에서 중국 고대사를 새롭게 쓸 만한 대발견이 있었다. 이 발견은 중국 고대유적 발굴 사상 가장 중요한 성과로 꼽힐 만큼 실로 대단한 발견이었다. 왜냐하면 은 왕조('은허' 편 참조)와 같은 시기에 번영을 누렸을 것으로 추정되는 문명의 흔적이 발견되었기 때문이었다.

　이제까지 중국 고대문명은 황하 유역에 존재했던 은 왕조가 최고의 문명이라는 것이 정설로 되어 있었다. 하지만 그런 정설이 뒤집어지게 된 것이다.

　흙으로 쌓아올린 세 개의 봉우리가 오리온자리의 별(오리온 삼성三星)처럼 늘어서 있다고 해서 삼성추(三星推)라는 이름을 얻게 된 이 유적은, 1929년 그 고장의 한 농민이 밭을 갈던 중에 우연히 옥으로 만든 그릇을 발견하면서 세상에 알려지기 시작했다.

　이후 소규모 조사가 이어지다가 1986년, 부근의 벽돌 공장에서 토사 채취 작업중에 옥으로 만든 그릇과 청동기가 대량으로 출토되면서 본격적인 발굴이 시작되었다. 훗날 '제1호 갱'으로 불리게 된 이 유적이 발견되면서 삼성추

는 고고학적으로 가장 주목받는 유적지 중 한 곳이 되었다. 제1호 갱에 대한 발굴을 벌이던 조사단은 주변 지역을 조사하던 중 제1호 갱과 약 30미터 정도 떨어진 곳에서 상아와 청동으로 만든 인물상(像)을 새롭게 발견함으로써 '제2호 갱'도 찾아낼 수 있었다.

'제1호 갱'과 '제2호 갱'을 몇 개월에 걸쳐 발굴한 결과, 출토된 유물의 수가 모두 수천 점에 이르렀으며, 중량도 총 1톤이 넘었다. 발굴에 참여한 학자들은 유적에서 화재의 흔적을 발견하고, 인위적으로 파괴된 것으로 추정했다.

유물 중에는 이제까지 아무도 쓴 적이 없었을 것으로 추정되는 폭 1.4미터의 거대한 가면과 기괴한 모습의 인두상(人頭像)이 다수 포함되어 있어 학계에 커다란 파문을 불러일으켰다. 그리고 출토된 유물은 약 3천 년 전의 은 왕조 후기와 같은 시기에 만들어진 것으로 판명되었다.

경이로운 가면왕국

사천성 문화청의 조사에 따르면, 삼성추 유적의 규모는 흙 성벽으로 둘러싼 약 3.6평방킬로미터로, 주변 유적까지 포함시키면 약 10만 평방킬로미터에 이른다고 한다. 거주 흔적과 무덤 등의 유적 구조도 어느 정도 확인되었는데, 거리 주위를 성벽으로 둘러싼 성벽도시였을 가능성이 높다고 한다.

삼성추 유적의 특징으로는 풍부한 청동기 유적을 들 수 있다. 현대의 기술로도 간단히 주조하기 힘든 정교한 유물을 통해 당시의 뛰어난 기술력을 엿볼 수 있다. 여기에서는 유물 몇 가지를 소개하기로 한다.

폭 1.4미터에 중량이 110킬로그램이나 되는 눈알이 튀어나온 '대형 세로 눈 가면(大型縱目假面)'은 삼성추에서 출토된 유물 중에서도 특별히 주목받고 있다. 이 가면이 어디에 사용되었는지 지금까지도 분명하게 알려져 있지 않다.

'금면인두상(金面人頭像)'과 소형 '인두상(人頭像)'은 머리 모습이 각기 다른데, 이는 당시의 삼성추가 여러 민족이 자유롭게 드나들었던 국제적인 국가였다는 사실을 시사하고 있다.

꽃과 새가 함께 그려져 있는 높이 4미터의 '거대한 신의 나무(巨大神樹)'는 당시 사람들이 태양을 숭배했음을 보여주는 증거라 할 수 있다. 또 긴 옷을 걸치고 양손을 앞쪽으로 집어넣은 2.6미터 높이의 '서 있는 인물상(立人像)'은 정치와 종교가 일체화되어 있던 당시 사회의 지도자 모습을 표현한 것으로 볼 수 있다.

술을 담았던 용기인 청동제 '용호존(龍虎尊)'은 그 디자인이 중원의 것과 상당히 유사하다는 점에서 전문가들은 당시 삼성추가 은과 어느 정도 교류가 있었던 것으로 보고 있다.

'황금 지팡이'의 표면에는 물고기 문양이 새겨져 있고, 머리에 왕관을 쓴 인물이 그려져 있다. 이것은 당시 사회가 정치와 종교가 동일시되었다는 사실을 보여주는 유력한 증거라 할 수 있다.

삼성추의 청동 주조기술과 황금 가공기술은 은·주 시대보다 훨씬 더 뛰어났던 것으로 전문가들은 보고 있다. 그러나 이러한 유물들이 과연 무엇을 의미하는가에 대해서는 전문가마다 견해가 엇갈리고 있으며, 아직도 그 대부분은 확실하게 밝혀지지 않고 있다. 그리고 삼성추 유적에서는 문자가 발견되지 않아서 조사를 진행하기에 많은 어려움이 따르고 있다.

티베트

차파란 유적

- 건 립 문 명 : 티베트 문명
- 건 립 연 대 : 10세기경?
- 건 립 자 : 토번 왕조의 후예
- 발 굴 자 : 이탈리아 고고학 조사단
- 현재 소재지 : 중국, 티베트 자치구 라싸에서 서쪽 2,000킬로미터, 찬단 고원

표고 4천 미터의 바위산에 건설된 도시 유적

인간이 전혀 살 수 없을 것 같은 척박한 땅에서도 필요한 경우에는 도시를 건설해서 삶을 이어가는 경우도 있다.

티베트 자치구의 주도인 라싸에서 서쪽으로 2,000킬로미터 떨어진 곳에 있는 표고 4,000미터의 찬단 고원에는 몹시 황량해 보이는 바위산들이 있다. 이 거친 바위산의 경사면에는 오래 전부터 사람들의 주거지가 건설되어 있었다. 이곳이 바로 전설 속의 왕국인 구게 왕국의 수도 차파란이다. 이곳에서 살고 있는 사람들은 자신들의 도시를 그렇게 부르고 있다.

6세기 무렵 티베트 지역에 존재했던 토번 왕국은 한때 당(唐)나라를 위협할 정도로 막강한 세력을 자랑했다. 9세기에 란달마 왕이 죽자 토번 왕국은 내란 상태에 빠져들었다. 권력 다툼에서 밀려난 토번 왕조의 일족은 서쪽으로 도망가 라다크, 구게, 프란이라는 세 왕국을 건설했다. 차파란은 토번 왕국에서 갈라져 나온 구게 왕국의 수도였다.

바위산에 건설된 왕성 차파란은 동서 약 600미터, 남북 약 1,200미터 규모로 28개의 불탑과 400채 이상의 건축물, 58개의 요새를 가진 거대한 유적이다.

산 정상에는 왕궁과 사원, 성채 등이 있으며, 사람들은 산의 경사면에 1,000

개 정도의 동굴을 파서 그 내부를 주거지와 수행장, 창고 등으로 개축해서 살아왔다.

차파란 사람들은 이 지역에서 자신들만의 독특한 불교 문화를 꽃피웠다. 란달마 왕의 극심한 탄압에도 불교는 끈질긴 생명력을 자랑하며 크게 번영을 누렸다.

이들은 불교의 발원지인 인도에 유학생을 보낼 정도로 활발하게 불교를 연구했으며, 불교를 삶의 기본으로 받아들였다. 그런 사실을 보여주기라도 하듯, 외벽을 각기 흰색과 적색으로 칠한 '라콩가포(白殿)'와 '라콩마포(赤殿)' 사원에는 이들의 불심을 보여주는 선명한 불교 벽화가 남아 있다.

환경 파괴와 전쟁으로 멸망한 구게 왕국

차파란 주변은 거칠기 짝이 없는 황무지다. 그럼에도 수도 차파란에는 수천 명의 사람들이 살았다고 한다. 그들은 어떻게 생활을 할 수 있었을까?

지금도 사람들이 왕래하기조차 꺼려할 것 같은 변경 지방이지만, 일찍부터 차파란은 네팔로 이어지는 교통의 요지였기 때문에 많은 사람들의 출입이 빈번했다. 차파란이 실크로드와 연결되는 중요한 교통로였다는 사실은 돈황에서 출토된 문서를 통해서도 확인되고 있다.

차파란 주변에서는 사금과 바위소금이 채취되었는데, 이러한 특산물들을 통해 번영을 누렸던 것으로 추정된다. 그리고 주변의 삼림을 벌채한 다음 경작지를 조성해 식량을 생산했던 것으로 보인다. 하지만 이러한 산림 벌채로 인해 주위 환경이 변하면서 농지와 그 주변도 서서히 황무지로 변하기 시작했다. 따라서 식량 생산이 불가능해진 구게 왕국은 점차 국력이 약해질 수밖에 없었다.

마침내 1630년에 인근 라다크 군의 침공을 받아 성 안에 갇히게 된 구게 왕국의 주민들은 결사적으로 항전했으나 결국 전멸당하고 말았다. 그때의 유체가 현재까지도 시랍화[84]된 모습 그대로 남아 있다.

차파란은 어디에 있는가

현재 유적으로 남아 있는 차파란은 처음부터 수도로 건설된 것은 아니었다. 차파란 유적에 남아 있는 사원과 벽화는 주로 14세기에서 15세기에 만들어진 것으로, 문헌상 구게 왕조의 최초 성립 연대인 10세기 무렵의 흔적은 찾아볼 수 없다. 그렇다면 최초로 건설된 차파란은 과연 어디였을까?

현재의 차파란 유적은 몇 차례의 확장을 통해 건설된 것으로 확인되었다. 고고학자들은 차파란 이전의 수도가 다른 어딘가 있을 것이라고 추측하고 있다. 인근의 다파나 최근에 발견된 비얀돈가 그 유적이 아닐까 하는 설도 있지만 현재까지는 명확하게 밝혀져 있지 않다.

---

84) 시랍 : 屍蠟. 오랜 시간 물 속이나 습한 땅에 묻혀 있던 시체가 밀랍과 같은 형태로 변한 것을 말한다.

샴발라

히말라야 산맥 북쪽 티베트의 깊숙한 곳에 현자들이 산다는 이상향 샴발라가 있다고 한다. 이 왕국은 눈에 보이지 않지만, 도시에는 황금 불상들이 줄지어 서 있으며, 아름다운 꽃들이 여기저기 피어 있다고 한다. 여덟 개 꽃잎의 연꽃이 활짝 피어 있는 듯한 지형 속에 자리잡고 있는 샴발라의 중심에는 샴발라의 왕이 산다는 카라바 궁전이 있다. 여덟 개의 꽃잎에 해당하는 각 분지에는 1,000만 개의 도시를 가진 12나라가 있으며, 작은 왕들이 다스리고 있다. 모두 96개(8×12)의 소왕국과 9억 6,000만명(8×1,000만×12)의 도시에서 살아가는 샴발라 주민들은 병에 걸리지도, 굶주리지도 않으며 결코 싸우는 법이 없다고 한다.

샴발라의 기원은 『카라차쿠라 탄트라(時倫經)』라는 불교의 밀교 경전에서 찾아볼 수 있다. 『카라차쿠라 탄트라』는 역학(曆學)과 천문학, 수행법 등을 기술한 책으로 붓다의 말씀을 정리한 것이다. 이 책이 쓰여진 11세기 무렵의 인도는 이슬람 세력의 침입으로 위기를 맞고 있었다. 때문에 사람들은 폭력과 약탈이 난무하는 현실 속에서 샴발라 같은 평화로운 이상향을 추구하게 되었던 것 같다.

그후 12세기에 인도에서 불교가 힘을 잃어버리게 되자 『카라차쿠라 탄트라』는 샴발라 전승과 함께 티베트로 계승되었다.

『카라차쿠라 탄트라』에는 샴발라에 관한 예언이 기록되어 있다. 그 예언에 따르면 이 세계가 악에 물들면 샴발라를 감싸고 있던 안개가 걷히면서 그동안 보이지 않았던 모습을 드러낸다고 한다. 이때 샴발라 왕은 강력한 군대를 이끌고 악의 세력과 전쟁을 벌여 마침내는 승리를 거둔다. 그리하여 세상에는 평화가 찾아오고, 사람들은 이상향에서 편안하게 살게 된다는 것이다.

그렇다면 이상향 샴발라는 도대체 어디에 있는 것일까?

『카라차쿠라 탄트라』에 나오는 천체 운행 기록을 근거로 찾아낸 아무 강 유역의 부하라(현재의 우즈베키스탄 중부에 있는 도시―옮긴이)라는 설과, 책 속의 기록을 지리적 조건과 대조해서 찾아낸 타림 강 유역의 호탄이라는 설 등이 있다.

샴발라는 종교 경전 속에 등장하는 이상향일 뿐이지만, 현실 속의 사람들은 언제나 샴발라와 같은 이상향을 꿈꾸고 있기 때문에 실제로 존재하고 있다고 봐야 하지 않을까. 비록 눈에는 보이지 않지만.

아프가니스탄

바미안 불교 유적
bamiyan

- 건 립 문 명 : 인도 문명(쿠샨 왕조?)
- 건 립 연 대 : 4~5세기경
- 건 립 자 : 불교도?
- 발 굴 자 : 프랑스 고고학 조사단
- 현재 소재지 : 아프가니스탄의 힌두쿠시 산맥과 코히 바바 산맥 사이

바미안 석굴사원

아프가니스탄 중앙부를 동서로 가로지르는 힌두쿠시 산맥과 코히 바바 산맥 사이, 표고 2,400미터의 고원지대 바미안에는 누가 만들었는지 명확하게 밝혀지지 않은 두 개의 거대한 석불이 있다. 역암(礫岩: 물밑에 쌓인 조약돌이 진흙이나 모래에 섞여 만들어진 수성암-옮긴이) 절벽에 새겨진 두 개의 거대한 석불은 비록 안면 부분이 많이 훼손되어 상처투성이로 남아 있지만 보는 사람들을 압도하게 만든다. 절벽 동쪽에 있는 '동대불'은 36미터, 서쪽에 있는 '서대불'은 53미터로 마치 하늘을 찌를 듯 높이 솟아 있는데, 천연 그대로의 바위에 정교하게 깎아서 조성해놓았다.

이 거대한 석불을 누가 만들었는지, 남아 있는 자료가 없기 때문에 확실히 말할 수는 없다. 그러나 석불 부근에는 오래 전부터 이 지역에 살았던 사람들이 만들어놓은 석굴사원이 존재하기 때문에 이를 근거로 석불 제작자들이 누구였는지 짐작해볼 수는 있다.

인도에는 엘로라와 아잔타 같은 석굴 유적이 다수 존재한다. 바미안도 그 중 하나로 절벽에 다수의 석굴이 뚫려 있다. 한 사람이 겨우 들어갈 수 있을 만큼 작은 동굴까지 포함하면 그 수는 약 2만 개가 넘는다고 한다. 석굴 중에

는 부처를 모셨던 사원과 승려들이 살았던 승방이 있으며, 조각과 벽화로 장식되어 있는 것에서부터 그냥 바위산을 파서 소박하게 만든 것에 이르기까지 다양한 형태로 존재한다.

7세기 전반 바미안을 방문했던 당(唐) 나라의 승려 현장[85]은 『대당서역기(大唐西域記)』에서 "상인들이 자유롭게 왕래하며, 수천 명의 불교도들이 살고 있는 번화한 마을"이라고 바미안을 묘사했다. 그리고 당시 바미안에는 불교 이외의 신앙도 있었다고 한다.

이런 사실들을 종합해보면, 바미안 유적은 이 지역에 살았던 불교도들이 만들었지 않았나 하는 조심스런 결론에 도달하게 된다.

절벽에 새겨진 거대한 불상

프랑스 조사단이 바미안에 대한 조사를 시작한 이후, 발굴과 수리 복원이 거듭되는 과정에서 지금까지 밝혀지지 않았던 여러 가지 사실들이 드러났다. 그에 따르면, 바미안 유적은 4~5세기경의 쿠샨 왕조[86] 때 만들어진 것으로 추정되고 있다.

그리고 전문가들은 약 400미터 가량 떨어져 있는 두 석불의 제작 양식도 동일한 것으로 보고 있다. 커다란 얼굴과 튼실한 어깨, 땅딸막한 몸체, 큼직한 다

---

[85] 현장 : 玄奘. 중국 당대(唐代)의 불교 승려로, 흔히 삼장법사로 알려져 있다. 627년 혹은 629년에 수도 장안을 출발해서 서역을 거쳐 인도로 들어갔다. 넓은 인도 전역을 오가며 많은 학자들을 방문하고, 다수의 경전을 얻어 645년에 귀국했다.

[86] 쿠샨 왕조 : 기원전후 무렵부터 5세기 중반까지 현재의 아프가니스탄과 북인도 지역을 중심으로 세력을 떨쳤던 왕조. 동서 교역의 요충지로서 로마와의 교류가 활발했으며, 그 결과 간다라라는 독특한 형식의 미술 양식을 창조해냈다. 또 대승불교가 크게 발전하는 등 여러 면에서 특색 있는 문화를 꽃피운 왕조로 역사에 기록되어 있다.

리 등 그 겉모습부터 같은 양식으로 제작되었다는 것을 한눈에 알 수 있다는 것이다. 현재는 안면 부분이 훼손되어서 얼굴 모습은 볼 수 없지만 석불의 얼굴에는 온화한 미소가 새겨져 있었을 것이다. 이슬람 교도들이 안면을 훼손했다는 설이 유력하지만, 훼손된 안면이 매끈하게 잘려나간 점이나 유적이 철저하게 파괴되지 않았다는 의문점도 있어 이슬람 교도들의 소행이 아니라는 설도 있다.

석불의 제작 시기는 주변의 불감(佛龕, 부처를 모셔두는 작은 장으로, 여기서는 주변의 석탑을 말한다)을 통해 그 대략의 연대를 추정해볼 수 있다. '동대불' 벽에 그려져 있는 채색 벽화는 현재 그 대부분이 벗겨져 떨어지고 색깔도 바랜 모습으로 남아 있는데, 태양신처럼 보이는 신이 마차 위에 서서 네 필의 말을 이끄는 모습을 묘사한 이 벽화는 페르시아 사산 왕조[87]의 영향을 받은 것으로 보인다. 또 '서대불'에 그려져 있는 육감적인 보살상에서는 굽타 왕조[88]의 영향을 찾아볼 수 있다.

인도, 중앙아시아, 서아시아 교통로의 요지였던 바미안에는 오랜 옛날부터 사람들이 살아왔다. B.C. 1세기경에는 쿠샨 왕조 세력권에 편입되어 활발한 동서 교역으로 번영을 누렸지만, 그 이후에는 서쪽의 사산 왕조와 동쪽의 굽타 왕조의 침입을 받아 그 세력이 크게 약화되었다. 그후 4세기 말에 불교의 부흥과 함께 바미안은 다시 번영을 누리게 되었다.

결국 거대한 두 석불은 쿠샨 왕조 시대의 불교도들이 만들었으며, 사산 왕

---

[87] 사산 왕조 : 226년에 아르다시르 1세가 세워 651년 아랍인들에 의해 멸망할 때까지 서아시아 일대에서 크게 세력을 떨쳤던 고대 이란 왕조. 조로아스터교를 국교로 받아들여 신정정치를 펼쳤다.

[88] 굽타 왕조 : 320~550년경에 북인도 전체를 통일하고 지배했던 왕조. 창건자는 찬드라 굽타 1세이다. 인도 고전문화의 완성기로 산스크리트 문학과 굽타 미술이 화려하게 꽃을 피웠다.

조와 굽타 왕조 시대의 불교도들이 계속해서 석불을 관리하며 숭배해왔던 것으로 봐도 좋을 것 같다.

(그러나 바미안 석불은 아프가니스탄 과격 이슬람 무장집단인 탈레반 정권이 2001년 3월 8일과 9일에 걸쳐 다이너마이트와 로켓포로 산산조각 내버려, 지금은 한때 석불이 있었음을 나타내주는 흔적만 남아 있을 뿐이다. —편집자 주)

인도

ellora caves
엘로라 석굴사원

- 건 립 문 명 : 인도 문명
- 건 립 연 대 : 5~10세기
- 건 립 자 : 다수
- 발 굴 자 : -
- 현재 소재지 : 인도의 마하라슈트라 주 아우랑가바드 시에서 서북쪽으로 약 30킬로미터

세 종교가 공존하는 인도 최대의 석굴사원군

인도에는 다수의 석굴사원이 있지만, 그 중에서 엘로라는 그 규모나 건축물의 정제미, 다양성 등에 있어 단연 돋보이는 유적이라고 할 수 있다. 또 불교와 힌두교[89], 자이나교[90], 이 세 종교 사원이 공존하고 있다는 점에서도 대단히 인상적인 유적이다.

바위 표면을 파고들어가 만든 건축물은 페트라와 아부 심벨 신전이 유명하지만 엘로라 사원은 그것들과는 성격이 다르다. 페트라와 아부 심벨은 바위 정면을 깎아서 그 내부를 향해 조각해 들어간 것이지만, 엘로라는 바위를 위에서 밑으로 파내려가면서 만든 것이다.

바위산의 깎아지르는 듯한 절벽에 만들어진 34개의 석굴사원은 남북 약 2킬로미터에 이르며 모두 서쪽 방향을 향하고 있다. 사원의 구조는 거의 대부

---

89) 힌두교 : 창조신 브라만, 존속신 비슈누, 파괴신 시바를 주요 신으로 숭배하는 인도의 독자적인 전통 종교. 기원은 B.C. 10세기경 아리아인과 드라비다족 등 여러 종족들 사이에 혼혈이 생겨나면서 시작되었다고 보지만, 힌두교가 확립된 것은 B.C. 4세기경 마우리아 왕조 때다.

90) 자이나교 : 불교와 거의 같은 시대인 B.C. 5세기~B.C. 4세기경에 성립된 인도의 종교. 불교와 힌두교의 영향을 많이 받았다.

분은 동일한데, 굴 중앙 한쪽 벽에 불당을 모시고 있으며, 넓은 공간 주변으로 승방을 배치했다.

제1~10굴은 5~7세기경, 제11~12굴은 8~9세기경에 만들어진 불교 사원이다. 대승불교가 쇠퇴할 무렵에 조성된 것으로, 특히 제11~12굴은 불교 사원이면서도 힌두교의 영향을 많이 받은 것으로 알려져 있다.

제13~29굴은 7~9세기경의 힌두교 사원으로 풍부한 장식 조형과 신상으로 꾸며져 있으며, 힌두교 조각 예술의 걸작으로 평가받고 있다.

제30~34굴은 9~12세기의 자이나교 사원으로, 그 조각과 내부 장식은 힌두교 사원에 비해 약간 단조롭다.

220년 동안 조성된 석굴사원 카일라사나타

엘로라 석굴사원 중에서 단연 돋보이는 건축물은 765년 굽타 왕조 때 크리슈나 1세의 명으로 만든 힌두교 사원 카일라사나타 사원이다. 카일라사나타는 '안락한 주거의 전당'이라는 뜻으로, 파괴의 신인 동시에 사랑의 신인 시바 신에게 바치기 위해 건설한 사원이었다.

이 사원은 폭 46미터, 깊이 85미터, 높이 34미터 규모의 'ㄷ'자 형태로, 암반을 절단해서 천장 위쪽 암반을 무너뜨린 다음 독립된 건축물처럼 보이도록 마무리한 것이 특징이다. 카일라사나타 사원은 크리슈나 1세의 재위중에 완성되지 못하고 착공한 지 220년 후에 완공되었다. 이 사원을 짓는 데 사용한 공구는 폭 2.5센티미터 정도의 끌뿐이었다고 한다.

왜 세 종교 사원이 공존해 있는가?

엘로라는 불교, 힌두교, 자이나교가 시기만 다를 뿐 한 장소에서 공존하고 있는 독특한 석굴사원이다. 통상적으로 보면 나중에 온 사람들은 이전에 조성된 사원을 자신들의 종교 사원으로 탈바꿈시키거나 파괴하는 것이 보통이다. 하지만 다행히 엘로라에서는 그런 일들이 일어나지 않았다. 이는 불교와 힌두교, 자이나교가 서로 영향을 주고받았기 때문이다.

힌두교 신들은 불교를 다른 이름으로 받아들였고, 불교 역시 힌두교 신들을 받아들였다. 예를 들면 부처는 힌두교에서 비슈누 신의 아홉 번째 화신으로 받아들여졌다. 자이나교는 원래 불교와 힌두교의 융화를 통해 성립된 종교로, 두 종교의 사원이 이전부터 조성되어 있었다 하더라도 모조리 파괴할 만큼 적대감을 갖지는 않았다. 교리와 추구하는 바가 달랐지만 이처럼 서로를 이해하고 받아들일 줄 알았기 때문에 엘로라는 세 종교 사원이 서로 공존할 수 있었던 것이다.

파키스탄

mohenjo daro
모헨조다로

- 건 립 문 명 : 인더스 문명
- 건 립 연 대 : B.C. 4000년(최전성기는 B.C. 2500~B.C. 1800년)
- 건 립 자 : 인더스 문명인
- 발 굴 자 : J. 마셜, E. 매카이
- 현재 소재지 : 파키스탄, 신드 지방 인더스 강 동쪽 연안

정말 세계에서 가장 오래된 문명인가? B.C. 4000년의 도시

세계 4대 문명의 하나인 인더스 문명은 여느 문명과는 크게 구별되는 차이점이 있다.

메소포타미아·나일·황하 문명은 왕을 정점으로 하는 강력한 통치체제를 기반으로 국가를 유지했고, 그런 절대 권력을 상징하는 웅장한 건축물들을 건설했다. 즉, 확고한 신분제도가 정치를 지탱했던 문명이라고 할 수 있다. 그러나 인더스 문명에는 왕과 같은 강력한 권력이나 권위를 나타내는 상징물이 존재하지 않는다.

수수께끼의 도시 모헨조다로는 하라파와 함께 인더스 문명을 대표하는 유적이다. 파키스탄 신드 주 인더스 강 하류에 위치한 모헨조다로는 1920년 R. D. 배너지가 쿠샨 왕조 시대의 불탑을 발굴하는 과정에서 처음 발견했다.

현지 언어로 '죽은 자들의 흙무덤' 이라는 의미를 가진 모헨조다로 유적의 발굴은 1920년부터 시작되어 1931년까지 계속되었다. 발굴의 전반부는 당시 인도 정부(당시 파키스탄은 영국의 식민 지배를 받는 인도 내의 이슬람 지역이었으며, 1947년에 인도 독립과 함께 분리·독립하여 새로운 이슬람 국가를 건설했다-옮긴이)의 고고학 장관이었던 J. 마셜이, 후반부는 E. 마케이가 담당했다.

모헨조다로의 성립 연대는 발굴 당시 B.C. 2300년경으로 추정되었지만, 이후 더 오랜 층이 발견되어 현재는 B.C. 4000년경으로 보고 있다.

도시 계획에 따라 건설된 모헨조다로

지금까지 전체 유적의 10퍼센트 정도밖에 발굴되지 않은 모헨조다로 유적은 1965년 지하수의 분출로 발굴조사가 중단된 상태다. 비록 발굴이 활발하게 이루어지지는 않았지만, 지금까지 밝혀진 사실은 대략 다음과 같다.

모헨조다로 유적은 크게 서쪽의 성곽요새지구와 동쪽의 시가지구 두 구역으로 나눌 수 있다. 성곽요새지구에는 성벽을 따라 사방 각 30미터에 이르는 넓은 회랑과 회의장, 학습장, 목욕탕, 곡물 창고 등이 있다. 아마 서쪽의 성곽요새지구는 종교와 행정에 관련된 기관들이 모여 있던 지역이었을 것으로 추정된다.

성곽요새지구의 서쪽에 있는 큰 목욕탕은 모헨조다로에서만 볼 수 있는 대형 유적이다. 인더스 문명권의 다른 도시에서 작은 목욕탕이 더러 발견된 적은 있었지만, 모헨조다로처럼 큰 것은 없었다. 길이 10미터, 폭 7미터, 깊이 2.4미터의 수조에 기둥이 있는 공간과 작은 방이 붙어 있다. 또 남쪽과 북쪽으로 계단이 있으며, 밑으로 내려갈 수 있도록 되어 있다. 큰 목욕탕은 실제로 목욕을 하는 장소였다기보다는 제례를 행하는 장소였을 것으로 추정되고 있다.

시가지구는 포장된 길을 따라 집들이 정연하게 줄지어 서 있다. 대부분의 집들은 불에 구운 벽돌을 쌓아올려서 지었는데, 가운데 마당을 중심으로 방과 우물, 욕실 등이 있었으며, 폐수 시설도 갖추고 있었다. 내부 시설은 어느 집이든 동일했으며, 집의 크기가 획일적인 것으로 봐서 주민들 사이에는 빈부격차가 그리 심하지 않았던 것 같다.

또 모헨조다로는 세 차례의 큰 홍수가 겪었던 것으로 밝혀졌다. 그때마다 도시는 예전처럼 재건되었는데, 이는 모헨조다로에서 정밀한 도시 계획이 이루어졌다는 사실을 보여주는 것이라 할 수 있다.

인더스 문명이 멸망한 이유는 무엇인가?

B.C. 1800년경부터 인더스 문명은 쇠퇴하기 시작했다. 이 무렵 모헨조다로도 이제까지의 잘 계획된 도시에서 점차 빈민촌들이 생겨나는 도시로 변해버렸다. 시가지구뿐만 아니라 성곽요새지구에도 허름한 집들이 들어서면서 도시의 행정 기능은 마비상태에 빠져들고 말았다.

모헨조다로의 몰락을 시작으로 인더스 문명권의 여러 도시들도 점차 쇠퇴의 길을 걷게 되었다. 이로 인해 인더스만의 고유한 문화는 넓은 지역으로 퍼져나가지 못한 채 지역 문화로 퇴행해버리는 결과를 낳았다. 결국 인더스 문명권의 도시들은 B.C. 1500년경에는 완전히 멸망해서 역사 속으로 사라지고 말았다.

인더스 문명의 멸망은 한때 아리아인[91]의 침입이 원인이었다는 설이 나오기도 했지만 현재는 점차 설득력을 잃어가고 있다. 아리아인이 도시를 공격한 흔적이 없다는 것과, 아리아인의 침입과 인더스 문명의 쇠퇴 시기가 수백 년이나 차이가 난다는 것 등이 그 이유로 거론되고 있기 때문이다.

그리고 인더스 강의 범람으로 큰 피해를 입어 쇠퇴했다는 설도 있다. 그러나 인더스 강의 범람 후에도 도시가 재건된 흔적이 발견되었기 때문에 홍수설도 그다지 설득력이 있는 것으로 보이지는 않는다.

현재는 인더스 강의 흐름이 바뀌어 모헨조다로 지역이 건조지대가 됨으로

---

91) 아리아인 : 중앙아시아 지역에서 살다가 후에 인도로 들어와 아리아계 인도 문화의 토대를 구축했던 인도·아리아계와 페르시아 제국을 건설한 후 이란 지방에서 들어온 인도·이란계, 이 두 종족을 지칭한다.

서 멸망하지 않았는가 하는 설이 유력하게 대두되고 있다. 토지의 건조화로 염분이 지표에서 나와 많은 피해를 불러일으켰을 것이라는 주장이다. 즉, 염분의 노출이 농작물 생산에 치명적인 타격을 주어 멸망의 원인을 제공하지 않았나 하는 것이다.

인더스 문명의 수수께끼를 풀 수 있는 인더스 문자

인더스 강 유역에서부터 오늘날의 인도 펀자브 지방까지 널리 확산되었던 인더스 문명은, 4대 문명 중에서 가장 넓은 지역을 포괄하는 문명이었음에도 그 통치 시스템에 관해서는 알려져 있지 않다.

목욕탕 유적을 통해 신권정치가 이루어졌을 것이라는 설도 있지만 아직 명확한 증거는 발견되고 있지 않고 있다. 또 고도의 도시 계획을 어떻게 수립하고 집행했는가도 수수께끼로 남아 있다.

인더스 문명이 가지고 있는 수많은 의문점에 대한 해명이 늦어지는 이유는 인더스 문자의 해독이 지지부진하다는 데 있다. 동물과 신, 인간 등의 모습이 석판이나 인장에 새겨져 있는 인더스 그림문자는 그 변종만도 400개에 이르지만, 기본적인 문자는 250자 정도로 알려져 있다.

최근에는 컴퓨터를 통한 해독 작업이 다소 성과를 거두기도 했다. 그 결과, 인더스 문자는 현재 남인도에서 사용되고 있는 드라비다어 계통에 속하는 문자로 밝혀졌다. 드라비다어는 B.C. 3500년경 이란 고원에서 인도로 이주해온 드라비다 민족이 사용했던 언어로, 현재 사용되고 있는 언어의 조상 언어이다.

이런 성과에도 불구하고 아직 인더스 문자에 대한 결정적인 해독이 이루어지지 않고 있기 때문에 앞으로의 연구 결과가 주목되고 있다.

파키스탄

harappa
하라파

- 건 립 문 명 : 인더스 문명
- 건 립 연 대 : B.C. 2500~B.C. 1800년경
- 건 립 자 : 인더스 문명인
- 발 굴 자 : 알렉산더 커닝햄, D.R. 하사니
- 현재 소재지 : 파키스탄의 펀자브 지방 라호르 시 남쪽 30킬로미터

잃어버린 하라파 유적

파키스탄에는 모헨조다로와 함께 또 하나의 도시 유적인 하라파가 있다. 동부 펀자브 지방 인더스 강 지류 라비 강 부근에 있는 하라파 유적은 1920~1921년에 고고학자 D. R. 하사니에 의해 발굴되었다.

하지만 하사니가 유적을 발굴하기 훨씬 전인 1850년에 하라파에 대해 조사를 벌인 인물이 있었다. 후에 인도 고고학 장관이 된 알렉산더 커닝햄이었다. 이때의 조사 결과는 나중에 밝혀진 사실과는 큰 차이가 있었다. 당시 커닝햄은 하라파 유적을 8세기 무렵 이슬람 교도들이 펀자브 지방에 침입해서 건설해놓은 유적으로만 생각했다.

커닝햄의 조사 이후 하라파 유적은 1920년 하사니의 손길이 닿을 때까지 약 70년 동안 치명적인 상처를 입으며 방치되어 있었다. 예로부터 현지인들은 건축용 벽돌을 얻기 위해 하라파 유적을 도굴해왔지만, 식민 지배를 위해 인도에 들어온 영국인들의 유적 파괴 행위는 그 차원이 달랐다. 영국의 철도 업자들은 철도 밑에 까는 자갈 대신 유적에서 도굴해온 벽돌을 사용했던 것이다. 유감스럽게도 하라파 유적의 대부분은 이렇게 파괴되고 말았다.

인더스 최대의 도시

인도와 파키스탄의 고고학 조사단이 합동으로 벌인 몇 차례 벌인 발굴조사와, 인더스 문명권 내의 여러 도시들과의 비교 조사를 통해 겨우 최근에서야 하라파 유적의 전모가 드러나게 되었다.

하라파가 만들어진 시대는 B.C. 2500년대로, 최전성기는 B.C. 2600년부터 B.C. 2000년까지였던 것으로 추정된다. 유적의 넓이는 사방 약 1킬로미터로, 모헨조다로와 마찬가지로 성곽요새지구와 시가지구로 나누어져 있었다. 현재 인더스 문명권에서 발견된 약 스무 곳의 도시와 유적 구조가 확인된 대략 500여 개의 촌락 가운데 최대 규모를 자랑하는 유적이었음이 밝혀진 것이다.

성곽요새지구는 남북 400미터, 동서 200미터로 사방이 성벽으로 둘러싸여 있었다. 벽 안쪽으로는 6미터 높이의 기단이 있으며, 그 위쪽으로는 건축물들이 서 있었던 것으로 보인다. 많은 벽돌이 도굴되었기 때문에 과거에 어떤 건축물들이 존재했는지는 확실히 알 수 없지만, 모헨조다로와 마찬가지로 회의장이나 목욕탕, 곡물 창고 등이 있었을 것으로 추정된다.

그리고 성채요새지구 북쪽에는 '노동자 공동주택'이라 불리는 장방형의 주택이 2열로 나란히 서 있다.

'노동자 공동주택' 옆에는 여섯 개씩 2열로 나란히 서 있는 곡물 창고가 세로 15미터, 가로 6미터의 기단 위에 만들어져 있다. 또 '노동자의 공동주택'과 곡물 창고 사이에는 벽돌을 쌓아서 만든 작업대도 남아 있다. 발굴 당시 원형 작업대에는 보리나 밀 같은 곡식들이 남아 있었는데, 아마 이곳에서 제분 등의 작업을 했던 것으로 보인다.

시가지구는 파괴 상태가 심각하고, 현재 사람들이 거주하고 있는 마을이 있어서 발굴조사가 진행되고 있지 못한 상태다.

하라파와 비슷한 유적 구조를 가지고 있는 모헨조다로에서는 성곽요새지구와 시가지구 외에 무덤이 발견되기도 했다. 대개 고대문명에서는 왕이나 귀족이 죽으면 시신과 함께 화려한 장신구 등을 같이 매장하는 경우가 많다. 따라서 특별한 문헌이나 기록이 없는 경우에는 부장품이 당시의 모습을 그대로 보여주는 중요한 자료가 된다. 하지만 하라파에서는 매장이 상당히 간소하게 이루어졌기 때문에 부장품을 통해 당시의 역사를 재구성하는 일이 불가능했다.

인더스 문명에서 하라파가 어떤 위치를 차지하고 있었는가는 아직도 수수께끼로 남아 있다. 출토된 토기나 각종 유물들을 통해 모헨조다로보다 후에 건설되었다는 사실만 밝혀졌을 뿐 인더스 문명의 수도 역할을 했는지, 모헨조다로와 공동 통치를 했는지도 명확하게 밝혀지지 않았다.

일부 학자들은 모헨조다로에서 하라파로 수도를 옮겼다는 주장을 펴기도 한다. 모헨조다로에 자주 홍수가 발생했기 때문에 그 대안으로 보다 안전한 하라파를 건설했다는 것이다. 그러나 이 역시 확실한 증거가 있는 것은 아니다.

B.C. 1800년경부터 하라파는 서서히 몰락하기 시작했다. 그러나 모헨조다로와 달리 하라파에는 소수의 사람들이 남아 있었던 듯하다. 무덤에서 발굴된 유체의 부장품들이 그런 사실을 보여주고 있다.

레무리아 대륙

19세기 후반, 지질학자들은 다양한 조사 끝에 현재 지도상에 나타나 있는 인도와 남아프리카 대륙이 예전에는 서로 붙어 있지 않았나 하는 의문을 가지기 시작했다.

독일의 생물학자 E. 하인리히 헤겔은 레무르(여우원숭이. 가장 원시적인 영장류에 속한다—옮긴이)라는 원숭이가 바다를 사이에 두고 멀리 떨어져 있는 마다가스카르와 인도, 말레이 반도 등지에 서식하고 있는 것을 발견하고, 포유류 시대가 될 때까지 이들 지역을 이어주는 대륙이 존재했을 것으로 생각했다. 그후 영국이 동물학자인 필립 스레아터가 그 잃어버린 대륙을 레무르의 이름을 따서 '레무리아' 라는 이름을 붙였다.

그후 1912년에 유명한 베게너의 대륙이동설이 등장하면서 레무리아의 존재는 지질학적으로 확실한 증거를 가진 것으로 생각되었다. 베게너의 대륙이동설이 등장한 전후로 레무리아를 오컬트적인 시각에서 접근하는 일단의 무리들이 나타났다. 러시아의 오컬트주의자인 헬레나 블라바츠키와 영국의 오컬트주의자인 W. 스코트(엘리엇)이 그 대표격으로, 이들은 인류가 지구상에 존재하기 전부터 레무리아에는 초고대 문명이 존재했었다고 주장했다. 그중에서도 엘리엇은 도마뱀 인간처럼 생긴 레무리아인의 상상도를 발표함으로써 많은 사람들의 호기심을 불러일으켰다.

연구자들은 오컬트주의자들의 가설을 일소에 부치면서, 애당초 지질학적 연대가 맞지 않는 주장이라고 도외시했지만 레무리아에 초고대문명이 존재했다고 믿는 사람들은 결코 그같은 비판을 받아들이지 않았다.

사실 레무리아의 초고대문명은 판타지 속에서나 존재하는 환상의 문명이라고 할 수 있다. 그러나 과학적인 근거가 없다고 해서 그들의 활동이나 가설을 모두 무의미한 것으로 바라보는 시각도 문제가 있다. 사람들이 왜 그같은 가설을 믿고, 그런 가설에서 어떤 영향을 받는지 주목할 필요가 있는 것이다. 역사라는 관점에서 보면, 과학적 근거의 유무보다도 사람들에게 끼친 정신적인 영향이 더 중요한 경우가 많았기 때문이다.

후기

역사는 살아 움직이는 생물이다.

오래 전 학교에서 역사를 배울 때 과거의 역사가 변할 것이라고는 도저히 생각하지 못했다. 하지만 실제로는 그렇지 않았다. 과거의 역사는 시시각각 변하고 있었다.

그런 이야기를 들으면 이렇게 생각할 수도 있을 것이다. 과거의 역사가 변하든 변하지 않든 간에 과거는 변하지 않기 때문에 과거라고.

그러나 우리들의 과거, 즉 '역사'는 추측으로 이루어져 있다. 문헌에 확실하게 남아 있는(물론 그 문헌을 믿을 수 없는 경우도 있지만) 경우라면 몰라도, 문자가 없던 시대나 문헌이 남아 있지 않은 시대에 대한 지식을 얻기 위해서는 당시의 유물을 조사하는 수밖에 없다. 하지만 이렇게 획득한 정보도 반드시 옳다고 할 수만은 없다. 기술적인 문제나 지식의 부족으로 인해 잘못 추측할 수도 있기 때문이다.

정설이라고 생각했던 것이 나중에 뒤집혀 다시 쓰여지는 것이 역사이다. 때문에 '과거는 변하고 있는 것'이다.

이 책을 쓰는 도중에도 인공위성을 동원해 앙코르와트 유적 북서쪽에서 카피라프라 유적을 찾아내는 등 새로운 발견이 계속되고 있다. 이렇게 과거는 변하고 있다.

현재는 인공위성이나 컴퓨터 같은 최신 과학 기술에 의한 전지구적인 차원의 조사가 가능해졌다. 따라서 고고학자가 배낭을 짊어지고 미지의 땅을 찾아 떠나는 시도는 점점 줄어들고 있다. 하지만 한 가지 분명한 사실은, 가까운 장래에 아직 발견되지 않은 미지의 문명이 우리들 눈앞에 모습을 드러낼지도 모른다는 것이다. 그래서 과거는 또다시 변화를 맞게 될 것이라는 사실이다.

모리노 다쿠미

참고문헌

아프리카사의 의미(アフリカ史の意味, 山川出版社), 宇佐美久美子
아프리카 대륙 탐험사(アフリカ大陸探檢史, 創元社), アンヌ・ユゴン
아스텍 왕국 : 문명의 죽음과 재생(アステカ王國 文明の死と再生, 創元社), セルジュ・グリュジンスキ
아메리카의 역사1 : 선사시대~1778년(アメリカの歴史1 先史時代~1778年, 集英社文庫), サムエル・モリソン
이슬람교의 책(イスラム教の本, 學研)
잉카 제국 : 태양과 황금의 민족(インカ帝國 太陽と黃金の民族, 創元社), カルメン・ベルナン
잃어버린 세계 초고대문명(失われた世界超古代文明, 日本文藝社), 鈴木旭, 最上孝太郎
이집트 신화(エジプト神話, 青土社), ヴェロニカ・イオンズ
황금도시 시칸을 발굴하다(黃金の都シカンを掘る, 朝日新聞社), 島田泉, 小野雅弘
오스만 제국(オスマン帝國, 講談社現代新書), 鈴木董
컬러 세계사백과(カラー世界史百科, 平凡社), ヘルマン・キンダー, ヴェルナー・ヒルゲマン
컬러판 서양 건축 양식사(カラー版西洋建築樣式史, 美術出版社), 熊倉洋介
사라진 고대문명 : LOST WORLD(消えた古代文明 LOST WORLD, 講談社), フォーク編輯部 編
사라진 문명(消えた文明, 廣濟堂文庫), 超科學研究會
그리스 신화 : 신・영웅록(ギリシア神話 神・英雄錄, 新紀元社), 草野巧
그리스 신화를 잘 알게 되는 사전(ギリシア神話がよくわかる本, PHP文庫), 吉田敦彦 감수, 木村千鶴子
그리스 문명 : 신화에서 도시국가로(ギリシア文明, 創元社), ピエール・レベック
켈트 : 살아 있는 신화(ケルト 生きている神話, 創元社), フランク・ディレイニー
켈트 : 되살아나는 유럽 환상의 민족(蘇るヨーロッパ幻の民, 創元社), クリスチアーヌ・エリュエール
고대유적 타임 트레블 ANCIENT MYSTERY(古代遺跡タイムトラベル ANCIENT MYSTERY, 講談社), フォーク編輯部 편
고대이집트 탐험사(古代エジプト探檢史, 創元社), ジャン・ベルクテール
고대그리스 발굴사(古代ギリシア發掘史, 創元社), ロラン&フランソワ・エティエンヌ
고대문명의 숨겨진 진실(古代文明の隠された眞實, 同文書院), 竹内均
고대로마의 시민사회(古代ローマの市民社會, 山川出版社), 島田誠
코란 상・중・하(コーラン 上・中・下, 岩波文庫)

삼성추 : 중국 5000년의 수수께끼 · 경이의 가면왕국(三星堆 中國5000年の謎 · 驚異の假面王國, 朝日新聞社 · テレビ朝日), 稻畑耕一郎 외

실크로드 : 사막을 건너는 모험자들(シルクロード 砂漠を越えた冒險者たち, 創元社), ジャン · ピエール · ドレージュ

종교세계지도(宗敎世界地圖, 新潮文庫), 石川純一

십자군 : 유럽과 이슬람 대립의 원점(十字軍 ヨーロッパとイスラム對立の原點, 創元社), ジョルジュ · タート

슐리만 · 황금 발굴의 꿈(シュリーマン · 黃金發掘の夢, 創元社), エルヴェ · デュシエーヌ

상세해설 세계사용어사전(詳解 世界史用語事典, 三省堂), 三省堂編修所

신서 아프리카사(新書アフリカ史, 講談社現代新書), 宮本正興 · 松田素二

인물 세계사 사전(人物世界史事典, 講談社+α文庫), 山村良橘

도설 잃어버린 성궤(圖說 失われた聖櫃, 原書房), ルール · ウースター 편

도설 이집트 신들의 사전(圖說 エジプトの神々事典, 河出書房新社), ステファヌ · ロッシーニ, リュト · シュマン=アンテルム

도설 그리스 : 에게 해 문명의 역사를 찾아서(圖說 ギリシア エーゲ海文明の歷史を訪ねて, 河出書房新社), 周藤芳幸

도설 그리스 · 로마 신화문화사전(圖說 ギリシア · ローマ神話文化事典, 原書房), ルネ · マルタン 감수

도설 고대 이집트1 피라미드와 투탕카멘의 보물편(圖說 古代エジプト1 ピラミッドとツタンカーメンの遺寶編, 河出書房新社), 仁田三夫

도설 고대 이집트2 왕가의 계곡과 신들의 유산편(圖說 王家の谷と神々の遺産編, 河出書房新社), 仁田三夫

도설 세계 고대유적 지도(圖說 世界古代遺跡地圖, 原書房), J. ホークス 편

도설 초고대의 수수께끼(圖說 超古代の謎, 河出書房新社), ロエル · オーストラ 편

성서(聖書, 寶島社), 谷口江里也, ギュスターヴ · ドレ

성서인명록 : 구약 · 신약의 이야기별 인물 가이드(聖書人名錄 舊約 · 新約の物語別人物ガイド, 新紀元社), 草野巧

세계 유적 지도(世界遺跡地圖, 三省堂), コリン · ウィルソン

세계탐험사(世界探檢史, 白水社), 長澤和俊

세계 초고대 문명의 수수께끼(世界超古代文明の謎, 日本文藝社), 南山宏 외

세계의 유적 탐험술 : 고대문명의 산책(世界の遺跡探檢術 古代文明の歩き方, 集英社), 吉村作治

세계의 고대유적 미스터리 : 잃어버린 문명과 유적의 불가사의 가이드(世界の古代遺跡ミステリー

失われた文明と遺跡の不思議ガイド, グリーンアロー出版社), 中村省三

　세계의 신화 전설 총해설(世界の神話傳說 總解說, 自由國民社), 吉田敦彦 外

　세계의 7대 불가사의: 현대에 살아 숨쉬는 환상의 기원(世界の七不思議 現代に生きる幻想の起源, 河出書房新社), ジョン・ローマー, エリザベス・ローマー

　세계의 7대 불가사의: 고대에서 현대까지의 29가지 이야기(世界の七不思議 古代から現代までの29話, 現代教養文庫), 庄司淺水

　세계 불가사의 발견!: 고대 이집트 일곱 가지 수수께끼(世界ふしぎ發見! 古代エジプト7つの謎, 幻冬舍, 世界ふしぎ發見!制作スタッフ 편

　세계 민족・종교의 모든 것(世界民族・宗教のすべて, 日本文藝社), インターカルチャ研究所

　전쟁의 세계사(戰爭の世界史, 日本文藝社), 大澤正道 外

　태평양 탐험사: 환상의 대륙을 찾아서(太平洋探檢史 幻の大陸を求めて, 創元社), エティエンヌ・タイユミット

　중세 기사 이야기(中世騎士物語, 新紀元社), 須田武郎

　지도로 읽는 세계의 역사: 고대 이집트(地圖で讀む世界の歷史 古代エジプト, 河出書房新社), ビル・マンリー

　지도로 읽는 세계의 역사: 고대 그리스(地圖で讀む世界の歷史 古代ギリシア, 河出書房新社), ロバート・モアコット

　지도로 읽는 세계의 역사: 로마 제국(地圖で讀む世界の歷史 ローマ帝國, 河出書房新社), クリス・スカー

　지중해 사전(地中海事典, 三省堂), 地中海學會 편

　침묵하는 고대유적: TIME TRAVEL(沈默の古代遺跡 TIME TRAVEL, 講談社), フォーク編集部 편

　수수께끼의 티베트 문명: 밀교왕국・세기의 대발견(謎のチベット文明 密敎王國・世紀の大發見, PHP研究所), 徐朝龍, 巍

　뉴튼 아키오: 파라오의 왕국(ニュートンアーキオ ファラオの王國, ニュートンプレス), 編集主幹 吉村作治

　뉴튼 아키오: 영광의 로마(ニュートンアーキオ 榮光のローマ, ニュートンプレス), 編集主幹 吉村作治

　뉴튼 별책: 고대유적과 전설의 수수께끼(ニュートン別冊 古代遺跡と傳說の謎, ニュートンプレス), 竹内均 편

　뉴튼 별책: 고대유적 미스테리(ニュートン別冊 古代遺跡ミステリー, ニュートンプレス), 竹内均 편

　뉴튼 별책: 고대 세계로의 여행(ニュートン別冊 古代世界への旅, ニュートンプレス), 竹内均 편

　뉴튼 별책: 잃어버린 고대문명(ニュートン別冊 失われた古代文明, ニュートンプレス), 竹内均 편

뉴튼 별책 : 신・세계의 7대 불가사의(ニュートン別冊 新・世界の七不思議, ニュートンプレス), 竹内均 편

뉴튼 무크 고대유적 시리즈 : 마야・아스텍・잉카 문명(ニュートンムック古代遺跡シリーズ, 教育社), ジョヴァンニ・カッセリ 감수

뉴튼 무크 고대유적 시리즈 : 고대 아프리카(ニュートンムック古代遺跡シリーズ 古代アフリカ, 教育社), ジョヴァンニ・カッセリ 감수

뉴튼 무크 고대유적 시리즈 : 고대 이집트(ニュートンムック古代遺跡シリーズ 古代エジプト, 教育社), ジョヴァンニ・カッセリ 감수

뉴튼 무크 고대유적 시리즈 : 고대 그리스(ニュートンムック古代遺跡シリーズ 古代ギリシア, 教育社), ジョヴァンニ・カッセリ 감수

뉴튼 무크 고대유적 시리즈 : 고대 중국(ニュートンムック古代遺跡シリーズ 古代中國, 教育社), ジョヴァンニ・カッセリ 감수

뉴튼 무크 고대유적 시리즈 : 메소포타미아 문명(ニュートンムック古代遺跡シリーズ メソポタミア文明, 教育社), ジョヴァンニ・カッセリ 감수

뉴튼 무크 고대유적 시리즈 : 잃어버린 문명(ニュートンムック古代遺跡シリーズ 失われた文明, 教育社), フィリップ・ヴィルキンソン

뉴튼 무크 고대유적 시리즈 : 수수께끼의 고대유적(ニュートンムック古代遺跡シリーズ 謎の古代遺跡, 教育社), フィリップ・ヴィルキンソン

패자의 전술 : 전장의 천재들(覇者の戰術 戰場の天才たち, 新紀元社), 中里融司

피라미드・새로운 수수께끼(ピラミッド・新たなる謎, 光文社文庫), 吉村作治

별책 역사 독본 : 성서의 수수께끼 백과(別冊歷史讀本 聖書の謎百科, 新人物往來社)

별책 역사 독본 : 세계유산 전 데이터 대사전(別冊歷史讀本 世界遺産全データ大事典, 新人物往來社)

별책 역사 독본 : 세계의 수수께끼와 불가사의 백과(別冊歷史讀本 世界の謎と不思議百科, 新人物往來社)

별책 역사 독본 : 수수께끼의 거석 문명과 고대 일본(別冊歷史讀本 謎の巨石文明と古代日本, 新人物往來社)

페루・잉카의 신화(ペルー・インカの神話, 青土社), ハロルド・オズボーン

폴리네시안・트라이앵글 : 고대 남태평양의 수수께끼와 신비(ポリネシアン・トライアングル 古代南太平洋の謎と神秘, アリアドネ企劃), ミロスラフ・スティングル

마야・아스텍의 신화(マヤ・アステカの神話, 青土社), アイリーン・ニコルソン

마야 문명 : 잃어버린 문명을 찾아서(マヤ文明 失われた文明を求めて, 創元社), クロード・ボーデ,

シドニー・ピカン

민족 세계지도(民族世界地圖, 新潮文庫), 淺井信雄

무 수수께끼 시리즈2 : 대 피라미드의 수수께끼(ムー謎シリーズ2 大ピラニッドの謎, 學硏), 渡邊竹男 외

무 수수께끼 시리즈4 : 잃어버린 문명의 수수께끼(ムー謎シリーズ4 失われた文明の謎, 學硏), 藤島啓章

무 수수께끼 시리즈6 : 신들의 유산·오파츠의 수수께끼(ムー謎シリーズ6 神々の遺産・オーパーツの謎, 學硏), 山口直樹 외

무 수수께끼 시리즈8 : 인도 신화의 수수께끼(ムー謎シリーズ8 インド神話の謎, 學硏), 佐藤和彦

메소포타미아 문명(メソポタミア文明, 創元社), ジャン・ボッテロ, マリ=ジョセフ・スティーブ

환상의 초고대문명 ORIGIN QUEST(幻の超古代文明 ORIGIN QUEST, 講談社), フォーク編集部 편

요시무라 사쿠지의 고대 이집트 강의록 상·하(吉村作治の古代エジプト講義錄 上·下, 講談社+α文庫), 吉村作治

낙원 : 추억의 저편으로(樂園 追憶の彼方へ, 新紀元社), 眞野隆也

역사[상·중·하](歷史[上·中·下], 岩波文庫), ヘロドトス

유네스코 세계유산[전12권](ユネスコ世界遺産[全12卷], 講談社), ユネスコ世界遺産センター 감수

● 인터넷

뉴튼 홈페이지(Newton Home Page) http://www.newtonpress.co.jp/newton

이케이 사이언스 코너(日經サイエンスへようこそ) http://www.nikkei.co.jp/pub/science/index.html

나사 천문대(NASA Observatorium) http://observe.ivv.nasa.gov/nasa/core.shtml

중앙지중해통신(中央地中海通信) http://www.kyoto.xaxon-net.or.jp/~sakata_m/midmed.html#cnt

중근동 고고학(Near & Middle East Archeology) http://www.global.org/bfreed/archeol/ne-arch.html

노바 온라인(NOVA Online) http://www.pbs.org/wgbh/nova

고대 중근동(The Ancient Middle East and Near East) http://www.pipeline.com.au/users/edpa/history/midnear.html

고대 세계의 7대 불가사의(The Seven Wonders of the Ancient World) http://pharos.bu.edu/Egypt/Wonders/

세계유산 인덱스(The World Heritage INDEX) http://www.tbs.co.jp/heritage/index-j.html

웰컴 투 코미니토(Welcome to Cominito) http://www.seaple.icc.ne.jp/~moto/

세계 역사 사회 연구 자료(World History Social Studies Resources) http://falcon.jmu.edu/~ramseyil/world.html
7대 불가사의의 세계(七不思議の世界) http://www.osaka.xaxon-net.or.jp/~sgun/nana/nana.html
나라·시리아·팔미라 유적 학술조사단에 의한 유적 발굴조사(奈良·シリア·パルミラ遺跡學術調査團による遺跡發掘調査) http://www.pref.nara.jp/silk/rupo.html
일본 유네스코협회연맹(日本ユネスコ協會連盟) http://www.unesco.or.jp/
세계의 문화유산(世界の文化遺産) http://www.wnn.or.jp/wnn-s/study/theme/culture/s_bnka/s_bnka.html
머나먼 실크로드로·나라 현(遙かなるシルクロードへ·奈良縣) http://www.pref.nara.jp/silk/index.html

찾아보기

【ㄱ】

가나안 33, 56~7
가이아 130
간다라 52
간티자(유적) 119
강희제 351
게르마니아 124
게오르기우스(성~) 76
고곤(호) 96
고즈이, 오타니 352
고트(족) 142
고티오, 프랑크 314
공중정원(바빌론의~) 22, 25~6, 30, 32~5
구게(왕국) 315, 359, 361~2
구바빌로니아 24, 28, 32
그레이트 서펜트 마운드 248, 250
그레이트 짐바브웨 187, 238, 240~2
기자(이집트의~) 59, 205, 207, 211, 276

【ㄴ】

나바르나스 1세 79
나바테아 43, 46~8
나바호(족) 253
나보니두스 25
나보폴라사르 1세 18, 22, 25~6, 28, 32
나스카 247~8, 293, 308, 310~13
나오스 115
나와틀(語) 275
나칼 비문 321
난 마돌 316~20
난 사(신) 320

난나 17~8
난마르키 319
낮의 서와 밤의 서 224
네로(황제) 134
네메스 213
네부카드네자르 2세 18, 22, 25~6, 28, 30, 32~4, 37
노아 20
누란(왕국) 351~4
누비아 189, 244~6
뉴턴, 찰스 토머스 89, 95~7
니네베 33
니케 65, 116, 148

【ㄷ】

다고파 340
다리우스 1세 49, 51, 140, 151
다리우스 3세 18, 140
다마스쿠스 40, 46, 61
다슈르 205, 211
다이달로스 103
단이족 325~6
대당서역기 366
데·핏·오·데·헤네아(=이스터 섬) 323
데노크라티스 190, 193
데니켄, 에리히 판 235
데메트리오스 136, 142
데이포보스 84
델포이 130, 132~5, 157
도리스(인) 110, 151, 155, 159
돈황 352, 354, 361

돌멘 178
동작빈(董作賓) 348~9
드라비다(족) 369, 376
드케라스(백작) 176
드로모스 109
드루이드 169
디미트리오스 153~4
디오니소스 66, 147
딜문 17

【ㄹ】
라 벤타 284, 286~7
라(태양신) 215
라과나 데 로스 세로스 284, 286
라다크(왕) 359, 361
라비린토스 103
라스코 180~3
라오지츠(문명) 184
라이헤, 마리아 310~12
라콩가포(白殿) 361
라콩마포(赤殿) 361
라플즈, 토머스 스탬포드 338
란다, 디에고 데 226
란달마(왕) 359, 361
람세스 11세 221, 223
람세스 1세 223
람세스 2세 83, 219, 227, 229
람세스 6세 224
람자와, 게오르그 161~4
래드클리프 95~6
랜더스, 아담 238, 240

레무르 380
레무리아 대륙 380~1
레아 147
레오 3세 77
레오 5세 77
레토 130
레프간디 110
렙티스 매그나 188~90
로데시아 고대유적회사 242
로도스 84, 93, 95, 151, 153~8
로렌스, T.E. 38
로로 신전 290
로리, 프랭크 225
로마네스크 162
로마넬리, 피에트로 188, 190
로이드, 앙리 234~5
로제타스톤 221
로즈위(족) 241
로크마리아케르 174
로헤벤, 야콥 323
롤리, 월터 343
롱고롱고 329
루그랑, 조르주 217, 219~20
루비듐-스트론튬법 173, 204
루이 14세 125
루이 9세 125
루이리엘 276, 282~3
룬(문자) 172~3
류시포스 154
르네상스 109
르호보암 33
리드, 아티볼트 더글러스 225

리디아(왕국) 139~40
리본(도시국가 엘리스의 건축가) 147
리비아(족) 234, 237
린도스 151, 155

【ㅁ】
마간 17
마다인 살리 47
마르두크 24~6, 62
마리(왕국) 58
마리에트, 오귀스트 233
마바아스 157
마셜, J. 372
마스타바 207, 231~2
마스페로, 가스통 230, 233
마야 39, 247, 257~8, 260, 262~4, 266~7, 276, 279~80, 282~4, 287, 293, 321~2
마우솔레움 89
마우솔로스 89~90, 92~3, 95~8
마우프, 칼 238, 240~2
마이둠 205, 211
마추픽추 295, 297~8
마케도니아 30, 53, 140, 145~6, 153~4, 159, 191
마케마케(신) 326
마티에, 파울로 58
만다라 341
만리장성 344, 346~7
만보(왕) 241
망코 카팍(황제) 300
매카이, E. 372

멀린 169
메가론 88
메넬라오스 84
메두사 116
메디아(왕국) 33, 51
메로에 243, 246
메르 205
메르셋 신전 290
메르하 17
메메드 2세 93
메소포타미아 14, 16~22, 25, 30, 40, 58~9, 67, 69, 232, 372
메이스, 아서 225
메타게네스 140
메토프 113, 115
멘카우레(왕) 205, 207~9, 215
멘히르 174, 176~8
멜라트, 제임스 69
모아이 315, 323, 325~7
모즐리, 알프레드 258, 260, 264, 266
모헨조다로 36, 372, 374~5, 377~9
몬머스, 제프리 169
몽티냐크 180
무 대륙 247, 307, 317, 321~2
무(武) 왕(주나라의~) 348
무나이드라(유적) 119
무르실 1세 24
무세이온 193~4
무오, 앙리 330, 334~5
무와탈리스(왕) 83
문제(文帝, 한漢의~) 353
뮤즈 194

391

므웨네마타파(왕) 241
미노스(왕) 100, 102~4
미노타우로스 102~3
미케네 83~4, 86, 88, 99, 105~12, 130, 159

【ㅂ】
바르바라 키르셰히르 76
바미안 365~8
바벨탑(=에테메난키) 22, 26, 28~30
바빌론 22, 24~8, 30, 32~4, 36, 51, 193~4, 197
바빌론 유수 22, 33
바빌론의 성벽 36
바실리카 188
바예지드 93
바울로(사도~) 138~9
바이런 118
바이아 314
바탄 그란데 289~90, 292
바투타, 이븐 201
박트리아 52
반경(盤庚) 348
배너지, R. D 372
베게너 380
베그, 셀주크 77
베르지오니, 조반니 221, 223, 229
베셋, 리처드 225
벤트, 시어도어 242
보드룸 89, 94~6
보로부두르 338, 340~1
보봐르, 로버트 212

부르봉(왕국) 125
부르크하르트, 요한 루드비히 43, 46~7, 81, 227, 229
뷔위칼레 81
브라만 369
브롬, 론 39
브르난 235
브로이유, 앙리 180
블라바츠키, 헬레나 380
비라코차(신) 300, 306~7
비르카반바 295, 298
비슈누 369, 371
비스쿠핀 184~5
비잔틴 35, 75, 77, 93, 190, 194
비텔, 쿠르트 82
빅토르 에마뉴엘 2세 126
빙엄, 히람 295, 297~8
빙클러, 휴고 79, 82

【ㅅ】
사르곤 2세 25
사르칼레 81
사마라통가(왕) 338
사마천 344
사우 델레우르(왕) 316, 318~20
사우데모히(왕) 320
사우투올라, 마르셀리노 데 181
사카라 205, 231~2
사크사우아만 요새 301~2
사티로스 65~6
산 로렌소 284, 286

살라미스 해전 117
삼성추(三星椎) 355, 357~8
삼수디타나(왕) 24
샌더슨, 아이번 276
샤를네, 디지레 266
샤프트 223
샴발라 363~4
샹폴리옹, 프랑수아 221
성 요한네스 기사단 93, 153, 155
세노테 266, 268
세미라미스 36
세베루스, 셉티미우스(황제) 189
세세푸우 앙크 213
세티 1세 223~4
셈(족) 18, 22, 25, 56, 58, 72
소스트라토스 196~7
솔로몬 33, 242
솔리스, 데 281
솔즈베리 165, 170
쇼나(족) 238, 241
수리야바르만 2세 330, 334~5
수사 51~3
슈미트, 에리히 54
슐리만, 하인리히 84, 86~8, 106~9, 111~2
스네프루 211
스레아터, 필립 380
스카라브레 171~2
스코트, W. 380
스키타이 52
스타인, 오렐 352
스탠릭, M. W. 284
스토아(학파) 195

스톤헨지 98, 165, 167~70, 176~8, 276
스투파 340~1
스트라본 157, 197
스티븐스, 존 로이드 260, 266, 278, 280~1
스파르타 134, 146, 159
스핑크스 187, 202, 208, 213, 215~6, 218
슬로터스톤 167
시바 369, 371
시칸 문명 289, 292
신바빌로니아 18, 22, 25~6, 28~30, 32~3, 51, 68
심바오에 238
심퍼슨, 제임스 253

【ㅇ】
아가멤논 84, 86, 106, 109
아기레, 로페 데 343
아나사지(족) 252, 254~5
아나톨리아 49, 67, 71, 73, 77, 79~80, 76, 93
아네아 모츠아 326
아더(왕) 161, 169
아데나(족) 248, 250
아라비안나이트 38
아람(인) 61
아레스 147
아르다시르 1세 367
아르자와 81~2
아르카디우스 75
아르타크세르크세스 1세 49, 51
아르테미세움 139
아르테미스 130, 138, 140~1, 147

393

아르테미시아 89~90, 92
아리스타르코스 195
아리스토텔레스 128, 191
아리야(인) 369, 375
아리아드네 103
아리키 326
아마카피츄틀(왕) 269
아메넴헤트 1세 217
아멘호테프 2세 224
아멘호테프 3세 223
아멘호테프 4세 218~9
아모리(인) 22, 56
아몬(신) 217~9
아미티스 33~4
아바리스(現 탈앗드다바) 245
아부심벨 219, 227, 229
아슈르바니팔(왕) 246
아스텍 247, 268~71, 274~5, 293, 332
아시리아 24~5, 30, 33, 36, 45, 67~8, 76, 79, 213, 245~6
아오 오쿠요 300
아우렐리아누스 64
아이게우스 102~3
아일튼, 에드워드 221
아잔타 365
아카드(語) 19, 21
아카파나 304
아케메네스 18, 25, 49, 96
아켈 224
아쿠야와시 301
아크나톤 219
아크로폴리스 59, 113, 240~1, 257~8, 261~2

아키트레이브 115
아타우알파(황제) 295, 303
아테나 65, 84, 113, 115~7, 132, 147~8
아톤 코야오 300
아톤(신) 219
아트레우스 109
아틀란티스 38, 128~9, 212, 247, 249, 321
아파다나 51~3
아폴론(=포이보스) 130, 132, 147, 155
아프로디테 84, 155
악숨(왕국) 246
안(신.=아누) 19
안드로게오스 102~3
알렉산드로스(=알렉산드로스 3세) 191
알렉산드리아 36, 39~40, 64, 151, 191, 193~8, 201
대등대(알렉산드리아의~) 196~7, 200, 202
알리뉴망 178
알리샤르 휘위크 69, 71~2
알타미라 181
알티스 145~6
앗슈 시슈르 40
앙소문화(仰韶文化) 349~50
앙코르와트 41, 330, 332~5, 338, 382
앙코르톰 330, 334~7
야소다라푸라 336
야질리카야와 81
에덴 20~1
에디누 21
에딘 21
에라토스테네스 194
에리두 19~21

에번스, 아서 100, 104~5
에블라 58~60, 67
에사길라(신전) 26
에우클레이데스 195
에제키엘서 20
에테메난키(=바벨탑) 26, 28
에페소스 136, 138~42
에피쿠로스(학파) 195
엑바타나 33, 51
엔릴(신.=벨) 19
엔클로저 240~1
엔키(신.=에아) 19~20
엔타블레이처 116
엘 카스티요 266
엘긴(~경) 118
엘도라도 342~3
엘람 24
엘로라 365, 369, 371
엘리스 144, 146~7
엘마르 키르셰히르 75~6
예리코 55~7
예이츠, 윌리엄 162
오다이나투스 62, 64
오디세우스 86
오디세이아 86, 111
오렐라나, 프란시스코 데 343
오리온 212
오베이드 21
오벨리스크 202, 219
오브리 홀 167~8
오스만 투르크 77, 92~3, 96, 118
오이노마오스 144

오케아노스 154
오파츠(opparts) 276, 277
오프리, 존 169
오필(왕국) 242
올로소파 319
올로시파 319
올림푸스 148
올멕 4대 성지 284, 286~7
올멕(족) 284, 288, 293
옴팔로스 132
와디 무사 43
와이나픽추 295, 297
와카이 바탄 301
왕들의 계곡 207, 221, 223~5
요제프, 프란츠 163
용산문화(龍山文化) 350
우드, 존 136, 143
우루크 16
우르 남무(왕) 17
우르수아, 페드로 데 343
우바르(=와바르, 퀴단, 이람) 38~40
우상파괴 운동 77
우아리(왕국) 294
우아스카르(황제) 303
욱스말 278~9
울리, 찰스 R. 14, 16
위성고고학 41
윌슨, 콜린 177
유네스코 41, 119
융경제 346
은허(殷墟.=상商) 348~9, 355
이소켈레켈 320

이슈타르 26, 30, 32, 34
이스터(섬) 315, 323, 325~9
이알 205
이알리소스 151, 155
이에니제칼레 81
이오니아 52
이제(李濟) 348~9
이즈미, 시마다 289
익티노스 113, 117
인티우아타나 297
인티칸차 302
인티판파 302
일리아스 86~7
임호테프 231~2

【ㅈ】

자미트, 세미스트크리스(~경) 119~20
자파이 64
장이족 323, 325~6
장제전 208, 232
쟈야바르만 4세 334
쟈야바르만 7세 335~7
저드, 네일 M. 252, 254
적석총(積石塚) 178
제노비아(여왕) 64~5, 194
제우스 65, 132, 144~8, 150
제임스 1세 169
조세르(왕) 231~2
조이스, 제임스 162
존스, 이니고 169
주(紂) 왕 348

주니(족) 254
주원장 346
지구라트 17~8, 25~6, 28~9, 32
지석묘(支石墓) 178
지하세계의 서 224

【ㅊ】

차일드, 고든 171~2
차코 캐니언 252, 254
차파란 359, 361~2
참파(왕국. 中=임읍국, 환왕국, 점성국) 333, 335~6
처치워드, 제임스 321~2
츠팍 아말 2세 303
치무(왕국) 292, 294, 299
치브차(족) 342
치첸(족) 268
치첸이트사 264, 266~8
치치멕(족) 258, 269
칠튼, 월터 169

【ㅋ】

카나번(~경, 투탕카멘 묘를 발굴한) 225
카나번, 엘리자베스 225
카네기 재단 256, 258
카라바(궁) 363
카라차쿠라 탄트라 363~4
카라콜 266~7
카란르크 키르셰히르 76
카레스 151, 154, 156

카르나크(열석) 99, 174, 176~8
카르마 340
카리아 151
카린(=獨: 케른) 178
카메이로스 151, 155
카시타(왕) 245
카시트(족) 24
카이사르 161, 195
카이트 베이(요새) 201
카일라사나타 371
카즈네 신전 43, 45
카타우 페이디 319
카터, 하워드 221, 223, 225~6
카파도키아 73, 75~8
카프레(왕) 205, 207~9, 215~6
카퍼라프라 41, 382
칼라사사야 304, 306
칼륨-아르곤법 173, 204
칼리크라테스 113, 117
칼버트, 프랭크 87
캐서우드, 프레데릭 278, 280~1
커닝햄, 알렉산더 377
케른 178
케를스칸(계) 174, 176~7
케찰코아틀 264, 267
케추아(語) 299, 301
코니스 115
코란 38
코르넬리우스(네덜란드의 탐험가) 338
코르테스, 에르난 269, 271
코리칸차 301~2
코소크, 폴 308, 310

코스모폴리타니즘 195
코이네 193
코파다 286
코판 256, 258~9
콘스탄티노플 75, 77, 92~3, 95
콘스탄티누스(황제) 76
콜데바이, 로베르트 22, 25~6, 30, 34
콜티에 235
콩키스타도르 295, 298
쿠스코 294~5, 298~303
쿠시(왕국) 243, 246
쿠쿨칸 264
쿠푸(왕) 205, 207~11
쿡, 제임스 326~7
퀼테페 76
크노소스(궁전) 100, 102~6
크눔 212
크라프, 니콜라스 38~40
크로노스 147
크로이소스(왕) 139~41
크르마리오(계) 174, 176
크리슈나 1세 371
크리티아스 128
크세르크세스 1세 49, 117
클레오파트라 193, 314
키루스 2세 18, 49, 139
키루스(왕) 25, 139
키바 252
키벨 231
키악사레스 33
키클로프스(=사이클로프스) 109

【ㅌ】

타드모르(=타말) 61
타르시엔(신전) 119~21
타실리나제르 234~7
타키투스 124
타하르카(왕) 246
타하트 이 잠시드 51
탄가로아 326
탄소14법 203~4
탄웨타마니(왕) 243, 246
탈앗술탄 55
탕(湯) 왕 348
테노치티틀란 269~71
테리, 더글러스 225
테베 217, 219, 221
테세우스 103
테슈프 81
테오도로스(성~) 76
테오도시우스 1세 134, 145, 195
테오티우아칸 272, 274~5, 293
테이라, J.E. 16
테트라포트 212
텍시에르, 샤를 81
텔 마르디흐 58~60
텔엘무카이야르 16
텔엘아마르나 82
토나티우 271
토머스, 사이러스 248~9
토칼르 키르셰히르 75
토트모세 1세 221
토트모세 4세 215, 221
톨텍(족) 258~9, 264, 275, 293, 272

톰, 알렉산더 177
투아레그(족) 234, 237
투탕카멘 219, 221, 223, 225~6
트라야누스(황제) 46, 124
트레스 사포테스 284, 286
트로이 84, 86~8, 107, 111
트리글리프 115
트리톤 198
틀라룩 271
틀레폴레모스 86
티린스 110
티마이오스 128
티베리우스(황제) 76
티아우아나코 304~7
티오카리 271
티칼 260~3, 293
티탄(족) 147
티투스(황제) 125
팀파눔 115

【ㅍ】

파드레스, 레오폴드 274
파라오 45, 202, 213, 215, 219, 221, 225
파로스(섬) 196~8, 201~2
파르사(=페르세폴리스) 51
파르테논(신전) 113, 116~8, 141~2, 148
파리스(트로이의 왕자) 84
파사드 43, 45
파사르가다에 51~2
파시파에 103
파이오니오스 136, 142

파차쿠티(황제) 299
파카리탐푸 300
팔라시오, 디에고 가르시아 데 256
팔렝케 276~7, 281~3, 293
팔미라 42, 61~2, 64~6
페니키아 48, 68, 139, 188~9, 213
페디먼트 115
페르세폴리스 49, 51~4, 191
페르시아 20, 25, 30, 33, 49, 51~3, 61~2, 65, 68, 76, 113, 117, 134~5, 139, 151, 153, 159, 193, 241, 245, 375
페이디아스 113, 117, 144, 148
페트라 40, 43, 45~7, 61, 229, 369
페트로니움 94
펜타나스 신전 290
펠로폰네소스 전쟁 134, 146
펠롭스 144
포 스테이션 167
포메라니아(인) 185
포샹, 앙드레 211
포세이돈 103, 115, 128, 147, 198
포티코 115
폴릭소 86
폼페이 123~7, 314
폼페이우스 46
푸에블로 보니토 252~5
퓨르 205
퓨마 푼쿠 305
프레만빌, 슈발리에 드 176
프레아 포안(千體佛) 334
프리아모스 87
프톨레마이오스 1세 191, 194
프톨레마이오스 2세 195, 197
프톨레미 39
플라톤 128~9
플리니우스(대~, 『박물지』의 저자) 97, 125, 157
플리니우스(소~) 124~5
피콧, 스튜어트 172
피라코차 306
피사 144, 147
피사로, 프란시스코 342
피앙키(왕) 245
피오렐리, 주세페 123, 126
피톤 130
피티아 132
필론 35~6, 136, 150, 197
필리포스 2세 146, 191
핑크트(인) 172~3

【ㅎ】

하데스 147
하드리아누스(황제) 189
하라파 372, 377~9
하사니, D. R. 377
하자림(유적) 119
하투실리스 3세 83
할리카르나소스 89, 92, 94~5
할슈타트 161~2, 164
함무라비(왕) 22, 24
허버트(카나번 경의 처남) 225
헤겔, E. 하인리히 380
헤그라 47

헤딘, 스벤 351~2
헤라 84, 144, 146~7
헤라클레스 144, 147
헤로도토스 28, 36, 141, 209, 211
헤로스트라토스 141
헤르츠페르트, 에른스트 49, 54
헤베시, 기욤 데 329
헤스페 308, 310
헤이, 로버트 229
헤지스, 미첼 276
헤파트 81
헬레네 84
헬레니즘 45, 96, 99, 133, 160, 191, 193~4, 196
현장(玄奘) 366
호렘헤브 221
호메로스 86, 88, 107, 109, 111
호츠 마츠아 325~6
호킨스, 제럴드 169
호피(족) 254
홀, 리처드 242
홉킨스, 제럴드 311
황흥전람도(皇輿全覽圖) 351
후르베(족) 234, 236~7
후스 231
흉노(족) 346, 353~4
히에로글리프(상형문자) 205
히타이트 24, 60, 67~8, 76, 79~83, 110, 219, 229
히포다메이아 144
힉소스 56~7, 245
헌팅턴, 헨리 168

힐스톤 167
GPS 41
NASA 38~9